Coronel Jack

Título original:
Colonel Jack

Derechos exclusivos de edición en castellano reservados para todo el mundo:

Plaza del Niño Jesús, 4 28009 Madrid
www.gadireditorial.com

Diseño: Gadir Editorial

Impreso en España – Printed in Spain
ISBN-13: 978-84-949450-2-1
Depósito legal: M-35911-2018

Daniel Defoe

Coronel Jack

Traducción de Pedro Tena

Nacido en una familia de pequeños comerciantes, Daniel Defoe (cercanías de Londres, 1660-Moorfields, 1731) fue educado en el presbiterianismo, pero finalmente abandonó la carrera eclesiástica para dedicarse al comercio. Ejerció diversos y muy variados oficios, y conoció la prisión a causa de sus problemas económicos, sus libelos y presuntas actividades de espionaje. Será siempre recordado como un autor de culto, precursor de la novela en Inglaterra y del género de aventuras. Es considerado uno de los grandes renovadores de la narrativa dieciochesca, y uno de los padres del periodismo moderno. Entre sus obras destacan títulos como el incomparable *Robinson Crusoe* o *Moll Flanders*, por los que posiblemente sea el autor más leído y vendido de la narrativa inglesa.

Coronel Jack, obra inédita hasta hoy en español, fue publicada en 1722 –unos tres años después de *Robinson Crusoe*–. Comparte con *Moll Flanders* el género picaresco, y está entre las novelas más sobresalientes de Defoe por su capacidad para introducir al lector en los decisivos avatares históricos en los que se ve inmerso su personaje principal.

El protagonista, Jack, un muchacho criado en los bajos fondos de Londres, sueña con salir de la pobreza, ascender en la escala social y alcanzar la gloria. Aprenderá a sobrevivir entre ladrones de poca monta en la difícil escuela de la calle, se alistará en el ejército, trabajará como forzado en Virginia, se convertirá en plantador, será capturado por los piratas, combatirá en las campañas de Italia de la Guerra de Sucesión Española... Buscará la esquiva felicidad en el matrimonio, y en el camino, la fortuna le mostrará sucesivamente sus dos caras. Las aventuras de un hombre de mundo en los convulsos principios del siglo XVIII en Europa y América, cuando Inglaterra, Francia y España se disputaban los dominios del mundo conocido. Buena parte de la obra transcurre en la América española, donde Jack es hecho prisionero en su busca de fortuna.

Coronel Jack es una obra de madurez que, al igual que otras novelas de Defoe, marca la transición entre la novela de aventuras y la hoy llamada psicológica. En parte autobiográfica, el autor vierte en ella muchas de sus reflexiones morales, influidas por la melancolía de quien conoció la quiebra, la cárcel y la picota.

Coronel Jack

Nota al texto:

Para esta traducción hemos utilizado la edición de Samuel Holt para Oxford University Press en su colección World's Classics, publicada en 1989, una versión casi literal de la primera edición de 1722, propiedad de la Huntington Library, en California.

Coronel Jack

Historia y vida extraordinaria del muy honrado Coronel Jacque, más conocido como Coronel Jack, quien nació gentilhombre, fue aprendiz de ratero y ladrón durante veintiséis años, antes de ser llevado por la fuerza a Virginia y regresar más tarde convertido en comerciante, se casó cinco veces con cuatro putas, fue a la guerra, se comportó con bravura, obtuvo un ascenso, fue nombrado coronel de un regimiento, volvió a Inglaterra, huyó para alistarse en las filas del Caballero de San Jorge y sigue viviendo ahora en el extranjero, llevando una vida llena de aventuras asombrosas, sin perder su empeño en morir con el grado de general.

Prefacio

Señor:

Es ya tan habitual escribir prefacios en todos los libros de este género para presentarlos al mundo bajo la luz más conveniente que no puedo pasar este por alto, aun cuando, por lo que a prefacios se refiere, esta obra lo exige menos que ningún otro libro que le haya precedido. Los pasajes en los que podrán deleitarse con una lectura amena hablan por sí mismos; en cuanto a la parte útil e instructiva, esta es tan amplia y dará lugar a tantas mejoras que haría falta un libro tan largo como este para poner de relieve como corresponde la gran variedad de asuntos de los que trata.

Aquí se encontrarán las pertinentes observaciones sobre las bendiciones y las ventajas de una educación sobria y bien administrada, y sobre la ruina que su falta ha traído a tantos miles de jóvenes de toda laya en esta nación. Por eso deberán mejorarse muchas escuelas públicas y obras de caridad a fin de prevenir el envilecimiento de tantos niños desgraciados que, año tras año, son criados en esta ciudad para el patíbulo.

La condición miserable de los niños menesterosos, muchos de los cuales tienen de natural un temperamento dócil que podría conducirles a aprender lo mejor en vez de lo peor, es en verdad deplorable, y se observa en abundancia en el relato de juventud del héroe, donde, aun cuando las circunstancias le empujan a convertirse en un ladronzuelo a causa de sus necesidades, mantiene una insólita rectitud de principios que le hacen aborrecer desde muy pronto la peor faceta de su negocio y, a la postre, le llevan a dejarla atrás. Si hubiera venido al mundo con las ventajas de una educación, y si hubiese disfrutado de una instrucción para desarrollar los principios generosos que tiene inscritos en él, ¡a qué no habría podido llegar!

Las vicisitudes de su fortuna en estos bajos fondos ofrecen un terreno propicio para que el lector se deleite paseando por él, un jardín en el que podrá espigar hierbas saludables, no tóxicas ni venenosas; donde verá cómo la virtud y los caminos de la sabiduría son aplaudidos, honrados, alentados, recompensados; donde comprobará cómo el vicio y todo género de perversidades abocan a la miseria y a toda clase de desgracias y, por último, cómo, con el pecado y la vergüenza dándose la mano, las personas deben afrontar la reprobación y el reproche, y los crímenes se ven aborrecidos.

Cualquier lector corrompido se verá alentado aquí a enmendarse y le parecerá que la mejor y única conclusión de una vida que haya discurrido por derroteros errados es el arrepentimiento; que en ello reside el bienestar, la paz y, muchas veces, la esperanza; que el arrepentido podrá regresar como hijo pródigo, y que el final de su vida será mejor que el principio.

Si bien en estas y muchas otras cosas del mismo jaez se cifran el fin y las intenciones de este libro, creo que huelga decir una palabra más para hacer elogio de cada una de sus partes, ni tampoco del conjunto del mismo. Si es cierto que desalentar cualquier intención de hacer el mal es alentar la virtud y la bondad, y si ese es el objetivo que persigue esta publicación, digo yo que entonces no podrán ponerse objeciones a este relato ni se considerará relevante la cuestión de su autenticidad. Pues tanto si el Coronel cuenta aquí su historia como si esta es una parábola, será igualmente útil y capaz de hacer el bien, y con ello se recomienda a sí misma sin necesidad de más introducción.

Vuestro humilde servidor,

El editor

Viendo que la naturaleza ha dispuesto mi vida como una verdadera obra de marquetería y que ahora puedo volver la vista atrás desde una distancia más segura que la que acostumbra a ser la suerte del clan del que una vez formé parte, creo que mi historia puede hallar su lugar en el mundo en pie de igualdad con algunas otras que, según observo, hacen las delicias de los lectores a diario, aun no siendo estas tan divertidas ni instructivas como creo que la mía les parecerá.

Por lo que sé, mis orígenes son de cuna tan elevada como los de cualquier otro, ya que mi madre estuvo siempre rodeada de muy buenas compañías, pero eso corresponde más a su narración que a la mía, y todo lo que sé de ella es por boca de otros. Mi aya me contó que mi madre era una dama distinguida, mi padre un hombre ilustre, y que ella (mi aya) había recibido una buena paga por librarles a ambos de las molestias que suelen acompañar los infortunios de tener que educar a un niño al que no debería verse ni del que ha de oírse hablar.

Al parecer, a petición de mi madre, mi padre dio a mi aya una cantidad mayor de la acordada a cambio de la promesa solemne de tratarme bien y procurar que fuese a la escuela, encomendándole que me rogase que, si yo vivía hasta hacerme mayor y llegar a entenderlo, no olvidase que era un gentilhombre; y esto, dijo, era toda la educación que deseaba para mí, porque a no dudarlo tarde o temprano esa enseñanza me inspiraría el entendimiento cabal que correspondía a mi ascendencia y me ayudaría a conducirme en todo como un caballero, siempre que yo confiase en que lo era.

Pero mis malandanzas no estaban destinadas a terminar tan pronto como empezaron. Es poco frecuente que los desventurados lo sean solo por un día, ya que suele suceder que, al igual que los hombres de fama y fortuna ascienden paso a paso hasta alcanzar la cima de la gloria en la que resplandecen, también los miserables se hunden en las profundidades de su miseria merced a una serie ininterrumpida de desgracias, y pasa mucho tiempo antes de que un golpe de suerte venga a sacarles de los tormentos y agonías en que sus circunstancias los han puesto para ofrecerles una oportunidad de liberación, si es que tal cosa llega a ocurrir.

Mi aya fue tan fiel al compromiso que había contraído como podría esperarse de alguien de su ocupación, y, sobre todo, puso en él tanta honestidad como le permitía el estrecho margen que le dejaban sus circunstancias; porque me crió con esmero junto a su propio hijo, al igual que yo hijo de la vergüenza, y del cual se había hecho cargo con idénticas condiciones.

Mi nombre de pila era John, según me dijo, ya que ni ella ni yo sabíamos nada de ningún título de *señor* que me correspondiese, así que yo me podía llamar señor Cualquier Cosa que se me antojase, si es que la fortuna o mejores circunstancias daban pie a ello. Ocurría que su propio hijo (porque ella era madre de un muchacho un año más o menos mayor que yo) se llamaba también John, y unos dos años después, acogió otro hijo de la vergüenza, como acabo de llamarlo, al que también puso el nombre de John.

Puesto que todos éramos Johns, todos éramos Jacks, y ese fue el apelativo que no tardaron en ponernos porque en esa parte de la ciudad donde nos criamos, a saber, en el barrio próximo al teatro Goodman's fields, era costumbre llamar John a los Jack*; pero mi aya, a quien le estaba permitido distinguir a su hijo del resto, lo llamaba capitán en razón de su condición de hijo mayor.

Enfurecido por que le llamase capitán al muchacho, le pedí llorando al aya que me llamara también capitán a mí, ya que ella me había dicho que yo era un caballero, lo cual estaba decidido a ser si ella no me lo impedía. Para que hubiera paz, la buena mujer me respondió que, como, en definitiva, yo era un gentilhombre y merecía un rango superior al de capitán, debería llamarme coronel, que era un grado más que capitán.

–Porque, querido mío –añadió–, a cualquier marinero que llegue a teniente primero de un navío, aunque sea de un balandro de pesca, se le llama capitán, pero los coroneles son soldados y tan solo los caballeros alcanzan el grado de coroneles; además –dijo–, sé de coroneles que han llegado a señorías y a generales, aun partiendo de la condición de licenciado de pocos méritos. Por tanto, te llamaré coronel de ahora en adelante.

Bueno, eso acalló mis protestas por algún tiempo, pero no me contentó del todo hasta que, un poco después, no oí a mi aya decir a su propio hijo que yo era un caballero y que, como tal, debía llamarme coronel, a lo que el muchacho respondió llorando que él también

---

**N. del T.* Apodo equivalente a amigo o compadre.

merecía llamarse coronel. Pero lo que colmó mis aspiraciones no fue tanto el haber sido ascendido por encima del rango de capitán como que él implorase que le llamaran coronel. Tan arraigada está la ambición en el corazón del hombre que ni siquiera un pobre muchacho menesteroso escapa a una porción de ella.

Con lo que allí estábamos Coronel Jack, Capitán Jack, y el tercer muchacho al que llamábamos sencillamente Jack hasta que, unos años más tarde, fue ascendido por méritos de cuna, como escucharán a su debido tiempo. Los tres éramos muchachos muy prometedores, y las circunstancias de la vida no tardaron en confirmarnos desde muy temprano que todos seríamos granujas, sin que pueda decir, si es cierto lo que he sabido del carácter de mi aya, que la buena mujer no hiciera todo lo que pudo para remediarlo.

Antes de proseguir con nuestra historia, sería muy oportuno decirles algo de nuestros varios personajes, tan fielmente como alcanza mi memoria y puedo reavivarla ahora para hacer un retrato somero e imparcial de mis hermanos Jacks o de mí mismo.

El Capitán Jack, que era con un año de diferencia el mayor de todos nosotros, era un muchacho grande, fornido y achaparrado que prometía ser corpulento aunque no alto cuando llegase a hombre adulto. Era taimado, huraño, reservado, malévolo y vengativo; y, por si fuera poco, con un temperamento salvaje, sangriento y cruel. Tenía modales zafios y groseros, como los de un cochero de caballos, y era perspicaz como solo pueden serlo los zagales que se crían en la calle, pero ignorante y cerrado de mollera ya desde pequeño, y con la disposición natural de un bulldog: arrojado y dispuesto a todo, aunque sin una pizca de generosidad. Ninguna de las maestras de las escuelas a las que fuimos pudo hacerle aprender nada que no fuesen las letras del abecedario y, como si fuese ladrón desde la cuna, robaba todo lo que se le ponía a su alcance casi desde que empezó a articular palabra; y no solo a su madre sino a cualquiera, incluidos nosotros que éramos sus hermanos y compañeros de escuela. Era un bribón genuino, capaz de hacer las fechorías más viles y abyectas dejándose llevar por su propio impulso. Carecía del sentido o la inclinación de la honestidad; pero ni siquiera, diría yo, con los pícaros de su hermandad, que es de lo que otros ladrones hacen cuestión de honor, ya no me refiero a ser honesto con el prójimo.

Al otro, o lo que es lo mismo, al más joven de nosotros los Johns, le llamábamos Comandante Jack, debido al suceso que refiero a continuación. La dama que lo había dejado con nuestra aya admitió que el padre del muchacho era un teniente del regimiento de la Guardia Real, pero que ella se había visto obligada a ocultar su nombre, y que con eso debía bastar. Así que al principio llamábamos al muchacho Comandante John, más tarde, Comandante, y, al final, cuando dimos en vagabundear juntos, Comandante Jack, de acuerdo con los demás nombres, porque su nombre de pila era John, como tengo ya dicho.

Comandante Jack era un muchacho jovial y burlón con no poco ingenio, sobre todo del ingenio de índole repentina, como suele decirse. Estaba lleno de chanzas y buen humor, y, como acostumbro a decir con frecuencia, tenía algo de caballero: un auténtico coraje varonil que le hacía no temer a nada y mirar a la muerte de frente, sin vacilaciones. Y cuando llevaba ventaja, era el más generoso y compasivo de los hombres, con los principios de la gallardía, pero sin ninguno de los atributos brutales y terribles que tenía el Capitán, y, en una palabra, si le hubiera acompañado la honradez habría sido un hombre excelente. Había aprendido a leer al igual que yo, hablaba muy bien y escribía con tino y un lenguaje muy elegante, como comprobarán a lo largo de esta historia.

En cuanto a su humilde servidor, Coronel Jack, era un pobre lameplatos, dócil y desgraciado, con la suficiente voluntad, y capacidad también, para haber aprendido cualquier cosa si hubiera tenido por maestro a alguien que no fuese el diablo. Tuvo que echarse al mundo tan pronto, que cuando comenzó a cometer fechorías no comprendía nada de la infamia que había en ellas, así como tampoco de lo que le cabía esperar por haberlas perpetrado. Recuerdo perfectamente que cuando una vez fui llevado ante la justicia por un robo del que, por supuesto, yo no era culpable, y me defendí con argumentos para probar que mis acusadores estaban en un error y se contradecían a sí mismos, el juez me dijo que era una lástima que no hubiera encontrado mejor ocupación, porque no había duda de que estaba bien instruido; en lo cual su señoría se equivocaba porque a mí nunca me habían enseñado nada más que a ser ladrón, excepto, como ya he dicho, a leer y a escribir antes de los diez años; si bien es cierto que poseía un talento natural para hablar, y me desenvolvía con más propiedad y conocimiento de causa que muchas otras personas más instruidas que yo.

Entre mis compañeros pasaba por ser un muchacho intrépido y decidido, capaz de atreverse a luchar por cualquier cosa; pero yo tenía otra opinión de mí mismo y, por tanto, rehuía la pelea tanto como podía, aunque es cierto también que cuando me aventuraba en una de ellas salía bien parado, siendo como era de constitución fornida y ágil al mismo tiempo. No obstante, en muchas ocasiones en que sospechaba que no sería suficiente con las manos, me zafaba de estos trances con la lengua; y esto tanto de muchacho como ya una vez convertido en hombre.

Era cauteloso y diestro en mi oficio, y no me echaban el lazo tan a menudo como a mis compinches. Me refiero a cuando era muchacho, porque de mayor nunca me apresaron; no, ni una sola vez en veintiséis años, pues es así como he llegado a viejo en el oficio y, cómo oirán más tarde, sin haber estado aún en la picota.

En cuanto a mi persona, no puede esperarse que siendo un muchacho tan sucio como los que trabajan en las fábricas de vidrio y duermen en el piso donde arrojan las cenizas, siempre entre la mugre de la calle, no tuviera el aspecto que tenía, y así íbamos todos, es decir, como un limpiabotas de sus señorías, un mendigo, un criado de cocinas, o lo que ustedes gusten, andrajoso y desastrado hasta lo inimaginable; y, sin embargo, recuerdo que la gente decía al verme: «Ese muchacho tiene buena cara; aseado y bien arreglado, sería un muchacho bien parecido; ¡Pero mira que ojos tiene y que semblante más simpático y sonriente! ¡Qué lástima!; ¡Me pregunto qué habrá sido del padre y la madre de este golfillo!», y cosas por el estilo. Entonces, me llamaban y me preguntaban el nombre; y yo les decía que me llamaba Jack.

–¿Pero cuál es tu apellido, rapaz? –decían ellos.

–No lo sé –respondía yo.

–¿Quiénes son tu padre y tu madre?

–No tengo –les contestaba yo.

–¿Cómo es posible?, ¿Y nunca has tenido ninguno? –replicaban ellos.

–No que yo sepa.

Entonces ellos sacudían la cabeza a uno y otro lado y exclamaban: «¡pobrecillo!» y «¡qué lástima!», y cosas semejantes, y me dejaban ir. Pero yo guardaba todas esas cosas en la memoria.

Cuando yo tenía 10 años, el Capitán 11 y el Comandante 8, murió nuestra buena aya. Como quiera que su marido era marino y se había ahogado un poco antes en la fragata Gloucester, uno de los navíos del rey que naufragó en el trayecto a Escocia con el duque de York, en la época del rey Carlos II, y esta honrada mujer había muerto muy pobre, la parroquia se vio obligada a sufragar los gastos del entierro. Los tres jóvenes Jacks asistimos al entierro, pues los tres pasábamos por ser sus propios hijos, y yo, el Coronel, presidí el cortejo fúnebre, porque su hijo mayor, el Capitán, iba detrás muy enfermo.

Una vez fallecida la buena mujer, los tres Jacks quedamos al albur de nuestra suerte en el mundo. Al velar por nosotros la parroquia*, no pasábamos dema-

---

**N. del T.* Correspondía a las parroquias el hacerse cargo de los huérfanos y niños desvalidos.

siados apuros y vagábamos los tres juntos por ahí; y gracias a que la gente de las calles Rosemary, Ratcliff y de esos barrios nos conocían bastante bien, conseguíamos aprovisionarnos con bastante facilidad y sin necesidad de mendigar demasiado.

Por lo que a mí se refiere, gané cierta reputación de ser un muchacho sumamente honesto y considerado, porque cuando me encomendaban alguna compra, me esmeraba en cumplirla escrupulosamente y la resolvía con prontitud; y si me confiaban alguna cosa, nunca sisaba, sino que hacía de ello una cuestión de honor, aunque era tan ladrón de cuatro suelas como los demás en el resto de ocasiones. Algunos de los tenderos más pobres me dejaban con frecuencia a la puerta de su negocio para cuidar de él mientras ellos se iban a por su pitanza a la taberna o a lugares semejantes; y yo siempre cumplí el encargo de balde, con buena voluntad y la más escrupulosa honradez.

El Capitán Jack, por el contrario, un muchacho tosco, rudo y malencarado, no tenía ni una palabra de cortesía o buen humor: cuando le formulaban una pregunta, respondía tan solo con un sí o un no, como mucho, pero nadie sacó nada de él que fuese complaciente en lo más mínimo. Si le enviaban a hacer algún recado, se olvidaba de la mitad del pedido o se ponía a jugar con algún compañero y no iba; o si iba, no volvía nunca con lo que se le había pedido; lo cual era una manera tan descuidada y poco servicial de cumplir que nadie se hacía lenguas de sus virtudes, sino más bien se decía que tenía todo el aspecto de un granuja y que terminarían por ahorcarle. Para resumir, como nunca obtenía nada de nadie por las buenas, se vio obligado, por así decir, a convertirse en ladrón por la mera necesidad de ganarse el pan. Porque, cuando mendigaba en busca de algo de comer, en vez de pedirlo con amabilidad, usaba un tono tan insolente y descarado que un hombre del que había recibido alguna cosa y que lo conocía bien le dijo un día: «Capitán Jack, ahora de muchacho no eres más que un pordiosero feo y torpe, pero me pregunto si cuando seas mayor no tendrás empacho en robarle a un hombre su cartera antes que pedirle por las buenas un penique».

El Comandante era un muchacho alegre, irreflexivo y casi siempre jovial, de forma que ya tuviera provisiones o no, nunca se quejaba y se recomendaba a sí mismo tan bien con su buena actitud que los vecinos lo adoraban, obteniendo siempre de ellos algún sustento de un modo u otro. Así pues, todos tuvimos que arreglárnoslas como pudimos, aunque éramos demasiado pequeños para no pasar hambre. En cuanto al alojamiento, en el verano nos tumbábamos en alguna torre del reloj, en los altillos de las casas o a la puerta de las tiendas donde nos conocían, sin que yo viera ni por asomo una cama hasta muchos años después de morir mi aya; y en invierno nos metíamos en los hornos de ceniza y bajo los arcos del sótano de la fábrica de vidrio, donde se depositaban las piezas, llamada Fábrica de Dallows, cerca de Rosemary Lane, o en otra fábrica de vidrio que había en la avenida Ratcliffe.

Así vivimos durante algunos años, y faltó poco para que cayéramos en manos de una pandilla de golfillos desharrapados como nosotros, malvados como solo el diablo los quisiera para sí a tan tierna edad, y a punto para cometer todas las fechorías que apeteciesen con el curso de los años.

Recuerdo que una fría noche de invierno interrumpió nuestro descanso la llegada de un condestable y un vigilante de patrulla* buscando a gritos a un tal Cuellotorcido cuya travesura, fuere lo que fuere, era merecedora de armar un revuelo semejante, ya que el oficial había sido informado de que podría encontrar al muchacho junto a los jóvenes mendigos que vivían bajo los arcos de la fábrica de vidrio.

Levantada la voz de alarma, nos despertamos en lo más oscuro de la noche al grito de «¡Salid de ahí, atajo de condenados diablillos, salid y dad la cara!». Salimos todos, algunos frotándonos los ojos o rascándonos la cabeza, y otros arrastrados a la fuerza. Creo que, en total, seríamos unos diecisiete, pero Cuellotorcido, como le llamaban, no estaba entre nosotros. Según se decía era un muchacho bastante crecido que solía contarse entre quienes pernoctaban en ese lugar y que, habiendo participado en un robo cometido la noche anterior en el que su compinche había sido apresado, este, esperando escapar al castigo, había denunciado su escondite habitual. Pero, al parecer, se

---

* *N. del T.* Los condestables eran elegidos por los jueces de paz de cada distrito y ejecutaban las órdenes de estos ante los tribunales. Como no recibían un sueldo por su trabajo, se procuraba que fuesen personas de una cierta relevancia social. El cuerpo de vigilantes ocupaba un rango inferior, y eran oficiales, pagados por la parroquia de cada distrito, encargados de patrullar las calles para prevenir los delitos.

enteró antes y se puso a buen recaudo, al menos en aquel momento. Con lo que se nos permitió volver a nuestros aposentos, entre la carbonilla, donde dormí muchas noches frías de invierno o, mejor dicho, muchos inviernos, tan bien equipado y confortable como nunca lo he estado desde entonces, ni siquiera en mejores alojamientos.

De esta guisa vivimos una temporada, creo que dos años, en los que ninguno hizo ni quiso hacer daño alguno. Generalmente íbamos los tres juntos, porque, para abreviar, el Capitán, por falta de destreza y por ser causa de desagrado entre la gente, se habría muerto de hambre si no le hubiéramos mantenido a nuestro lado. Como siempre estábamos juntos, nos solían llamar a todos por el apelativo de los tres Jacks, pero el Coronel Jack tenía siempre preferencia en muchos aspectos: el Comandante, como ya he dicho, era alegre y complaciente, pero era el Coronel quien trababa conversación con gentes de mejor jaez; entiéndase el jaez de quienes conferenciaran con un joven mendigo. En estos casos, era yo quien hacía las averiguaciones, preguntando sobre lo que se hubiera hecho en público o en privado. Me gustaba hablar especialmente con los marinos y los soldados acerca de la guerra, las grandes contiendas navales o los combates en la costa en los que cualquiera de ellos hubiera participado. Y yo, como nunca me olvidaba de que lo que me relataban, pronto, es decir, a los pocos años, podía dar buena cuenta tanto de los combates por mar en la guerra de Holanda, las campañas de Flandes, las conversaciones de Maastricht, y otros acontecimientos por el estilo, como de todos los que habían tomado parte en ellas, y esto hacía que los soldados se complacieran en contarme todas las historias que se les ocurrían, y no solo de las guerras que tenían lugar entonces, sino también de las guerras de la época de Oliver*, la muerte del rey Carlos I, y otras por el estilo.

Con ello quiero decir que, aun siendo joven como era, me convertí en una especie de historiador; y aunque nunca tuve ningún libro para leer, podía dar cuenta pasablemente de lo que había acontecido y de lo que estaba aconteciendo en el mundo, sobre todo en aquellos asuntos que interesaban a nuestro pueblo. Conocía cada barco de la marina británica y también quién estaba al mando de ellos, y todo eso antes de cumplir los 14 años de edad o muy poco después de cumplirlos.

El Capitán Jack cayó en manos de malas compañías y se alejó de nosotros; y pasó bastante tiempo antes de que volviéramos a oír de él o a tener nuevas noticias, hasta que creo que alrededor de medio año después, supe que estaba con una pandilla de raptores, como se les llama entonces: un grupo de malvados rufianes que hacían desaparecer como por ensalmo a los niños, esto es, los raptaban en la oscuridad de la noche, los amordazaban y se los llevaban a los lugares convenidos con el resto de su cuadrilla, quienes los expedían en barcos rumbo a Virginia para venderlos.

Era este un comercio al que el horrible Jack –pues así le llamé hasta que crecimos– estaba especialmente

---

N. del T. Oliver Cromwell (1599–1658), líder político y militar inglés que creó el Ejército Modelo y convirtió a Inglaterra en una república denominada Mancomunidad de Inglaterra.

predispuesto, sobre todo en lo que tenía de violento, porque cuando un niño caía entre sus garras le cortaba la respiración en vez de ponerle simplemente una mano en la boca, y sin que le perturbase en lo más mínimo que los niños se ahogasen, se ponía manos a la obra evitando hacer ruido. A lo que parece, esta caterva de malhechores cometió alguna fechoría por aquel tiempo, ya fuera que asesinaran o que abusaran de un niño; pero debió tratarse del hijo de un ciudadano distinguido y el padre, hallando de algún modo el rastro, recuperó a su hijo, aunque en tristes condiciones y casi muerto. Yo era demasiado joven y hace tanto tiempo de aquello que no recuerdo la historia entera, pero todos fueron apresados y enviados a Newgate*, y el Capitán Jack entre ellos, a pesar de no ser más que un muchacho y de que seguramente no pasaba de los trece años de edad.

Del castigo que infligieron a aquella cuadrilla de maleantes no estoy seguro ahora, pero al capitán, por ser tan solo un muchacho, le impusieron tres manos de azotes en Bridewell**; y el señor alcalde o el juez informante le dijeron que aquello lo hacían por piedad y para evitarle el calabozo, y no omitieron recordarle que tenía aspecto de condenado a la horca y le reconvinieron para que tomara buena nota de ello; y tan notable era el semblante del Capitán, aun siendo el muchacho que aún era, que fueron muchas las veces que habría de

**N. del T.* Newgate fue la prisión principal de Londres desde el siglo XIII hasta 1901, año en el que el edificio fue demolido.

***N. del T.* Palacio de Bridewell, residencia de Enrique VIII y, posteriormente, asilo y prisión de mendigos o maleantes, a los que las autoridades podían retener allí durante siete días.

oír lo mismo en los años venideros. Cuando estuvo en Bridewell, oí de sus tribulaciones, y el Comandante y yo fuimos a verlo, porque estas eran las primeras noticias que nos llegaban de su suerte. El primer día que fuimos, había sido convocado a un correctivo, como lo llaman, según dictaba la sentencia, y como esta ordenaba que el castigo fuera estrictamente ejecutado, así lo hicieron en verdad, porque el regidor, que era presidente de Bridewell, y a quien creo que llamaban sir William Turner, no dejó de sermonearle sobre lo joven que era y la lástima que le daba que alguien tan joven como él fuera ahorcado, y muchas otras cosas, y cómo eso debía servirle de advertencia, y cuán perverso era que secuestraran niños inocentes y cosas por el estilo; y todo ello mientras el hombre con una insignia azul puesta le azotaba despiadadamente, ya que no debía detenerse hasta que sir William golpease la mesa con un pequeño martillo.

El pobre Capitán daba patadas, bailaba y aullaba como un demente; y debo confesar que yo tenía un susto de muerte con solo ver las vejaciones a las que lo sometían, puesto que, aunque no pude acercarme lo suficiente por ser tan pequeño, al verlo más tarde con la espalda desollada por los latigazos y sangrando en varias partes del cuerpo, pensé que bien podría haberme muerto yo si lo hubiera visto de cerca; pero con el tiempo me fui acostumbrando a esas cosas. Hice lo que pude para consolar al pobre Capitán cuando me dieron permiso para visitarlo. Pero para él no había terminado lo peor, porque le esperaban dos manos de azotes más antes de acabar con él; y ciertamente le infligieron tan terrible castigo que le hicieron aborrecer el negocio del rapto durante una buena temporada. Sin embargo, reincidió con esa cuadrilla nuevamente y durante tanto tiempo como duró el negocio, ya que este cesó al cabo de unos años.

Aun siendo muy jóvenes, el severo correctivo recibido por el Capitán hizo mella en el Comandante y en mí, y bien podría decirse que fuimos reprendidos tanto como él a pesar de no haber participado en la fechoría. Pero, al cabo de un año, el Comandante, un muchacho de carácter confiado, fue embaucado por un par de jóvenes pícaros que frecuentaban los cuarteles de la fábrica de vidrio para que los acompañase a dar un paseo, según les gustaba llamarlo. Los caballeros estaban bien compenetrados; el Comandante tenía alrededor de doce años y el mayor de los dos, que fue quien se ganó su simpatía, no superaba los catorce. El negocio consistía en ir al mercado de Bartholomew, y el fin de este trayecto era, en suma, el de explorar los bolsillos en busca de carteras.

El Comandante no sabía nada del negocio y, por tanto, no había de hacer nada, pero ellos prometieron compartir con él a escote como si él fuera tan experto como ellos; así que se pusieron manos a la obra. Los dos habilidosos raterillos se las arreglaron tan bien que alrededor de las ocho de la noche estaban de vuelta en nuestros polvorientos cuarteles de la fábrica de vidrio y, sentándose en un rincón, empezaron a repartir el botín a la luz del fuego del horno. El comandante sacó lentamente las mercancías, porque en cuanto agarraban algo, se desprendían de ello rápidamente para dárselo a él, de forma que si hubieren sido aprehendidos, les habrían hallado con los bolsillos vacíos.

Fue un día endiabladamente afortunado para ellos, porque el diablo ciertamente contribuyó a que hicieran un buen botín y se sumara al juego un nuevo tahúr, el mismo que antes se resistía a causa de la desgracia del Capitán. He aquí cuál fue la lista de sus «adquisiciones» en aquella primera noche:

Un pañuelo blanco de una moza de pueblo mientras estaba enfrascada mirando un pudin; contenía, atados en un extremo, 3 chelines, 6 peniques y un puñado de alfileres.

Un pañuelo de colores, hurtado del bolsillo de un paisano del campo mientras compraba una naranja de la China.

Una bolsa de cinta con 11 chelines, 3 peniques y un dedal de planta, sisada del bolsillo de una muchacha en el momento en que un hombre pretendía camelársela.

N.B. Ella echó de menos la bolsa enseguida pero, al no ver al ladrón, culpó al hombre que le tiraba los tejos, y se puso a gritar: «¡al ladrón!», de suerte que la multitud se echó sobre él, pero como este era conocido en el barrio, pudo librarse del aprieto, aunque no sin grandes dificultades.

Un cuchillo-tenedor, que un par de muchachos acababan de comprar y que llevaban a casa; el granujilla lo sisó en el momento en que el muchacho se lo metía en el bolsillo.

Una cajita de plata con siete chelines, todo ello en monedas de plata de uno a cuatro peniques

N.B. Al parecer, en el momento en que una criada se metía la mano en el bolsillo para pagar su entrada a

una barraca de la feria donde iba a asistir a un espectáculo, el bribonzuelo metió la suya y salió corriendo.

Otro pañuelo de seda, cuyo origen era el bolsillo de un caballero.

Y otro.

Una muñeca articulada y un espejito que robaron de un puesto de juguetes en el mercado.

Que dos granujillas lograran traer a casa toda esta mercancía en tan solo una mañana o, más bien, una tarde, era, debo confesarlo, un logro extraordinario; y, al día siguiente, el Comandante no cabía en sí de gozo.

Muy temprano por la mañana, se acercó a mí, que yacía no lejos de él, y me dijo:

–Coronel Jack, quiero hablarte.

–Bien –dije yo– ¿qué quieres?

–Nada –respondió él– es sobre los frutos del negocio, pero no puedo hablar aquí.

Así que salimos. Al poco de encontrarnos doblando por una callejuela angosta, junto a la fábrica de cristales, me dice:

–¡Mira esto! –Y me mostró su manita casi repleta de monedas.

Me quedé asombrado al verlo y, abriendo la mano y extendiéndola, añadió:

–Toma, quédate una parte –dijo dándome una moneda de seis peniques y el equivalente a un chelín en peniques de plata*.

**N. del T.* Una libra equivalía a 20 chelines y un chelín a 12 peniques.

Lo acepté con mucho regocijo porque, aun teniendo mucho de caballero y pensando en esos términos de mí mismo, nunca había tenido en mi poder una moneda de chelín, en toda mi vida, no al menos una que pudiera considerar mía.

Estaba ansioso por saber de dónde había sacado esas riquezas, ya que él había recibido como parte siete chelines y seis peniques al contado, el dedal de plata y el pañuelo de seda, que para él eran a fin de cuentas toda una propiedad, ya que, al igual que yo, nunca había tenido un moneda de un penique entre sus manos.

–¿Y que harás con ella ahora, Jack? –dije yo.

–Lo primero que haré –respondió él–, es ir al mercadillo de los traperos y comprarme un par de zapatos y calcetines.

–Bien dicho –añadí yo–, eso es lo que haré yo también.

Con lo que nos marchamos juntos, y nos compramos inmediatamente un par de calzas de segunda mano cada uno por cinco peniques, pero no cinco peniques el par sino todo junto, y buenos calcetines que eran, doy fe de ello, dignos de una indumentaria más distinguida que la nuestra.

Nos resultó más difícil encontrar zapatos a nuestra medida, pero a la postre, habiendo rebuscado mucho sin encontrar nada que nos pareciera adecuado, encontramos una tienda muy bien surtida, y allí compramos dos pares por dieciséis peniques.

Nos los calzamos inmediatamente viendo que eran muy cómodos, y que en mucho tiempo no nos habíamos visto con calzas en las perneras y zapatos de esa guisa. Me encontré tan como nuevo con un par de calzas calientes y un par de zapatos secos, cosas ambas, ya digo, que no había frecuentado en mucho tiempo, que empecé a pensar en mí mismo como un caballero, una condición a la cual me creía en aquel momento a punto de acceder

–Escucha, Comandante Jack –dije al vernos tan bien equipados–, tú y yo no hemos tenido ni una perra gorda en nuestra vida, y tampoco nos hemos dado nunca una buena cena: ¿por qué no vamos a algún sitio a por viandas?, ¡estoy hambriento!

–Vamos entonces –dijo el Comandante–, también yo estoy hambriento.

Y nos encaminamos a una taberna en Rosemary Lane, donde nos despachamos por todo lo alto y, tal como yo pensaba de mí mismo, empezamos a regalarnos como caballeros, porque tomamos carne cocida por valor de tres peniques, un pudin por dos, una hogaza de pan a un penique, y una pinta de cerveza fuerte, todo ello por siete peniques en total.

N.B. Añadimos al condumio una buena cazolada de delicioso caldo de carne, que me alegró el ánimo sobremanera; y durante todo el tiempo que estuvimos sentados a la mesa, cada vez que la camarera y el mozo de la casa pasaban delante del compartimento abierto donde estábamos, se asomaban para preguntarnos: «¿Señores, han llamado?» o « ¿han llamado los señores?» Y eso, lo confieso, me pareció tan agradable como la cena misma.

Ni el ama de llaves de la mejor residencia de la parroquia* de Stepney, ni el alcalde de Londres, ni el

**N. del T.* Desde la Edad Media y hasta 1900 la administración local de la ciudad de Londres residía en las parroquias

hombre más afortunado de la tierra, nadie hubiera podido soñar ser más dichoso y con menos quebrantos o preocupaciones que como yo me encontraba en este nuevo estado de alborozo. Si bien es cierto que mi felicidad no era sino una pequeña parte del todo, ya que el Comandante Jack podía comparar su patrimonio con el mío de igual modo que yo podía comparar el mío de ahora con el que había tenido antes. En una palabra, nada sino la crasa ignorancia de alcanzar una dicha más alta, cual era mi caso, pudiera hacer sentir a nadie tan ufano como yo me sentía, aunque mi parte del botín hubiera consistido tan solo en dieciocho peniques.

Aquella noche el Comandante y yo celebramos nuestro triunfo por todo lo alto, y dormimos a pierna suelta en el lugar de costumbre, arropados por el calor de las calderas de la fábrica de vidrio en el piso de arriba, que compensaba de sobra las cenizas y carbonilla en las que nos revolcábamos en el piso de abajo. Quienes conocen el emplazamiento de las fábricas de vidrio y los arcos en los que depositan las botellas una vez cocidas, saben que los lugares en los que se tiran las cenizas –y donde se recuestan los pobres muchachos– son huecos excavados en los muros de ladrillo, perfectamente cerrados excepto en su entrada y, por tanto, tan cálidos como los vestuarios de un baño público; de modo que es imposible sentir allí frío, ya fuera Groenlandia o Nueva Zembla; con lo que los muchachos no solo duermen seguros sino también muy confortablemente, si exceptuamos las cenizas, que no son en absoluto un inconveniente para ellos.

(*parish*) y en la Junta parroquial (*vestry*).

Al día siguiente, el Comandante y sus cofrades salieron de ronda nuevamente, y no con menos provecho. No les aconteció ningún percance en no sé cuántos meses, y el Comandante Jack, a fuerza de seguir sus pasos y derroteros, se convirtió en un ratero tan diestro como cualquiera de ellos, y tuvo acceso a diverso número de beneficios, demasiado largo de enumerar para entrar en ello ahora, porque me apresuro a relatar mi propia historia, que es lo que me ocupa aquí.

El Comandante no dejó un solo día de mostrarme los resultados de su nueva prosperidad, que eran tan abundantes que con frecuencia me daba alguna moneda antigua, a veces un chelín; y me daba cuenta de que empezaban a rondarle clérigos para que abandonara el cubículo de las cenizas por una sociedad de hospedaje –de la cual daré cumplidas explicaciones en otro momento– y, es más, se vestía con camisas, a lo cual no nos habíamos aventurado ni él ni yo en los tres años anteriores a este repentino ascenso.

Pero aun observando que la prosperidad del Comandante Jack iba cada día mejor, y aun siendo muy amable y también generoso conmigo, pues me daba dinero en muchas ocasiones, nunca me invitó a ingresar en la sociedad ni a embarcarme con él de ningún modo que me hiciese tan feliz como él lo era; no, ni me recomendó en el oficio en absoluto.

No me contentaba demasiado que fuera tan reservado conmigo. Había aprendido de él que ser ratero era un buen negocio, e imaginé que aunque el asunto consistía en gran medida en ser diestro con las manos, decidido y muy ágil de dedos, no era tan difícil de aprender; y pensé en particular que, habiendo tanta gente del campo que visita Londres, tan simple, alelada y ocupada en mirar a su alrededor, no faltaban oportunidades para ejercer un oficio que no entrañaba gran peligro y que podía aprenderse sin demasiada dificultad, conociendo como yo conocía en general cuáles eran sus mañas y procedimientos.

El taimado diablo, que nunca está ausente de este negocio sino que se apresta en todo momento a alentar a sus servidores, fue quien me allanó el camino, conduciéndome a trabar amistad con uno de los rateros o descuideros más refinados de la ciudad; una amistad que no se explicaría sino por el hecho de que, no siendo mi vocación menos pícara que la de cualquiera de ellos, se cuidó de no decepcionarme.

Sus artes estaban por encima de las de otros cofrades que iban por ahí robando cosas insignificantes y baratijas en el mercado de Bartholomew, y que corrían el riesgo de ser apresados por tres o cuatro chelines. Sus miras eran más altas, puestas como estaban en sumas considerables de dinero y en letras de cambio, aún más valiosas.

Me pidió encarecidamente que lo acompañase a una de sus correrías, como acabo de decir, añadiendo que, después de iniciarme en el oficio un poco, me dejaría que fuese tan malvado como quisiera; con lo que quería decir, expresado en sus palabras, que después de haberme capacitado para ejercer el oficio, quedaría librado a mi propio destino si así lo deseaba, y que por su parte no me auguraba más que la mejor de las fortunas.

Conforme al modo que el Comandante Jack había seguido con su asociado –observar tan solo el procedimiento y encargarse de recibir la mercancía, aunque participando en las ganancias–, mi mentor me dijo que si tenía éxito en su empresa, repartiría conmigo a partes iguales como si fuera yo el protagonista; y me aseguraba que así era la costumbre en el oficio a fin de estimular a los principiantes a iniciarse en él con coraje, pues un hombre no tenía nada que hacer en él si no poseía el corazón de un león.

Durante un tiempo vacilé si aceptar o no, sopesando el peligro que entrañaba y contándole la historia del Capitán Jack, mi hermano mayor, si es que así puedo llamarlo.

–Bien, Coronel –dijo él–, veo que eres timorato y esto significa ciertamente no ser adecuado para tomar votos en esta empresa, porque nada más que la audacia puede hacer que atravieses el fuego sin quemarte en este oficio. No obstante, puesto que la primera vez no tienes que hacer nada y no corres peligro, si me apresan a mí, tú saldrías impune, porque te será fácil fingir que, sea lo que fuere que yo hubiera hecho, tú nada tienes que ver en ello.

Con estos persuasivos argumentos, me aventuré a salir con él, pero pronto me di cuenta de que mi nuevo amigo era un ladrón de categoría y un ratero por encima de lo común que apuntaba considerablemente más alto que mi hermano Jack. Era un muchacho bastante más corpulento que yo, porque aunque por entonces yo tenía casi quince años, no era alto para mi edad, y en cuanto a la naturaleza del asunto, era un perfecto novato. Supe antes de nada lo que no sabía, ya que pasó mucho tiempo antes de que yo entendiera que el asunto en el que andaba era un delito. Consideraba que ser buscón era una especie de oficio en el que yo hacía de aprendiz. Ciertamente así fue cuando era tan joven en el gremio como joven por ser menor de edad, pero incluso entonces pensaba que se trataba de un asunto en el que, si nos pescaban, corríamos el riesgo de ser lanzados al pilón o a la fuente como escarmiento, a lo que llamábamos «la mojadura», pero eso era todo; y poco podía importarnos acabar con nuestros andrajos un poco mojados. Pero que el castigo por esa ofensa fuera la pena capital, y que por ello nos pudieran enviar a Newgate, no lo entendí hasta mucho más adelante, cuando un gran tipo, uno de nuestro gremio, fue colgado por ello, lo cual me asustó terriblemente como oiréis dentro de poco.

Así pues, inducido por la persuasión del muchacho, me fui con él. Era entonces –me acuerdo muy bien– un pobre e inocente mocoso sin intención de hacer mal a nadie y que nunca había robado nada en mi vida. Tan honesto era que si un joyero* me hubiera dejado al cuidado de su tienda, con un montón de dinero desparramado a mi alrededor y la misión de custodiarlo, no habría osado tocar ni una moneda. Pero el tentador astuto preparó el cebo adecuado para que un niño como yo mordiera el anzuelo, ya que, como tengo ya dicho, yo nunca tomé por deshonesto el hecho de

---

**N. del T.* En la época, los joyeros realizaban operaciones bancarias como cambistas. Un billete de joyero, mencionado más abajo, es equivalente a un cheque o efecto bancario.

ser ratero, sino que lo consideraba una especie de comercio en el que me iniciaba; y así fui entrando en el oficio hasta curtirme de tal modo que ya no pude batirme en retirada. Así que me hice ladrón involuntariamente, y fui tan lejos que llegué hasta donde pocos muchachos llegan, sin alcanzar el punto final que suele coronar ese tipo de vida, me refiero a la deportación en barco o la horca.

El primer día que salí con mi nuevo instructor, este me llevó directamente al centro de la ciudad, y cuando arribamos a Waterside, me condujo a una gran sala en la oficina de aduanas. No éramos más que un par de muchachos andrajosos, en el mejor de los casos, pero lo mío era con mucho lo peor, porque mi guía llevaba puesto un sombrero, una camisa y un pañuelo en el cuello; en cuanto a mí, no llevaba ninguna de las tres prendas, ni me había malcriado tanto como para llevar un sombrero en la cabeza desde que muriera mi aya, de lo cual hacía ya varios años. Las órdenes eran mantenerme siempre al alcance de su vista y próximo a él, pero no demasiado, e ignorarlo como si no estuviera hasta que él se acercara a mí; y si ocurriera algún alboroto, debía fingir que no lo conocía en absoluto o que nada tenía que ver con él.

Obedecí sus órdenes al pie de la letra mientras él fisgoneaba por todos los rincones y no le quitaba ojo de encima a nadie. Lo seguía a todas partes con la mirada pero siempre a distancia y desde el otro extremo de la gran sala, haciendo como si buscara alfileres, cogiéndolos del suelo allí donde los encontraba y clavándolos en la manga, donde llegué a acumular unos cuarenta o cincuenta; no obstante, no apartaba la vista de mi cofrade, a quien observaba muy ocupado entre el gentío que se arracimaba delante del mostrador cerrando negocios con los oficiales que anotan los registros, certifican el pago de aranceles, etc.

Por fin, acercándose desde el otro extremo de la sala y agachándose como si recogiera un alfiler a mi lado, mi mentor me puso algo en la mano y dijo: «esconde eso, y sígueme presto por la escalera». Sin correr, pero escabulléndose rápidamente entre la multitud, descendió la escalera, pero no la gran escalera principal por la que habíamos entrado, sino por una estrecha y lateral situada al otro extremo de la sala alargada. Yo lo seguí, y él se fijó en si lo hacía, y, sin parar a la salida como yo esperaba ni hablar una palabra con nadie, seguimos caminando por una interminable serie de angostos y oscuros pasadizos y callejuelas hasta que desembocamos en Fenchurch Street, y atravesando Billiter Lane, llegamos a Leadenhall Street y de ahí al mercado de Leadenhall.

No era día de mercado de carne, así que encontramos un lugar para sentarnos en uno de los puestos de los abasteros, y me pidió que me vaciara los bolsillos. Lo que me había dado era una pequeña cartera de piel en cuyo interior había un almanaque francés y un montón de papeles de distintas clases.

Los revisamos, y encontramos que había varios documentos de valor, como letras de cambio y otros instrumentos de pago, cosas que no entendí; pero entre todos ellos había un pagaré, pues así lo llamó, de un joyero, un tal sir Stephen Evans, por trescientas libras pagaderas al portador, y a la vista; además, había otro pagaré por doce libras y diez chelines, a nombre de un joyero, pero he olvidado cómo se llamaba. Asimismo, había uno o dos documentos de pago, redactados en francés, que ninguno de nosotros entendía, pero que, al parecer, eran valiosos, por cuanto se aceptan los títulos de crédito del extranjero.

El granuja de mi maestro conocía bastante bien todo lo relativo a los pagarés del joyero, y observé que cuando leyó el de Sir Stephen dijo que era demasiado importante para que yo me involucrara en ello, pero cuando llegamos al pagaré de doce libras y diez chelines, me dijo: «esto estará bien, vamos allá, Jack». Y allá que se fue a Lombard Street, y yo tras él, asiendo con fuerza los otros documentos del cartapacio. En su recorrido preguntó por el nombre del joyero, y fue directamente a la tienda, puso un semblante circunspecto y le pagaron el dinero al instante sin mediar traba ni pregunta alguna. Yo permanecí vigilante al otro lado de la calle, sin hacer caso a nadie que pasara por allí, pero observé que, al presentar el pagaré al cobro, sacó la cartera de valores como si fuese el mozo de un comerciante acostumbrado a esos menesteres y tuviera otros documentos a su cargo.

Le pagaron con monedas de oro, y él se apresuró en contarlas, salió a toda prisa, pasando junto a mí, y nos dirigimos a Three Kings Court, al otro lado de la calle; luego, volvimos a atravesar Clements Lane, caminamos lo más rápido que pudimos hasta Cole Harbour, en la ribera del río, donde por un penique y en un bote de remos cruzamos hasta la escalinata de St. Mary, lugar donde nos detuvimos considerando que estábamos lo bastante a salvo.

Allí se giró hacia mí y me dijo:

–Coronel Jack, creo que eres un muchacho afortunado. Este es un buen trabajo, iremos a St. George's Fields y compartiremos el botín.

Y, dicho y hecho, fuimos a los Fields y, sentados en la hierba a prudencial distancia del camino, sacó el dinero.

–Mira esto, Jack –me dijo–, ¿has visto algo igual en tu vida?

–No, nunca –dije yo, y añadí con mucha inocencia–: ¿es todo para nosotros?

–¡Es nuestro! –dijo él– ¿De quién si no podría ser?

–Pero –respondí yo– ¿es que el hombre que lo perdió no va a quedarse una parte?

–¿Quedarse una parte? ¿Qué quieres decir con eso? –exclamó él.

–Y qué sé yo –repliqué–, solo que tú acabas de decir que le darías el otro pagaré, el que decías que era demasiado grande para ti.

Él se rió de mí.

–No eres más que un mocoso –dijo él–; pero no pensaba que serías tan niño.

Así que me explicó muy seriamente el asunto de esta manera: que el pagaré del señor Stephen Evans era un valioso pagaré de trescientas libras, y que si yo, dijo, no siendo más que un pobre muchacho, me arriesgara a ir a cobrar el dinero, indagarían al instante cómo había llegado a mis manos un documento de tanto valor, y me acusarían de haberlo encontrado o robado, con lo que me detendrían y me lo quitarían, y tal vez me causara también problemas.

–Así que –añadió él–, dije que, en efecto, era demasiado valioso para inmiscuirme en eso, y que se lo devolvería al hombre si supiera cómo; pero en cuanto al dinero, Jack, el dinero que tenemos, te aseguro que no vale nada. Además –continuó–, fuere quien fuere el que perdió su cartera de valores, no dudes que tan pronto como la eche en falta, irá corriendo al joyero a denunciar a quien quiera que fuera a reclamar el dinero para que lo detuviesen; pero yo soy demasiado perro viejo para eso.

–Vaya –dije yo–, ¿y qué harás con el documento? ¿te vas a deshacer de él? Si lo haces, alguien lo encontrará e irá a cobrar el dinero.

–No, no –respondió él–. Le detendrán e interrogarán, como te digo que harían conmigo.

Yo no sabía bien qué quería decir todo eso, así que no hablé más de la cuestión. Pero nos pusimos a manosear el dinero, ya que en mi caso, al menos, nunca había visto tanto junto en toda mi vida ni tenía la menor idea de qué hacer con él; y estuve a punto de pedirle que me lo guardara, lo cual habría sido a no dudarlo una ingenuidad, porque no habría sabido ni una palabra más de él, aunque a su portador nada le hubiese sucedido.

Sin embargo, como yo me mordí la lengua al respecto, él compartió muy honradamente el dinero conmigo, solo que al final me dijo que, si bien era cierto que me había prometido la mitad del botín, al ser la primera vez y no haber hecho yo nada más que mirar, creía que era de justicia que yo me embolsara un poco menos que él. Así pues, dividió el dinero, que sumaba doce libras y diez peniques, en dos partes exactas: seis libras y cinco peniques por cabeza; luego, apartó una libra y cinco peniques de mi porción, y me dijo que debía dárselo como albricias.

–Bueno –dije yo–, tómalo entonces, porque creo que lo mereces todo. –Y añadí–: Pues aunque me llevara el resto, ¿qué haría yo con él? No tengo dónde guardarlo.

–¿Por qué? ¿No tienes bolsillos? –dijo él.

–Sí –respondí yo–, pero están llenos de agujeros.

A partir de ese momento no dejaba de pensar, y no sin algún alborozo, en cómo tenía más riquezas de las que habría sabido qué hacer con ellas, porque no tenía techo, caja o cajón donde esconderlas, ni bolsillo alguno, porque, como digo, estaban agujereados. No conocía a nadie en el mundo a quien acudir para confiárselo; porque siendo un niño pobre y desharrapado como era, podrían decir que había robado a alguien, y tal vez apresarme por ello, de modo que tener dinero sería mi felonía, como suele decirse que ocurre en el extranjero. Y ahora que nadaba en la abundancia, ¡miren!, me ahogaban las preocupaciones, ya que no encontraba la manera de poner a buen recaudo mi dinero, y esto me tuvo tan en vilo y atormentado al día siguiente que, en verdad, me senté y me puse a llorar.

Nada podía ser tan desconcertante como este dinero lo fue para mí aquella noche. Lo llevé en la mano un buen rato, pues todo eran monedas de oro salvo los catorce chelines, o lo que es igual, las cuatro guineas* más catorce chelines, pero estos eran más difíciles de llevar que aquellas. A final, me senté, me quité un zapato y puse las cuatro guineas dentro, pero al cabo de un rato me dolía tanto el pie que no podía seguir caminando, así que decidí sentarme de nuevo,

* *N. del T.* La guinea era una moneda de oro que se utilizó en Gran Bretaña antes de la adopción del sistema decimal en 1971. Equivalía a una libra y un chelín.

sacarlas del zapato y llevarlas en la mano. Entonces, encontré un trapo de paño sucio tirado en la calle, lo recogí y lo envolví todo junto en él, y lo llevé así un buen trecho del camino. Cuando la gente habla de dinero suele decir que lo llevaría hasta en un paño infecto. Ciertamente mi paño era infecto, conforme dicta la sabiduría popular, pero me sirvió hasta que llegué a un lugar adecuado y pude sentarme, lavar el paño en una cloaca, y volver a poner el dinero dentro.

Así pues, me llevé el dinero conmigo a mi hospedaje en la fábrica de vidrio, pero cuando llegó el momento de acostarme no supe qué hacer con él. Si alguno de los renegridos bribonzuelos de la tribu con la que convivía se enteraba de su existencia, me ahogarían en las cenizas, me robarían o utilizarían algún truco para conseguirlo. Sin saber qué hacer, me eché a dormir, con el dinero en la mano y la mano en el pecho; pero, entonces, no conseguía conciliar el sueño. ¡Ay, el peso de las preocupaciones humanas! Bastaba que un mendigo desvalido como yo tuviera un poco de dinero que guardar para perder el sueño, cuando antes de tenerlo hubiera podido dormir sobre una pila de cascotes de ladrillo, sobre piedras, cenizas o donde fuere, y tan profundamente como un hombre adinerado en su propio lecho, o incluso más.

De vez en cuando daba una cabezada y soñaba que perdía el dinero, y me despertaba de pronto asustado, y, al encontrarlo en la mano, trataba de dormirme otra vez, pero sin lograrlo durante largo rato hasta que volvía a pesarme el sueño, y vuelta a empezar. Al final, se me metió en la cabeza la fantasía de que si me quedaba dormido, hablaría del dinero en sueños, y si lo hacía y alguno de los granujillas de turno me oía decir que tenía dinero, lo cogerían de la mano que descansaba en el pecho sin despertarme; y con ese pensamiento ya no pude pegar ojo en toda la noche de la angustia y preocupación que tenía; y puedo decir que esta fue la primera noche que pasé en vela por las preocupaciones de esta vida y los engaños de la riqueza.

En cuanto amaneció, salí del agujero donde yacíamos y vagabundeé por Fields, en dirección a la parroquia de Stepney, y una vez allí cavilé y medité sobre lo que debía hacer con aquel dinero, y muchas veces deseé no tenerlo en mi poder, porque después de haberme devanado los sesos sobre qué hacer con él y dónde ponerlo, no pude dar con una sola respuesta o con ningún método para ponerlo a buen recaudo; quedándome tan desconcertado que, al final, como acabo de decir, me senté y me puse a llorar a moco tendido.

Cuando hube terminado de llorar, el asunto estaba igual que antes: el dinero seguía en mi poder, sin que yo supiera qué hacer con él. Al final se me vino a las mientes la posibilidad de buscar un hueco en un árbol y esconderlo allí hasta que se presentara la ocasión de recuperarlo. Orgulloso de este descubrimiento, según creía entonces, empecé a buscar un árbol por los alrededores, pero no había ninguno en los campos cercanos a Stepney ni a Mile End que se adaptaran a mis fines, y si encontraba uno y me ponía a examinarlo detenidamente, las muchas personas que había por los alrededores irían a ver si escondía cualquier cosa en él. Y, de hecho, creía que la gente me miraba, y que dos hombres me seguían para ver cuáles eran mis intenciones.

Esto me obligó a irme más lejos todavía. Crucé la carretera a la altura de Mile End, y, en medio de la ciudad, bajé por una calle que desemboca en Blind Beggars, en Bednal Green. La seguí un poco y encontré un sendero que se adentraba en los campos, y, en esos campos, varios árboles que, creía yo, se adaptaban a mis propósitos. Por fin, en un árbol había una pequeña cavidad, lo bastante alta como para que quedara fuera de mi alcance. Trepé por el tronco hasta llegar al nivel de la abertura, metí la mano en ella y hallé, como había pensado, un lugar idóneo para depositar mi tesoro, cosa que me satisfizo sobremanera. Pero hete aquí que al volver a meter la mano para instalarlo mejor, se me escurrió de repente el atadijo.

Descubrí que el árbol era hueco y que mi pequeño paquete había caído por el interior y lejos de mi alcance, sin que yo supiera adónde había llegado. Así que, en una palabra, había perdido mi dinero sin remisión y, puesto que era un árbol alto y grueso, sin oportunidad ni esperanza de volver a verlo nunca más.

Pese a mi juventud, era consciente entonces de lo majadero que había sido por no haber pensado en una forma de conservar mi dinero, y por haber llegado tan lejos para arrojarlo por un agujero donde no pudiera recuperarlo. No obstante, metí la mano por el hueco hasta el codo, pero sin hallar el fondo. Arranqué una rama del árbol y la introduje tan profundamente como pude, pero fue en vano. Entonces me eché a llorar, ¿pero qué digo?, a gritar, de la rabia que tenía. Me dio tal arrebato de ira que bajé del árbol, volví a encaramarme a él y, de nuevo, metí la mano por el hueco hasta que me raspé el brazo y me hice sangre, todo ello sin dejar de llorar amargamente. Después, me puse a pensar que de todo el dinero que tenía no me quedaba ni siquiera medio penique para un panecillo. Y como tenía hambre, me eché a llorar de nuevo. Entonces, me alejé de allí, sin dejar de llorar, gimiendo como un niño chico al que hubieran azotado; y, después, volví nuevamente al árbol y lo escalé, y así varias veces.

La última vez que me encaramé al árbol, ocurrió que no bajé por el mismo lado por el que había subido y bajado anteriormente, sino por la cara opuesta, al otro lado del talud. Me di cuenta de que el árbol tenía una gran abertura en la base, como suelen tenerla los viejos árboles huecos; y, al mirar dentro de ella, descubrí con una alegría indescriptible que allí estaba mi dinero y mi atadijo, intacto y envuelto, tal y como yo lo había dejado. En efecto, era un árbol hueco de arriba abajo, y, al dejar el dinero sobre el musgo o el soporte que fuese que mi falta de juicio no me había hecho suponer frágil, este había cedido al abrir la mano, y el paquetito se había desplomado hasta la base.

No era más que un niño, y mi alegría era la de un niño. Grité con todas mis fuerzas al ver el tesoro, me precipité encima del roñoso atadijo de trapo, lo abracé contra mi pecho y lo besé cien veces; después, bailé, brinqué y corrí de un extremo a otro del campo y, para abreviar, no tengo la menor idea de lo que hice entonces ni mucho menos ahora, aunque nunca olvidaré el hecho, tanto por la profunda desolación en la que me sumí cuando creí haberlo perdido, como por la euforia desatada que me inundó al recuperarlo.

Después de estos arrebatos que acabo de contarles, y durante los cuales corrí sin saber muy bien lo que hacía, me senté, abrí el escurridizo paño que contenía el dinero, lo miré, lo conté, constaté que no faltaba nada, y volví a llorar con tanta vehemencia como antes, cuando creía haberlo perdido.

Fatigaría al lector si me extendiera en todas las chiquillerías que se me ocurrieron en aquellos momentos de alborozo y júbilo, así que ahí lo dejo. La alegría es tan extravagante como la pena, y desde que soy adulto he pensado a menudo que si a un hombre le sucediera una aventura parecida, si llegara a perder todo lo que ha tenido, hasta el punto de no tener ni un trozo de pan que llevarse a la boca y, por un extraño azar, volviera a recuperarlo después de haber abandonado toda esperanza, bien podría dejarse conducir por el desánimo hasta el extremo de usar la violencia contra sí mismo.

Sea como fuere, me marché de allí con mi dinero, no sin antes haber sacado seis peniques del paño antes de envolverlo de nuevo, y me encaminé a una tienda de comestibles de Mile End, donde compré un panecillo de medio penique y un trozo de queso por el mismo valor, los cuales comí sentado junto al escalón de la puerta, con un vaso de cerveza que la buena señora de la tienda me dio generosamente cuando se lo pedí.

Más tarde, tomé el camino en dirección a la ciudad con la intención de reunirme allí con mis cofrades. Decidí que no probaría más a esconder mi tesoro en árboles huecos. En Whitechapel, pasé delante de la tienda de un ropero, frente a la iglesia. Como no llevaba puesto más que unos andrajos, me detuve para mirar los viejos trajes de ocasión colgados junto a la puerta.

–Bien, jovencito –me dice el hombre que estaba de pie junto a la puerta–, usted mira con avidez, ¿ve algo que le guste y que su bolsillo alcance a comprar?

¡Porque tiene más bien el aire de pertenecer al regimiento de los desharrapados!

El hombre me ofendió con su comentario:

–¡Y a usted qué le importa si soy un desharrapado o no! –repliqué–. Si hubiera visto algo que me gustase, tendría dinero para pagarlo. ¡Pero prefiero ir a alguna otra parte donde no me desprecien por el mero hecho de mirar!

Nada más decir esto, con bastante osadía por mi parte, una mujer salió de la tienda.

–¡Pero qué te sucede! –dice ella al hombre– ¡Cómo maltratas así a los clientes! El dinero de un pobre muchacho es tan válido como el del señor alcalde. Y si los pobres no compraran ropa vieja, ¿qué sería de nuestro negocio? ¡Ven aquí, hijo mío! –añadió ella, volviéndose hacia mí– si tienes en mente comprar alguna cosa, no te dejes intimidar por lo que él diga.

Y al pasar junto a ella otra mujer, la señora añadió:

–¡Es un buen mozo, se lo digo yo!

–Por supuesto –dijo la otra–, sería un chico bien parecido, si fuera limpio y arreglado, y hasta se me antoja que con un traje tendría el aspecto del hijo de un caballero.

–Ven conmigo, querido –dijo la señora de la tienda–. Dime, ¿qué te gustaría?

Me halagaba enormemente que me dijera que yo podría pasar por el hijo de un caballero, y eso me trajo recuerdos, pero cuando repitió que no era limpio y que vestía con andrajos, me eché a llorar.

Ella insistió para que le dijera qué quería. Le respondí que «nada», y que todas las prendas de vestir que había visto en la tienda eran demasiado grandes para mí.

–Ven, hijo mío –dice ella–. Tengo un par de cosas aquí que te van a sentar muy bien, y estoy seguro de que querrás las dos: en primer lugar, este pequeño sombrero que te doy por nada –y me lo lanzó–; y aquí hay un buen par de calzas calientes. Estoy segura de que te sentarán como un guante, son de un tejido muy prieto, y si alguna vez llegas a tener tanto dinero que no sabes qué hacer con él, tienen un par de excelentes bolsillos, y hasta uno especial para meter el oro, o el reloj con leontina, cuando te lo compres.

Invadido por una súbita y extraña alegría por el hecho de que yo pudiera tener un lugar donde guardar mi dinero, sin necesidad de ir a esconderlo de nuevo en un tronco hueco, estuve a punto de quitarle las calzas de las manos. No cesaba de preguntarme cómo había sido tan necio para que no se me hubiese ocurrido antes comprarme un par de calzas con bolsillos para meter el dinero, en vez de llevarlo agarrado en la mano o en el zapato durante dos días sin saber qué hacer de él. Finalmente, le di a la mujer dos chelines por las calzas, y fui enseguida al patio de la iglesia a probármelas: metí el dinero en los bolsillos y me sentí tan contento como un príncipe con un carruaje de seis caballos. Después de darle las gracias a la buena mujer por el sombrero, le dije que volvería cuando tuviera más dinero para comprar otras cosas que deseaba, y después me marché.

Es cierto que no era más que un niño pero, ahora que tenía un bolsillo donde meter el dinero, me tomaba a mí mismo como un hombre, y fui directamente a buscar a mi compinche, a quien se lo debía. Al enterarme de que lo habían cogido y enviado a Bridewell, me sobrecogió un miedo terrible. No hice más preguntas, pero era evidente que era a causa de la cartera. Me dije que a mí me arrestarían también, y, como eso me recordaba el desventurado incidente de mi pobre hermano Capitán Jack, al que habían azotado cruelmente, pensé que a mí me azotarían también, una idea que me asustaba tanto que me dejaba perplejo.

Y efectivamente se lo habían llevado a Bridewell a causa de aquel asunto, pero aquella misma tarde, cuando me lo encontré, ya lo habían soltado. Así fue como sucedieron las cosas: después de la suerte de la víspera en la oficina de aduanas, había regresado allí; y encontrándose en el gran vestíbulo mirando fijamente a su alrededor, un hombre le agarró del hombro y llamó a uno de los empleados, que estaba sentado detrás:

–Este –dijo– es el mismo granuja que le conté que vi merodeando el otro día, cuando aquel señor perdió la cartera con sus pagarés. ¡Estoy seguro de que fue él quien la robó!

La gente se arremolinó de inmediato alrededor de mi compañero y lo acusaron sin reservas de haber cometido el robo; pero él estaba demasiado habituado a cosas así como para que el miedo le empujara a hacer una confesión sobre algo que él sabía que no podían probar, ya que no llevaba encima pertenencia ni dinero alguno que lo delataran, salvo una moneda de seis peniques y algunos céntimos sucios.

Lo amenazaron, zarandearon y rodearon hasta casi arrancarle la ropa por la espalda, y los condestables lo interrogaron; pero todo fue en vano, porque él no confesó nada, salvo el hecho de que había ido al vestíbulo tan solo por ver el lugar, tal como lo había hecho anteriormente, porque reconocía que había estado allí antes.

Como no se podía probar ningún hecho contra él ni había ninguna circunstancia que lo relacionara con la cartera, no les quedó más remedio que dejarlo marchar. No obstante, fingieron que lo llevaban preso a Bridewell*, y lo condujeron hasta la verja de entrada con la intención de hacerle confesar. Pero él no abrió la boca, y como no tenían orden de arresto, no se atrevieron a llegar más lejos y, si lo hubieran hecho, las autoridades de la prisión no lo habrían aceptado porque no se puede encarcelar a nadie sin una orden judicial.

En suma, viendo que no podían sacar nada de él, lo llevaron a una taberna, y allí le dijeron que la cartera contenía unos pagarés de gran valor, que no podían servir de nada al bribón que los tuviera, pero que su pérdida acarreaba un perjuicio considerable al señor que los había perdido. Y le dijeron también que este hombre había dejado dicho al encargado de la joyería, a quien se había avisado –y con quien se encontraba allí en aquel momento–, que daría treinta libras a quienquiera que se los devolviese, con la garantía de que no le causaría ningún problema, fuese quien fuese.

Cuando me topé con él, acababan de dejarlo marchar, y me contó toda la historia.

–Pero –me dijo– no he reconocido nada, y me he librado sin ningún cargo contra mi persona.

–Bien –le respondía–, ¿y qué vas a hacer con la cartera y los pagarés? ¿no vas a devolvérselos al pobre hombre?

---

*Véase nota 5.

–No, no –replicó–, no confío en ellos. ¡Qué me importan a mí esos pagarés!

Siendo tan joven como era, se me ocurría que era triste arrebatarle a un hombre unos papeles que representaban tanto dinero sin sacarles antes algún provecho; porque llegué a la conclusión de que el caballero iba a perder todo su dinero, y me parecía extraño que mi compinche fuese responsable de esa pérdida al conservar esos papeles para nada. Recuerdo que cavilé bastante sobre este asunto y, aunque no lo comprendía muy bien, me pesaba en el ánimo; de modo que de tanto en tanto le decía:

–¡Devuélvele esos pagarés al señor, te lo ruego!

Le importuné de tal forma con «devuélveselos» y «te lo ruego», que al final estuve a punto de echarme a llorar.

–¡Y qué quieres! –gritó él–. ¿Quieres que me descubran y me envíen a Bridewell, y que me azoten como hicieron con tu hermano, el Capitán Jack?

–No –le dije–, yo no querría que te azotasen, aunque sí que le devuelvas a ese hombre esos documentos que no te sirven para nada pero que a él, privado de ellos, quizá le lleven a la ruina. –Y añadí–: ¡Devuélveselos!

Él me interrumpió bruscamente:

–¿Y cómo podría devolvérselos? –me preguntó–. ¿Quién se atreverá a llevárselos? ¡Te aseguro que no seré yo! Me arrestarían, irían a buscar al joyero para preguntarle si me conoce y si me entregó el dinero, y así se demostrará el robo y me ahorcarán. ¿Es que quieres que me ahorquen, Jack?

Guardé silencio durante un buen rato, porque después de «¿quieres que me cuelguen, Jack?», no pude objetar nada más. Pero al día siguiente, me dijo:

–Coronel Jack, he ideado un modo de devolverle al señor sus pagarés, y de que tú y yo saquemos del negocio una buena tajada, siempre que tú seas honesto conmigo al igual que yo lo soy contigo.

–Sabes que sí, Robin* –pues así se llamaba–, que seré muy honesto contigo: cuéntame cómo es, que me agradaría verle recuperar sus documentos.

–Verás –me dijo–, me han contado que ha dejado dicho a los empleados de la oficina de aduanas que dará treinta libras a quien le devuelva los pagarés y que no hará preguntas al respecto. Pues bien, si tú vas allí, como el pobre muchacho inocente que eres, y hablas con los empleados, puede ser un buen arreglo. Diles que si el caballero cumple lo que prometió, tal vez podrías decirle quién lo tiene, y si son amables contigo y están dispuestos a hacer valer su palabra, procurarás hacerte con la cartera y dársela a ellos.

Le dije que sí, que iría de todo corazón.

–Solo que, Coronel Jack, ¿qué ocurrirá si te apresan y te amenazan con azotarte? ¿No me delatarás?

–No –le respondí–, aunque me azotaran hasta matarme, no lo haría.

–En ese caso –dijo–, aquí está la cartera. ¡Vete!

Y me dio instrucciones sobre cómo actuar y qué decir, pero yo no quise llevarme la cartera por miedo a que, si no me creían, me registraran, y me acusaran de haberla robado yo. Así que la dejé con él. Y a la maña-

* *N. del T.* Como veremos, aquí y en otros momentos de la narración, Defoe cambia el nombre de *Will (o William)*, el maestro pícaro de *Jack*, por el de *Robin*.

na siguiente fui a la oficina de aduanas, como habíamos acordado. En cuanto a mis instrucciones, para no repetirme, podrán deducirse de lo que sucedió a continuación. Era una misión demasiado gravosa para confiársela a un muchacho no solo de tan corta edad como yo, sino tan poco pícaro como yo lo era aún por entonces.

Sobre dos cosas había tomado decisiones firmes: 1) que el hombre recuperaría sus haberes, porque me parecía horrible que diera por perdido su dinero –lo que, en mi opinión, había ocurrido– simplemente porque nosotros no quisiéramos devolverle la cartera; 2) que, fuera lo que fuera que me ocurriese, nunca diría el nombre de mi compinche Robin, autor principal del delito. Con estas honestas resoluciones, pues ambas lo eran, y armado de un corazón de hombre, aunque también de una cabeza de niño, entré al día siguiente en el gran vestíbulo de la oficina de aduanas.

Tan pronto como llegué al lugar, vi al empleado sentado exactamente en el mismo sitio donde lo había visto la vez anterior, y pensé que no se había movido de allí desde entonces. Como no sabía qué hacer, me acerqué al estante adosado al muro que servía como escritorio y que era lo bastante alto para que me apoyase con los codos en él.

Esperé allí, empujado a la derecha por uno y a la izquierda por otro. Al cabo de un rato, el hombre que estaba sentado detrás de mí empezó a mirarme. Al final, me interpeló:

–¿Qué hace ese muchacho ahí? ¡Lárgate, mocoso! ¿No serás tú uno de los granujas que robaron la cartera del caballero el lunes pasado? –y, volviéndose hacia el cliente con el que despachaba, prosiguió–: Tuvimos un episodio muy desafortunado el lunes pasado con un señor, no sé si lo ha oído.

–No –respondió el otro.

–Estaba aquí –siguió el empleado–, exactamente donde usted está, haciendo su declaración de aranceles. Sacó su cartera y la dejó a su lado, al alcance de la mano, como declaró él, y justo cuando se inclinó sobre ese estante de ahí para mojar su pluma, alguien le robó la cartera con los pagarés.

–¡Su cartera de pagarés! –exclamó el otro– ¡No es posible! ¿Y tenía pagarés dentro?

–¡Por supuesto! –dijo el empleado– Tenía uno a nombre de señor Stephan Evans por un valor de trescientas libras, otro de cerca de doce libras y, lo que es peor para el propietario, dos letras de cambio extranjeras aceptadas al cobro, lo que representaban una suma considerable, no sé exactamente cuál. Creo que una de ellas era una letra francesa por un valor de mil doscientas coronas.

–¿Y quién podría haberlo hecho? –preguntó el cliente.

–Nadie lo sabe –respondió el empleado–. Pero uno de nuestros vigilantes dijo haber visto un par de granujillas parecidos a ese de ahí –y me señaló con el dedo–, que merodeaban por la sala y desaparecieron de pronto.

–¡Rateros! –dijo él–, ¿por qué? ¿Qué pueden hacer con esos documentos? No les servirán de nada. Porque supongo que habrá dado aviso inmediatamente de que no se paguen.

–Sí –dijo el empleado–, así fue. Pero los granujas fueron más raudos que él e hicieron efectivo el pequeño pagaré de doce libras y pico. Lo presentaron al cobro y se llevaron el dinero. El resto de documentos han sido intervenidos. Con todo, para él es un perjuicio considerable tener que prescindir de esa fortuna.

–Debería anunciar una recompensa para animar a los que los tienen en su poder a devolvérselos. Estarán encantados de hacerlo, se lo garantizo.

–Ha colgado un anuncio sobre la puerta en el que dice estar dispuesto a dar treinta libras a quien se los restituya.

–Sí, pero debería añadir que promete no arrestar ni causar molestias a quien lo haga.

–Lo ha hecho también –replicó el empleado–, pero me temo que no se arriesgarán a ser honestos por temor a que él rompa su palabra.

–Claro, en un caso así, podría hacerlo, pero no debería; porque, entonces, ningún granuja se aventuraría a devolver nada que hubiera robado, y, por consiguiente, perjudicaría a otras personas a quienes les sucediera lo mismo en el futuro.

–Si me atreviera a dejar mi vida en prenda por la suya, sería desdeñada.

Hasta ahí llegó la plática, y se pusieron a hablar de otra cosa. Yo no me había perdido ni una coma, y me quedé un buen rato sin saber qué hacer; pero, a la postre, viendo que el caballero se marchaba, corrí tras él para hablarle, decidido a contárselo todo, pero desapareció rápidamente en una sala llena de gente, situada en el otro extremo de la gran sala, y los ujieres, cuando hice ademán de entrar, me obligaron a darme media vuelta, diciéndome que no estaba autorizado a entrar allí. Así que regresé a la sala y deambulé en derredor del mismo empleado sentado detrás del mostrador y allí me quedé hasta que vi que en el reloj daban las doce del mediodía y la sala empezaba a vaciarse de gente. El hombre no dejaba de escribir, pero esta vez no había nadie delante de él. Cuando me aproximé a él, pegándome al mostrador, como había hecho antes, el hombre, al verme, levantando la vista de los papeles, me dijo:

–Dime, jovencito, no has dejado de merodear por aquí en toda la mañana, ¿qué quieres? ¿Es de suponer que tendrás negocios que no marchan muy bien?

–No –respondí yo.

–¿No? –insistió él–. Pues bien, ¡tanto mejor! ¿Pero puede saberse, señor, qué negocios te traen a esta sala? ¿No eres comerciante?

–¡Querría hablar con usted! –le dije yo.

–¿Conmigo? ¿Qué tienes que decirme?

–Tendría algo que decirle –le respondí yo– a condición de que no me haga ningún daño por ello.

–¿Hacerte daño, pequeño? ¿Qué daño podría hacerte? –dijo con mucha amabilidad.

–¿No me hará daño de verdad?

–No, pequeño, no te haré ningún daño: ¿de qué se trata? ¿Sabes algo del caso de la cartera del caballero al que robaron?

Respondí, pero hablé con un tono tan bajo que no podía oírme. Se cambió de sitio, abrió una puertecita que había en el mostrador y me pidió que entrara, cosa que hice.

Me preguntó nuevamente si sabía algo de la cartera. Le respondí, en voz baja nuevamente, y le dije que la gente podría oírle a él. Entonces, con una voz susurrante, volvió a hacerme la misma pregunta.

Le dije que creía saber algo; que en realidad yo no tenía la cartera y que no había participado en el robo, sino que había llegado a manos de un muchacho, que la habría quemado si no hubiera sido por mí. Añadí que había oído que el dueño se alegraría de recuperarla, y que, en justa recompensa, daría una buena suma de dinero a quien se la entregase.

–Esas son exactamente sus palabras–respondió–. Y, si tú le devuelves su cartera, tal como ha prometido, te dará una bonita recompensa, nada menos que treinta libras.

–¿Pero, señor, vuesa merced ha dicho también que estaba seguro de que él no le haría ningún daño a quien se la devolviera?

Él: No, no te ocurrirá nada, te puedo dar mi palabra.

Yo: ¿Y no me obligarán a decir nada que pudiera causar problema a otras personas?

Él: No, no se te preguntará el nombre de nadie ni se te obligará a decir quién ha cometido el robo.

Yo: No soy más que un pobre muchacho, pero me alegraría que el caballero recobrase sus documentos. Además, no soy yo quien los ha cogido ni quien los tiene.

Él: ¿Pero puedes decirme de qué manera el caballero podría recuperarlos?

Yo: Si puedo hacerme con ellos, se los traeré mañana por la mañana.

Él: ¿No podría ser esta tarde?

Yo: Creo que puedo, si supiera adónde ir.

Él: Ven a mi casa, rapaz.

Yo: Pero yo no sé dónde vive.

Él: Ven conmigo ahora, y lo verás con tus propios ojos.

Así que me llevó hasta Tower Street, me mostró su casa, y me dijo que regresara por la tarde, a eso de las cinco, lo cual hice, llevando conmigo la cartera.

Cuando llegué, el señor me preguntó si había traído el libro (como el decía).

–No es un libro –repliqué yo.

–No, la cartera de los documentos, es lo mismo –dijo él.

–¡Vuesa merced me prometió que no me haría ningún mal! –le dije yo, rompiendo a llorar.

–No tengas miedo, niño, no te haré daño, ¡pobre muchacho! Nadie te va a hacer daño.

–Aquí está –dije yo, sacando la cartera del bolsillo.

Hizo entrar entonces a otro señor, probablemente el dueño de la cartera, y le preguntó si era la que había perdido, y el otro respondió que sí.

Entonces me preguntó si los pagarés estaban dentro.

Le respondí que, por lo que había oído decir, no faltaba más que uno, pero que creía que el resto estaba allí.

–¿Por qué lo crees? –me preguntó.

–Porque oí decir al muchacho que según parece cometió el robo que eran demasiado valiosos para deshacerse de ellos.

Entonces, el caballero a quien pertenecían dijo:

–¿Dónde esta el rapaz?

Luego, el otro señor intervino:

–¡No, no debéis preguntarle eso! Le he dado mi palabra de que no se le preguntaría eso y de que tampoco se le obligaría a decírselo a nadie.

–Bien, muchacho –dijo el señor–. Ahora vamos a abrir la cartera contigo para comprobar que están todos los documentos.

–Sí –afirmé yo.

Entonces, el empleado de la oficina preguntó:

–¿Cuántos pagarés contenía?

–Solamente tres –respondió el dueño–. Además del pagaré de doce libras y diez peniques, estaba el pagaré del señor Stephen Evans por trescientas libras, y dos documentos de pago extranjeros.

–Bien entendido que si están en la cartera, le daréis al muchacho las treinta libras, ¿verdad?

–Sí, dijo el caballero, se las daré de buen grado.

–Pues vamos, muchacho, vamos, déjame abrirla a mí.

Le entregué la cartera, y él la abrió: los tres documentos estaban allí, junto a muchos otros papeles, todos intactos, ni manchados ni estropeados, y el señor dijo que estaba bien.

–¡Bien! –dijo entonces el empleado de aduanas–. Me he ofrecido como garante de que el niño tenga su dinero.

–Sin duda –respondió el otro–, pero los granujas se han llevado doce libras diez peniques, y debemos admitir que esa suma debería deducirse de las treinta libras.

Si me hubiera consultado, habría aceptado sin rechistar, pero el empleado quería apoyarme.

–¡No, no! –dijo él–. Vuesa merced ya sabía que las doce libras y diez peniques habían sido cobradas cuando ofreció la recompensa de treinta libras por los otros documentos, recompensa que hizo vocear y anunciar en un cartel que se pegó en la puerta de la oficina de aduanas. Y yo le he prometido las treinta libras esta mañana.

Discutieron durante un buen rato y por un momento pensé que iban a pelearse.

Sin embargo, al final tanto uno como el otro se avinieron un poco, y el señor me dio veinticinco libras en guineas nuevas. Al dármelas, me pidió que extendiera la mano, y fue contando el dinero al ponérmelo en la palma de la mano. Cuando acabó, me preguntó si estaba bien. Yo dije que no lo sabía, pero que creía que sí.

–¿Cómo es eso? –me dijo–. ¿No lo compruebas?

Le dije que no, que nunca había visto tanto dinero junto en mi vida y que tampoco sabía que hacer con él.

–Vaya, entonces –respondió él–, ¿no sabes qué es una guinea?

Le respondí que no y que tampoco sabía cuánto valía una guinea.

–Entonces –me dijo él–, ¿cómo me has dicho que creías que la cuenta estaba bien?

Le dije que porque no pensaba que quisiera engañarme.

–¡Pobre rapaz! –me dijo–. Qué poco sabes del mundo. ¿Quién eres?

–¡Soy un pobre muchacho! –exclamé, y me eché a llorar.

–¿Cómo te llamas? –me preguntó–. No, espera, prometí que no te preguntaría el nombre, así que no tienes que decírmelo.

–Me llamo Jack –respondí.

–¿Pero tendrás un apellido? –dijo.

–¿Qué es eso?

–Además de Jack, tendrás algún otro nombre, ¿o no?

–Sí –dije yo–, me llaman Coronel Jack.

–Pero no tienes ningún otro nombre.

–No –dije yo.

–¿Y puedo preguntarte por qué te llaman Coronel Jack.

–Me han dicho que porque el nombre de mi padre era Coronel.

–¿Tu padre y tu madre están vivos?

–No –respondí–, mi padre está muerto.

–¿Dónde está tu madre, entonces?

–No he tenido ninguna –dije yo.

La respuesta le hizo reír.

–¡Caramba! –exclamó–. ¿No has tenido nunca una madre?

–He tenido una aya –respondí–, pero no era mi madre.

–Creo –dijo el empleado de aduanas al propietario de la cartera– poder asegurar que este muchacho no fue el ladrón de sus pagarés.

–¡Claro que no, señor, yo no los robé! –exclamé yo, echándome a llorar de nuevo.

–No, no –me dijo–. ¡Nosotros no creemos que fueras tú! –Y dirigiéndose al caballero de la cartera, añadió–: Es un muchacho listo y, al mismo tiempo, muy ignorante y honesto. Es una pena que nadie se ocupe y cuide de él. ¡Conversemos un poco más con él!

Se sentaron, bebieron vino y me dieron un poco. Después, el señor de aduanas se dirigió a mí de nuevo:

–Veamos –me dijo–. Este dinero, ahora que lo tienes, ¿qué vas a hacer con él?

–No lo sé –dije yo.

–¿Dónde vas a ponerlo?

–En el bolsillo.

–En tu bolsillo ¿Y eso es todo? ¿No lo perderás?

–Quizás, ¡pero no tengo otro sitio donde ponerlo!

–¿Y dónde vas a guardarlo cuando llegues a casa?

–No tengo casa –respondí, echándome de nuevo a llorar.

–¡Pobre niño! ¿Cómo te ganas la vida?

–Hago las compras, para la gente, en Rosemary Lane.

–Y por la noche, ¿dónde duermes?

–En la fábrica de vidrio.

–¿Cómo en la fábrica de vidrio? ¿Es que hay camas allí?

–Nunca he dormido en una cama –le dije–. Al menos desde que recuerdo....

–Pero, entonces, ¿dónde duermes en la fábrica?

–En el suelo –respondí yo–. Algunas veces sobre un poco de paja y, otras, sobre las cenizas aún calientes.

En este punto intervino el caballero que había perdido los pagarés:

–Este pobre rapaz –dijo– haría que cualquier hombre llorase por las miserias de la naturaleza humana y bendijese su propia suerte. ¡Hace que me afloren las lágrimas!

–A mí también –dijo el otro. Y dirigiéndose a mí, añadió–: Pero, a fin de cuentas, Jack, cuando haces la compra para otras personas, ¿te dan dinero?

–Me dan de comer –dije yo–. Es mejor.

–¿Pero cómo te las arreglas para la ropa?

–Me dan a veces ropa vieja que ya no quieren.

–¡Apostaría a que no tienes camisa! –gritó él.

–No –dije yo–. Nunca he tenido ninguna desde que murió mi aya.

–¿Y hace cuánto tiempo de eso?

–Seis inviernos, cuando haya pasado este.

–¿Y qué edad tienes?

–No sabría decirle.

–En todo caso, espero que ahora que tienes dinero, dedicarás una parte a comprarte algo de ropa y una camisa.

–Sí –respondí yo–, compraré algo de ropa.

–¿Y qué harás con el resto?

–No sabría decirle –dije yo, y me puse a llorar.

–¿Por qué lloras, Jack? –me preguntó el caballero.

–Tengo miedo –dije, sin dejar de llorar.

–¿De qué tienes miedo?

–Sabrán que tengo dinero.

–Bueno, ¿y qué pasa?

–Que no iré a dormir más a la fábrica de vidrio, donde se está caliente, y me moriré de frío.

–¿Pero por qué no irás más a dormir allí?

–Porque se llevarán mi dinero.

En este punto, los caballeros se miraron el uno al otro, con la ansiedad y perplejidad natural que asalta a quienes tienen dinero.

–Le garantizo –dijo el empleado– que cuando este rapaz no tenía dinero, dormía toda la noche sobre la paja o las cenizas calientes de la fábrica de vidrio, tan profundamente y tan desprovisto de cuidado como cualquier otra criatura podría en esas circunstancias; pero apenas le ha caído un poco de dinero, el miedo y la preocupación por cómo conservarlo es tal que le hace llorar y le atenaza el corazón.

Me hicieron muchas otras preguntas más, a las cuales respondí lo mejor que pude, a mi manera bastante infantil, pero a fin de satisfacerlas todas. Al final, salí de allí con el bolsillo pesado y el corazón no menos pesado, puedo asegurárselo; porque me atemorizaba de tal guisa el hecho de tener tanto dinero que no sabía qué diablos hacer conmigo mismo. Me marché de allí y caminé un rato, pero sin saber muy bien qué hacer, de modo que después de deambular durante dos horas o así, volví y me senté a la puerta de la casa del empleado de aduanas, y allí estuve tanto tiempo llorando que no me quedó líquido alguno en la cabeza para verter lágrimas, si bien es verdad que no llamé a la puerta.

Supongo que no debía de llevar allí mucho tiempo, cuando una persona de la familia se percató de mi presencia, y una criada salió a hablar conmigo. No le dije gran cosa y seguí llorando. Al final, mi presencia allí llegó a oídos del caballero, porque el comerciante ya se había marchado. Cuando el caballero se enteró, me hizo pasar dentro y, retomando la conversación, me preguntó por qué me había quedado allí.

Le dije que no me había quedado allí todo el tiempo, sino que había caminado durante un rato y, después, había regresado.

–Bien –dijo él–. ¿Y por qué has regresado?

–No se lo puedo decir –le dije.

–¿Y por qué lloras? –me preguntó–. ¿No habrás perdido tu dinero, verdad?

Le dije que aún no lo había perdido, pero que tenía miedo de perderlo.

–¿Y eso te hace llorar? –me dijo.

Respondí que sí, porque sabía que no lo podía guardar, que ellos encontrarían la forma de tenderme una trampa o de matarme para arrebatármelo.

–¿Pero quiénes son «ellos»? –replicó él– ¿Con qué clase de banda de maleantes andas?

Le dije que apenas eran muchachos, pero que no valían mucho.

–¡Son una sarta de granujas, ladrones y rateros, como los que habían robado la cartera! –añadí–. ¡No puedo soportarlos!

–Entonces, Jack, ¿qué puedo hacer por ti? ¿Quieres dejarme a mí el dinero? Yo te lo guardaré.

–Sí –dije yo con todo mi corazón–, se lo ruego.

–¡Entonces, dámelo! Para que estés seguro de que está a buen recaudo y que te será devuelto honradamente, voy a firmarte un recibo para que recibas los intereses. Y estate seguro de que, si perdieras este recibo o si alguien te lo robara, a nadie más que a ti devolveré el dinero, en todo o en parte.

Le confié de inmediato el dinero, sin guardarme para mí más que quince chelines para comprarme algo de ropa, y así terminó la plática entre nosotros en esta primera ocasión. Una vez asegurado mi dinero con total satisfacción, me encontraba completamente aliviado y, por tanto, empezaron a disiparse los tristes pensamientos que me habían afligido anteriormente.

Esto es suficiente para que cualquiera comprenda cómo acontecen las vicisitudes y angustias de la vida, cómo nacen de la impaciencia por obtener dinero y de la desazón de cómo conservarlo una vez conseguido. Yo que no tenía nada y que no sabía lo que era tener algo, e ignoraba las preocupaciones que acompañan ese deseo; o que no quería nada, que es lo mismo que quererlo todo, y no me preocupaba dónde encontrar comida o dónde dormir, no conocí la naturaleza del dinero o qué hacer con él, ni padecía los efectos de no conciliar el sueño, hasta que no tuve algo de dinero para guardar y me atenazó el miedo a perderlo.

Es evidente que, si no hubiera sido un mamarracho, si no hubiera sido demasiado niño todavía para reivindicar mi propia causa, habría tenido ahí una oportunidad de entrar al servicio de estos señores, o quizá de convertirme en su protegido, porque ellos parecían arder en deseos de hacer algo por mí, y se mostraron muy sorprendidos de la inocencia de mi conversación, así como de la miseria –según creían ellos– de mi condición.

Pero actué realmente como un niño, y, habiendo dejado mi dinero, tal como ya he contado, no volví a verlo hasta muchos años después. Lo que me deparó el curso de los acontecimientos en ese espacio de tiempo tiene tal variedad de aspectos y comporta tantas enseñanzas que requiere un relato por sí mismo.

La primera ocasión de provecho que se me presentaba en el mundo ya había pasado de largo. Tenía dinero, pero desconocía lo que valía ni cómo utilizarlo. La forma de vida que había adoptado me resultaba tan natural que no imaginaba que pudiera mejorarse. Carecía del menor deseo de comprarme ropa, mucho menos una camisa, y tampoco albergaba el deseo de alojarme en otro lugar que no fuese la fábrica de vidrio ni de hacer otra cosa que no fuese vagar por las calles como había hecho hasta ese momento. Así es, ignoraba el bien y no había probado el mal; me refiero a que, a mis ojos, la vida que había llevado hasta entonces no era mala.

En este estado de ignorancia, regresé a mi miserable existencia, ya que mi vida era esencialmente eso; y si a mí no me lo parecía era porque no tenía elementos de juicio y porque no había conocido otra mejor.

El cofrade que me había dado los pagarés y a quien, si no le hubiera presionado, no se le habría pasado jamás por la cabeza devolverlos, no me preguntó nunca lo que estos me habían reportado, pero me dijo que si me daban algo por ellos, sería para mí; ya que, según me explicó, puesto que él no deseaba correr el riesgo de ser reconocido al devolverlos, yo merecía la recompensa, si es que había alguna; y tampoco se devanaba los sesos preguntándose cuánto había recibido, ni siquiera si me había dado algo o no. Mi título de propietario era, por tanto, irreprochable.

Yo seguía entrando y saliendo como había hecho hasta entonces. Tenía dinero en el bolsillo, pero no se lo revelaba a nadie. Iba de compras con el buen humor de costumbre, y aceptaba lo que me daba la gente con la misma gratitud que siempre; la única diferencia estribaba en que, si tenía hambre, porque nadie me había dado trabajo o pitanza, no mendigaba de puerta en puerta como había hecho al principio, sino que iba al figón, donde, por el precio de medio penique, compraba una ración de caldo y un trozo de pan; y a veces, pero las menos, un poco de carne; o bien, si quería regalarme, tomaba medio penique de queso. Todos estos gastos no sumaban nunca más de dos o tres peniques a la semana, porque, al contrario que el resto de la tribu, yo era sumamente frugal, y no solamente no había gastado ninguna de mis primeras guineas sino que, tal como le había dicho al señor de la oficina de aduanas, ignoraba de qué estaba hecha una guinea y cuánto valía.

Había llevado esta clase de vida, sin hacer nada, durante un mes cuando mi cofrade, como le llamaba, vino una mañana y me dijo:

–Coronel Jack, ¿cuándo vamos a ir tú y yo de paseo nuevamente?

–Cuando tú quieras –le dije.

–¿No tienes ningún asunto que resolver? –me preguntó.

–No –respondí yo.

Así, saltando de una cosa a otra, me dijo que yo era un sinvergüenza con suerte, y que creía que no dejaría de serlo; pero que ahora tenía un nuevo asunto para proponerme.

–Naturalmente –me explicó–, la primera vez llevamos un novato con nosotros, compartimos con él a medias, a fin de alentarle en la empresa; pero de ahí en adelante él ha de ponerse a nuestra disposición, a menos que se exponga a fondo y corra los mismos riesgos que nosotros. Pero como nosotros somos unos caballeros, nos comportaremos siempre el uno para el otro con honradez; y si estás dispuesto a confiar en mí o a dejarlo en mis manos, te trataré con mucha gentileza, puedes creerme.

Le dije que ciertamente podía hacer poco, porque no había comprendido nada y, por consiguiente, no esperaba obtener nada a cambio, pero que haría lo que me ordenase; y después nos pusimos en camino.

No volvimos a la oficina de aduanas, hubiera sido demasiado arriesgado y, además, no me hacía mucha gracia dejarme ver en su compañía. Fuimos directamente a la Bolsa, merodeando ociosamente por Castle Alley y Swinthin's Alley, sobre todo ante las puertas de los cafés. Fue un día desafortunado porque no conseguimos más que dos o tres pañuelos en toda la jornada, antes de tomar el camino de regreso a mi viejo alojamiento en la fábrica de vidrio; y eso sin haber comido más que un pedazo de pan, obsequio de mi cofrade, ni haber bebido más que un trago de agua en la fuente situada frente a la verja del edificio de la Bolsa. Así pues, cuando nos separamos –porque él no venía a parar como yo en la fábrica de vidrio– me dirigí a mi figón de costumbre para zampar algo y restaurar fuerzas. Al día siguiente, nos volvimos a encontrar temprano según habíamos convenido.

Como era muy temprano por la mañana, caminamos hasta Billingsgate, donde, al parecer, desde las primeras luces –e incluso, en esa época del año, antes del alba–, se reúne un gran gentío, compuesto de dos clases de personas: de una parte, los reclutadores de marineros forzosos* y los patrones de los barcos de carbón, y de otra parte, los comerciantes de pescado al por mayor y los compradores de este género.

Eran los primeros los que acaparaban su atención. Así que, al darme las instrucciones, me dijo:

–Tú entra en todas las tabernas que encontremos a nuestro paso, y observa si hay gente contando dinero; si es el caso, vienes a advertirme.

Él se quedaba en la puerta cuando yo entraba en las tabernas. Como los patrones de los barcos de carbón venden generalmente su mercancía «a pie de muelle», como dicen, es en esas tabernas donde reciben el dine-

* *N. del T.* Reclutadores que recorrían las calles de Londres obligando a los vagabundos a alistarse en la marina.

ro del trato. No tardé mucho tiempo en averiguar que había varios en esas circunstancias y pasarle la información a mi cofrade. Entonces, él entraba y observaba a su vez. No había encontrado aún nada adecuado a sus propósitos cuando le anuncié que acababa de ver en una taberna a un hombre que había recibido una suma considerable de alguien, probablemente de varias personas, y que el dinero se amontonaba sobre la mesa mientras él se ocupaba de anotar las cantidades en un pedazo de papel y distribuirlas en unas talegas.

–¿De verdad? –me dijo–. Pues bien, yo te aseguro que una parte va a ser para mí.

Y entró. Se paseó arriba y abajo por la taberna, donde había varias mesas y compartimentos, poniendo el oído por si llegaba a escuchar el nombre del comerciante. En cuanto oyó que alguien le llamaba Cullum, o algo por el estilo, esperó la ocasión favorable para acercarse al hombre y contarle una larga historia, según la cual dos caballeros que se encontraban en la taberna Gun le enviaban a darle noticia de que deseaban conversar con él.

El patrón del barco carbonero tenía su dinero delante de él, como ya he señalado, y había preparado dos o tres pagos pequeños en unas asquerosas talegas negras, que había apartado a un lado. Como no había aún luz diurna, mi cofrade encontró el modo de dar su mensaje, poner la mano encima de una de las bolsas y llevársela limpiamente sin que el otro se percatara de nada.

Yo estaba delante de la puerta. Al salir, me tiró de la manga y me dijo:

–¡Corramos Jack! ¡Salvemos el pellejo!

Dicho y hecho, salió disparado, y yo detrás de él, sin osar pararme a respirar ni a mirar hacia atrás; llegamos a Fenchurch Street, atravesamos Lime Street hasta Leadenhall Street, bajamos por St. Mary Axe hasta la muralla de Londres, y seguimos en dirección a Bishop Gate y Old Bedlam hasta Moorfields. En este punto, ya no estábamos ni él ni yo en disposición de correr muy deprisa, y habríamos podido detenernos antes, dado que nunca vi a nadie que nos siguiera. Cuando recalamos en Moorfields, y recuperamos el resuello, le pregunté que le había asustado tanto.

–¿Asustado? –me dijo–. Pero, bobo, aquí tengo una gran bolsa de maldito dinero.

–¿Una bolsa? –exclamé yo.

–¡Pues claro! –me dijo–. Vamos, adentrémonos en los campos, donde nadie pueda vernos, y te lo enseñaré.

Me llevó por Long Alley, Cross Hog Lane y Holloway Lane hasta una gran pradera, que ahora se llama Farthing-Pie-House-Fields. Nos habría gustado sentarnos, pero estaba llena de agua. Nos pusimos de nuevo en camino y, atravesando el sendero que conduce a Anniseed Cleer, entramos en la pradera donde hoy se erige el Gran Hospital. Buscamos un rincón apartado, nos sentamos, y él me mostró la bolsa, diciendo:

–Eres un muchacho con suerte, Jack, porque verdaderamente mereces una buena cuota de este trabajo, ya que en parte lo debemos a tu buena información– y volcó todo el dinero en mi sombrero, porque, como ya he señalado, ahora yo llevaba un sombrero.

Cómo se las arregló para sustraer semejante talega de dinero a un hombre plenamente despierto y con los sentidos alerta, no sabría decirlo, pero la talega estaba bien repleta. Entre otras cosas, había algo envuelto en papel. Cuando mi cofrade se percató, exclamó:

–¡Espera! ¡Es oro!

Y empezó a proferir gritos de aleluya como un demente. Mas enseguida cayó en la cuenta de que se trataba de un papel de viejas monedas de trece peniques y medio, de nueve peniques y de cuatro peniques y medio, todo ello calderilla de poco valor procedente de Escocia e Irlanda, lo cual le decepcionó, si bien es cierto que en la bolsa había no menos de diecisiete o dieciocho libras, según me dijo, ya que yo no sabía contar el dinero. Ciertamente yo no.

En resumen, dividió la calderilla en tres partes iguales, dos para él y una para mí, y me preguntó si me parecía bien el reparto. Le dije que sí, que tenía razones para estar contento; además, sumado a lo que me había quedado de mi anterior aventura, era tal cantidad de dinero que, con semejante exceso a mi cargo, no sabía qué hacer con él ni conmigo mismo.

Para ser un ladrón, era de lo más cuidadoso. Poseía tal destreza para escamotear las cosas que tan pronto ponía sus ojos en algún bien deseado, este aparecía en sus manos, y nunca, que yo sepa, erraba su objetivo ni era atrapado en el acto.

Era un consumado ratero, un auténtico experto cuando se trataba de los relojes de oro de las damas, pero prefería dedicar su talento a empresas menos triviales que esas, de las cuales solía salir limpio como la nieve y triunfante como no cabe imaginarlo. Fue en estas formas distinguidas del arte del hurto en las que me convertí en discípulo suyo.

Como a estas alturas éramos ya realmente ricos, él decidió que yo no podía continuar durmiendo en la fábrica de vidrio, ni yendo semidesnudo o vestido con harapos como solía hacerlo. Me obligó a comprarme dos camisas, un chaleco y, sobre todo, una chaqueta, porque, antes que ninguna otra, es esta última la prenda imprescindible para esta industria. Me vestí según sus consejos, y me alojé en la misma casa que él, o mejor dicho, con él, en una buhardilla muy adecuada a nuestras necesidades.

Poco tiempo después de esta aventura, salimos nuevamente por negocios a probar fortuna, por segunda vez, en las proximidades de la Bolsa. Allí comenzamos a trabajar por separado, y la primera cosa que hice por mi cuenta fue una argucia, con la que demostré tener una cierta destreza para ser un novato, ya que nunca antes había visto ejecutar una igual. Vi a dos caballeros enfrascados en una animada plática. Uno de ellos sacó una cartera pequeña de la cual, antes de volver a meterla en el bolsillo de su chaqueta, sacó algunos papeles y metió otros. Esta operación la repitió varias veces más mientras seguía charlando y haciendo aspavientos a su interlocutor, junto a dos o tres hombres más que seguían atentamente su conversación. La última vez que introdujo la cartera en el bolsillo, aunque sería más exacto decir que la arrojó al bolsillo, esta, interrumpida en su camino por algún otro objeto, no entró hasta el fondo, sino que se quedó con una esquina fuera.

No deberíamos hacer recaer demasiado el peso de la culpa en la negligente manera que tienen algunos hombres de poner la cartera en el bolsillo de su chaqueta, de modo que esta pueda ser fácilmente hurtada por las manos de cualquier muchacho recién iniciado en el negocio. Los caballeros van siempre con muchas prisas, y, absortos como están en sus propios pensamientos, les es imposible tomar las debidas precauciones contra algunas criaturas de ojos acechantes, como eran los míos. O bien no deberían llevar nunca cartera, o bien llevarla en un sitio seguro, o bien no poner nada de valor en ella. Ocurre que yo estaba cerca de este señor, en lo que se llama Swithin Alley, o más exactamente en esa pequeña callejuela que se encuentra entre Swithin's Alley y la Bolsa, cerca del pasadizo que va directamente a la Bolsa. Cuando vi esta cartera salir y entrar del bolsillo, tal como acabo de explicar, me vino inmediatamente a la mente que podía apoderarme de ella si era lo bastante hábil y me aseguraba de saber lo que Will habría hecho si hubiera estado en mi lugar.

Pero, en cuanto la vi sobresalir del bolsillo, no tuve dudas de que en ese momento ya era mía. Atravesé la callejuela, pasé por delante del señor, rozándole suavemente aunque muy cerca de él, con la mano baja, pegada al costado, y, cogiendo la cartera con dos dedos por la esquina al descubierto, tiré de ella suavemente. Era imposible que el señor hubiese notado ningún movimiento ni que nadie me hubiera visto. Me dirigí directamente hacia la gran plaza, situada al norte de la Bolsa, y, bajando por Bartholomew Lane, llegué a Tokenhouse Yard, tomé una de las callejuelas que desembocan en London Wall, atravesé Moorgate y me senté en la hierba de una de las praderas de Moorfields, en el lugar convenido con Will para encontrarnos si alguno de los dos se hacía con algún botín. Will no estaba allí cuando llegué, pero le vi aparecer una media hora más tarde.

En cuanto se aproximó a mí, le pregunté si había conseguido algo: tenía un aspecto pálido y, a mi parecer, asustado.

–No tengo nada –me respondió–. Pero tú, granujilla afortunado, ¿qué tienes? ¿No habrás cogido la cartera del caballero de Swithins Alley.

–Sí –le respondí, echándome a reír–. ¿Cómo lo sabes?

–¿Que cómo lo sé? –exclamó él–. Ese señor está como una cabra y medio desquiciado. Da patadas al suelo, grita, se arranca su propia ropa; en la calle se dice que está prácticamente arruinado y corren rumores de que tiene no sé cuántos miles de libras en su cartera. Veamos lo que hay dentro.

Nos echamos sobre la hierba de modo que nadie advirtiera nuestra presencia, y abrimos la cartera. Contenía un buen número de pagarés firmados con distintos nombres, algunos pertenecientes a joyeros cambistas y otros a casas de seguros, según las llaman. Pero, al parecer, lo único que valía más que todo el resto junto se encontraba en uno de los pliegues de la parte anterior de la cubierta: un papel que envolvía diamantes sin montar. El hombre, según comprendimos más tarde, era judío y traficaba con piedras preciosas, a las cuales debería haber puesto más cuidado en proteger.

Ni el propio Will podía hacerse cargo de un botín de semejante calibre. Y digo Will, porque, aun comprendiendo mejor el negocio que antes, cuando ignoraba todo lo que hacía al dinero, yo seguía estando bien poco avisado por lo que se refería a otros asuntos. Sin embargo, una leva semejante le desconcertaba tanto como a mí. Éramos un poco como el gallo de la fábula, porque todos aquellos pagarés –uno de ellos extendido a nombre de Sir Henry Furness por mil doscientas libras–, y diamantes –con un precio, según dicen, de ciento cincuenta libras por pieza– carecía de valor alguno para nosotros, y una pequeña bolsa de oro nos habría hecho tanto mejor servicio que la cartera completa.

–¡Bah! –me dijo Will–. ¡Examinemos estos pagarés por si acaso encontramos uno pequeño!

Los examinamos uno a uno, y entre ellos encontramos uno de tres libras.

–¡Veamos! –me dijo Will. Vamos a ver dónde vive el hombre que lo ha firmado.

Volvimos a la ciudad y Will fue a informase a la oficina de correos, donde se enteró de que el señor residía en Temple Bar.

–Bien –dijo Will–. Voy a arriesgarme a ir a cobrar el dinero. ¡Puede ser que haya olvidado avisarles de cancelar el pago!

Pero se le ocurrió otra idea.

–No –dijo–, mejor voy a regresar a la calle donde estuviste y ver si oigo algo de lo que ha ocurrido, porque supongo que el jaleo no habrá terminado todavía.

Se enteró de que el hombre había sido llevado hasta la taberna King's Head, al final de la misma calle, a cuya puerta se agolpaba un gentío impresionante.

Allá marchó Will, y, tras observar y esperar por los alrededores, preguntó a una o dos personas, entre la gente que no se había dispersado todavía, sobre lo ocurrido. Le contaron una larga historia de un caballero que había perdido su cartera de bolsillo, que contenía una gran bolsa de diamantes y pagarés por valor de miles de libras y no sé cuántas cosas más; y añadió que se acababa de pregonar públicamente una recompensa de cien libras para quien la encontrase y restituyese a su dueño.

–¡Ojalá supiera quién la tiene ahora! –declaró Will a una de las personas con las que hablaba–. No me cabe duda de que le ayudaría a recuperarla. ¿El caballero se acuerda de algo? No recuerda si se le acercó alguien, un hombre, o un muchacho? ¡Si pudiera describirlo, sería útil!

Alguien que había oído por encima a Will y estaba ansioso de prestarle ayuda al pobre señor, entró en la taberna para hacerle saber que un muchacho –refiriéndose a Will– estaba hablando del asunto en la puerta. En esto, salió otro caballero que se llevó a Will aparte para preguntarle si sabía algo del robo. Will tenía un aspecto sumamente honesto y nada en su apariencia indicaba que él también fuese un perro viejo en el oficio. Explicó que tenía negocios en una zona que frecuentaba una pandilla de rateros jóvenes, y que, si le daba una descripción del individuo sospechoso, por vaga que fuese, creía poder decir que lo encontraría y que tal vez conseguiría recuperarla. Dicho esto, le pidió que lo acompañara a ver al caballero en cuestión, lo cual aceptó de buen grado. El hombre estaba sentado en la taberna, con la cabeza apoyada en el respaldo de una silla, pálido como un paño viejo, desesperado hasta un punto inimaginable y, según lo describió Will, con todo el aspecto de alguien que acaba de ser condenado.

Cuando se acercaron a preguntarle si había visto algún muchacho o individuo andrajoso acechando por los alrededores, o pasando con insistencia por el lugar, el hombre respondió que no, que no se había fijado en nadie, que no se acordaba ni siquiera si alguien se le había acercado.

–Entonces –dijo Will–, será muy difícil, cuando no imposible, encontrarlo. No obstante –añadió–, si vuesa merced cree que vale la pena, me mezclaré con esos granujas, aunque no me agrada mucho su compañía, y, si ha sido alguno de la banda quien ha dado el golpe, apuesto diez contra uno a que oiré algo al respecto.

Le preguntaron si estaba al corriente de los términos de la recompensa ofrecida a quien la recuperase. Respondió que no (aunque se había enterado de ellos en la puerta). Le dijeron que eran cien libras.

–Eso es mucho –afirmó Will–, pero si a vuesa merced le complace dejar el asunto en mis manos, recuperaré esa cartera por menos dinero que eso, ¡o no la recuperaré en absoluto!

–Explíquenle –dijo el caballero a quien habían robado a los hombres que lo acompañaban– que si puede conseguirla a un precio menor, la diferencia será para él.

Will afirmó que le haría simplemente feliz prestarle un servicio al caballero y que, por lo que se refería a la recompensa, la dejaba a su criterio.

–Bien, joven –dijo uno de los caballeros–. Si tú consigues dar con el joven artista, sea quien sea, que ha cometido este robo –porque yo le garantizo que es un artista–, se le pagará la suma que convenga hasta un máximo de cien libras, y el caballero está dispuesto a concederle cincuenta libras adicionales por las molestias.

–A decir verdad, señor –respondió Will con mucha gravedad–, ha sido el mero azar el que me ha traído hasta la puerta y, viendo la gente abarrotando la entrada, he solicitado saber qué sucedía. Pero me complacerá sobremanera el poder ayudar a que el desafortunado caballero recupere su cartera, y las cosas que contenía.

Porque, señor, yo no soy tampoco rico y cincuenta libras serán muy bienvenidas.

Preguntó después a quién debía presentarse, y dónde, para dar cuenta de sus pesquisas en caso de que se enterara de algo.

Will permaneció tanto tiempo con ellos que, como habíamos convenido, volví solo a casa. No le volví a ver hasta la noche, puesto que creíamos que no sería adecuado que se reuniese conmigo inmediatamente, ya que le podían hacer seguir, y eso habría podido causarme un arresto. Habíamos convenido previamente que, si no había llegado a un acuerdo con ellos, regresaría a la media hora; pero que, si permanecía allí, debíamos encontrarnos en la hora y el lugar concertados, es decir, de noche, en Rosemary Lane.

Cuando llegó, hizo un relato pormenorizado de la plática y, en particular, de lo consternado que estaba el caballero con la pérdida de su cartera, y afirmó que estaba convencido de que restituirla a su dueño nos reportaría una sustanciosa suma de dinero.

Deliberamos toda la noche al respecto para llegar a la conclusión de que no les comunicaría ninguna noticia al día siguiente, sino que esperaría al tercer día para decirles que no había encontrado la cartera, aunque seguía una leve pista de la que pensaba obtener algún resultado. Fingiría que no era una empresa fácil y les hablaría de los obstáculos que debía superar para llevarla a buen término.

De acuerdo con este plan, tres días más tarde, Will se presentó en casa del señor de la cartera, a quien encontró muy inquieto por la larga espera. Este le dijo que temía que tan solo hubiese estado fanfarroneando para sacarles el dinero; y que él y sus amigos se habían preguntado si no le habían dejado irse demasiado rápido sin interrogarle más detenidamente.

William decidió adoptar una actitud altanera, y les dijo que si eso es lo que podía esperar de ellos por haberse tomado la libertad de hacerles saber de su buena disposición a prestarles su ayuda, ellos deberían darse cuenta de que erraban al juzgarle mal, como probaba el hecho de que hubiera regresado a verlos. No obstante, si consideraban que podían extraer de él alguna información interrogándolo, deberían hacerlo sin más dilación, ya que lo único que les podía repetir era que conocía los lugares que frecuentaban esos jóvenes granujas, famosos por ese género de fechorías; y que creía poder conseguir, interpelándolos y ofreciéndoles dinero a unos y otros, que se traicionasen mutuamente y, así, llegar a descubrir al culpable; y añadió que esto estaba dispuesto a declararlo ante un juez de paz, si lo consideraban oportuno, y que holgaba decir nada más, salvo que había perdido uno o dos días en este servicio. Y que, en vista de que su agradecimiento por estas molestias era sospechar de él, por su parte, daba por concluido el asunto y dejaba a su libre criterio el ir o no a buscar la cartera allí dónde él les indicaba que podían encontrarla.

Como quiera que esta declaración les dejó meditabundos, le preguntaron si podía darles alguna esperanza de recuperar el objeto perdido. Les respondió que no tenía reparo en decirles que creía haber oído algunas noticias al respecto, y que, gracias a sus gestiones, no habían quemado ni la cartera ni los documentos que contenía, pero que no quería más interrogatorios si no se le permitía antes formular una o dos preguntas. Le dijeron que estaban dispuestos a darle cualquier satisfacción que estuviera a su alcance, y le invitaron a comunicarles lo que deseaba saber.

–¡Pues bien!, señor –dijo él, dirigiéndose al hombre de la cartera–, ¿cómo puede esperar vuesa merced que un ladrón que os ha robado un objeto de un valor tan considerable como este vaya a querer encontrarse con vos y ponerse en sus manos, confesar que es él quien lo tiene y entregároslo, si vuesas mercedes no le dan garantías, no solamente de que le entregarán la recompensa prometida, sino de que no será interrogado, detenido y conducido ante un magistrado?

Ellos respondieron que le darían todas las garantías posibles.

–No sé qué entienden por eso –prosiguió él–, porque, si un pobre diablo como yo o cualquier otro cayera bajo sus garras, y les mostrase algo que les pertenece, vuesas mercedes siempre podrían disponer de él a su antojo y, acusándole de lo que es evidente –que se trata de un ladrón–, recuperar vuestros bienes y enviarle a prisión. ¿Y, entonces, qué podría él esperar?

Esta dificultad les desconcertaba sobremanera. Le pidieron que tratara de hacerse él con la cartera y los documentos, y le aseguraron que recibiría el dinero antes de devolverles él sus bienes, y que ellos esperarían media hora antes de salir de la habitación.

–¡No, señores –dijo él–, tampoco es un arreglo convincente! Si me hubieran propuesto eso antes de que yo os hubiera hablado de la posibilidad de caer preso sin haber cometido ningún delito, habría confiado en su palabra. Pero ahora ya pueden tener en cuenta esa idea y ¿cómo podría yo, o cualquier otro, estar seguro de no correr ningún riesgo?

Imaginaron otros métodos, pero ninguno valía. A la postre, los señores que estaban presentes se ofrecieron a dar a Will las garantía que él reclamaba: se comprometieron, por una fianza de mil libras, a no causar perjuicio de ninguna clase a la persona que viniera. Él objetó que esto no constituía ninguna obligación válida, ya que nada le garantizaba su cumplimiento, y que, una vez que tuvieran en su poder la cartera, siempre podrían apoderarse de ella.

–Y –añadió–, en ese caso, ¿se imaginan a un pobre ratero reclamándoles su recompensa?

No supieron que responderle y le dijeron que se encargase él de recuperar la cartera del muchacho que la hubiera robado, si es que era un muchacho, y que le pagarían a él la bonificación prometida.

–¡No, señores! –dijo él–. No siendo yo el ladrón, me repugna la idea de ponerme yo en su lugar y de quedarme a su merced.

Ellos dijeron que, en ese caso, no sabían cómo tomarse la cuestión y que les resultaba muy molesto que no quisiera concederles el menor crédito. Él respondió que estaba muy dispuesto a creerles y prestarles su ayuda, pero que debían comprender lo difícil que para él resultaba arruinar su propia reputación y ser acusado del robo cuando lo único que pretendía era serles de utilidad.

Le propusieron entonces firmar un papel por el que declaraban que nunca habían sospechado de él, que no lo acusarían jamás de haber tenido nada que ver en el robo, y donde reconocían que él había tratado de recuperar la cartera a petición suya, por la que, antes o en el momento de entregarla, le pagarían una suma determinada, quedando él eximido de la obligación de facilitarles el nombre de la persona de quien la había recibido.

Una vez firmado el escrito por los tres caballeros presentes y, en particular, por el caballero a quien habían robado, el joven les dijo que se marchaba y que haría lo posible para encontrar su cartera.

Antes, les rogó que se sirvieran escribir una lista completa de todo lo que contenía, a fin de que, explicó, no pudiera decirse al devolverla que faltaba alguna cosa. Por su parte, dijo que haría sellar el papel, y la cartera, cuando se la entregaran. Como estaban de acuerdo, el caballero redactó la lista con todos los documentos que, además de los diamantes, recordaba haber puesto en la cartera, a saber:

- Un pagaré firmado de Sir Henry Furness por 1.200 libras.
- Un pagaré firmado de Sir Charles Duncomb por ochocientas libras, de las cuales doscientas cincuenta habían sido reembolsadas, es decir, 500 libras.
- Un pagaré firmado de J.Tassell, orfebre, por 165 libras.
- Un pagaré firmado de Sir Francis Child por 39 libras.
- Un pagaré de un tal Stewart, que tenía una oficina de apuestas y de seguros, por 350 libras.
- Un envoltorio de papel con 37 diamantes sueltos, con un valor estimado de 250 libras.
- Un pequeño papel que contenía tres grandes diamantes en bruto, y otro grande, pulido y tallado, con un valor de 185 libras.

Por la entrega de todo, se comprometieron a darle lo que Will hubiera convenido con el ladrón hasta un máximo de cincuenta libras, y a él otras cincuenta libras por las molestias.

William estaba ahora en el buen camino. Vino a verme, me contó honestamente toda la historia, tal como acabo de referirla. Le entregué la cartera. Me dijo que pensaba que lo más sensato era no exigir la totalidad de la suma, porque así parecería que les había hecho alguna clase de favor, lo cual le permitiría manejarles con más facilidad. Como yo estaba de acuerdo, al día siguiente fue a encontrarse con los señores de marras, que estaban allí exactamente a la hora convenida.

Nada más entrar les dijo que había cumplido su cometido con éxito y según sus deseos. Explicó que si no hubiera sido por los diamantes, habría podido lograr la cartera por 10 libras, pero que los brillantes encendían de tal modo la imaginación del muchacho que había robado la cartera que este hablaba nada menos que de escapar a Francia y Holanda y vivir allí como un señor hasta el fin de sus días. Esta idea les hizo reír.

–Sea como fuere, señores –dijo Will–, ¡aquí está la cartera!

La sacó del bolsillo. El objeto estaba envuelto en un pañuelo de colores, tan sucio como solo podría encontrarse en la calle, y precintado con una cera de pésima calidad, y con un cuarto de penique a guisa de sello.

Entretanto, al tiempo que abría el sobre, deshizo el pañuelo mugriento y blandió la cartera ante la cara de su propietario. Este se quedó tan sorprendido y embargado por la alegría que no le quedó más remedio que pedir un vaso de vino o de coñac para bebérselo y evitar desmayarse.

Al abrir la cartera, retiraron antes el papel que contenía los diamantes. Estaban todos allí. El pequeño saco estaba vacío, pero los diamantes en bruto que contenía estaban todos sueltos junto a los demás, y reconoció que no faltaba ninguno.

Luego fueron buscando uno a uno todos los pagarés, y descubrieron que uno de ellos era por ochenta libras más de lo consignado en el escrito. Había otros documentos sin valor dinerario, aunque no de menor importancia para el dueño, que tuvo que admitir que todo había sido restituido íntegramente.

–Y ahora, joven –dijo él–, vas a ver que nosotros también cumplimos honestamente el trato contigo.

Y le entregó, en primer lugar, cincuenta libras para él, y después, otras cincuenta libras para mí.

Will cogió las cincuenta libras que eran para él y se las metió en el bolsillo, después de haberlas envuelto en un papel, ya que se trataba de monedas de oro. Después, empezó a contar las otras cincuenta libras, pero cuando ya llevaba treinta, se detuvo.

–Habrán podido constatar, señores, que he obrado lealmente con vuesas mercedes. Y como no quiero que puedan alegar que no lo he hecho hasta el final, aquí tienen estas veinte libras, ya que las otras treinta las tengo ya en mi poder, de acuerdo con lo convenido con el muchacho.

Los señores se miraron unos a otros durante un buen rato, como sorprendidos de su honestidad. Hasta ese momento, albergaban la secreta sospecha de que él hubiera sido el ladrón. Pero con esta maniobra de astucia política, restablecía su reputación ante ellos. En voz baja, el caballero que había recuperado su cartera le dijo a otro:

–¡Dale todo!

El otro (en voz baja, igualmente) respondió:

–¡No, no! Puesto que ha logrado un descuento y él está satisfecho con las cincuenta libras que le has dado, está muy bien así, déjalo como está.

Las últimas palabras fueron pronunciadas con un tono no tan bajo como para que no pudiera oírlas.

–Sí, dijo él, estoy plenamente satisfecho y muy contento de haber podido recuperar sus bienes.

Y, dicho esto, comenzó a despedirse.

Pero en el momento de marcharse, uno de los caballeros le dijo:

–Joven, como has visto, hemos respetado honestamente el trato al igual que tú. No deseamos que nos digas quién es el astuto muchacho que ha sustraído semejante fortuna de este señor, pero, puesto que has hablado con él, ¿tendrías la bondad de explicarnos qué método empleó, de modo que podamos tomar precauciones para evitar episodios parecidos?

–Señor –respondió Will–, si os cuento lo que dicen y cómo se produjo este suceso en particular, el caballero se culpará a sí mismo más que a ningún otro o, al menos, tanto como cualquiera. A lo que parece, el granujilla que la robó acababa de salir con uno de sus compinches, un ratero astuto y experimentado como no los hay en Londres. En aquel momento el artista se encontraba lejos del muchacho, que nunca antes en su vida había limpiado ningún bolsillo. Pues bien, este estaba en un costado del pasadizo que lleva a la Bolsa, en el extremo oriental, justo a la entrada donde estaba de pie el caballero, que hablaba animadamente con otros caballeros, sin dejar de sacarse una y otra vez la cartera, abrirla, extraer algunos papeles y ordenarlos, y devolverla al bolsillo de su chaqueta. En un momento en que la cartera no entró hasta el fondo sino que quedó colgando un poco hacia fuera, el muchacho, que llevaba un buen rato sin quitarle el ojo de encima, pasó junto al caballero y se la llevó limpiamente, sin que él pudiera darse cuenta de nada.

Terminó de exponer los hechos, concluyendo:

–Es muy extraño que los señores lleven cosas tan valiosas en carteras con bolsillos tan amplios, ¡y con tanto descuido!

–¡Es cierto! –dijo el señor.

Y así, con algunas otras frases triviales antes de despedirse, William se marchó de allí para encontrarse conmigo.

Éramos tan ricos ahora, que apenas sabíamos qué hacer con el dinero que no fuese guardarlo en los bolsillos, al menos yo. No tenía en ningún lugar parientes o amigos a los que recurrir. En cuanto a Will, que tenía una madre, aunque desdichada como ella sola, la hizo rica y dichosa gracias a su buena fortuna.

Dividimos el botín a partes iguales, porque aunque la operación inicial era mía, había sido él quien había sabido sacar partido de ella merced a sus gestiones, pues únicamente de esa forma era posible obtener tanto rendimiento en su favor y en el mío. En cuanto a los pagarés, no había duda de que, a menos que los hubiéramos cobrado inmediatamente después del robo, los habrían cancelado, y quizá en el momento en que recibiríamos el dinero, lo que habría causado nuestro arresto. Y en cuanto a los diamantes, habría sido imposible que unos pobres muchachos como nosotros los hubiésemos puesto a la venta, salvo a nuestros intermediarios habituales, los cuales nos habrían dado una minucia por ellos en comparación con su auténtico valor; porque, como comprendí más adelante, los que se dedican a comprar mercancías robadas se cuidan de proveerse de balanzas falsas para engañar a los pobres diablos que las han robado, al menos en una onza de cada tres.

Por lo demás, hicimos un buen negocio en muchos aspectos. En aquella época tenía una conciencia rudimentaria bastante curiosa. No tenía escrúpulos en robar cualquier cosa, pero no podía soportar que se destruyesen pagarés o documentos que podían causar un gran perjuicio a su propietario y que a mí no me beneficiaban en absoluto. Esto me atormentaba hasta el punto de que me robaba el sosiego de noche y de día, tanto como no lo habría hecho con las personas a las que había robado.

Era rico hasta el punto de no saber qué hacer con mi dinero. Siempre había vivido a salto de mata. De vez en cuando, como tengo ya dicho, gastaba dos o tres peniques para aplacar el hambre; pero como había tanta gente que me encomendaba encargos, me daba viandas y, en algunas ocasiones, incluso ropa de vestir, en todo un año no llegué a gastar ni siquiera los quince chelines que me había guardado de la cantidad depositada en manos del señor de aduanas. Y aún me quedaban en el bolsillo las cuatro guineas obtenidas de mi primer botín, el que dejé caer en el árbol hueco.

Comenzaba a tener miras más altas, y aunque Will y yo habíamos viajado juntos al extranjero en varias ocasiones, cuando se presentaba la ocasión de hurtar pañuelos o bagatelas, la dejábamos pasar, ya que no nos interesaba arriesgarnos por objetos de poca monta. Un viernes, mientras paseábamos por West Smithfield, vimos en el mercado a un viejo propietario rural que vendía bueyes jóvenes y bien hermosos. Al parecer, procedían de Sussex, porque le oímos decir que no había toros como aquellos en todo el condado de Sussex. Cuando su Alteza, porque así le llamaban, acababa de cerrar el trato por la venta de unos bueyes en una taberna –cuyo nombre he olvidado ahora– y salía con el dinero en una bolsa, fue preso de un repentino ataque de tos. Al detenerse para toser, apoyó la mano en la que llevaba la bolsa contra el cancel de una tienda situada muy cerca de la verja del claustro de Smithfield, es decir, a unas tres o cuatro puertas de allí. Nosotros estábamos precisamente detrás de él. Will me dijo: «¡Prepárate!». Y, diciendo esto, fingió que tropezaba, de manera que su cabeza chocó contra el viejo ganadero en el mismo momento en que este, sin dejar de toser, desfallecía por falta de aliento.

La violencia de la embestida hizo dar al hombre con sus huesos en la tierra, pero sin soltar la bolsa de dinero que llevaba en la mano. Di un salto y, con un rápido y brusco movimiento, se la arrebaté y escapé corriendo como una exhalación hacia el claustro. Allí doblé a la izquierda en Little Britain, luego en Bartholomew Close, atravesé Adersgate Street para tomar Paul's Alley y desembocar en Red Cross Street, desde donde, evitando las grandes avenidas y sirviéndome de numerosas calles pequeñas, me dirigí sin detenerme hacia los campos de Moorfields, nuestro lugar habitual de cita.

Will, mientras tanto, no había tardado en levantarse después de haber caído encima del viejo propietario. El buen hombre (que después resultó ser un caballero) estaba tan asustado con la caída y su tos le había cortado el aliento de tal modo que tardó un rato en recuperarse y poder articular palabra, un lapso de tiempo que Will, muy ágilmente, aprovechó para alejarse de allí a paso rápido, sin darle tiempo a poner el grito en el cielo a la voz de «¡al ladrón!» ni a explicar que había perdido algo. Por el contrario, tosiendo con más fuerza que antes, y con el semblante tan enrojecido que casi parecía negro, gritó: «Al la... cof–cof–cof... Al ladrón... cof–cof–cof–cof... me ha robado... Cof –cof –cof –cof –cof...». Entonces, inspiró un poco de aire y volvió a empezar: «Al ladrón...cof–cof–cof...». Después de varios «al ladrón» y «cof–cof–cof», logró sacar el resto: «... me ha robado la bolsa del dinero».

Durante todo este tiempo, la gente lo miró sin comprender lo que pasaba. En cuanto a los ladrones, claro está, habían tenido suficiente tiempo de alejarse de allí. Cerca de una hora después, Will se reunió conmigo en el lugar de la cita. Nos sentamos en la hierba, como solíamos hacer, y vaciamos la bolsa: contenía ocho guineas y cinco libras y ocho chelines de calderilla, lo que, todo junto, sumaba catorce libras justas. Nos lo repartimos de inmediato, y volvimos al trabajo en busca de otros botines. Pero tal vez porque embriagados por nuestro éxito no estuvimos demasiado vigilantes o porque no se presentó ninguna otra oportunidad, no lo sé, no cosechamos más ganancia que esa en el resto del día ni nada nos incitó a ninguna otra tentativa.

Hicimos varias rondas de este tipo, algunas veces juntos, otras caminando a una cierta distancia uno del otro, y logramos dar algunos golpes de poca monta, pero estábamos tan enardecidos con nuestros éxitos precedentes que, como he dicho antes, considerábamos que nosotros estábamos por encima de las menudencias con las que otros se habrían contentado; no, solamente nos interesaban las carteras, los cartapacios y las bolsas de dinero.

La aventura que siguió tuvo lugar al caer la oscuridad de la noche, en un patio que da a Gracechurch Street, donde se encuentra la Casa de los Cuáqueros*, y desemboca en Lombard Street. Se trataba de un muchacho que, como supimos después, era aprendiz de un comerciante de paños de Gracechurch Street. Este le había confiado, a lo que parece, una suma de dinero bastante considerable con la cual se presentó en la tienda de un cambista, en Lombard Street. Allí debieron de negociar todo el tiempo que requería una cantidad semejante, tanto que se hizo de noche, y el cambista empezó a cerrar su tienda y encender velas. Lo observamos todo desde el otro lado de la calle, atentos a lo que haría cuando recibiese el dinero que pretendía cobrar. El joven

* *N. del T.* Gracechurch Street fue, al parecer, uno de los centros más importantes de reunión de la comunidad cuáquera de Londres durante el siglo XVIII, compuesta en su mayoría por negociantes prósperos.

permaneció en el interior de la tienda un rato más, para anotar, imagino, lo que había pagado; y, cuando al final salió de allí con un saco bien repleto de dinero bajo el brazo, era ya noche cerrada. Se dirigió hacia el patio, que a esa hora estaba sumido en una completa oscuridad, por un pasadizo en cuyo extremo se encuentra la escalerilla de un arco que, nada más atravesarlo y girar a la izquierda, desemboca en Gracechurch Street.

–¡Atención! –me advirtió William–. ¡Actúa deprisa!

Apenas había acabado de decir esto, se lanzó hacia el joven propinándole un golpe tan fuerte que le hizo tambalearse hacia delante y, cuando este intentaba recuperar el equilibrio, dio un traspiés en los escalones, precipitándose hacia delante y cayendo al otro lado del patio, con la cabeza apuntando hacia la Casa de los cuáqueros. Yo estaba preparado y me precipité sobre la bolsa al oírla caer, ya que el hombre, más preocupado por salvar su vida que el dinero, acababa de dejarla caer. Eché a correr con la bolsa, y Will, viendo que yo la tenía, corrió en dirección contraria hasta reunirse conmigo en la confluencia de las dos calles con Fenchurch Street, y volvimos juntos a casa. El desventurado joven, que se había herido ligeramente en la caída, informó a su patrón, según supimos después, que había sido golpeado con un objeto contundente, lo cual no es cierto porque ni Will ni yo le asestamos ningún golpe.

Pero a su patrón no le disgustaba tanto, al parecer, que el joven hubiera sido golpeado antes de haber pagado la cantidad que adeudaba (más de cien libras) al cambista, Sir John Sweetapple, ya que no montó mucho escándalo por la pérdida, sino que, como oímos más tarde, tan solo advirtió a su aprendiz de que debía ser más cuidadoso y abstenerse de pasar por lugares como aquellos en plena oscuridad.

Nuestro botín se elevaba a veintinueve libras y dieciséis chelines, es decir, catorce libras y dieciocho chelines para cada uno de nosotros, lo cual, sumado a lo que ya tenía, hacía una cantidad que excedía con mucho mi capacidad de gestión. Tanto era así que empecé a preocuparme enormemente por preservar la fortuna que había amasado. Me hubiera gustado tener un amigo a quien confiársela, pero ¿dónde iba a encontrar un amigo así alguien como yo, un pobre muchacho criado entre ladrones? Si le hubiera contado a un hombre honesto que poseía tanto dinero, me habría preguntado de dónde lo había sacado y se habría acobardado de guardármelo ya que, si me arrestaban un día, se expondría a ser perseguido como depositario de bienes robados o como instigador y cómplice de mis robos.

Hicimos, entretanto, un buen número de expediciones afortunadas de toda clase sin sentir nunca cerca la amenaza de arresto, pero mi camarada Will, que a estas alturas era ya un hombre hecho y derecho, animado por esta situación propicia, deseaba sacar mayor ventaja, y se orientó hacia otro género completamente diferente de fechorías. Trabó amistad con una miserable banda de bellacos que no hacían ascos a ninguna clase de ofensa.

Will era un mozo lozano y vigoroso, y, por otra parte, audaz y temerario, presto a batirse el cobre con cualquiera y a emprender cualquier aventura. Aunque le veía poco, me di cuenta de que empezaba a elevarse por encima del rango de un mero ratero. Un día, en que él había venido muy amistosamente a interesarse por mis asuntos, le dije que seguía en el viejo oficio, que había hecho dos o tres buenos trabajos: uno con una joven, de cuyo bolsillo había sustraído once guineas; y otro con una campesina a la que seguí después de que se bajara de una diligencia para pagar al cochero, esperando el momento propicio para hurtarle el bolso limpiamente y sin que se diera cuenta, con un botín de nada menos que ocho libras y diecisiete chelines; así como otros que le conté y con los que había hecho un buen dinero.

–Siempre he dicho, Coronel Jack –declaró–, que eras un hombre afortunado. Pero ahora que ya eres casi un hombre, no vas a estar siempre jugando al crucillo*. Ando metido en asuntos más serios, y tú debes venir conmigo. Te presentaré a una banda de tipos valientes, Jack, ¡y ya verás cómo nos convertiremos en caballeros!

A continuación me habló del oficio. En resumen, se trataba de una banda de tipos que practicaban dos de las más terribles especialidades del arte de robar o, en otras palabras, por la tarde asaltaban a la gente a mano armada, y, por la noche, desvalijaban casas. Will me contó muchas historias verdaderamente plausibles, y con hazañas tan extraordinarias que, finalmente,

* *N. del T.* Juego con alfileres, en la época, particularmente de niñas, que consiste en empujar cada jugador su alfiler con la uña del pulgar, tratando de montarlo sobre el del otro jugador y quedándose con este cuando lo consigue.

habiendo adquirido la costumbre de hacer lo que me ordenase, no vacilé en acompañarlo.

Nada es más cierto que, hasta ese momento, en parte por mi gran ignorancia al no haber recibido ninguna educación en mi infancia, en parte por el hecho de haber frecuentado la compañía de individuos duros y malvados durante toda mi vida, y en parte también porque el oficio al que me dedicaba era el único que había aprendido; hasta ese momento, digo, no había tenido jamás la menor noción del bien y del mal, y, por consiguiente, ignoraba qué era la conciencia, y no albergaba ningún remordimiento por haber cometido fechorías.

Sin embargo, había algo en mí que, sin saber por qué desconocida influencia, me impedía deslizarme por la pendiente del vicio y la degradación al igual que el resto de mis compañeros. Así, por ejemplo, no empleaba nunca palabras malsonantes, no se me oía blasfemar en voz alta, ni era dado a la bebida o a los licores fuertes. No puedo mencionar ni una circunstancia que me haya obligado a apartarme de esta costumbre. Me acompañaba desde siempre, ya lo he dicho, esta idea extraña de que yo era un caballero, y en varias ocasiones los acontecimientos habían contribuido de un modo fortuito a corroborar esta fantasía. Les contaré uno. Un día en que me encontraba en el patio de la fábrica de vidrio, entre Rosemary Lane y Ratcliff Highway, llegó un hombre muy bien vestido, al que esperaba un carruaje de caballos, para comprar botellas o algún otro de los productos que vendían. Mientras negociaba por las mercancías, no dejaba de proferir las más horribles blasfemias cada dos o tres palabras.

Al final, el maestro vidriero, un viejo caballero muy digno, se tomó la libertad de afearle su lenguaje, lo que, al principio, le hizo al caballero prorrumpir en toda clase de maldiciones y pestes aún más inconfensables. Al cabo de un rato, el caballero estaba un poco más calmado, pero seguía blasfemando, si bien de un modo menos grosero que antes.

–¡Verdaderamente, señor –le dijo el maestro vidriero–, vuesa merced maldice e invoca el nombre de Dios tantas veces en vano que no puedo soportar estar a vuestro lado por más tiempo! Preferiría que os olvidéis de mis mercancías y que os vayáis a otra parte. Espero que no lo toméis a mal, pero no me gusta tratar con alguien que blasfema. ¡Temo que mi fábrica de vidrio vaya a derrumbarse sobre su cabeza si sigue blasfemando!

El hombre se tomó el reproche con buen humor, y dijo:

–¡Vamos!, ¡vamos!, no te vayas. No maldeciré más si puedo evitarlo. Reconozco que debería hacerlo.

Dicho esto, el maestro vidriero le miró fijamente un momento y replicó:

–En verdad, señor, es una lástima que un caballero como vuesa merced, con el aspecto de ser un hombre bien educado y de carácter afable, se haya acostumbrado a un hábito tan lamentable. Porque, en fin, ¡un hombre de mundo no blasfema! Valga para los desdichados de baja ralea que trabajan en el horno o para esa chusma de pelagatos desharrapados que veis ahí –dijo señalándome con el dedo–, o para algunos de los pobres diablos que vienen a dormir sobre las cenizas. ¡Ya es triste que ellos blasfemen y harían bien en corregirse! ¡Pero un hombre de buena familia, señor, un caballero como vos! ¿No deberíais estar por encima de esas cosas? Los caballeros saben bien lo que es propio de su condición, ya que así se lo han enseñado, y es evidente que vuesa merced no lo ignora. Se lo ruego, señor, cuando os asalte la tentación de blasfemar, preguntaos antes: «¿Es esta la conducta propia de un caballero? ¿Blasfema acaso un caballero?» Preguntáoslo, vuestro sentido común os responderá, y no tardaréis en abandonar esta mala costumbre.

Presente desde el principio en la conversación, se me había helado la sangre en las venas al oírle decir que blasfemar era solamente para las personas de mi calaña. La enseñanza había causado una impresión tan viva en mí como en el caballero, quien, por otra parte, la aceptó gustosamente y agradeció al señor su consejo. En cuanto a mí, a partir de ese día no sentí la menor inclinación a blasfemar ni decir palabrotas, y detestaba que los otros muchachos lo hicieran. Por lo que se refiere a la bebida, no tenía ocasión de probarla, ya que solo bebía agua o alguna cerveza pequeña que me daban como limosna (rara vez cerveza fuerte), y cuando tuve dinero, nunca sentí el deseo de tomar una cerveza fuerte ni se me pasó por la sesera el gastar el dinero para comprarla.

En cuanto a mis principios, es cierto que carecía de los rudimentos de una educación primaria y que, habiéndome conducido el destino demasiado pronto por los derroteros del mal, aunque sin la menor noción de que lo que hacía fuese hacer el mal, cuando tuve edad de comprender y saber lo que era un ladrón, me decía a menudo que mi conducta era impropia y me estaba labrando mi propia desgracia, así que, en varias ocasiones, me detuve en seco a cavilar sobre ello y a preguntarme si esa era la vida que correspondía a un caballero.

Pero todos estos pequeños reparos se fueron por donde habían venido, y yo continué practicando mi viejo oficio como si nada, especialmente cuando Will estaba allí para aguijonearme, ya que, como he mencionado antes, él era para mí una especie de guía en estos asuntos y yo, por costumbre o por dedicación, no solamente veía las cosas igual que él, sino que me esforzaba en ser para él un alumno digno de su maestro.

Pero volviendo al punto donde me había quedado, Will vino a verme para decirme que había encontrado un excelente filón, y que debía irme con él si quería ser un caballero. Will, a mi parecer, no entendía esa palabra como yo la entiendo. Su «caballero» no era ni más ni menos que un caballero ladrón, un bribón de una categoría superior al simple ratero, capaz de cometer los peores desatinos, aquellos que, más pronto que tarde, le harían acreedor de la horca. Pero el caballero en el que yo pensaba era de una condición muy distinta, aunque hubiera sido incapaz de describir cómo lo veía entonces.

Sea como sea, pronunciar la palabra tuvo un efecto suficientemente convincente, y me fui con él. Ninguno de los dos éramos viejos: Will tendría unos veinticuatro años y, en cuanto a mí, tenía ahora casi dieciocho, y era bastante alto para mi edad.

La primera vez que salimos juntos, me presentó a dos muchachos que eran, tanto uno como otro, más jóvenes que yo. Nos encontramos en la parte baja de Gray's Inn Lane, alrededor de una hora antes de la puesta del sol, y fuimos juntos a un lugar llamado Pindar of

Wakefield, donde hay abundancia de hornos de ladrillo. Una vez allí, decidimos desviarnos del sendero donde nos encontrábamos e ir hasta Pancrass Church, por si veíamos allí «levantar la presa», como suele decirse, y ver cazar algún ave al vuelo. Mientras caminábamos por el sendero que bordea la carretera de Kentish Town, dos de entre nosotros, Will y otro de los muchachos, se encontraron, casi al anochecer, a un señor que se dirigía a buen paso, y solo, hacia el pueblo. Will gritó: «¡Aquí!», la palabra acordada como señal para detenernos, mantenernos a distancia, acudir en ayuda de nuestro cofrade si era necesario, y vigilar los alrededores para advertir de la proximidad de un peligro inminente.

Will se acercó al señor y le hizo una sola pregunta: «¿Su dinero, señor?» El hombre, viendo que Will estaba solo, levantó el bastón para pegarle, pero Will, que era tan ágil como fuerte, saltó sobre él y con una maniobra de lucha, le tiró al suelo. El otro se puso a suplicarle que le perdonase la vida, porque Will le había dicho, blasfemando, que le iba a degollar vivo. En ese momento, se aproximaba por la carretera un carruaje de alquiler de un solo caballo. Nuestro cuarto hombre, situado de esa parte, gritó: «¡Aquí!», con lo que nos advertía de que había una nueva presa a la vista, pero sin peligro. El tercer cofrade, que se encontraba muy cerca, corrió a prestarle ayuda y, entre los dos, detuvieron el carruaje, en el cual iban montados un doctor y un cirujano, que habían estado visitando un enfermo de categoría, a quien habían solicitado honorarios considerables, ya que nos dejaron dos bolsas bien repletas, una con once o doce guineas y la otra con seis, además de calderilla, dos relojes, un anillo montado con un diamante y el instrumental de cirujano, compuesto en su mayoría de objetos de plata.

Mientras que nuestros dos cofrades se ocupaban de estos menesteres, Will inmovilizó al hombre, al cual mantenía aprisionado debajo de él. Aunque le había prometido que no lo mataría a menos que se pusiera a gritar, no quería soltarlo hasta oír que los otros no hubieran acabado con los ocupantes del carruaje. Cuando este se hubo alejado, Will llevó a su prisionero a un lado del camino, le ató las manos a la espalda y le ordenó que se quedara allí, tumbado y bien quieto, hasta que él volviera a desatarle. Le dio su palabra de que no le dejaría allí más de media hora, pero añadió que, si pedía auxilio, volvería enseguida a matarlo.

El pobre hombre, que no llevaba encima más que once chelines y seis peniques (que Will se llevó consigo), prometió no mover un músculo y no gritar –y mantuvo su palabra, por cierto–, con lo que Will fue a reunirse con los demás. Él estaba con ellos cuando yo, encontrándome del lado de Pindar of Wakefield, grité, a mi vez: «¡Aquí!».

Lo que había visto era una pareja de pobres mujeres, una con el aspecto de una aya y la otra con el de una criada, que se dirigían hacia Kentish Town. Como Will sabía que yo era todavía nuevo en este género de trabajos, vino corriendo hacia mí, y, viendo que se trataba de una presa tan fácil, me dijo:

–Es tuya, Coronel. ¡Manos a la obra!

Me acerqué a ellas, y, dirigiéndome a la de mayor edad de las dos, le pregunté:

–Aya, ¡no tengas tanto apremio! Quiero hablar contigo.

Ellas se detuvieron, aunque un poco asustadas.

–No tengas miedo, querida –dije yo a la criada–, si me dais el dinero que lleváis en el fondo del bolsillo, será todo más fácil y no os haré ningún daño.

En aquel momento, Will se acercó a nosotros. Como no lo habían visto antes, las señoras prorrumpieron en gritos.

–¡Calmaos! –dijo Will–. ¡No hagáis ruido, a menos que queráis obligarnos a mataros, aunque no lo queramos! Dadnos vuestro dinero sin discutir, y no os haremos daño.

Al oír estas palabras, la infeliz criada sacó cinco chelines y seis peniques, y la vieja una guinea y un chelín, y se echaron a llorar desconsoladamente porque era todo lo que les quedaba en el mundo. Con todo, y a pesar de que me sangraba el corazón de ver la agonía de la mujer al desprenderse de su guinea, cogí su dinero y le pregunté dónde vivía. Me dijo que se llamaba Smith y que era de Kentish Town. Sin decirles nada más salvo que siguieran camino, entregué el dinero a Will, dejamos marchar a las dos mujeres, y al cabo de unos minutos nos reunimos los cuatro de nuevo.

–¡Vamos! –dijo uno de nuestros cofrades–. Ya basta de esta carretera. ¡Es hora de largarse!

Así pues, nos pusimos en camino, campo a través, para reencontrar el sendero que conducía a Tottenham Court.

–¡Esperad un minuto! –dijo Will–. Debo ir a desatar al hombre.

–¡Déjale! –dijo uno de los otros dos–. ¡Está bien donde está!

–¡No! –replicó Will–. ¡Le he dado mi palabra, y voy a desatarle!

Volvió sobre sus pasos, pero el hombre se había marchado, bien porque se había desatado él mismo, bien porque alguien que pasaba por allí le había oído pedir auxilio y lo había desatado. Sea como fuere, no estaba ya ni allí ni en las proximidades, aunque Will se aventuró a llamarle en voz alta dos veces.

Fue para nosotros una razón más para alejarnos rápidamente, y al llegar a Tottenham Court Road, consideraron que estábamos todavía demasiado cerca, y seguimos hacia el centro por St. Giles, cruzamos Picadilly hasta llegar a High Park Gate. Allí, decidieron detener otro carruaje, y dos de nosotros, Will y uno de mis nuevos compañeros, dieron el golpe entre Park Gate y Knightsbridge. En el coche, no había más que un caballero y una buscona, una prostituta que había recogido un poco antes, en Spring Garden, a buen seguro. Se llevaron el dinero del fulano, su reloj y su espadín con empuñadura de plata, pero, cuando le llegó el turno a la muchacha, esta les envió al diablo, les injurió y les dijo que era vergonzoso que desvalijaran a su compañero y se llevaran su dinero sin dejarle ni un penique para gastar en ella. En cuanto a ella, estaba sin blanca, a pesar de no ir mal vestida.

Una vez terminada esta aventura, nos alejamos de esa carretera también, y, atravesando los campos, llegamos a la carretera que une Westminster y Chelsea, donde nos cruzamos con tres caballeros, pero estaban demasiado bien escoltados como para medir nuestras fuerzas con ellos. Como tenían miedo de aventurarse solos en los campos a una hora tan tardía (eran casi las ocho de la noche y, pese a que la luna ya dejaba verse, era demasiado tarde y la carretera estaba demasiado oscura para ser segura), habían decidido contratar los servicios de tres hombres para que los acompañaran. Dos de ellos portaban sendas horcas y el tercero, un barquero, llevaba un gancho de estibador en la mano. Les habríamos evitado, porque no nos interesaba que nos viesen si podíamos evitarlo, pero nos vieron y gritaron:

–¿Quién va?

–¡Amigos! –respondimos–. Y ellos pasaron de largo, con gran alivio por nuestra parte.

Cuando arribamos a Chelsea, descubrí que teníamos que cumplir otro trabajo, del cual no se me había informado. Se trataba de una casa que pretendían robar, al parecer, con la connivencia del criado, que pertenecía a su banda. Este bribón, que trabajaba como mozo o lacayo, era quien debía introducirles en la casa cuando ellos le dijeran una contraseña. Pero el fulano nos decepcionó sobremanera, no por falta de bellaquería, sino porque, estando borracho, no pudo cumplir su parte del trabajo. El acuerdo era que se levantaría a las dos de la mañana para abrirnos la puerta. Pero, borracho como una cuba, no regresó antes de las once, como el amo de la casa le había ordenado, así que este decidió cerrar las puertas y dejarlo fuera, no sin antes ordenar a los demás criados que no lo dejasen entrar bajo ningún concepto.

Llegamos a las proximidades de la casa alrededor de la una de la madrugada con la intención de reconocer la zona y, al punto, ir a apostarnos al pie de Beaufort House, a esperar que en el reloj sonasen las dos de la mañana, la hora en la que debíamos entrar. Pero hete aquí que, al acercarnos a la casa, descubrimos a nuestro hombre acostado cerca de la puerta, dormido como un tronco y completamente beodo. Will, que, como comprendí entonces, dirigía la expedición, lo despertó, y este, habiéndose aprovechado de un par de horas de sueño, pudo aclarar un poco sus entendederas para contarnos su desgracia, como él la llamó, y explicarnos por qué no podía entrar. Llevábamos algunas herramientas con las que podíamos haber entrado por la fuerza, pero Will, considerando que esa oportunidad estaba malograda, decidió que era mejor retirarse tranquilamente y regresar en otra ocasión.

Puede decirse que fue una borrachera bienafortunada para la familia de esa casa, porque el fulano había dejado caer algunas palabras de más durante su cogorza, ya que no era solamente un beodo sino también un parlanchín, y decía cosas extrañas como que más les hubiera valido dejarle entrar porque se lo iba a hacer pagar caro, y otras boberías por el estilo. Su amo, al oírlo, le despidió a la mañana siguiente y no le dejó pisar esa casa nunca más. Así pues, es cierto que a este señor le acompañó la suerte, porque se libró de ser robado, y tal vez asesinado, pues esta maldita banda no se detenía ante nada. Como descubrí más tarde, estaba compuesta de trece rufianes, de los cuales tres tenían la especialidad de ofrecerse para trabajar como criados en las casas, de modo que, por la noche, abrían las puertas de estas y dejaban entrar a los demás para desvalijar y destrozar a mansalva.

Deambulé con ellos toda la noche. De Chelsea, que abandonaron decepcionados, como acabo de referirles, fueron a Kensington, donde irrumpieron en una cervecería y en una lavandería y, con ese mismo método, también en la cocina trasera de la casa de un caballero; de allí se llevaron un pequeño puchero de cobre y una cacerola de peltre que pesaba un quintal, objetos de los que debían desembarazarse después, trocándolos por dinero con sus peristas de costumbre, y se las arreglaron para volver sanos y salvos a sus respectivos alojamientos

Al día siguiente nos quedamos tranquilos, y al caer la tarde repartimos los beneficios de las cosas robadas durante la noche, que, en mi caso, se elevaban a ocho libras y diecinueve chelines. Los utensilios de cobre y de peltre habían sido pesados y valorados, y encontraron a una persona que los compró a casi la mitad de su precio. Will y yo salimos de allí juntos. Estaba muy satisfecho de los resultados de nuestra expedición y pensaba que podía irnos así de bien a diario. Pero se daba cuenta que yo no me sentía con el ánimo tan cumplido como él y que no me interesaban tanto los proyectos que se traía entre manos. No obstante, aquel día no le dije gran cosa sobre este asunto.

En realidad, se me desgarraba el corazón cuando pensaba en la pobre viuda de Kentish Town, y decidí que, en la medida de lo posible, trataría de encontrarla para devolverle su dinero. La crueldad cometida con ese acto me obsesionaba y disgustaba, y me dio por no dejar de pensar en que me encontraba en el camino de la perdición y que, ciertamente, esta no era la vida de un caballero.

Vi a Will a la mañana siguiente. Estaba dichoso y de excelente humor.

–Y ahora, Coronel Jack –me dijo–, ¡pronto seremos ricos!

–Muy bien –le respondí–. ¿Pero qué vamos a hacer cuando seamos ricos?

–¿Qué vamos a hacer? –exclamó él–. ¡Pues bien! Compraremos un par de buenos caballos y nos iremos lejos.

–¿Qué quieres decir con «irnos lejos»? –le pregunté.

–Simplemente –precisó–, tomaremos el camino fácil y llano, como los caballeros, y entonces sí que haremos fortuna.

–¿Y después? –apostillé.

–¿Después? –dijo él–. ¡Pues eso, viviremos como caballeros!

–Pero, Will –insistí yo–. Cuando tengamos mucho dinero, ¿no vamos a dejar el oficio para vivir bien tranquilos y sin correr más riesgos?

–¡Pues claro! –me dijo Will–. Cuando poseamos grandes propiedades, nada nos complacerá más que dejar los negocios.

–Pero –exclamé yo–, cuando llegue ese momento, ¿qué será de nosotros si continuamos en este condenado oficio?

–¡No pienses más en ello! Si te metes ideas como esa en la cabeza, no tendrás nunca condiciones para llegar a caballero.

Ahí me tocó en mi punto vulnerable, porque la idea de ser caballero me rondaba constantemente en la cabeza, y con su comentario me cerró la boca durante un rato. Pero, poco después, una vez recuperado, le dije con cierta aspereza:

–¿Pero bueno, Will, vivir así es lo que tú llamas vivir como un caballero?

–¿Y por qué no? –me respondió.

–Vaya –repliqué yo–, ¿fue actuar como un caballero robarle veintidós chelines a una pobre anciana que nos suplicó de rodillas que no lo hiciéramos, diciéndome que era lo único que le quedaba en el mundo para comprar un pan, tanto para ella como para el hijo enfermo que la esperaba en casa? ¿Crees que me habría mostrado tan cruel si tú no hubieras estado allí para forzarme a hacerlo? Vaya, yo lloré por eso, tanto como la pobre mujer, solo que a tus espaldas.

–¡Eres un majadero! –dijo Will–. No llegarás nunca a nada en nuestro negocio si te incomodan esas cosas. Ya te enseñaré yo rápidamente a no prestarles atención. ¡Caramba! Si quieres triunfar en este trabajo, debes aprender a luchar cuando se resisten, y a rebanarles el pescuezo cuando se someten; debes aprender a apretarles el gaznate hasta que no les quede resuello para suplicar clemencia, ¿entiendes? ¿Qué significa piedad? ¿Quién se apiadará de nosotros cuando estemos delante del tribunal de Old Bailey*? ¡Esa anciana llorica que te suplicaba exaltada sus veintidós chelines, te aseguro que ella nos dejaría implorando de rodillas, a ti y a mí; y que aun si su ausencia nos salvara el pellejo, vendría a testificar contra nosotros! ¿Acaso has visto a uno de esos elementos ponerse a gimotear cuando se envía a la horca a un caballero de mi condición?

–Bueno, Will –repliqué yo–, creo que deberíamos

* *N. del T.* Por estar situado en la calle del mismo nombre, el Old Bailey es como se conocía popularmente el juzgado central de lo criminal en Londres, contiguo a la prisión de Newgate.

volver a nuestro trabajo de antes: no cometíamos crueldades y, aun así, obteníamos más ganancias que de cualquier otra forma; es mi opinión.

–¡En absoluto! –dijo Will–. Eres un necio y no te das cuenta de los golpes que vamos a dar de aquí a poco tiempo.

Con estas palabras nos separamos, pero a partir de ese instante tomé la resolución de no juntarme más con él para trabajos de esa índole. A decir verdad, era un grupo de granujas depravados y bárbaros, y, aun por aquel corto espacio de tiempo que pasé con ellos, oírles hablar me helaba la sangre en las venas, especialmente, cuando no cesaban de amenazarse e insultarse unos a otros, lo que demostraba que en sus cabezas siempre estaban ocupadas en pensar en asesinatos y degollamientos. Esto se me hizo evidente por primera vez cuando les oí conferenciar después de nuestra aventura fallida en Chelsea. Los dos granujas que estaban con nosotros –ay, y Will también, hay que decirlo–, rabiosos por no haber podido entrar en la casa, juraban y perjuraban que le habrían rebanado el pescuezo al caballero si hubieran tenido ocasión, y dándose apretones de manos, maldecían y juraban que asesinarían a toda la familia tan pronto como Tom (que era el nombre del lacayo) encontrara la oportunidad de abrirles la puerta.

Dos días después, Will se presentó en mi casa –puesto que ya tenía una habitación para mí, me había comprado ropas aceptablemente decentes, algunas camisas, y empezaba a tener el aspecto de cualquier persona corriente–, pero quiso el azar que me encontrase fuera. De hecho, había salido para apañar el modo de dar otro golpe, porque, pese a no estar lo suficientemente endurecido para ser el rufián que a Will le habría gustado que fuese, no había adquirido todavía los principios suficientes para renunciar a una vida pasablemente malvada y orientada a la misma ruindad, aunque no con tal grado de depravación y sin ningún miramiento. Me entregaron un mensaje de su parte, en el que me citaba en un determinado lugar al día siguiente por la noche. Así pues, me presenté en el lugar indicado, pero decidido de antemano a no tener nada más que ver con su banda.

Para mi gran satisfacción, Will no vino a la cita, sino que se reunió en otro lugar con la banda, que le había convocado con premura tras haber tenido noticia de algún botín. Al parecer, uno de los cómplices que habían colocado como criado les avisó de que se ofrecía una ocasión de cometer un robo importante, bastante lejos de Londres, cerca de Hounslow. Aquella noche hirieron a un jardinero –que creo que murió– y asaltaron la casa, llevándose consigo una considerable suma de dinero y plata.

El golpe, no obstante, no fue ejecutado tan limpiamente ni con tanta facilidad. Encontraron resistencia, tanto por parte de los vecinos, que estaban todos armados, como del caballero que habitaba en la casa, que mandó perseguirlos. Regresaron a Londres con el botín, pero uno de ellos fue apresado. Will, que comandaba la banda, fue lo suficientemente astuto para escapar a sus perseguidores. Vestido y con todo el peso del dinero y los objetos de plata que llevaba encima, se tiró al Támesis y atravesó el río a nado hasta llegar a un lugar de la otra orilla donde no había ni sendero ni camino y donde, por consiguiente, no cabían sospechas de que nadie le esperara. Una vez hubo logrado llegar a la otra orilla, con la ropa empapada, se internó en un bosque cercano, no muy lejos de Chertsey, y, según me contó después, erró de un lado a otro hasta que estuvo seco y, cuando se hizo la noche, siguió camino hacia Kingstone, y de allí a Mortlack, donde cogió un barco para Londres.

Ignoraba que uno de sus compañeros había sido apresado. Tan solo sabía que sus perseguidores les pisaban los talones de tal modo que se habían visto obligados a dispersarse, cada uno por su lado, como bien pudieron. No regresó a su casa hasta la noche, y su buena estrella quiso que llegara justamente después de que los condestables que habían registrado su habitación se hubieran marchado. Su compinche, que fue apresado, bajo promesa de que le darían un trato de favor y que le perdonarían la vida, delató a sus compañeros, a Will entre ellos, precisando que era él el principal responsable de la empresa.

Will fue advertido justo a tiempo de huir y evitar el arresto. Vino a mi casa, pero, por un nuevo golpe de suerte, tampoco esa vez me encontró allí. No obstante, dejó todo su botín en mi habitación. Lo escondió en una vieja chaqueta que había bajo la cama, dejándome una nota en la que me decía que mi hermano Will había venido y que me devolvía la chaqueta que había tomado prestada, la cual encontraría bajo la cama.

No comprendí al punto lo que quería decir pero, al mirar bajo la cama y encontrar el bulto, me espantó descubrir un paquete que contenía utensilios de plata y dinero por valor de cien libras. Pasaron tres o cuatro días, durante los cuales no oí ni una palabra de «mi hermano Will», como a él le complacía denominarse.

Al final del cuarto día, supe, por mera casualidad, que Will había sido arrestado y que sería ahorcado. Al día siguiente, un pobre hombre, un zapatero que me había demostrado amabilidad en otras ocasiones, que me encargaba algunas compras y daba alguna vez para comer, al verme en Rosemary Lane, me cogió con fuerza del brazo y me espetó:

–¡Alto, jovencito, está usted arrestado! –y arrastrándome como si yo fuese un ladrón y él un condestable, continuó–: ¡Ven conmigo, Coronel Jack, tengo que hablarte! ¿También tú te has mezclado con esta banda? ¿Es verdad que te has convertido en un asaltador? Vamos, ven conmigo, voy a hacer que te cuelguen, ¡puedes estar seguro!

Estas terribles palabras me alarmaron. Aunque no era culpable de aquel asunto en particular, me encontraba ya asustado y no sabía si podrían acusarme de algo, ahora que Will había sido arrestado. Sin dejar de hablar, el zapatero me arrastró y llevó a empellones, como había hecho tantas veces cuando era un crío.

Sin embargo, recuperando la seguridad en mí mismo y contrariado en grado sumo, repliqué:

–¿Qué quiere decir? ¡Déjeme en paz o me obligará a hacer que lo haga!

Diciendo esto, me paré en seco y, demostrándole que ahora era demasiado mayor para que me arrastrase por el brazo como en la época que hacía encargos para él, hice un gesto con el puño cerrado como si fuera a darle un golpe en la cara.

–¡Y bien, Jack! –dijo él–. ¿Me vas a pegar? ¿Vas a golpear a un viejo amigo? –continuó. Y, acto seguido, me soltó el brazo y se echó a reír–. Escucha, ten en cuenta que, a pesar de todo, hablo en serio. Han llegado a mis oídos cosas sobre ti que no me agradan. Parece que frecuentas malas compañías, y que hay un tal Will que te llama su hermano. Es un rufián de marca mayor, y he oído que van a acusarle de robo y asesinato y que, si lo arrestan, será ahorcado. Espero que no tengas nada que ver con él. Si me equivoco, te aconsejo que te pongas a salvo, porque el condestable y su ayudante van detrás de él, y si te puede endosar un crimen o dos, no te quepa duda de que lo hará, ¡te lo digo yo! No vacilará en hacer que te arresten a ti si con eso puede escapar de la horca él mismo.

Como me lo decía por amabilidad, le di las gracias. No obstante, le hice notar que eran asuntos demasiado graves para bromear sobre ellos como él lo había hecho; y que, al verle actuar así, alguien que no hubiera estado al tanto de nuestras relaciones, habría podido caer sobre mí como si yo fuese culpable y causarme problemas, aunque mi único crimen fuese conocer al individuo en cuestión.

Reconoció que así era, pero me aseguró que se trataba de una simple broma, y que me hablaba de ese modo porque era así como me había tratado muchas veces en el pasado.

–En cualquier caso, Jack –dijo él–, no volveré a bromear contigo con un asunto de tanta gravedad. Pero te aconsejo solamente que no frecuentes más la compañía de ese fulano.

Le di las gracias y me marché. Pero estaba sumido en una perplejidad indescriptible. No sabiendo qué hacer de mi persona, así como tampoco de los bienes mal adquiridos que poseía, estuve cavilando solo por los campos que rodean Stepney, mi paseo de costumbre, sobre lo que debía hacer. Puesto que Will había dejado su botín en mi casa, tenía que reconocer que, si era arrestado, confesaría sin duda dónde había escondido los bienes robados, de modo que los condestables registrarían el lugar y encontrarían el paquete. Eso sería mi perdición y me arrestarían como cómplice, aunque yo no sabía nada del asunto ni había participado en él.

Estando en medio de estas meditaciones, oí que alguien me llamaba. Al darme la vuelta, vi a Will que corría hacia mí. Al principio, no supe qué pensar, pero, viendo que estaba solo, respiré aliviado y lo esperé.

–Vaya, Will –le dije cuando hubo llegado–, ¿qué ha pasado?

–¿Y tú me lo preguntas? –exclamó él–. Pues pasa que he huido. ¿Cuándo has ido a tu casa?

–He visto lo que has dejado –le dije–. ¿Qué significa y de dónde sale todo eso? ¿Es lo que te ha empujado a huir?

–¡Exactamente! La policía me busca y, si me cogen, soy perro muerto; porque George está en prisión y me ha delatado a mí y a los demás para salvar su pellejo.

–¡Su pellejo! –exclamé yo–. ¿Pero a ti, por qué te arrestarían? ¿qué te harían a ti?

–¿Qué me harían? –respondió él–. Me colgarían, tan seguro estoy de ello como de que el sol se pone todas las noches o de que ahora estoy vivo. Me colgarían, sin duda.

Terriblemente asustado, dije:

–¿Y qué harás entonces?

–No lo sé –me respondió–. Saldría del país, si supiera cómo, pero no estoy al corriente de esas cosas, y, realmente, no sé qué hacer. Dame un consejo, Jack: dime adónde debería ir. No me faltan ganas de hacerme a la mar.

–Hablas de marcharte –dije yo–, ¿pero qué harás con todas esas cosas que has escondido en mi buhardilla? No puedes dejarlas allí, porque si hallasen en mi casa el dinero que has robado, ¡sería mi perdición!

–Me importa un comino la vajilla –me respondió Will–. Cuando me vaya, haz con ella lo que te plazca. Es preciso que parta y no puedo llevarla conmigo.

–¡Pero yo no quiero! –declaré yo–. Voy a ir a buscarlo todo y traértelo. Si quieres, encárgate tú, pero yo no quiero mezclarme en ello. ¡Además, hay una vajilla de plata! ¿Qué quieres que haga con ella? Si me propusiera vendérsela a alguien, ¡me arrestarían de inmediato!

–En cuanto a eso –continuó Will–, yo no tendría reparos en venderla, si la tuviera en mi poder. Pero no me puedo dejar ver en compañía de mis viejos conocidos, porque estoy quemado y ellos están prestos a traicionarme. Pero puedo decirte dónde has de ir a venderla, si te place. Si te paso la consigna que te pedirán, no te harán preguntas.

La palabra era «enseña de la bella torre». Me la dio, junto con otras instrucciones, y me dijo:

–Coronel Jack, estoy seguro de que no me traicionarás, y yo te doy mi palabra de que, si me apresaran y hubieran de colgarme, no pronunciaré tu nombre. Iré a una cierta casa –era en Bromley–by–Bow, donde solíamos ir juntos– y allí me quedaré hasta que se haga de noche; cuando anochezca, iré a esconderme a un pajar –me indicó dónde era y yo lo conocía bien–, donde pasaré el resto de la noche. Si finalmente no puedes venir, regresaré a Bow.

Volví a mi casa, cogí el paquete, fui a Cloth Fair, al lugar que me había indicado, dije las palabras de consigna, «enseña de la bella torre», y, efectivamente, no me preguntaron nada. Cogieron la vajilla de plata, la pesaron y me la pagaron, a dos chelines por onza. Fui a ver a Will, pero era demasiado tarde: ya no estaba en la casa, sino en el pajar que había mencionado, dormido como un tronco.

Le entregué su dinero, tal cual lo había recibido y sin haberlo contado. Regresé a mi buhardilla muy tarde y cansado. Me fui a dormir al punto, pero a pesar de mi fatiga, no pude conciliar el sueño hasta muy tarde. Cuando lo hice, no fue por mucho tiempo, porque me despertó el ruido de gente golpeando la puerta como si quisieran tirarla abajo, gritando y llamando a los demás inquilinos de la casa:

–¡Arriba! –bramaron–. ¡Dejad entrar al condestable! ¡Venimos a por el inquilino de la buhardilla!

Asustado en extremo, di un respingo en la cama. Una vez completamente despierto, dejé de oír el más mínimo ruido, excepto el que hacían dos serenos al golpear las puertas con su bastón, anunciando que era un poco más tarde de las tres de la mañana y que el tiempo era húmedo y lluvioso. Me alivió descubrir que no era más que un sueño, y volví a acostarme. Casi inmediatamente, volvió a sobresaltarme la misma algarabía que antes. Salté de la cama y corrí a la ventana, para descubrir que había pasado apenas una hora, y que se trataba de nuevo de los serenos que volvían a pasar, esta vez pregonando que eran las cuatro de la mañana, antes de proseguir tranquilamente su camino. Volví a acostarme, y dormí a pierna suelta el resto de la noche.

No prestaba demasiada atención a esas cosas llamadas sueños, y hasta entonces no les había concedido ninguna importancia. Pero al levantarme al día siguiente, con la decidida intención de reunirme con mi hermano Will, ¿a quién me encuentro sino a mi viejo amigo de antaño, el Capitán Jack? Nada más verme, vino hacia mí y, con su brusquedad habitual, me espetó:

–¿Sabes la noticia?

–No –dije yo–, ¿qué noticia?

–Han apresado esta mañana a tu viejo compadre y maestro, y lo han llevado a Newgate.

–¡Esta mañana!

–Sí –dijo él–, esta mañana a las cuatro. Le han acusado de un robo con asesinato cometido en algún lugar cerca de Brentford, y lo que es peor, ha sido denunciado por uno de su banda que, para salvar el cuello, ha prestado declaración ¡En definitiva, tendrás que pensar qué vas a hacer!

–¿Qué voy a hacer? –dije yo–. ¿Qué quieres decir con eso?

–No te enfades, Coronel –respondió él–. Tú sabrás mejor que yo si no tienes nada que temer. Me alegraría que así fuese, pero dudo que tú no tengas nada que ver.

–No –dije yo–. Yo no estaba en la expedición.

–De acuerdo –siguió diciendo–, aunque no hayas participado en el último golpe, les has acompañado en otras ocasiones y, a fin de cuentas, es igual.

–¡No! –repliqué–. Te equivocas por completo. No soy miembro de la banda. ¡Ellos son de una categoría superior a la mía!

Hablamos todavía durante algunos instantes más antes de separarnos. Pero observé que, al marcharse, el Capitán Jack movía la cabeza de un lado a otro, como si se preocupara más por mí de lo que yo habría imaginado, un asunto sobre el que volveré más adelante.

Sumamente alarmado al saber que Will estaba en Newgate, no habría vacilado en huir tan rápido como supieran mis piernas si hubiera sabido adónde ir. Tenía verdaderos temblores en las articulaciones, y me parecía que iba a derrumbarme en el suelo, y durante toda aquella noche y la siguiente, me hundí en la consternación más absoluta. Lo único que se me venía a las mientes era Newgate*, la horca y el patíbulo, repitiéndome sin cesar que me lo merecía, aunque no fuera más que por haber robado los únicos veintidós chelines de una pobre aya anciana.

La primera cosa de la que mis sombrías reflexiones me permitieron ocuparme fue de mi dinero. A decir verdad, como no ocupaba un lugar excesivo, lo llevaba generalmente encima. En total, eran un poco más de sesenta libras, –como habrán deducido de mi anterior cuenta–, ya que no gastaba casi nada, y era una suma con la que no sabía qué hacer. Al final, se me ocurrió la idea de hacerle una visita al señor de aduanas, si podía encontrarlo, y ver si aceptaba el resto de mi dinero. El asunto consistía, a la postre, en contarle una historia

---

**N. del T.* Además del prisión principal de Londres (véase nota 4), el lugar es tristemente famoso por las terribles condiciones de confinamiento que padecían los presos.

plausible de modo que él no se formulara preguntas sobre dónde podría yo haber adquirido semejante suma de dinero.

Mi imaginación no tardó en proveerme de respuestas. Había, en una de las casas que nos servían de lugar de cita, un traje a disposición de cualquier miembro de la banda que quisiera utilizarlo de disfraz para una ocasión determinada. Era una librea verde adornada con galones rojos, y forrada de seda del mismo color, con sombrero de ala, un par de botas y un látigo. Vestido con esta librea, me presenté en la residencia del señor de aduanas, en Tower Street. Encontré que gozaba de excelente salud y que seguía siendo el mismo gentilhombre, honesto y recto, que había conocido anteriormente.

Cuando me aproximé a él, al salir de su casa, me miró sorprendido. Viéndome hacer una inclinación de cabeza tras otra, con el sombrero de cintas bajo el brazo, y sin reconocerme en absoluto, me dijo:

–¿Quiere hablar conmigo, joven?

–¡Sí, señor! –respondí yo–. Tengo la impresión de que vuestra merced –había adquirido algunos buenos modales– no me reconoce, soy el pobre Jack.

–Me miró atentamente durante un rato y, después, al acordarse, exclamó:

–¡Coronel Jack! ¿Pero qué ha sido de ti todo este tiempo? ¡Hace cinco o seis años que no te veía!

–Más de seis años, ¡si me lo permite su señoría! –le dije.

–¿Y dónde has estado todo este tiempo?

–He estado en el campo, señor –respondí–, sirviendo.

–Bien, Coronel Jack –dijo–. No cabe duda de que concedes créditos de larga data. ¿Por qué no has venido nunca a buscar tu dinero o, al menos, sus intereses? ¡Caramba, los intereses de tu dinero te acabarán haciendo tan rico que no sabrás qué hacer con tanta fortuna!

A eso no respondí, sino que me limité a seguir haciendo varias inclinaciones de cabeza y, para terminar, una gran reverencia.

–Muy bien, Coronel Jack –ven conmigo–. Voy a devolverte tu depósito con sus intereses.

Hice una nueva inclinación de cabeza y una reverencia, y le dije que no venía a reclamarle el dinero, que no me hacía falta, puesto que había servido en uno o dos buenos lugares.

–¿Y en casa de quién sirves? –me preguntó.

–Con su permiso, señor –respondí yo–, en casa de Sir Jonathan Loxham, en Somersetshire.

Era un nombre del que había oído hablar, pero no conocía ni al caballero en cuestión ni la región.

–¡Muy bien! –me dijo–. ¿De veras que no quieres tu dinero, Jack?

–No, señor, tengo un buen lugar, si vuestra merced me lo permite.

–Entonces, qué puedo hacer por ti. Ya te digo que tu dinero está listo.

–No, señor –dije yo–, pero antes ya tenía un buen sitio.

–En fin, Jack, ¿qué quieres decir con eso? No te entiendo.

–¡Dios mío! Señor, si vuestra merced me lo permite, mi viejo maestro, el padre de Sir Jonathan, me ha dejado a su muerte treinta libras, así como un traje de duelo, y...

–¿Y qué, Jack? ¿Es que por casualidad me has traído más dinero? –Empezaba a comprender entonces lo que le quería decir.

–Sí, señor –dije yo–. Y si vuestra merced tuviese la bondad de aceptar guardármelo junto al resto. He hecho también algunas economías de mi salario.

–¡Ya te lo dije, Jack, que te harías rico! –exclamó él–. ¿Cuánto has puesto de lado? ¡Veamos un poco!

Para resumir la historia, diré solamente que consintió en aceptar lo que le traje, y que me dio a cambio una nota en la que consignaba la suma de todo ello más los intereses, cifra que ascendía a noventa y cuatro libras, a saber:

Suma aportada al principio	25 libras
Seis años de intereses	9 libras
Nuevo depósito	60 libras
	----------
	94 libras

Salí exultante de su casa, no sin antes deshacerme en toda clase de reverencias y genuflexiones, y fui de inmediato a mudarme nuevamente de ropa, resuelto a huir de Londres y a no reaparecer en una larga temporada. A la mañana siguiente, al cruzar Rosemary Lane, casi a la altura de un lugar conocido como el mercadillo de harapos, oí que alguien me llamaba: «¡Jack!». Al reconocer mi nombre, me volví y me di cuenta de que tres hombres con aspecto furibundo se dirigían hacia mí, en compañía de un condestable. Sorprendido, eché a correr, pero uno de ellos se lanzó tras de mí, me cogió por el brazo y, al punto, me vi rodeado por los demás y atrapado. Les pregunté qué querían, y qué había hecho. Me respondieron que aquel no era el lugar para hablar de ello, pero me mostraron el mandamiento judicial, diciéndome que bastaba que lo leyera, y que ya me enteraría del resto cuando me llevaran delante del juez.

Sin embargo, lamentándolo sobremanera, no pude enterarme de nada, ya que no sabía leer. A petición mía, me leyeron el escrito, y supe así que tenían orden de arrestar a un conocido ladrón, al que llamaban por el nombre de uno de los tres Jack del mercadillo de harapos, al cual se acusaba bajo juramento de haber participado en un robo con asalto y asesinato cometido en tal lugar y en tal fecha.

Me advirtieron que era inútil negarlo y pretender que no sabía de qué se trataba, porque esos detalles no les incumbían a ellos; que si quería protestar lo hiciese delante de juez, ya que allí comprobaría que la acusación contra mí era fundada, lo cual aplacaría en buena medida mis suspicacias.

No me quedaba más remedio que armarme de paciencia. Estaba tan aterrorizado y con el corazón tan abatido por la culpa que me parecía que iba a morir aplastado bajo su peso. Yo sabía muy bien que, aunque no hubiera tomado parte en la última expedición, sí lo había hecho en la precedente, de modo que no debía sorprenderme que me enviaran a Newgate. Daba por hecho que me colgarían en Newgate, pues ir a Newgate y ser ahorcado eran dos cosas que se deducían la una de la otra.

Sin embargo, antes de llegar allí, debía pasar por una prueba severa: debía comparecer ante la justicia. Cuando el condestable me llevó ante el juez, este me preguntó mi nombre.

–Pero atención, jovencito –añadió–: antes de interrogarte, debo recordarte que, en virtud de la ley, no estás obligado a responderme a no ser que tus acusadores estén presentes. –Después, volviéndose al condestable, le pidió el mandamiento, y dijo–: Habéis traído a este joven aquí en cumplimiento de esta orden judicial. ¿Se trata de la misma persona contra la que se ha librado esta orden de arresto?

Condestable.– Eso creo. Con la venia de su señoría.

El juez.– ¿Lo cree? ¿Por qué no está seguro de ello?

Condestable.– ¡Ruego a su señoría que me excuse, pero la gente me ha dicho que era él cuando lo he arrestado!

El juez.– Este mandato es de una índole bastante particular. Ordena el arresto de un joven conocido bajo el nombre de Jack, pero no indica ningún nombre de familia y dice solamente que se le llama Capitán Jack o algo similar. ¿Puede usted decir, joven, si se trata de vuestro nombre o el de alguien que conozcáis?

Descubrí al punto que los hombres que me habían arrestado no me conocían, dejándose guiar por lo que les habían indicado: eso me dio rabia. Le dije al juez que, con todo el respeto que me merecía, la cuestión no era por el momento saber cómo me llamaba, sino qué me imputaban esos hombres, ellos u otros, y también si yo era o no la persona a la que el mandato del juez autorizaba a arrestar.

Él sonrió.

–Es muy cierto lo que dices, jovencito –dijo él–, muy cierto, y a fe mía que si te han arrestado sin conocerte, y no hay cargos contra ti, ¡tendrán que pagar su error!

Declaré entonces a su señoría que confiaba en que no se me obligara a decir mi nombre hasta que no me llevaran en presencia de mis acusadores, y que entonces no trataría de disimular mi nombre.

–Es perfectamente razonable –dijo el juez–. Señor condestable –añadió, volviéndose hacia los oficiales–, ¿está vuesa merced seguro de que vuestro mandato concierne a este joven? Si no lo está, habrá que enviar a buscar a la persona que lo acusa y cuyas declaraciones, hechas bajo juramento, han dado lugar a este mandato.

Los condestables utilizaron muchas palabras para insinuar que era yo la persona que buscaban, que yo lo sabía mejor que nadie, y que era menester obligarme a confesar mi nombre.

Protesté aduciendo que aquello iba contra el sentido común, y que no me podían obligar a acusarme a mí mismo. El juez les explicó cumplidamente que no podían obligarme a ello, y que no tenía por qué hacerlo si no me parecía bien.

–Además –añadió–, él es demasiado inteligente para dejarse intimidar por esa estrategia.

En resumen, después de una hora de discusión, durante la cual defendí mi causa frente al condestable y sus tres ayudantes, el juez decidió que debían presentar a mi acusador o soltarme.

Sumamente esperanzado por este desenlace, me defendí con mayor vigor que antes. Finalmente, trajeron a mi acusador, que llegó con los grilletes puestos como si saliera del calabozo; y me alegré al ver que no lo conocía, es decir, que no era uno de los dos bribones con los que salí la noche en la que desvalijamos a la pobre anciana.

Cuando el prisionero entró en la sala, lo plantaron justo delante de mí.

–¿Conoces a este joven? –le preguntó el juez.

–No, su señoría –respondió el prisionero–. No lo he visto en mi vida.

–Umh –musitó el juez–. ¿No ha acusado usted a alguien que responde al nombre de Jack, o Capitán Jack, como implicado en la comisión de un robo y un asesinato por los cuales usted mismo ha sido encarcelado?

El prisionero.– Sí, si me lo permite su señoría.

El juez.– ¿Y es este hombre o no lo es?

El prisionero.– No es él, su señoría. A este no lo he visto en mi vida.

–Muy bien –dijo el juez–. Entonces, señor condestable, ¿qué hacemos?

–Estoy muy sorprendido –respondió el condestable–. Cuando estaba en la casa tal –y dijo el nombre–, vi pasar a este joven por la calle. La gente me dijo: «¡Ese es Jack! ¡Es vuestro hombre!» Y corrimos tras él y lo arrestamos.

–Bien –dijo el juez–. ¿Tienen estas personas algo que reprocharle? ¿Pueden probar que es él el hombre contra el que se ha dictado la orden de arresto?

El primer ayudante respondió que no, el segundo respondió igual; y para abreviar, los tres dijeron que no.

–Estando así las cosas –dijo el juez–, no puedo menos que poner en libertad a este hombre. Y debo decirle, señor condestable, y a ustedes también, señores, que lo han traído aquí, que él tendría derecho a causarles problemas si pensara que han actuado precipitadamente y sin la diligencia debida. No obstante, joven, considerando que no se le ha causado un perjuicio grave y que el señor condestable, pese a haberse equivocado, no tenía malas intenciones y pretendía simplemente cumplir con su cometido, creo que debería pasarlo por alto.

Le dije a su señoría que estaba bien dispuesto a pasarlo por alto a instancias suyas, pero que me parecía que lo menos que podían hacer el condestable y sus hombres era volver al lugar donde me habían injuriado y declarar públicamente que yo había sido exculpado por no ser la persona que buscaban, reestableciéndome así en mi honor. El juez me dijo que era una petición muy legítima, el condestable y sus hombres prometieron hacer lo que les pedía, y salimos de allí como buenos amigos. Mi inocencia había sido triunfalmente reconocida.

Nota.– Fue aquel día cuando, como ya he mencionado anteriormente, el juez se dirigió a mí para decirme que había nacido para mejores designios, y que, a juzgar por cómo había conducido mi propia defensa, estaba convencido de que yo había recibido una excelente educación, y que lamentaba la desgracia que acababa de ocurrirme. Y añadió que, no obstante, habiéndose resuelto la causa de un modo tan favorable para mí, esperaba que no me resintiera en mi honor

Aunque su señoría se equivocaba por lo que se refiere a la educación, sus palabras fueron un revulsivo para mí porque decidí que, en cuanto fuera posible, aprendería a leer y a escribir; que no sería una criatura tan incapaz como para no leer una orden del juez y comprobar si había o no un error en la persona imputada.

Pero en toda esta historia había más de lo que en un principio pensaba. Porque se me antojaba evidente que mi hermano, el Capitán Jack, el cual se había apresurado a aconsejarme que me marchara, tanto si pertenecía a la banda como si no, era de los dos el que, en realidad, tenía mejores razones para desaparecer rápidamente.

Cuando esta idea me vino a las mientes, me dediqué a investigar el modo de encontrarlo para advertirle.

No obstante, confiado en que ya no estaba en peligro, dejé de preocuparme por mí mismo y empecé a inquietarme por el pobre Will, mi maestro de latrocinios, que se encontraba atado de pies y manos en Newgate mientras yo andaba campante y en libertad. Decidí que iría a verle, y así lo hice.

Lo encontré en una situación muy triste, sujeto con grilletes pesados, que no hacían presagiar una evasión que ni siquiera él esperaba. Me dijo que no escaparía a la muerte, pero que no debía inquietarme, ya que, como no ganaba nada acusándome, y no había salido con su banda más que en una sola ocasión, podía estar seguro de que no me causaría ningún problema. En cuanto al canalla que les había traicionado a todos ellos, no podía hacerme ningún mal a mí porque nunca me había visto en su vida.

–Solamente –añadió–, hay una persona que estaba con nosotros, y a quien ese bellaco bien podría denunciar. Se trata de tu hermano, el Capitán. Si puedes avisarle a tiempo, hazlo para que pueda huir.

Me dijo muchas otras cosas, especialmente para disuadirme de perseverar en la vía que él me había enseñado.

–Jack –me dijo–, ¡me excedí cuando dije que un gran ladrón podía llevar la vida de un caballero!

Me confesó lo consternado que estaba con que el jardinero pudiera morir; en particular, de haberle infligido él mismo una herida en la nuca, que probablemente le causaría la muerte.

Llevaba encima una gran cantidad de oro, la misma que yo le había entregado en el pajar. La había escondido tan bien que los que le habían detenido no la habían podido encontrar. Me confió la parte mayor para que se la hiciera llegar a su madre (misión de la que me encargué muy honradamente), y nos separamos, con el corazón deshecho. No volví a ver más a Will, porque fue ejecutado alrededor de tres semanas después, tras ser condenado en el intervalo.

No me quedaba otra cosa que hacer que encontrar al Capitán. No me fue fácil hallarlo, pero al final di con él, y le conté toda la historia. Le expliqué cómo había sido apresado al haberme tomado por él y cómo había escapado del embrollo. Añadí que la orden seguía en pie, y que le buscaban día y noche. Debo decir que su aire de sorpresa dejaba entrever su culpabilidad y, de hecho, no tardó en confesar que así era. Había tomado parte en el robo, y aún tenía en su posesión la mayor parte del botín, pero no sabía qué hacer con él y esperaba un consejo de mi parte, para el cual yo no era la persona más adecuada porque apenas sabía nada del mundo. Me contó entonces que pensaba escapar a Escocia, lo cual era bastante fácil, y me preguntó si yo estaba dispuesto a acompañarlo. Le respondí que me encantaría acompañarlo si hallaba el dinero suficiente para pagar el viaje.

–Te garantizo –exclamó él–, que encontraremos por el camino los medios para sufragar los gastos.

Sus ojos inflamados delataban que seguía pensando en el oficio.

–No –le respondí–. No quiero lanzarme a nuevas aventuras. Por otra parte, si nos topamos con dificultades en un país que no conocemos, no saldremos de ellas así como así, y estaremos perdidos.

–No –replicó él–, ¡no tendrán piedad de nosotros si nos apresan aquí! No puede ser peor en otro lugar. ¡Mi opinión es que hay que arriesgarse!

–Pero, Capitán –dije yo–, ¿tan mal uso has hecho de tu dinero que no te queda para salir de este mal trance?

–No me queda gran cosa –me respondió–, porque no he tenido suerte en los últimos tiempos.

Pero mentía, porque tenía en su poder una gran parte del botín de la última expedición, del cual Will y él habían sacado buen provecho en perjuicio del de los demás miembros de la banda, quienes, frustrados y privados de su parte, se habían obstinado en dar con él a toda costa.

Pese a todo, reconoció poseer alrededor de veintidós libras, y algo más de lo que podría sacar dinero. Imagino que se trataba de la vajilla de plata, pero no me quiso decir qué era ni dónde la había dejado, pero sí confesó que no quería arriesgarse a ir a buscarla, porque temía ser traicionado y arrestado. Así pues, partiría sin ella.

–Además –añadió–, ¡volveremos cualquier día!

Honestamente, yo le mostré todo el dinero que tenía, es decir, dieciséis libras y algunos chelines.

–Con eso –dije yo–, si hacemos economías y viajamos frugalmente, deberíamos salir de la zona peligrosa.

Estábamos persuadidos tanto él como yo de que, una vez fuera de Inglaterra, estaríamos a salvo y de que, incluso sabiendo quiénes éramos, nadie podría hacer nada contra nosotros. Lo que no sabíamos era que la ruta que lleva a Escocia era larga y fatigosa. Íbamos a saberlo por propia experiencia.

Hablo de mí mismo como si me hubiera encontrado en la misma situación de amenaza que mi hermano Jack, pero, de hecho, a pesar de tener tanto miedo como él, no corría ni de lejos los mismos peligros.

No puedo pasar por alto que en el intervalo, unos días antes de ir a confiar mi dinero al señor de Tower Street, me había presentado en Kentish Town para restituir sus bienes a la pobre y anciana aya. Al cruzar los campos, tomé sin darme cuenta un sendero que me condujo exactamente al mismo lugar donde había robado a la desventurada mujer, o donde, para decirlo más precisamente, Will me había obligado a robarla. Mi conciencia me había reprochado con bastante frecuencia esta malvada acción, y yo me había prometido en numerosas ocasiones encontrar el modo de repararla. Me puse en camino con ese fin, pero me sorprendió bastante encontrarme tan de repente en el mismo desventurado lugar donde tuvo lugar el suceso.

El lugar me recordó la villanía de mi conducta, y no sé qué impulso me llevó a manifestar una especie de deseo –no puedo decir que fuese una oración, porque ignoraba qué era eso– de renunciar a mi odioso oficio.

–¡Ay –me dije–, si tan solo pudiera tener una profesión con la que poder vivir, no volvería a robar, porque se trata de un acto abominable!

Fue allí donde me di cuenta de hasta qué punto me habían faltado unos padres que hubieran hecho por mí lo que los padres deben hacer por sus hijos: procurarles un oficio o una ocupación con la que ganarse la vida. Y lloré largamente, consternado de no saber qué hacer ni a qué ocupación dedicarme, por resuelto que estuviese a renunciar a la odiosa existencia que llevaba.

Pero regresando a mi excursión de aquel día, pregunté por el camino a Kentish Town a una pobre mujer que, según me dijo, vivía allí. Esto me animó a preguntarle si conocía a una mujer de ese pueblo cuyo nombre era Smith. Ella respondió que sí, por supuesto; que la mujer no era residente sino habitante ocasional, y que era una buena persona, honesta y trabajadora, que se esforzaba en sufragar con su trabajo las necesidades de su marido enfermo e incapacitado desde hacía varios años.

«¡Qué bellaco he sido –me dije– robando a una pobre mujer como esa y contribuir con más penas y lágrimas a su miseria y preocupaciones!» Esto no solo confirmó mi resolución de devolverle su dinero, sino que decidí incluso darle más de lo que le había arrebatado. Me puse en camino, encontré su casa sin apenas dificultades, gracias a las indicaciones que me habían dado, y pregunté por ella. Al punto, al oír decir su nombre a la niña que me había abierto, salió a la puerta:

–Señora –le dije–, ¿fue usted víctima de un robo hace al menos un año, cerca de Pindar of Wakefield, cuando regresaba de Londres?

–Sí –me respondió ella–. Y, por si fuera poco, me llevé un susto de muerte.

–¿Y cuánto se llevaron? –le pregunté.

–De hecho, ¡me robaron todo lo que tenía en el mundo! Aquel dinero era el que había ganado después de trabajar duro. Me lo debían por haber servido como aya de un niño que tenía en aquel momento, y venía de cobrarlo en Londres.

–Pero –insistí yo– la suma, señora, ¿cuál era?

–Vaya –respondió ella–, veintidós chelines y seis peniques y medio. Me habían pagado veintiún chelines que me debían, y el resto era dinero que tenía de antes.

–Pues bien, buena mujer –declaré yo–, ¿qué me diría si yo le diera indicaciones para recuperar su dinero? Creo que el tipo que se lo llevó está bien amarrado ahora, y tal vez podría encontrar la forma de haceros un favor al respecto. He venido por esa razón.

–¡Dios mío! –exclamó ella–. Os comprendo, pero estaba oscuro, y no puedo jurar que reconociera su cara. Además, no querría que ahorcaran a un pobre diablo a causa de mi dinero. ¡Qué viva para arrepentirse!

–Es usted muy amable –dije yo–, más de lo que él merece de usted, pero no tiene que preocuparse por eso, porque le ahorcarán, tanto si declara en su contra como si no. Lo que deseo saber es si quiere recuperar el dinero que le robaron.

–Pues claro que sí –dijo la mujer–. Me alegraría mucho, porque nunca he vuelto a tener tanto dinero como en aquel momento. Pese a que trabajo duro y hasta muy tarde, no se hace idea de las penalidades que pasamos para poder comprar un pedazo de pan.

Y al decir esto, se echó a llorar.

Pensé que se me rompía el corazón de pensar que a sus sesenta años esta pobre criatura trabajaba como una esclava, mientras que yo, un joven que no había cumplido ni los veinte años, le había robado su pan para sufragar una existencia ociosa y vil. A pesar de mis esfuerzos, mis ojos se llenaron de lágrimas, y la valiente mujer se percató de ello.

–Mi pobre señora –dije yo–. Es muy triste que chusma como esa pueda desvalijar a gente honrada como usted, pero quien la robó, puedo asegurárselo, dispone ahora de todo el tiempo del mundo para arrepentirse.

–Veo, señor –me respondió ella–, que usted es muy compasivo. Espero que el ladrón mejore con el tiempo de vida que Dios le haya destinado y, sea lo que sea que haya hecho, Dios le permita arrepentirse. Yo le perdono, tanto si puede resarcirme como si no, y ruego a Dios que le perdone. No le deseo ningún mal, ¡puede estar seguro!

Y tras decir esto, ella se puso a rezar por mí.

–Bien, señora –dije yo–, ¡acérquese!

Había metido el dinero en el bolsillo. Ella se aproximó a mí.

–¡Abra la mano! –le dije.

Ella obedeció y yo le puse en la palma de la mano sus nueve coronas y media.

–Aquí lo tiene, señora –declaré yo–, los veintidós chelines y seis peniques que perdió. Le aseguro que he sido el principal causante de que el ladrón le devuelva su dinero, porque, después de contarme su historia, así como el resto de sus tristes fechorías, no he descansado hasta conseguir de él la promesa de restituírselo.

Le había cogido la mano y la miraba fijamente a los ojos. Vi que se le enrojecían las mejillas y que tenía una expresión de irrefrenable alegría.

–Bien –dijo ella–, ¡que Dios le bendiga y que le salve, si es Su voluntad, de la desgracia que se le avecina! Porque acaba de hacer un acto tan justo y tan honesto como nunca me hubiera atrevido a esperar.

Siguió hablando así, y volvió a llorar por su ladrón. Cuando le dije que dudaba mucho que tuviera alguna oportunidad de escapar a la muerte.

–Entonces –dijo, continuando donde se había interrumpido–, roguemos a Dios para que le conceda el arrepentimiento y lo acoja en su seno, porque en el fondo de sí mismo este hombre no puede ser malvado, estoy segura. Es posible que las compañías depravadas, los modelos erróneos u otras tentaciones le hayan arrastrado por el mal camino; pero estoy convencida de que acabará arrepintiéndose un día u otro antes de morir.

Todo eso me tocaba mucho más de lo que ella se hubiera imaginado, porque este hombre por el que rezaba era yo mismo, aunque ella no lo supiera; y en el fondo de mi corazón, yo decía «¡amén!». Me daba cuenta de que me había cubierto de ignominia al cometer una de las mayores canalladas que pudiesen imaginarse, asaltando a una pobre criatura y negándome a oír sus súplicas cuando imploraba que no le arrebatase aquella insignificante cantidad de dinero.

En una palabra, esta mujer me emocionó tanto con sus preces, que volví a meter la mano en el bolsillo.

–Señora –le dije–, la gran caridad que demuestra al rezar por el miserable que le desvalijó me impulsa a hacer una cosa más por usted, aunque él no me lo haya ordenado: se trata de pedirle perdón en su nombre. ¿Querrá, señora mía, perdonarle sinceramente y de todo corazón? Se lo pido con fervor.

Me levanté y me quité el sombrero.

–¡Ay, señor! –exclamó ella–. ¿No irá a levantarse y quitarse el sombrero? Pero si no soy más que una pobre mujer. Yo los perdono con absoluta sinceridad a él y a todos ellos, y ruego a Dios que los perdone también.

–Entonces, señora –dije yo–, permítame que, para agradecerle su caridad, ¡añada esto a lo que usted ha perdido!

Y, al punto, le di una corona.

Le pregunté, a continuación, quién era la joven que la acompañaba y que había sido, ella también, víctima del robo. Me respondió que era una criada que vivía entonces en Kentish Town, pero que ya se había marchado y que ella desconocía su paradero.

–Si vuelve a oír hablar de ella –le dije–, dígale que os haga saber dónde puedo hallarla y, si vive todavía, volveré a verla y me ocuparé de que el ladrón le devuelva su dinero a ella también. ¿No era gran cosa, tengo entendido?

–En efecto –me confirmó ella–, cinco chelines y seis peniques.

Yo lo sabía tan bien como ella.

–¡Muy bien, señora –le dije–, encuéntrela si tiene oportunidad!

Ella prometió hacerlo y yo me marché.

Me marché de allí henchido de satisfacción, pero el encuentro tuvo también como consecuencia natural el preguntarme si, en virtud de estos mismos principios que venía de aplicar, no debía resarcir igualmente a todas aquellas personas a las que había causado un perjuicio. ¿Y qué podía hacer al respecto? Como no sabía qué responderme, la idea fue disolviéndose con el tiempo. Se trataba de algo imposible: yo no conocía –y no tenía forma de conocer– a quienes había robado. No valía la pena pensar más en ello.

Llegó mi viaje con el Capitán Jack, mi supuesto hermano. Salimos de Londres a pie, y el primer día arribamos a la ciudad de Ware. Por poco que hubiésemos estudiado la ruta, sabíamos al menos que nos la encontraríamos en el camino. Estábamos bastante fatigados, porque no teníamos la costumbre de viajar, pero decidimos pese a todo ir a dar una vuelta por la ciudad.

Constaté al punto que, si Jack había querido dar un paseo, no era para satisfacer su curiosidad por el lugar, ya que carecía de semejante interés, sino por ver si podía dar algún mal golpe, porque robar era en él una cualidad tan connatural a su carácter que no había nada en la ruta que no viese sin pensar inmediatamente en cómo hacerlo suyo, los medios para conseguirlo con facilidad, y cosas por el estilo.

Como no era día de mercado en Ware, no se presentó ninguna ocasión. En cuanto a mí, pese a que no tenía escrúpulos en comer y beber a costa de lo que podría haber robado, estaba decidido a no dejarme «enredar en ninguna fechoría», como suele decirse, y a no robarle a nadie ningún objeto por pequeño que fuese.

Cuando el Capitán supo que rehusaba, me preguntó cómo pensaba hacer el viaje. Le invité a reflexionar, diciéndole que, si lo apresaban, sería probablemente colgado, por nimio que fuese el delito que hubiera cometido.

–¿Y por qué? –replicó él–. ¡Aquí no me conoce nadie!

–¿Acaso piensas –le respondí yo– que cuando la gente de aquí te atrape no averiguarán en Newgate si ha habido alguna fuga o si están buscando a alguien? No te quepa duda que las prisiones mantienen correspondencia puntual entre ellas, y que si te cogieran aquí, siquiera por robar una cesta de huevos, enviarán a Ware al tipo que te ha denunciado para ver si te conoce.

Estos comentarios le impresionaron durante algún tiempo, y se comportó como un hombre honesto durante tres o cuatro días. Pero esta actitud le duró bien poco, ya que, sin estar yo a su lado, hizo toda suerte de bellaquerías, hasta la definitiva que puso fin a su carrera y que acometió también sin mi concurso; aunque esto no fue hasta varios años después, como oirán a su debido tiempo. Pero como estas hazañas no pertenecen a mi historia, sino a la suya (de la que podría hacerse un libro más grueso que este), omitiré relatarlas aquí, salvo en la medida en que me conciernan personalmente durante nuestro fastidioso viaje.

De Ware fuimos a Cambridge, aunque no fue esa la ruta directa, y eso por lo que les refiero a continuación. Al atravesar la ciudad de Puckeridge, nos detuvimos a remojar el gaznate en una posada con el rótulo de un halcón en la entrada. Estábamos allí, sentados bajo el porche, bebiendo una jarra de cerveza que habíamos pedido, cuando vimos entrar a un granjero que dejó su caballo a la puerta. Habíamos hablado con el posadero sobre la dirección que debíamos tomar para ir a Escocia, y él nos había indicado que preguntáramos por la ruta de Royston.

–Sobre todo –nos había dicho–, no olviden que, un poco más adelante, la carretera tiene un desvío que deben evitar, porque les llevaría directamente a Cambridge.

Habíamos pagado la cerveza y estábamos allí descansando un poco simplemente cuando se detuvo delante de la posada el carruaje de un caballero, escoltado por tres o cuatro jinetes. Los jinetes entraron en el patio, y el posadero tuvo que ocuparse de ellos. Desató al caballo del granjero y le preguntó al Capitán Jack:

–Joven –le dijo–, ¿tendría la bondad de coger este caballo y retirarlo del paso para que pueda entrar el carruaje?

El Capitán así lo hizo, y me hizo una seña para que lo siguiera. Caminamos hasta el desvío, y allí me dijo:

–¡Sigue tú! ¡Me reuniré contigo!

Le obedecí. Algunos minutos más tarde, me alcanzó en el camino: iba montado en el caballo.

–¡Vamos! –me dijo–. ¡Sube! Nos servirá para un trecho del camino, y hasta puede que nos lo dejen por una ganga.

No me hice de rogar, me instalé en la grupa del caballo, y siendo este un animal fuerte y brioso, cabalgamos a buen paso y sin detenernos durante una hora o más. En aquel momento, nos parecía que no nos arriesgábamos a ser perseguidos, ya que el paisano, al darse cuenta de la desaparición de su caballo, se habría enterado de que habíamos preguntado por el camino de Royton y, por consiguiente, no habría de ir a buscarnos en el de Cambridge. Así pues, ralentizamos nuestra marcha al cabo de una hora, y en un par de pueblos por los que atravesamos, uno de nosotros se bajó incluso del caballo.

Al Capitán, ya lo he dicho, le era imposible pasar cerca de alguna cosa susceptible de ser robada sin poner sus manos en ella. Ahora que tenía un caballo para cargar el botín, la tentación era más fuerte que nunca. Al salir del pueblo, vio la ropa tendida que la buena ama de la casa había estado lavando y colgando a secar encima de un seto, no lejos de la carretera. No se resistió, sino que se apropió de un par de buenas camisas todavía medio húmedas y, como yo iba a pie, caminando por delante de él, me recogió al pasar en su huida. Partimos a uña de caballo, tan prestos y veloces como el animal daba de sí. En esta parte de la expedición, la buena estrella del Capitán –o la mía– hizo que nos desviáramos de la carretera. No habiendo encontrado a nadie a quien preguntarle el camino, nos extraviamos y vagamos durante no sé cuántas millas sin dejar de ir hacia nuestra derecha, lo que nos llevó finalmente a la carretera principal que unía Londres y Cambridge, a la altura de Bishop–Stortford.

Ante nosotros se extendía una gran llanura de campos de maíz sin cercados. Al llegar a la cima de una pequeña colina, le pedí que nos detuviéramos para estirar un poco las piernas, cansado de montar durante tanto tiempo sin estribos. Al descender del caballo y mirar a mi alrededor, vi claramente, a unas dos millas de nuestra posición, la gran carretera blanca que debíamos haber tomado.

De repente, a nuestra izquierda y un poco hacia atrás, observé que cuatro o cinco jinetes venían a todo galope por la carretera, uno detrás del otro, con todo el aspecto de perseguir a alguien.

Comprendí inmediatamente.

–¡Ay, hermano Jack! –exclamé–. ¡Baja del caballo enseguida, luego me preguntarás por qué!

Él obedeció.

–¿Qué sucede? –me dijo.

–¿Que qué sucede? –dije yo–. ¡Mira hacia allí! ¡Qué fortuna la nuestra habernos extraviado! ¿No ves cómo cabalgan? ¡Nos persiguen, no te quepa duda: y vienen del último pueblo, a causa de las dos camisas, o de Puckeridge, a causa del caballo robado!

Sin que hubiera menester de mencionárselo, Jack tuvo la suficiente presencia de ánimo para esconder el caballo detrás de un gran matorral de espino que había a su lado. Fue astuto por su parte, porque, encontrándonos sobre un promontorio, los jinetes habrían podido reparar en ello y modificar su ruta en consecuencia. Por suerte, a nosotros en cambio no podían vernos, porque nos separaba de ellos una distancia demasiado grande y, además, nos habíamos tumbado en el suelo, lo que reducía todavía más los riesgos.

Como la carretera se alargaba en numerosas vueltas y revueltas, pudimos seguirlos durante bastante rato con la vista. Cabalgaban tan deprisa como podían azuzar a sus monturas. Cuando se perdieron de vista, retomamos nuestro camino, tan veloces, nosotros también, como nos era posible. Aún siendo dos en una misma cabalgadura, no aflojamos el ritmo más que cuando la ruta lo exigía imperiosamente, y no nos detuvimos ni una sola vez a preguntar por el camino. Al cabo de dos horas de marcha, llegamos por fin a una ciudad, que, según nos dijeron, se llamaba Chesterford. Hicimos un alto para preguntar, no por el camino que había que tomar para ir a uno u otro sitio, sino por el lugar adonde se dirigía la carretera. Nos respondieron que era la gran carretera a Cambridge, y que conducía igualmente a Newmarket, Bury, St. Edmund, Norwich, Yarmouth, Lynn, Ely, y más allá.

Convencidos de que no corríamos riesgos, nos quedamos allí un buen rato. Al anochecer, nos encaminamos a un lugar llamado Bourn Bridge, donde la ruta de Cambridge se separa de la que va a Newmarket y donde no se hallan más que dos casas, posadas ambas. Allí el Capitán me dijo:

–Óyeme, ¿te das cuenta de que nos persiguen por la carretera de Cambridge y que si vamos en esa dirección acabarán por atraparnos? En cambio, Newmarket está a tan solo diez millas. Allí estaremos tranquilos, ¡y hasta puede que tengamos oportunidad de resolver algunos asuntos!

–¡Escucha, Jack! –respondí yo–. No me hables más de hacer negocios, porque no voy a acompañarte en esa clase de menesteres. Me complacería llevarte a Escocia antes de que te pongan una soga alrededor del cuello: no quiero que te ahorquen en Inglaterra, si puedo impedirlo; y, por eso, no iré a Newmarket a no ser que me prometas que guardarás las manos en los bolsillos.

–¡Hecho! –dijo él–. Si no debo, no lo haré. Tan solo espero que no tengas objeciones a que nos procuremos al menos otro caballo para poder viajar más veloces.

–¡No –repliqué yo–, no estoy de acuerdo con eso! Pero si me autorizas a enviar este caballo de vuelta a su dueño, te diré luego cómo podríamos alquilar caballos para una etapa o dos y llevarlos tan lejos como nos plazca. Basta con enviar al propietario de los animales una carta diciéndole en qué lugar puede hallarlos; de ese modo, si te detienen, no puede sucederte gran cosa.

–Bien, eres un hombre prudente y un astuto político –me dijo el Capitán–; No obstante, yo creo que estamos mejor como estamos, porque, una vez hayamos abandonado este lugar, no corremos el menor riesgo de que nos detengan en el camino.

La discusión no pasó de ahí. No obstante, en mitad de la noche, y a pesar de lo tarde que era, un hombre llamó a la puerta de la posada de al lado –pues ya he dicho que había dos en ese punto del camino–, y pidió una jarra de cerveza. Los posaderos estaban acostados y no deseaban levantarse. Les preguntó entonces si habían visto por allí dos tipos montados en una única caballería. El posadero le respondió que sí, que habían pasado después del almuerzo, pero que no se habían detenido más que un instante, justo el tiempo de preguntar por la ruta de Cambridge y de beber una jarra.

–¡Ah! –dijo el hombre–. ¿Iban a Cambridge? Entonces los encontraré rápidamente.

Yo estaba despierto en una pequeña buhardilla de la posada contigua, donde nos alojábamos, y, al oír al hombre llamar a la puerta, me levanté y me acerqué a la ventana, pues el menor ruido me dejaba intranquilo. No me perdí nada de la conversación. Hoy se me antoja evidente que nuestra hora no había llegado todavía y que el destino había decidido reservarnos otras aventuras, porque esto fue lo que pasó: cuando llegamos a Bourn Bridge, entramos en la primera posada, preguntamos por la ruta de Cambridge, bebimos una jarra de cerveza y nos marchamos por el camino que venía de indicarnos; pero, como caía la noche y nos sentíamos fatigados, pensamos que podríamos extraviarnos, dimos media vuelta y nos detuvimos en la otra posada, la primera que nos encontramos en el camino.

A fe mía que estaba alarmado, y con motivo. Aunque el Capitán estaba acostado y dormía profundamente, armé tal ruido al despertarlo que conseguí asustarlo.

–¡Levántate, Jack! –le dije–. ¡Estamos perdidos! ¡Nos han seguido hasta aquí!

Es evidente que me equivocaba al aterrorizarlo de ese modo, porque, acobardado, se levantó de un salto, corrió a la ventana, sin saber dónde se encontraba, y a fe mía que, aún mal dormido, habría saltado fuera si no lo hubiera retenido firmemente por el brazo.

–¿Qué quieres hacer? –le pregunté.

–¡No quiero que me apresen! –me respondió él–. ¡Déjame! ¿Dónde están ellos?

No sabía lo que hacía, tanto porque estaba medio dormido como por lo terriblemente asustado que estaba, de suerte que me costó mucho impedir que saltara por la ventana. No obstante, le agarré fuerte y no cesé hasta despertarle por completo y verlo de nuevo en sus cabales y perfectamente calmado.

Le conté toda la historia, y nos sentamos juntos sobre la cama para preguntarnos lo que convenía hacer. A fin de cuentas, puesto que todo parecía indicar que el gentilhombre había seguido camino hacia Cambridge, nos pareció que no teníamos nada que temer y que lo mejor que podíamos hacer era esperar a que amaneciese para tomar nuestra montura y marcharnos.

Nada más amanecer ya estábamos en pie. Nos habían dicho que la carretera de Cambridge era la que giraba a la izquierda y la de Newmarket la que continuaba en dirección recta. El Capitán decidió que iría él primero, a pie, hacia Newmarket. Y en cuanto a mí, me pondría en camino un poco más tarde, como si viajase en solitario. Así pues, él salió delante de mí, y a tan buen paso que llegué a creer durante un rato que me había abandonado, pues aun poniendo el caballo a trote ligero no le di alcancé sino hasta una hora después. Lo encontré de nuevo a la altura de una gran garganta a la que llaman la Fosa del Diablo. Le subí a la grupa, y cabalgamos así hasta las inmediaciones de Newmarket. A la puerta de la primera casa había un caballo, exactamente como en Puckeridge.

–Si estuviéramos en el otro extremo de la ciudad –me dijo Jack–, ¡ese caballo de ahí me lo llevaría al igual que hice con el de Puckeridge!

Pero no había nada que hacer. Desmontó y se puso a caminar por el lado derecho de la carretera para atravesar la ciudad.

No había llegado muy lejos cuando se dio cuenta de que el caballo se había soltado de algún modo e iba trotando mansamente por su cuenta sin nadie que lo siguiera. El Capitán, muy ducho en estas lides, le dejó tomar la delantera y, asegurándose de un vistazo que no había nadie detrás del animal, se puso a correr tras él, mas este, oyendo a alguien tras sus pasos, aceleró la marcha. Entonces, el Capitán se puso a gritar: «¡Paren a ese caballo!». En ese momento, el equino se aproximaba a la salida de la localidad, pero su propietario no había notado aún su desaparición.

Cuando oyeron a Jack gritar que pararan al caballo, las pobres gentes del lugar que estaban por los alrededores acudieron de ambos lados del camino y le cortaron el paso, reteniéndolo como pudieron hasta que él llegó junto al animal. Con gran seriedad, Jack le propinó uno o dos golpes, lo llamó «bestia inmunda», dio dos peniques al hombre que lo había sujetado, montó sobre él de un salto y se reunió conmigo.

Fue una aventura extraña a más no poder, porque fue el caballo quien robó al capitán más que este al caballo. Así me lo hizo notar Jack al llegar a mi altura:

–Y bien, Coronel –me dijo–: ¿no es esto acaso buena suerte? ¿Habrías preferido que rechazara este caballo cuando ha venido él tan educadamente hasta mí para rogarme que lo monte?

–No, no –respondí yo–, es a tu buen ojo y no a las malas artes a quien debes este jumento, y harías bien en conservarlo. ¡Si nos echan el lazo, tú estarás en mejor posición que yo!

Se trataba ahora de saber qué ruta cogeríamos. Se nos ofrecían cuatro y no conocíamos ninguna de ellas. A mano derecha, y a una milla escasa de la ciudad, salía una gran carretera hacia Bury St. Edmunds; un poco más adelante, y doblando ligeramente a la derecha, se extendía la carretera principal a Barton Mills, Thertford y, más lejos, Norwich; y justo delante de nosotros se desplegaba otra gran carretera que conducía a Brandon y a Lynn; finalmente, a mano izquierda, estaba una carretera, de menor importancia, por la que se llegaba a la ciudad de Ely y a las Fens*.

**N. del T.* Los *Fens* son las llanuras pantanosas de Anglia Oriental.

Como no sabíamos cuál escoger de entre todos estos caminos, así como tampoco cuál de ellos nos llevaría de vuelta a la gran carretera del norte que habíamos abandonado, cogimos por mero azar el que conducía a los pagos de Brandon y Lynne. En Brand, o Brandon, nos dijeron que, atravesando el río por un lugar denominado Downham Bridge, podríamos cruzar la región de las Fens, llegar a Wisbech y, de allí, siguiendo el curso del río Nyn, ir a parar a Peterborough y, más adelante, Stamford, donde recuperaríamos la ruta del norte; nos dijeron también que, desde Lynn, podríamos atravesar los Washes* hasta Lincolnshire, y proseguir nuestro camino hacia el norte. Con todo, cuando preguntábamos por un lugar determinado, nosotros teníamos por norma procurar no seguir el camino que se nos indicaba, sino tomar cualquier otro del que se hubiera hablado casualmente en el curso de la plática. Aquí, puesto que nuestro principal interés era la carretera del norte, decidimos ir directamente a Lynn.

Llegamos allí fácilmente y sin molestias, y mientras considerábamos nuevamente nuestro itinerario, descubrimos que, una vez alcanzado ese punto, no teníamos más opción que atravesar las marismas para llegar a Lincolnshire, lo que no estaba exento de peligro. Se nos brindó entonces la ocasión de tomar como guía a un hombre que iba a atravesar las Fens, y nos pusimos en ruta con él hasta Spalding, desde allí a una localidad llamada Deeping, y después a Stamford, en el Lincolnshire.

**N. del T.* Estuario entre los condados de Lincoln y Norfolk.

Cuando arribamos a esta última, una ciudad populosa, era día de mercado. Dejamos nuestras monturas en un albergue y entramos a pie en la ciudad.

Allí, por mucho que me empeñé, fue imposible disuadir al Capitán de que ejerciera su destreza manual. Le dije que no lo acompañaría, ya que él no se avenía a quedarse quieto, pero fue en vano: su ánimo aventurero en la rapacería me inspiraba tales temores que decidí no asomar la nariz fuera del alojamiento. Se marchó él solo a la plaza del mercado y allí encontró un charlatán de feria, exactamente lo que buscaba. En un cuarto de hora ya había sisado en dos bolsillos; y en menos de dos horas más apareció con un trozo de paño de Holanda que podría medir ocho o nueve anas* y algún otro objeto, además de cometer tres o cuatro hurtos más de parecido jaez. De todas esas correrías, así como de estafar a un médico, logró salir bien parado, si bien todo ello forma parte, como ya dije anteriormente, de su historia y no de la mía.

Tan pronto como hubo regresado le reprendí severamente, haciéndole ver que sus actos le llevarían a la perdición, y a mí de paso, antes de salir de Stamford; y le amenacé abiertamente con abandonarlo y con volver a Puckeridge para devolver el caballo en el lugar donde lo habíamos tomado prestado, y de allí regresar a Londres por mis propios medios.

Prometió enmendarse. Pero puesto que ahora nos encontrábamos en la carretera principal y habíamos

---

**N. del T.* Medida de longitud de la época equivalente a aproximadamente 1,14 metros.

decidido viajar de noche, no bien empezó a oscurecer, se escapó de nuevo, y apenas media hora más tarde reapareció.

–Vamos –me dijo–, ¿aún no estás preparado? ¡Te estoy esperando!

Llevaba un reloj de oro en la palma de la mano. No acertaba a imaginar cómo habría podido hurtar semejante objeto en una ciudad tan pequeña, pero él me explicó que había asistido a la misa de última hora de la tarde en una iglesia, y que, allí, encontrando la forma de situarse al lado de una dama, había logrado quitárselo limpiamente y salir de la iglesia completamente desapercibido.

Nos pusimos en marcha esa misma noche, al claro de la luna, después de haber tenido la satisfacción de oír al pregonero anunciar una recompensa de diez guineas a quien encontrara el reloj. A Jack le habría gustado recibir ese dinero pero no se atrevió a tentar al peligro.

–Tienes miedo –le dije–, y no te falta razón. ¡Dame el reloj, voy a devolverlo!

Pero no lo consintió; y añadió que cuando llegáramos a Escocia lo podríamos vender sin correr riesgos, lo cual era cierto, ya que allí no nos harían ninguna pregunta.

Así pues, salimos esa noche, como digo, y puesto que el camino era llano y recto, cabalgamos a buen paso hasta Grantham, donde llegamos alrededor de las dos de la mañana. La ciudad dormía profundamente. A las ocho recalamos en Newark, donde dormimos la mayor parte de la jornada, lo cual era el mejor método para impedir que mi compañero sumase más trapacerías a su cuenta.

En Newark, alguien que casualmente se había detenido a decidir sobre la ruta que debía tomar nos informó de que para nosotros sería mejor pasar por Nottingham, lo que nos indujo a abandonar la carretera principal y seguir las márgenes del río Trent hasta dicha ciudad. Allí, el Capitán hizo de nuevo de las suyas, y con semejante audacia que aún hoy me pregunto cómo pudo salir airoso. Tan airoso, en efecto, y con tal cantidad de objetos que tuvo que comprarse una maleta para poder transportarlos. Fue inútil tratar de disuadirle una vez más, por lo que tomé la determinación a partir de ese momento de dejarlo a sus anchas.

En Nottingham, ya lo he dicho, tuvo tal éxito en sus empresas que tuvimos que precipitar nuestra salida para evitar nuevos tropiezos que habrían provocado su arresto. Dejamos la carretera del norte para dirigirnos, por Mansfield, hacia Scarsdale y Yorkshire.

No voy a entorpecer más el relato con las hazañas de Jack; merecen otro relato por sí mismas y quiero ceñirme únicamente a lo que se refiere a nuestro viaje. Conduje al Capitán tan rápido como pude hasta Leeds, en el condado de Yorkshire. Aunque esta era una gran ciudad, muy poblada, no logró sacar nada de ella, ni tampoco tuvo ningún éxito en Wakefield, lo que terminó por hacerle decir que las gentes del norte eran sin duda un atajo de ladrones.

–¿Por qué dices eso? –le pregunté–. Tengo la impresión de que no son distintos de los demás.

–¡No, no! –replicó él–. Tienen los ojos muy abiertos y son astutos: si no miraran a cualquiera que se les acerca como si fuera un ratero, no estarían tan en guardia como lo están. Además, son tan pobres que no hay nada que sacar de ellos, ¡y me asusta pensar que cuanto más al norte vayamos, tanto peor será el negocio!

–¿Y qué concluyes de ello? –le pregunté.

–Pues concluyo que no hay nada que rascar por aquí, ¡y que tanto me da ir al sur para que me cuelguen como subir al norte a morirme de hambre!

Recalamos finalmente en Newcastle-upon-Tyne. Era día de mercado y la ciudad estaba atestada de gente que iba a proveerse de víveres. Jack se puso enseguida manos a la obra, hurtando mercancías a un tendero por valor de quince o dieciséis peniques, aunque saliendo bien del paso, robando un caballo que revendió de inmediato, entre otras muchas raterías; en suma, tantas que yo estaba bastante asustado por él. Y digo «por él», porque no me preocupaba lo que sería de mí, habida cuenta de que no salía de la posada donde nos alojábamos; o, al menos, no salía con él y me cuidaba bien de que no me acompañase nadie de la casa que pudiera dar cuenta de mis movimientos.

Estas precauciones no eran en vano, porque el Capitán ya se había hecho notar por sus hurtos hasta tal punto que lo acosaban por todos lados para apresarlo, y es probable que, si al principio, fingiendo interesarse por una dirección, no hubiera tenido la astucia de decir que venía de Escocia y se dirigía a Londres, lo que despistó el primer día a sus perseguidores, estos probablemente le habrían dado caza y colgado al instante. Mediante esta añagaza, les sacó media jornada de ventaja, lo que no impidió que, para escapar de ellos, tuviera que sumergirse en el Tweed con su caballo y todo a fin de ganar la otra orilla a nado. Cierto es que antes de tomar esa decisión ya se encontraba en tierra escocesa, como la llaman, donde sus perseguidores carecían de la autoridad de arrestarlo, si alguien se hubiera opuesto a ello. No obstante, le perseguían con tal encono que si le hubieran dado alcance, no les habría importado seguramente apresarlo por su cuenta y riesgo o entregarlo a las autoridades locales si estas les hubieran interrogado al respecto. Sea como fuere, una vez sano y salvo en la otra orilla del Tweed, no podían perseguirlo, puesto que el caudal de las aguas era demasiado elevado en el lugar donde se acostumbraba franquear el río, ni tampoco tratar de llevarlo preso, si es que le hubieran dado alcance. Había pretendido cruzar el río por una vadera situada al sur de Kelso, pero el nivel de las aguas se lo impedía y no tenía tiempo de llegar hasta el pontón de transbordo, a unos doscientos metros de allí, frente a la ciudad.

Así pues, el Capitán llegó a Kelso, donde habíamos convenido que debíamos encontrarnos.

Por mi parte, había reemprendido el camino, apesadumbrado, esperando encontrarme con él en cualquier momento, escoltado por condestables y gente por el estilo, o bien enterarme de que estaba en prisión. Fue cerca de la frontera, en un lugar llamado Wollerhaugh-Head, donde comprendí que sus perseguidores no le habían echado el lazo y había logrado salvarse.

Cuando llegué a Kelso no me fue difícil dar con él, porque las gentes del lugar se hacían lenguas de su temeridad por haber franqueado a nado el Tweed, un río rápido y espacioso. No obstante, al parecer, no sabían nada de las circunstancias del hecho ni tampoco del propio Jack, ya que él había tenido el buen sentido de callarse, y vivía tan retirado como podía.

Yo estaba menos feliz de saberle sano y salvo que furioso por su conducta; tanto más cuanto que no veía ningún signo por su parte de haber tomado conciencia de lo necio que había sido, además de haber faltado a la promesa que me había hecho. No obstante, cerrado de mollera como era, me contenté con decirle que me alegraba de que hubiera logrado ponerse a salvo y con preguntarle después qué pensaba hacer en el país. Me respondió con pocas palabras que aún no lo sabía y que tenía la impresión de que las gentes eran muy pobres, pero que si al final resultaba que algo de dinero sí tenían, estaba decidido a llevarse una parte.

–¿Pero tú sabes –le dije yo– que a los malhechores de tu especie se les trata aquí más severamente que en ninguna otra parte del mundo?

Me respondió con el tono brusco y cortante de costumbre que eso a él no le molestaba y que no alteraba en nada su propósito. A lo cual repliqué que, en esas condiciones y puesto que estaba dispuesto a correr semejantes riesgos, prefería decirle adiós y volver a Inglaterra. Me pareció que mis palabras le ensombrecían un poco, aunque tal vez se debiera a la dureza de su carácter intratable; el caso es que me dijo que hiciera lo que me viniera en gana, y que él seguiría aprovechando las oportunidades que se le presentaran. Pese a ello, no nos separamos enseguida sino que seguimos juntos hacia la capital del país. Por el camino no nos encontramos sino pobreza y muy pocas personas, todas demasiado pobres para que él pudiera esperar sacar beneficio alguno. Sus ojos, penetrantes como los de un halcón, no perdían detalle, pero no había nada que hacer: los hombres no tenían aspecto de llevar mucho dinero encima; y en cuanto a las mujeres, tanto si lo tenían como si no, se vestían de tal guisa, envueltas hasta las rodillas en unas ceñidas telas de lana a cuadros, que era imposible acercarse ni siquiera a sus bolsillos, suponiendo que efectivamente los hubieran tenido.

Kelso era una ciudad agradable y muy animada, pero incluso pasando un domingo allí, y visitando la iglesia, un edificio amplio y atestado de gente, según me dijo mi hermano Jack, no pudo descubrir ni una sola mujer en ella que no fuera vestida con otra cosa que con dichas telas a cuadros; la única excepción eran dos damas, sentadas en un banco reservado a los nobles, a las cuales, no obstante, vio tan rodeadas a la salida de sirvientes y lacayos que le hubiera sido tan imposible aproximarse a ellas como a un rey rodeado por sus guardias.

Proseguimos nuestra marcha, a pesar de este inconveniente, del que yo me alegraba secretamente, en dirección a Edimburgo. Nuestra ruta no pasaba por ninguna localidad de importancia, lo que, habida cuenta de nuestra condición de extranjeros hizo el viaje sumamente duro. En un cierto lugar, llamado Lauderdale, nos encontramos con un río muy peligroso de franquear a causa de la abundancia de lluvias, y donde el Capitán estuvo a punto de perecer ahogado: su caballo, arrastrado por las aguas, cayó sobre él con todo el peso de las cosas robadas que Jack transportaba desde Newcastle, las cuales se mojaron y estropеaron, a pesar de que él, por extraño que parezca, había logrado preservarlas al cruzar el Tweed manteniéndolas a flote con los brazos extendidos. Faltó poco para que él y su caballo no perecieran aquí en el intento, no tanto por la profundidad del río como por la furia de la corriente. Pero un proverbio jugaba en su favor* y, no sin dificultades, logró llegar sano y salvo a la otra orilla. No había nacido para ahogarse, como podrá constatarse a su debido tiempo.

Arribamos a Edimburgo a los tres días, después de habernos detenido una jornada completa en una posada, en Soutra Hill, para dejar secar nuestra impedimenta y descansar. Edimburgo, al día siguiente de nuestra llegada, nos dedicó una bienvenida extraña. El Capitán, teniendo deseos de pasear y curiosear un poco por los alrededores, me había preguntado si yo quería visitar la ciudad en su compañía. Le había respondido que sí y nos habíamos puesto en marcha. Nada más franquear una verja a la que llaman Nether Bow y desembocar en High Street, que es la calle principal, nos encontramos con la sorpresa de que estaba abarrotada de gente.

–Vaya –dijo el Capitán–. ¡Esto tiene buen aspecto!

Pero como le había hecho prometer que, si quería que saliera con él, debía quedarse tranquilo, le sujeté por la manga de la chaqueta y no le dejé que se alejara de mi lado.

Subimos después por Mercat Cross, y allí, en medio de la multitud que no paraba de ir y venir, obser-

---

**N. del T.* De qué proverbio pueda tratarse tampoco se aclara en el original.

vamos una aglomeración, una especie de reunión, como en la Bolsa, de caballeros de todo rango y condición. El Capitán, que ya empezaba a considerar esto como un nuevo estímulo, estaba alborozado.

Mientras mirábamos preguntándonos qué sucedía, vimos un espectáculo con el que no contábamos y que nos sorprendió. De pronto, la gente, viendo que ocurría algo fuera de lo común, se precipitó a observar. En efecto, de algo extraño se trataba pues dos hombres desnudos de cintura para arriba pasaron a toda velocidad delante de nosotros. Al principio pensamos que asistíamos a una carrera, motivada por una apuesta de peso. Más tarde nos dimos cuenta de que dos largas cuerdas o cabos, que hasta ese momento colgaban sueltas, se tensaban, deteniendo e inmovilizando a los dos corredores, uno al lado del otro. Como no sabíamos qué significaba esto, el lector comprenderá cuál no fue nuestra sorpresa cuando nos dimos cuenta de que eran seguidos por un hombre que, al llegar a su altura, agarrando con la mano izquierda un extremo de las dos cuerdas y sosteniendo un rebenque de cuero en la derecha, administró dos terribles latigazos sobre la espalda desnuda de los dos pobres desgraciados, provocando que ambos reanudaran la carrera hasta que la cuerda volvía a tensarse, momento en el cual estos se detuvieron una vez más a recibir la misma encomienda. Y así les hizo bailar de una punta a otra de la calle, que debía de medir media milla.

Era esta una perspectiva sombría para el Capitán. Además de mostrarle lo que podría esperarse si cometía el menor desliz en el ejercicio de su profesión en tierra escocesa, le recordaba lo que había soportado cuando era todavía un niño en ese famoso lugar llamado Bridewell.

Pero eso no era todo. Habiendo visto el castigo, teníamos curiosidad por conocer el delito cometido. Así que, a un joven que se encontraba cerca de nosotros, le preguntamos qué habían perpetrado aquellos dos hombres para merecer semejante sevicia. El muchacho, un escocés mezquino y de mala uva, percibiendo por nuestro acento que éramos ingleses y por el contenido de nuestra pregunta que éramos forasteros, nos contó con malicia que se trataba de dos rateros ingleses, a los que se fustigaba por haber cometido hurtos de poca monta y a los que se enviaría después a la frontera para ser entregados a la justicia inglesa.

En todo aquello no había una palabra de verdad. El hombre, no sin una cierta agilidad mental, se lo había inventado todo para agraviarnos por ser ingleses. Más tarde supimos de mejores fuentes que ambos eran escoceses y que se les azotaba por haber cometido delitos que en Inglaterra habrían merecido un castigo similar. El hombre que los mantenía sujetos con las cuerdas e imponía el castigo era el verdugo de la ciudad, el cual, dicho sea de paso, es allí un personaje de renombre, recibe un salario regularmente y, además de ser sumamente diestro en su oficio, es un hombre acaudalado.

Sea como sea, la escena nos había causado una gran desazón. El Capitán se volvió hacia mí:

–¡Ven aquí! –me dijo–. ¡Larguémonos! No me quedaré aquí por más tiempo.

Me alegró oírle decir aquello, aunque no creí ni por asomo que hablase en serio. Regresamos a nuestra posada, y no volvimos a movernos de allí hasta la noche. Sin embargo, ni siquiera entonces el Capitán encontró apenas ocasión para ejercer sus talentos. Dos o tres veces se hizo con algunas antigüedades y paños, pero en cuanto tenía en su poder las piezas, no sabía qué hacer con ellas, de suerte que no le quedaba más remedio que ser honesto a pesar de sus deseos de dejar de serlo.

Cuando llevábamos allí alrededor de un mes, el Capitán desapareció, con su caballo y toda su impedimenta, sin que yo tuviera noticia alguna durante dieciocho meses de qué se había hecho de él y sin que me hubiera dejado ni tan siquiera una nota para advertirme si se había marchado definitivamente o si pensaba regresar a Edimburgo.

Su partida me causó un gran enfado; no sabía qué hacer de mi persona, estando como estaba en un país extranjero, y veía reducirse mi patrimonio día a día. Tenía que pagar por el mantenimiento del caballo y, como los caballos se venden en Escocia a precios lamentables, no encontraba la ocasión para deshacerme de él. Además había decidido en mi fuero interno que, si regresaba a Inglaterra, se lo restituiría a su propietario en Puckeridge, que no habría sufrido más perjuicio que el de verse privado de su animal durante bastante tiempo. De hecho, este problema del caballo habría de resolverse de un modo satisfactorio.

Un hombre se había presentado en casa del dueño del establo donde había dejado mi caballería y le había preguntado si había oído hablar de algún caballo que fuese repatriado a Inglaterra. Este, a su vez, me vino a ver y me preguntó sin medias tintas si el animal era de mi propiedad. Siendo una pregunta muy extraña, dadas las circunstancias, quise saber, un poco desconcertado al principio, por qué podía interesarle.

–Es –me explicó él– porque si usted lo ha alquilado en Inglaterra, como hacen a menudo los ingleses que vienen a Escocia, conozco a alguien que se brindaría a llevarlo de vuelta y os pagaría por ello.

La propuesta me agradó. Me aseguré de que el animal le sería devuelto sano y salvo a su propietario y fijé por ello un precio de quince chelines de plata, con la condición de que lo entregara en Falcon, Puckeridge. Algunos años más tarde supe que el trato había sido cumplido honestamente y que el dueño del caballo lo había recuperado sin contratiempos, de modo que, como resultado de la aventura, no había perdido sino el precio del alquiler.

Aliviado así de los gastos que me ocasionaba mi caballería, pero sin nada qué hacer, volví a preguntarme que sería de mí y a qué me dedicaría. No había gastado más que un poco de dinero, porque, si bien es cierto que durante el camino me había mantenido a una prudente distancia de las insensatas empresas del Capitán, no había dudado en vivir a su costa, lo cual era justo ya que yo había dejado Londres para hacerle compañía. Y aunque yo sabía muy bien que el dinero que gastaba era robado y que, por consiguiente, yo era su capa de ladrón, aún no había llegado a albergar escrúpulos de ese jaez.

Por otra parte, aun cuando no me preocupaba demasiado ver descender el nivel de mi dinero, sabiendo los fondos con que contaba en Londres, estaba deseando encontrar un empleo que me permitiese vivir honradamente, porque me había hartado de la vida errabunda que había llevado hasta el momento y estaba resuelto a no robar más. Por desgracia, las dos o tres cosas que me ofrecieron no pude aceptarlas porque no sabía leer ni escribir.

Esto me causó una gran pena, de la que me sentí liberado el día en que el dueño del establo me condujo ante la presencia de un hombre joven, honesto y pobre, que se ofreció a enseñarme a leer y a escribir en poco tiempo y a bajo coste, si yo me empeñaba con afán en la tarea. Le prometí aplicarme en ello y me puse manos a la obra.

Tuve más dificultades con la escritura que con la lectura, pero al cabo de seis meses, más o menos, leía y escribía lo bastante bien como para creerme ya preparado para entrar en los negocios. Un funcionario de aduanas me tomó a su servicio. Tan solo me confiaba la tarea de circular entre Leith y Edimburgo con las cuentas que tenía con los recaudadores de aduanas. Durante ese tiempo, me dejó vivir a mi costa hasta agotar la suma de mi salario, si bien el poco dinero que me restaba se iba en pagar ropa y pitanza. Pero ocurrió que, un poco antes de terminar el año, momento en el cual debía pagarme doce libras en moneda inglesa, mi patrón perdió su puesto y, lo que es peor, fue acusado de malversación. Obligado a huir a Inglaterra, a los tres empleados que tenía a su cargo nos dejó solos para que saliéramos del paso como mejor pudiéramos.

Me encontraba en un difícil aprieto: era extranjero en el país y en una situación de extrema necesidad. Habría podido regresar a Inglaterra; y, en efecto, había allí un barco inglés cuyo patrón, no bien hubo escuchado el relato de mis penurias, se ofreció a aceptarme a bordo si le daba mi palabra de que le pagaría los diez peniques de mi pasaje tan pronto como arribáramos a

Londres. Pero, precisamente en ese momento reapareció el Capitán, en circunstancias que le impedían marcharse. Puesto que nuestros destinos parecían entrecruzarse una vez más, no pude decidirme a abandonarlo.

Ya he mencionado que, después de su partida, estuve dieciocho meses sin verlo. En el intervalo, había vagabundeado mucho y conocido no pocas aventuras. Lo primero que hizo fue ir a Glasgow, donde logró dar varios golpes notables y escapar por los pelos de la horca. Entonces huyó a Irlanda; allí anduvo de un sitio a otro, se hizo francotirador y bandido, cometió toda clase de fechorías y, en Londonderry, escapó a las Highlands, en el norte de Escocia. Y he aquí que, finalmente, un mes antes de que mi empleador me dejara sin blanca en Leith, el noble Capitán Jack reaparece, recién desembarcado del transbordador procedente de Fife, y ascendido, después de sus aventuras y éxitos, a la dignidad de soldado raso en un batallón de reclutas alistados en el norte, en el regimiento de Douglas.

Encontrándome yo mismo, luego del desastre que me había ocurrido, tan desasistido de recursos como el Capitán, me persuadí de que lo mejor que podía hacer, al menos en el momento, era alistarme yo mismo como soldado, de manera que no tardé en verme a su lado, formando filas igual que él y con un mosquetón colgado al hombro. Debo confesar que la condición de soldado me pesó menos de lo que me hubiera figurado pues, aunque el sustento es tan penoso como el alojamiento –sobre todo este último, que es la condición de cualquier pobre soldado en esta parte del mundo–, nada de eso tenía demasiada importancia para alguien como yo que había dormido sobre las cenizas de la fábrica de vidrio; y me regocijaba en secreto de no tener más la necesidad de robar ni vivir con el temor de la prisión o del látigo del verdugo. Puesto que no dejaba de acordarme, con espanto, de la escena atroz de la que había sido testigo en Edimburgo, era para mí ahora una indecible tranquilidad de espíritu pensar que llevaba una vida honrada y de la que podría decirse que no era indigna de un caballero.

No obstante, por satisfecho que estuviera en ese sentido, en aquel tipo de vida concurrían otras circunstancias que no me complacían del mismo modo. Alrededor de seis meses después, nos informaron de que todos los reclutas debían dirigirse hacia el sur de Inglaterra para embarcarse hacia los puertos de Newcastle o Hull, donde habían de reunirse con el regimiento destinado a Flandes.

Ya debería haberles dicho que la vida de soldado me complacía sobremanera y que me tomaba con naturalidad el hecho de hacer las maniobras y ejercicios. Hasta tal punto que el sargento que nos enseñaba el manejo del mosquetón, constatando que aprendía con facilidad, me preguntó si no había llevado armas antes. Le respondí que no, y él, con ánimo de chanza, exclamó:

–¡Coronel, me has dicho que te llamas –me dijo–, y estoy seguro de que llegarás a serlo porque, a no ser que seas el bastardo de un coronel, no me explico como has llegado a manejar así el arma con una sola sesión de entrenamiento!

Esto me halagó en grado sumo y me animó a continuar con mi vida de soldado, pero cuando el Capitán me informó de que debíamos partir para Flandes, toda clase de ideas nuevas se agolparon en mi mente. En primer lugar, estaba el caso del Capitán, que era muy singular: bajo ningún concepto debía aparecer en público en Newcastle, ya que sería arrestado de inmediato y conducido a prisión. Y él estaría obligado a hacerlo si desfilaba con el batallón (cuando el cuerpo estaba constituido por más de cuatrocientos hombres, recibía el nombre de batallón, aunque este no estaba compuesto más que por simples reclutas destinados a distribuirse entre las distintas compañías). Después, estaba mi propio caso. No olvidaba que en Londres me esperaba casi un centenar de libras. Si hubieran interrogado a todos los soldados del regimiento quién de ellos iría a la campaña de Flandes si tuviera cien libras en el bolsillo, no creo que ninguno de ellos hubiera respondido afirmativamente. Cien libras bastaban en aquella época para comprarse algún cargo distinguido en cualquier nuevo regimiento, aunque no en aquel que ya estaba establecido desde hacía tiempo. Este pensamiento alimentaba mi ambición, ya que mi sueño era nada menos que llegar a ser un oficial caballero, no un simple soldado raso. Me inquietaba la idea de partir a Flandes como un pobre mosquetero y de que me abrieran la cabeza por una soldada de tres chelines y seis peniques a la semana.

Una noche en la que me devanaba los sesos sobre la decisión que convenía tomar, el Capitán vino a verme.

–Mira, Jack –me dijo–, me gustaría hablar contigo; vamos a dar un paseo por el campo, lejos de las casas.

Estábamos entonces acantonados en un lugar llamado Park End, no lejos de la ciudad de Dunbar, a alrededor de veinte millas de Berwick–upon–Tweed y a seis millas, más o menos, del río Tweed.

Así pues, nos fuimos juntos a dar una vuelta para examinar detenidamente la cuestión. El Capitán me dijo que sabía tan bien como yo lo que le ocurriría si desfilaba con el batallón en Newcastle.

–Atravesar Newcastle como un simple ciudadano –añadió–, sería muy capaz de hacerlo, pero desfilar en plena calle sería meternos directamente en la boca del lobo.

–Bien –dije yo–, estoy de acuerdo. ¿Pero qué vas a hacer?

–¿Qué voy a hacer? –exclamó él–. ¿Acaso crees que estoy tan comprometido con mi honor de soldado que estaría dispuesto a correr el riesgo de que me apresaran? Estoy decidido a marcharme, y lo que me gustaría es que vinieras con nosotros.

–¿Con nosotros? –dije yo– ¿Qué quieres decir con eso?

–Un tipo con arrestos –me respondió él–, un inglés como nosotros, está dispuesto a desertar. Presta servicio desde hace tiempo y dice que sabe lo que nos espera en el continente, y que él no va a Flandes, él no.

–¡Pero –objeté yo– seréis fusilados como desertores si os cogen! Enviarán a patrullas a buscaros por la mañana en todo el país, y no iréis lejos.

–En cuanto a eso –replicó él–, el compañero conoce bien la ruta. Estaremos en el Tweed antes de que nos alcancen y, una vez pasado el río, ¡no podrán hacer nada contra nosotros!

–¿Y cuándo os iríais? –pregunté yo.

–Ahora mismo. ¡No hay tiempo que perder! Hace buena noche y hay luna llena.

–¡Pero no tengo aquí mi equipaje! –objeté yo–. ¡Déjame al menos que recoja mi ropa y el resto de cosas!

–Tu ropa no es mucha, supongo –dijo él–, y encontraremos más sin dificultad en Inglaterra con el método de costumbre.

–¡No! –grité yo–. ¡Eso ha terminado! Sin tus métodos de costumbre, ¡no estaríamos donde estamos ahora!

–Bueno, me gustan más mis métodos antiguos que esta vida miserable de caballero, como la llamamos.

–Pero –repliqué yo– no tenemos dinero en el bolsillo; ¿cómo viajaremos?

–Tengo un poco –respondió el Capitán–, lo suficiente para llegar a Newcastle. Una vez allí, si no hemos conseguido nada por el camino, encontraremos sin problemas un barco carbonero que nos lleve a Londres por mar.

–Prefiero eso –dije yo– a todo lo que me has contado hasta el momento.

En suma, dejé que me convenciera para partir con él de inmediato. El muy astuto, que había enviado a su compañero a esperarle al pie de la colina, a una milla de allí, me había arrastrado sin parar de hablar en aquella dirección, y yo acababa de aceptar cuando apareció el hombre.

–¡Aquí está el compañero! –exclamó Jack.

Lo reconocí enseguida, ya que lo había visto a menudo entre la tropa.

Nos pusimos en marcha sin perder un minuto, decididos a estar fuera de su alcance antes incluso de que se percataran de nuestra desaparición. Hicimos tan buen uso de nuestro tiempo, caminando a tan buen paso, que a las cinco de la mañana llegamos a un pueblo, cuyo nombre he olvidado, pero que estaba, según nos dijeron, a ocho millas del Tweed, y no teníamos más que atravesar este para hallarnos en territorio inglés.

Nos detuvimos a descansar un instante y reemprendimos la marcha enseguida. A las ocho y media de la mañana estábamos en las orillas del Tweed, que no estaba a ocho millas del pueblo, como nos habían dicho, sino a doce. Allí nos encontramos a dos hombres de nuestro regimiento que, al igual que nosotros, habían desertado, pero en su caso partiendo de Haddington, donde se encontraba acantonado otro contingente de reclutas.

Estos eran escoceses, muy pobres, sin un penique en el bolsillo, y, en el momento de desertar, no poseían más que ocho chelines entre los dos. En cuanto nos vieron, al advertir que pertenecíamos al mismo regimiento que ellos, imaginaron que íbamos en su busca para apresarlos y sacaron sus sables para defenderse, ya que ellos iban armados al igual que nosotros, aunque se suponía que no debíamos tocar nuestras armas ni pertenencias hasta llegar a Flandes. No nos llevó mucho tiempo hacerles comprender que nos encontrábamos exactamente en la misma situación que ellos y, enseguida, formamos una sola tropa. Tras haber descansado un poco en la margen inglesa del río (porque nosotros estábamos terriblemente fatigados y nuestros nuevos compañeros no lo estaban menos), nos encaminamos en dirección a Newcastle, donde teníamos la intención de embarcarnos en algún navío que nos llevara a Londres, ya que no teníamos suficiente dinero para viajar de otra manera.

Nuestros fondos se habían acabado casi por completo. Yo llevaba en el bolsillo una pieza de oro que conservaba desde hacía tiempo para cambiarla en caso de extrema necesidad, pero no era más que media guinea; en cuanto al Capitán, no tenía dinero desde hacía mucho tiempo. Cuando arribamos a Newcastle no nos quedaban en total más que seis peniques. Los escoceses, por su parte, habían mendigado durante todo el camino.

Convinimos en entrar en Newcastle al caer la noche. Con todo, no osamos aventurarnos en el bullicio de la ciudad. Preferimos descender por el río hasta el lugar donde se encuentran las fábricas de vidrio. Una vez allí, sin saber qué hacer, confiando en el destino y sin perder la sonrisa, entramos en una cervecería, nos sentamos y pedimos una pinta de cerveza cada uno.

La encargada de la posada era una señora –al menos, no vimos a ninguna otra–, y como nos dio buena impresión y nos hablaba amablemente, terminamos por decirle en qué situación nos encontrábamos y por pedirle que nos ayudara a encontrar un amable patrón de carbonero que consintiera llevarnos a Londres por mar. La astuta mala pécora, percatándose de inmediato de que éramos una presa adecuada para sus redes, nos contó toda clase de embustes y nos dijo que lamentaba profundamente no habernos visto la víspera, porque ella conocía especialmente al patrón de un carbonero que debía zarpar no antes de la primera marea de la mañana, que su barco estaría ya en camino hacia la desembocadura de la ría de Shiels, pero que seguramente no habría pasado todavía el arenal situado a la entrada de la ría, y que podría enviar a alguien a buscarlo a su casa para ver si ya había embarcado, porque a veces los patrones no zarpan hasta la primera marea de la mañana; y que estaba segura de que si no se había ido, podría convencerlo para que nos llevara a todos, aunque, en ese caso, debíamos embarcarnos de inmediato, aquella misma noche.

Le rogamos que enviara a alguien a buscarlo a su casa, repitiéndole que no sabíamos qué hacer y que, si podía persuadirlo, no nos importaba la hora de la noche que fuese, ya que no teniendo dinero ni tampoco alojamiento, lo único que deseábamos era partir sin tardanza.

Consideramos que nos prestaba un servicio formidable al enviar a alguien a casa del patrón del carbonero y nuestra alegría fue mayúscula cuando, una hora después, ella vino a avisarnos de que él no se había marchado aún, sino que se encontraba en una taberna de la ciudad, donde su hijo lo había visto, y que había mandado decir que pasaría por su posada antes de volver a su casa.

Todas ellas eran buenas noticias y estábamos encantados. Al cabo de una hora, una criada vino a anunciarnos que el hombre estaba en el piso de abajo. La posadera, que se había quedado con nosotros, descendió, diciendo que iba a exponerle el asunto y abogar por nuestra causa. Volvió con él al cabo de un rato.

–¿Dónde están –preguntó él– esos honrados caballeros soldados que se encuentran en apuros?

Nos levantamos todos para saludarle con respeto.

–¿Entonces, señores –continuó él–, hemos gastado todo nuestro dinero?

–Exacto –respondió uno de nosotros– y le estaríamos infinitamente agradecidos, señor, si consintiese en tomarnos como pasajeros de su barco. Haremos todo lo que podamos para serle de utilidad a bordo, aunque no seamos marineros.

–¿Cómo? –dijo él–, ¿quiere eso decir que ninguno de ustedes ha estado nunca en el mar?

–No, señor, ninguno de nosotros.

–Entonces, no me prestarán servicio alguno –dijo él–, porque estarán todos mareados. No obstante, para complacer a nuestra encantadora anfitriona, les llevaré conmigo. ¿Están todos listos para embarcar enseguida?

–¡Sí, señor, en este instante si hace falta! –respondimos todos unánimemente.

–¡No, no! –exclamó él de buen humor–. Antes, bebamos juntos. Vamos, buena mujer, traiga a estos honrados caballeros un buen tazón de ponche.

Nos miramos unos a otros, porque sabíamos que no teníamos dinero. Él comprendió nuestra inquietud.

–¡Vamos, señores, no se aflijan! ¡Mi patrona aquí presente y yo mismo no nos separamos nunca con la garganta seca! ¡Vamos, hermosura, venga aquí ese ponche que he pedido!

Le agradecimos el gesto y, abrumados por nuestra buena fortuna, repetimos unas cien veces: «¡Que Dios le bendiga, noble capitán!» Mientras bebíamos nuestros ponches, él preguntó a la posadera:

–Voy ahora a mi casa –dijo él– a recoger mis cosas, decir adiós a todos y dar las órdenes para que el bote venga a buscarme aquí con la marea alta. ¿Serán tan amables de prepararme algo de cenar? En cuanto a estos valientes, puestos que soy yo quien les llevo, bien puedo ofrecerles alguna pitanza, pues es posible que no hayan cenado gran cosa.

Luego de decir esto, se marchó. Al cabo de un rato, oímos que el espetón de asar daba vueltas, y, uno de nosotros, enviado a reconocer el terreno, vino a informarnos de que había avistado una bonita pierna de cordero en el fuego. En menos de una hora nuestro capitán se reunió con nosotros y nos reprochó no haber apurado todavía el tazón de ponche.

–¡Vamos! –nos dijo–. ¡Déjense de pacaterías! Cuando terminemos con ese, pediremos otro. Cuando soy yo quien invito, me gusta hacer las cosas como es debido.

Apuramos el tazón de ponche, y otro más que nos sirvieron rápidamente a continuación. Luego llegó la pierna de cordero, y no hace falta que diga que la devoramos con avidez, porque el capitán nos repitió en varias ocasiones que no tendríamos nada que pagar. Una vez terminada la cena, el patrón pidió a la posadera que fuese a indagar si había llegado el bote. Ella vino un poco después a decirle que no y que aún quedaba un rato largo para la marea alta.

–¡Entonces –exclamó él–, tráiganos más ponche!

Y trajeron más ponche, donde, según supimos más tarde habían puesto alguna sustancia o más aguardiente de lo habitual. Sea como fuere, cuando hubimos acabado de beber el tazón, estábamos todos completamente borrachos y, por lo que a mí respecta, dormido.

Fue un poco después cuando vinieron a anunciarnos que el bote había llegado. Nos levantamos y, a trompicones y tropezando unos con otros, subimos al bote con el capitán; y, al poco tiempo, casi todos, si no todos, nos quedamos dormidos. Al cabo de un rato, aunque no sabría precisar cuánto ni qué distancia habíamos recorrido, el bote se detuvo, nos despertaron y dijeron que estábamos junto al costado del barco, lo que era cierto. Con mucha ayuda y sujetándonos bien por temor a que cayésemos al agua, nos subieron a bordo. Lo único que recuerdo es que, una vez hubimos embarcado, nuestro capitán (como lo llamábamos) gritó:

–¡Sobre todo, cuiden bien de estos caballeros, acomódenlos en buenas cabinas y déjenles dormir, porque están muy fatigados!

Y era verdad, como también lo era que estábamos muy borrachos. En mi caso, además, era la primera vez en mi vida que bebía ponche.

A fe mía que, de acuerdo con las órdenes, nos trataron bien y nos instalaron en cabinas excelentes, donde nos quedamos dormidos enseguida. Mientras tanto, el barco, que había anclado brevemente en Shields para esperarnos, estaba listo para levar anclas y hacerse a la mar. Cuando nos despertamos y comenzamos a mirar a nuestro alrededor, lo que no sucedió hasta alrededor de mediodía del día siguiente, descubrimos que estábamos en alta mar, con tierra a la vista pero a gran distancia, y entendimos que navegábamos alegremente hacia Londres. Estando perfectamente habituados y satisfechos con nuestra situación a bordo, al cabo de tres días empezamos a preguntar si no llegaríamos pronto y cuánto nos demoraríamos en adentrarnos en el río.

–¿En qué río? –repuso uno de los hombres de la tripulación.

–Pues en el Támesis –respondió el Capitán Jack.

–¿El Támesis? –replicó el marinero–. ¿Qué quieres decir? ¿No se te ha pasado todavía la resaca?

El Capitán no insistió pero le miró como si fuera tonto. Un poco más tarde, uno de nosotros volvió a hacer la misma pregunta al mismo marinero que, sin estar al corriente del engaño, comenzó a intuir algo sospechoso. El hombre se volvió hacia el otro inglés que nos acompañaba y le dijo:

–Decidme, ¿dónde creéis que vamos para preguntarlo tan a menudo?

–Pues a Londres –respondió el inglés–. ¿Dónde si no? ¡Acordamos con el capitán que nos llevaría a Londres!

–No con el capitán –dijo el marinero–. Y me atrevo a asegurar, mis pobres muchachos, que habéis sido víctimas de un engaño. Fue lo que me dije cuando os vi subir a bordo con ese canalla de Gilliman. ¡Pobrecillos! Os ha traicionado. Vamos a Virginia; el único lugar al que se dirige este barco es Virginia.

El inglés, poniendo el grito en el cielo, rojo de cólera, y haciendo un corrillo a su alrededor, nos puso al tanto del motivo. Es difícil imaginar el estupor y la rabia que se apoderaron de nosotros. Sacamos los sables y nos pusimos a blandirlos a diestra y siniestra, causando tal estrépito y alboroto que los marineros tuvieron que pedir ayuda para hacernos entrar en razón. El capitán ordenó, antes de nada, que nos desarmaran, lo que se hizo sin causar ni recibir heridas; y, después, mandó que compareciéramos ante él en la cabina de mando.

Allí, nos habló con calma, nos comunicó que estaba desolado del trance en el que nos encontrábamos, que se daba cuenta de que habíamos sido víctimas de una sucia estafa, y que el tipo que nos había traído a bordo era un bandido, al servicio de tratantes depravados que no valían más que él, y quien, según su parecer, se había hecho pasar ante nosotros por un capitán de navío. Nos preguntó si era así como había sucedido todo. Le respondimos que sí y le contamos nuestra historia.

El capitán nos dijo que estaba consternado, pero que no había nada que pudiera hacer ahora por nosotros. Y, después, nos explicó precisamente la situación en la que nos encontrábamos: habíamos sido embarcados como forzados al servicio de un hombre, en Maryland, cuyo nombre mencionó. Añadió que, si estábamos dispuestos a guardar la calma en el barco, seríamos bien tratados durante la travesía y que él cuidaría de que también lo fuésemos a nuestra llegada, haciendo todo cuanto estuviera en su poder por nosotros; pero que si, por el contrario, nos mostrábamos rebeldes o entorpecíamos sus órdenes, no le quedaría más remedio que tomar las medidas pertinentes para hacernos entrar en razón; y, en definitiva, seríamos encadenados, llevados a la entrecubierta y custodiados como prisioneros, pues era su cometido velar por que reinase el orden en el barco.

Al oír esto, Jack se puso como un perro rabioso, insultó al capitán, jurando que le cortaría el cuello a la primera ocasión en que pudiera ponerle la mano encima, ya fuese a bordo o en tierra, y añadiendo que si no lo hacía ahora lo haría cuando regresara a Inglaterra, así tuvieran que pasar veinte años, pues podía estar seguro de que aunque ahora lo dejara en Virginia, se las arreglaría para encontrar los medios de regresar y ajustar con él esa cuenta pendiente.

–¡Dios mío, joven –dijo el capitán sonriendo–, no cabe duda de que lo dices convencido! Así las cosas, no me dejáis otra opción que ocuparme de vosotros mientras estéis a bordo.

–¡Haga lo que quiera! –replicó Jack–. ¡Me las pagará todas juntas un día u otro!

–Ese es un riesgo que estoy obligado a correr, joven –replicó el capitán con calma–. Mientras tanto, conviene que tú y yo mantengamos una charla.

Dicho lo cual, le dijo al contramaestre, que tenía a su lado, que vigilara a Jack, una orden que aquel cumplió al instante. En cuanto a mí, le supliqué a Jack que guardase la calma y que tuviera paciencia, tratando de hacerle ver que el capitán no tenía nada que ver con nuestra desgracia.

–¡Nada que ver! –bramó él a pleno pulmón–. ¡Maldito sea! ¿Crees que no es cómplice de esta fechoría? ¿Crees que un hombre honesto recibiría a bordo de su barco a gente inocente como nosotros sin pedir antes explicaciones y que se contentaría con llevarles sin preguntarles nada? Además, ahora que sabe el método brutal por el que hemos sido embarcados, ¿por qué no nos deja en alguna parte? ¡Él es el canalla de esta historia, nadie más que él, te lo digo yo! ¿Por qué no completa su canallada y nos mata ahora mismo? Así no tendría que temer nuestra venganza. Es lo único que le libraría de mí. ¡Que nos envíe al infierno ahora, antes de que le envíe yo a él! Y, al prevenirle, soy más honesto con él de lo que él lo ha sido conmigo. Y te lo confieso con tanta parsimonia como él.

Jack continuó hablando de esta guisa durante un rato más, con pasión y furia, empero, con una cierta templanza. De hecho, no le había oído nunca hablar con tanta fluidez y propiedad. Aunque el capitán estaba sorprendido de su osadía, le respondió con benevolencia:

–Joven –le dijo–. Tengo mucha paciencia contigo porque me doy cuenta de que estás en una situación lamentable. No obstante, no puedo tolerar tus bravatas, y me obligas a ser más severo de lo que me proponía, aunque me abstendré de tomar las medidas que requeriría el tenor de las amenazas que acabas de proferir contra mí.

El contramaestre intervino para recomendar que lo llevaran a «las jarcias», según las llaman, y de hacerle probar «el gato de nueve colas», términos que no comprendí hasta más tarde cuando nos dijeron que eso significaba ser castigado con el látigo y después rociado con vinagre, pero el capitán dijo que el hombre tenía motivos para quejarse por haber sido tratado tan indignamente.

–Aunque yo no le he hecho nada –añadió.

Dicho lo cual, repitió que él no tenía nada que ver con lo sucedido y que, si nosotros estábamos a bordo, se debía a la orden del representante de los propietarios del barco y exclusivamente por cuenta suya. Ciertamente, él no ignoraba que estaba enviando forzados a Virginia, dado que los barcos solían transportar cantidad de ellos en cada travesía, pero ni él obtenía beneficio alguno de todo ello ni era asunto suyo pedir explicaciones cuando eran embarcados por quienes los habían comprado Para probar que no tenía ningún interés en el asunto y que estas bajezas le repugnaban, antes que transportarnos lejos contra nuestra voluntad, nos dejaría de buen grado en la costa, si el tiempo y los vientos lo permitían, aunque viendo la fuerza con la que soplaban en aquel momento en dirección sudoeste y habiendo alcanzado las Orcadas*, la empresa se tornaba prácticamente imposible.

**N. del T.* Las islas Orcadas son un archipiélago de unas setenta islas, veinte de las cuales están habitadas, ubicado frente a la costa norte de Escocia.

Pero Jack seguía en sus trece. Afirmó que el viento podía soplar como gustase, pero que eso no le daba a nadie el derecho de llevarnos contra nuestra voluntad. En cuanto al resto, armadores u otros, todo eso le traía sin cuidado, pues era el capitán quien nos transportaba y, aunque hubiéramos sido embarcados por las artimañas de un canalla, el capitán, ahora que estaba al corriente de lo sucedido, tenía tanto derecho a retenernos allí como a asesinarnos, ya que si él se oponía a depositarnos en la costa, no sería más que un ladrón y un asesino.

Intervine yo entonces con un argumento que habría podido decidir al capitán a dejarnos en la costa si el tiempo lo hubiera permitido (descubrí más tarde, cuando aprendí mejor todo lo que se refiere a la mar, que, en efecto, era imposible). Le dije que lamentaba que mi hermano se mostrara tan violento, pero que, era innegable que habíamos sido tratados de una forma abominable. Después, adoptando un aire del todo desusado en mí, declaré que no éramos del tipo de gente al que puede venderse como esclavos; y que, si bien algunas circunstancias desgraciadas nos habían obligado a escondernos y disfrazarnos para escapar del ejército y del destino que nos aguardaba en Flandes, no éramos menos caballeros por eso ni menos capaces de comprar nuestra liberación de la condición de siervos, si era necesario. Para convencerle de ello, podía darle toda clase de garantías de que le pagaría veinte libras por mí y otro tanto por mi hermano, tan pronto como fuera posible enviarlas desde Londres, en el lugar donde nos depositara. Y para demostrarle que podía hacerlo, saqué la nota de noventa y cuatro libras que me había dado el señor de aduanas, a quien, según constaté con infinita satisfacción, él conocía. Muy sorprendido, levantó los brazos al cielo.

–¿Mas por qué clase de sortilegio habéis llegado aquí? –exclamó el capitán.

–En cuanto a eso –respondí yo–, ya os hemos contado nuestra historia y no tenemos más que añadir. ¡Pero insistimos en que haga justicia con nosotros!

–Lo lamento muchísimo –dijo él–, pero no puedo responderos que voy a dar media vuelta a mi barco. Aunque lo quisiera, seguiría siendo imposible en la práctica.

Durante la entrevista, los dos escoceses y el inglés habían permanecido en silencio, pero, al verme el gesto de invitarles a que dijeran algo, los escoceses respaldaron lo que yo había dicho. Cuando terminaron de hablar, el capitán les repitió que debían aceptar las circunstancias y que él no podía hacer nada.

–Entonces –dijo uno de ellos–, ¿nos va a llevar a Virginia?

–¡Sí! –respondió el capitán.

–¿Y, una vez allí, seremos vendidos?

–¡Sí!

–Entonces, señor –exclamó el escocés–, ¡que os lleve el diablo a cualquier precio!

–Si ese es su parecer... –replicó el capitán sonriendo–. Aunque, si no le importa, el diablo y yo decidiremos esa cuestión entre nosotros. Mientras tanto, no os pongáis nerviosos, comportaos civilizadamente, y veréis cómo, en la medida de mis posibilidades, procuraré dispensaros un buen trato, tanto aquí como allí.

Los pobres escoceses no tenían con qué replicar a eso, así como tampoco yo ni ninguno de nosotros, porque nos dimos cuenta de que no podíamos hacer otra cosa que dejar que el capitán, según había dicho, se las arreglase con el diablo por lo que se refiere a la honestidad de su conducta.

Así pues, en definitiva, nos resignamos a plegarnos a las circunstancias, a excepción de Jack, que no cejaba en su empeño, sobre todo ahora que sabía que yo tenía los fondos que me habían permitido realizar la oferta de la que les he hablado. De poco sirvió mi persuasión al respecto y, durante el resto de la travesía, mantuvo diversas entrevistas con el capitán en términos parecidos a los relatados anteriormente, en el curso de las cuales se empecinaba en tratar a su interlocutor de «raptor» y «canalla» sin parar de jurar que se vengaría de él. Pero, por divertidas que fueran, voy a pasar por alto estas cosas que me apartan del curso de mi historia.

El viento continuó soplando con fuerza, a pesar del buen tiempo que hacía, y no tardamos en pasar cerca de las islas que se encuentran al norte de Escocia, según nos dijeron los marineros. Nos dirigimos después hacia el oeste. Durante cientos de leguas dejamos de ver tierra firme por ningún lado (por razones que habría de comprender más tarde), de modo que no nos quedó más remedio que armarnos de paciencia y hacer de tripas corazón. No obstante, el Capitán Jack, obstinado en su posición, permaneció arisco durante el resto del viaje.

Tuvimos una muy buena travesía, sin ninguna tormenta y con un viento del norte que sopló durante casi veinte días seguidos, de manera que alcanzamos a ver las costas de Virginia al cabo de treinta y dos días, después de haber doblado hacia el oeste, al norte de las Islas Británicas, a unos 60º 30' de latitud, lo que, como suele decirse, es una travesía rápida.

No me sucedió nada destacable durante el trayecto y, de hecho, mi campo de acción era tan reducido que, en verdad, nada de especial podía sucederme.

Cuando alcanzamos la costa, por un gran río al que llaman Potomac, el capitán nos preguntó, a mí en particular, si teníamos algo que proponerle.

–Sí, respondió Jack. Os he prometido, capitán, cortaros la garganta. ¡Puede estar seguro de que no faltaré a mi palabra!

–¡Estoy seguro de que así lo hará, a no ser que yo se lo impida!

Dicho lo cual, se giró hacia mí. Yo comprendía muy bien lo que deseaba, pero no podía hacer nada al respecto y, allí, el documento firmado del señor de aduanas, no era más que un trozo de papel sin valor, ya que nadie salvo yo mismo podía recibir ese dinero. Mi situación no tenía remedio y hablé de ello con frialdad, como de algo que me fuera ahora indiferente, puesto que así era efectivamente. Durante la travesía, había reflexionado sobre mi vida: sobre el hecho de haber sido educado como un vagabundo, haberme convertido después en pícaro y soldado, haber desertado de mi regimiento, sin haber nunca fijado un domicilio ni ejercido ningún empleo, excepto ese oficio innoble que me habían enseñado y sobre el que pendía la amenaza de prisión. Por consiguiente, no veía por qué el servicio al que me destinaban no habría de valer tanto para mí como cualquier otro. Me había enterado, con particular satisfacción, de que, después de cinco años como siervo, adquiriría el derecho a lo que en este país recibe el nombre de «cesión», esto es, una cierta superficie de tierra para cultivar y plantar para mi propio beneficio, de modo que, a fin de cuentas, habría de tener algo que me permitiría vivir sin recurrir al robo, una ocupación que detestaba con toda mi alma y a la cual, como tengo ya dicho, había renunciado desde el día en que despojé indignamente de su dinero a la pobre mujer de Kentish Town.

Con ese estado de ánimo llegué a Virginia. Así pues, cuando el capitán me interrogó sobre mis intenciones y sobre las propuestas que podía hacerle –pensando en que le diera mi documento de pago de noventa y cuatro libras, que me habría afanado con mucho gusto–, le respondí con mucha frialdad que este reconocimiento de deuda no me podía servir de mucho ahora, ya que nadie aceptaría avanzarme un préstamo sobre un pagaré como aquél. Tan solo en el caso de que aceptara llevarme de vuelta a Inglaterra con Jack y dejarnos en Londres le pagaría veinte libras por cada uno de nosotros a cuenta de ese dinero que me pertenecía. La oferta no le interesó.

–Por lo que respecta a tu hermano –me explicó–, no lo volvería a subir a bordo por dos veces veinte libras. Es un granuja de la piel del diablo del que no puede esperarse nada bueno, y, si lo aceptara a bordo, tendría que llevarlo con grilletes igual que he hecho en esta travesía.

Dejamos, pues, a nuestro capitán o raptor, llámenle como gusten. Nos depositaron donde estaban los traficantes para ser consignados, que dispusieron de nosotros como consideraron oportuno. Unos días más tarde mi hermano y yo habíamos sido separados.

Por lo que se refiere al Capitán Jack, para contar su historia en dos palabras, diré que este granuja empedernido tuvo la buena suerte de caer en casa de un amo bueno y acomodado, de cuya gentileza y benevolencia abusó en demasía. En particular, aprovechó la primera ocasión que se le presentó para huir a bordo de un barco que su amo le había confiado, a él y a uno de sus compañeros, para aprovisionar de víveres a una de sus plantaciones. En lugar de descender por el curso del río, los dos bribones subieron hacia el norte, llegaron al extremo sur de una bahía, se adentraron en un río llamado Susquehanna y, abandonando después su embarcación, vagaron por el bosque hasta alcanzar Pensilvania, donde encontraron la manera de que les llevaran a Nueva Inglaterra. Desde allí, regresaron al país. Jack se reencontró con sus amigos de otros tiempos y con su oficio de siempre. Terminó por ser apresado, y no había transcurrido ni un mes de su arresto cuando llegué yo a Londres, alrededor de veinte años después de los sucesos que estoy relatando.

La suerte que corrí yo fue más dura al principio, aunque más propicia al final. Dispusieron de mi persona, es decir, me vendieron a un rico plantador llamado Smith, el cual adquirió, al tiempo que a mí, al otro inglés, el desertor que Jack había traído con él cuando huimos de Dunbar.

Nos hicieron remontar en barco el curso de un pequeño río que afluye al Potomac, a unas ochos millas de su estuario, y nos transportaron a una plantación donde, entre negros y otros, trabajaban unas cincuenta personas. Nos pusieron a cargo del capataz o director de la plantación, que se cuidó de hacernos saber que no nos esperaba otra cosa que trabajo, y trabajo duro, pues con ese fin y ningún otro compraba su amo siervos. Le dije muy sumisamente que, puesto que nuestra desgracia nos había conducido a esa condición miserable, no esperábamos nada más. Lo único que deseábamos era que nos enseñara nuestro cometido y que nos concediera el tiempo para aprenderlo poco a poco, ya que no teníamos costumbre de trabajar. Añadí que, si supiera por qué métodos habíamos sido conducidos hasta allí y de qué traición habíamos sido víctimas, tal vez se sintiera inclinado a mostrarnos alguna benevolencia, por no decir más. Hablé con una cierta emoción en la voz, a fin de suscitarle curiosidad suficiente para indagar sobre nuestra historia, la cual le conté a continuación con todo lujo de detalles y con matices ligeramente más favorables que de costumbre.

Tal como yo esperaba, el relato despertó en él una cierta ternura, pero el capataz nos dijo que, de cualquier manera, la obra de su amo debía realizarse, que contaba con que trabajaríamos duro y que no podía, bajo ningún pretexto, eximirnos de esa tarea. Por tanto, fuimos a trabajar y, ciertamente, nos esperaban condiciones rigurosas en el trabajo, en el alojamiento y en la comida. La primera la desconocía por completo, pero las otras dos me eran muy familiares.

En esta época de mi vida tuve tiempo para reflexionar sobre mi existencia pasada y sobre lo que había hecho en el mundo y, aunque no fui muy capaz de hacerme una idea clara y no tuve apenas reacciones de conciencia, de estas cavilaciones extraje algunas impresiones muy nítidas. En particular, concluí que lo que me había conducido a mi triste condición de esclavo era un poder superior que me castigaba por mis fechorías de mi primera juventud, un pensamiento que se afianzó a consecuencia de los hechos que voy a relatar a continuación. El amo al servicio del cual me encontraba, un hombre muy rico y un personaje respetado en la región, empleaba a numerosos trabajadores, tanto negros como ingleses. En total, serían alrededor de doscientos, algunos de los cuales enfermaban cada año y debían abandonar el trabajo; otros se marchaban cuando expiraba el plazo previsto para su cometido; y, finalmente, otros morían. Por estos motivos y también por otros, el contingente de mano de obra habría disminuido a menos que reclutaran nuevos esclavos para llenar las vacantes, lo que le obligaba a efectuar nuevas compras cada año.

Mientras estuve allí aconteció que llegó un navío procedente de Londres con una carga de varios forzados*, y entre ellos diecisiete criminales condenados a la deportación, algunos con la palma de la mano marcada con hierro candente** y otros no; mi amo adquirió

**N. del T.* La mano de obra agrícola de las colonias se componía, de una parte, de trabajadores voluntarios y, de otra, de condenados que habían visto su pena conmutada. En ambos casos, los propietarios de las plantaciones desembolsaban por ellos una cantidad de dinero que convertía la operación, según su punto de vista, en una «compra».

***N. del T.* La pena por numerosos delitos llevaba consigo el marcado a fuego de la mano.

ocho por la duración de la pena que especificaba su cédula de transporte, la cual llevaba aparejado, según el caso, un número de años más o menos elevado.

Además de un hombre respetado en el país, nuestro patrón era juez de paz, pero raramente bajaba a la plantación donde yo me encontraba. No obstante, vino, no sin cierta prosopopeya, a recibir a los nuevos trabajadores al llegar a sus tierras. Cuando comparecieron ante él, fui llamado junto con otros para, en cierto modo, vigilarlos, tomarles bajo nuestra custodia, una vez él los hubiera examinado, e iniciarlos en sus respectivos trabajos. Llegaron escoltados por dos marineros de la tripulación y acompañados por el segundo de a bordo, que se los entregó a nuestro amo, junto con los mandatos correspondientes a su deportación.

Cuando su señoría leyó los documentos, les fue llamando uno a uno por sus nombres y les hizo saber, leyéndoles el mandato que les concernía en particular, que no ignoraba el delito exacto por el que habían sido deportados. Después, dirigiéndose a cada uno de ellos sucesivamente y hablando con la misma solemnidad, les recordó que les hacía a todos ellos un gran favor al salvarlos de la pena que la ley les había impuesto para sus fechorías, puesto que no habían sido condenados a la deportación, sino a la horca, y que la deportación les había sido concedida merced a sus buenos y modestos oficios.

Les explicó después que debían ver su vida como si comenzaran una nueva existencia; que si se conducían con diligencia y sobriedad, podrían, a la expiración de su pena y conforme a la Constitución del país, ser alentados a instalarse allí y convertirse en plantadores por cuenta propia. Por su parte, si vivía tanto como para ver a uno de ellos cumplir su condena habiendo servido lealmente, era su costumbre ayudar a sus siervos a establecerse, en la medida en que su conducta mereciese su asistencia. Añadió que conocerían a diversos plantadores de los alrededores cuyos negocios habían prosperado y que, en otros tiempos, trabajaban a su servicio en condiciones idénticas a las que les esperaban a ellos. Estos plantadores venían del mismo lugar que ellos –es decir, Newgate– y algunos llevaban la marca en la mano, lo que no les impedía ser hombres perfectamente honrados y de excelente reputación.

Con el resto de sus nuevos forzados, llegó un muchacho que no tenía más de diecisiete o dieciocho años y cuya orden de prisión mencionaba que, a pesar de su juventud, era un delincuente veterano. Condenado en varias ocasiones, a veces perdonado, a veces suspendida la sentencia, no había cesado de ser un incorregible ratero, al que habían deportado finalmente por haber robado del bolsillo de un comerciante una cartera con pagarés por un valor considerable. Luego de haber logrado cobrar algunos, había sido apresado en la oficina de un cambista de Lombard Street, a quien había presentado al cobro un documento denunciado cuya reclamación este conocía. Condenado a muerte y conocido como reincidente, habría sido sin duda ejecutado si el traficante no hubiera intervenido con presiones para obtener la conmutación de su pena, a condición de que devolviese el resto de los pagarés, lo cual hizo.

Nuestro amo se extendió diciendo cuánto le sorprendía que alguien tan joven hubiera acumulado tantos crímenes como para ganarse la reputación de «delincuente empedernido» y ser calificado de «incorregible», lo que significaba que, a pesar de haber sido azotado dos o tres veces y haber sido condenado a varias penas de prisión, además de ser marcado en la mano, nada había conseguido enmendarle y había seguido siendo el mismo. Le dijo que Dios no solo le había salvado de la horca, sino que había tenido la caridad de librarle de la ocasión de reincidir en sus pecados, brindándole al mismo tiempo la oportunidad de llevar una vida honrada, una oportunidad que antes le era tal vez inaccesible. Añadió que aunque, sin duda, una parte de su vida sería de ahora en adelante muy laboriosa, debía considerar que le permitiría aprender un oficio honorable que, una vez cumplida su pena, le permitiría instalarse por su cuenta y vivir honestamente.

Entre otras muchas cosas no menos amables, le dijo asimismo que mientras fuese siervo, no tendría oportunidad de ser deshonesto ni le rondarían las tentaciones cuando estuviera solo. Luego ordenó a los nuevos que se retiraran.

El discurso del amo me había conmovido sobremanera, como cualquiera podrá imaginar fácilmente. Iba dirigido a un joven granuja, nacido y educado para convertirse en ratero, al igual que yo, de modo que tuve la impresión de que era a mí a quien hablaba y, en varias ocasiones, se apoderó de mí la idea de que se trataba de un hombre extraordinario que sabía todo lo que yo había hecho en el curso de mi vida.

Pero me quedé estupefacto cuando el amo, después de haber enviado a sus quehaceres al resto de sus siervos, me señaló con el dedo y, dirigiéndose a su principal empleado, le dijo:

–Tráeme a aquel joven de allí.

Hacía más o menos un año que trabajaba en la plantación, y con tanta dedicación que el director –o el capataz, como ustedes quieran–, bien por engatusarme bien porque realmente lo pensaba, alababa mi conducta. Como quiera que fuese, el caso es que, al oír al amo llamarme en voz alta, me asusté terriblemente, pues así procedían con quienes, habiendo cometido alguna falta, iban a ser azotados o corregidos mediante algún otro método.

Avancé hasta él como si fuera culpable, pensando que, en efecto, debía dar la impresión de ser alguien a quien habían cogido con las manos en la masa y llevaban delante del juez. Me hicieron entrar en el pequeño salón interior de la casa donde él acababa de pasar –ya que el discurso había tenido lugar en una especie de zaguán, donde él había permanecido sentado en una butaca, como un juez en el estrado o un reyezuelo en su trono–, y, cuando dio orden al capataz de retirarse, me encontré junto a la puerta, delante de él, medio desnudo y con la cabeza descubierta y el azadón en la mano, casi con la actitud de quien iba a trabajar. Me dijo que dejara el azadón en el suelo y que me aproximara, y me pareció que, de cerca, tenía un aspecto menos duro e intimidatorio de lo que había pensado hasta entonces. O puede que fuera mi imaginación la que me hiciera verlo de esa manera, pues en esas materias no juzgamos a las personas tal y como son en realidad, sino como se nos representan en razón del miedo que nos infunden.

–Veamos, joven –dijo él, iniciando así el diálogo–, ¿cuántos años tienes?

Jack.– En realidad, señor, no lo sé.

Amo.– ¿Cómo te llamas?

Jack.– Aquí me llaman Coronel, pero mi nombre es Jack*, si su señoría me lo permite.

Amo.– Pero, veamos, ¿tendrás un nombre?

Jack.– Jack

Amo.– ¿Entonces, Coronel es tu nombre de pila y Jack tu apellido?

Jack.– Con franqueza, señor, para decirle a vuestra merced toda la verdad, yo sé poco o nada de mí mismo* e ignoro cuál es mi nombre auténtico, pero así me han llamado siempre, hasta donde se me alcanza la memoria. ¿Cuál es mi apellido o mi nombre de pila? Lo ignoro y ni siquiera sé si he sido bautizado o no.

Amo.– En todo caso, ¡esa es una respuesta honesta! ¿Querrías acercarte un poco, te lo ruego, y decirme cómo has llegado aquí?

Jack.– Desearía que su señoría tuviese paciencia conmigo para oír la historia entera. ¡Es, señor, la cosa más triste e injusta que vuestra merced habrá oído contar nunca!

Amo.– ¿En serio? Entonces, no ahorres detalle. Te escucharé, te lo prometo, aunque te demores una hora.

---

* No me llamaban Coronel Jack, como en Londres, sino simplemente Coronel, y no me conocían por ningún otro nombre. *Nota:* No hablaba en aquella época con la misma simpleza e ingenuidad que cuando era aún un niño y fui interrogado sobre el mismo asunto por el señor de la oficina de aduanas.

Animado por estas palabras, comencé mi relato por el día en el que, siendo soldado en Dunbar, me dejé convencer para desertar. Y lo acabé en el momento en el que, una vez desembarcado en Virginia, el capitán del barco me interrogó sobre el documento de reconocimiento de deuda firmado por el funcionario de aduanas. En distintas ocasiones, mi amo levantó los brazos al cielo. Cuando terminé, me dijo que estaba horrorizado de las prácticas de las que había sido objeto en Newcastle y me preguntó el nombre del patrón del barco.

–Porque –añadió él– ese capitán, a pesar de sus palabras amables, debe de ser un canalla.

Le di su nombre y el del barco, y él, tras anotarlos en su cuaderno, siguió diciendo:

Amo.– ¿Querrás responderme con la misma franqueza a otra cuestión? ¿Por qué parecías tan interesado en lo que acabo de decirle a ese muchacho, el ratero?

Jack.– Si vuestra señoría me lo permite, me emocionaba oírle hablar con tanta bondad a un esclavo desgraciado.

Amo.– ¿Y eso es todo? Dime la verdad.

Jack.– No, no es todo. Al hablar vuestra merced con tanta bondad a esa criatura, se reavivó en mí un soplo de secreta esperanza de que quizá podría, de un modo u otro, tener piedad de mi situación y hacer algo por remediarla.

Amo.– Bien, ¿mas no había nada en su caso que se pareciera al tuyo y que explicara tu emoción? Te he visto derramar algunas lágrimas y eso es lo que me ha movido a hablarte.

Jack.– Ciertamente, señor, yo he sido un muchacho holgazán y travieso al que dejaron solo en el mundo, pero ese muchacho es un ladrón que ha sido condenado a la horca, mientras que yo no he comparecido nunca delante de un tribunal.

Amo.– No quiero extenderme demasiado en este interrogatorio. Si nunca has sido perseguido y no eres un criminal deportado, no tengo más preguntas que hacerte. ¡Se te ha tratado mal, es cierto! ¿Es eso lo que te ha conmovido?

Jack.– Así es, si vuestra merced me lo permite.

Amo.– Una vez dicho, ahora que estoy efectivamente al corriente de tu situación, ¿qué puedo hacer por ti? Has mencionado un pagaré de noventa y cuatro libras que te habría permitido dar cuarenta al capitán para obtener tu libertad. ¿Sigues teniendo ese papel?

Jack.– Sí, señor, aquí esta. [Lo saqué de la cintura de mis calzas, donde lo guardaba, envuelto en un trozo de papel y sujeto con un alfiler, y lleno de agujeros de las muchas veces que lo había abierto y vuelto a envolver. Él lo cogió y lo leyó].

Amo.– ¿Y es este caballero el que te dio el documento?

Jack.– Así es, señor, estaba vivo y gozaba de buena salud cuando salí de Londres, al día siguiente mismo de la fecha que figura en el documento.

Amo.– No me extraña que el capitán del barco ardiera en deseos de hacerse con él cuando te hubiese dejado en la costa.

Jack.– Yo se lo habría confiado si él hubiera aceptado llevarnos a Inglaterra de vuelta a mi hermano y a mí, y le habría dado lo que nos pedía por el pasaje.

Amo.– ¡Sí, pero desconfió! Comprendió que, si tú tenías amigos allí, estos serían muy capaces de pedirle cuentas por lo que había hecho. Lo que me pregunto es por qué, mientras estabais en alta mar, no se hizo con el documento bien mediante engaño, bien por la fuerza.

Jack.– ¡Ni siquiera lo intentó!

Amo.– Bien, jovencito, me propongo intentar brindarte ayuda dadas las circunstancias. Si este dinero se puede cobrar y podemos lograr que llegue a tus manos, podría conseguir que te convirtieras en un hombre en mejor posición que tu amo, a condición de que seas honesto y trabajador.

Jack.– Confío, señor, en que, por la forma en la que me comporto a su servicio, sabrá juzgar el resto.

Amo.– Pero quizá añores volver a Inglaterra.

Jack.– En absoluto, señor. Si aquí pudiera ganarme honradamente el pan, no me importa no regresar a Inglaterra, porque no adivino de qué forma me lo ganaría allí. ¡Si lo hubiera sabido, no me habría alistado como soldado!

Amo.– Bien, pero más tarde debo hacerte algunas preguntas sobre esta parte de tu historia, ya que me resulta extraño que quisieras hacerte soldado teniendo noventa y cuatro libras en el bolsillo.

Jack.– Si lo desea, vuestra merced, le daré tantos detalles sobre ese periodo de mi vida como lo he hecho sobre el otro, pero será una larga explicación.

Amo.– Hablaremos de eso en otra ocasión. Ciñámonos ahora al asunto que nos ocupa. ¿Aceptas que escriba a alguien que conozco en Londres para que vaya a hablar con el señor que firmó el documento, no para cobrar el dinero, sino simplemente para preguntarle si efectivamente tiene a su cargo la suma en cuesción y si estaría dispuesto a separarse de ella cuando recibiese tu orden de hacerlo? ¿Estás de acuerdo para que envíe a Londres un duplicado del documento, es decir, una copia? (E hizo bien en aclararlo, porque yo no había comprendido la palabra «duplicado»).

Jack.– Ciertamente, señor. Voy a daros el documento real, si lo desea. Confío en usted. ¡No como en el capitán!

Amo.– No, no, jovencito, no lo aceptaré.

Jack.– Desearía que su señoría lo guardase, porque, si lo perdiera, estaría completamente arruinado.

Amo.– Te lo guardaré, Jack, si así lo deseas; pero, en ese caso, te escribiré una nota de mi puño y letra para consignar que lo tengo en mi posesión y que te la devolveré en cuanto me lo pidas. De lo contrario, no lo aceptaré.

Así pues, le di el documento de reconocimiento de deuda a mi amo, que sería el más leal de los depositarios, él me dio a cambio la nota y, una vez terminada la conversación, regresé a mi trabajo. Pero dos horas después, el capataz, que vigilaba la plantación a caballo, se acercó a mí, sacó de su bolsillo un frasco de ron, me hizo señas de que me acercara y me invitó a beber un trago. Luego de beber un pequeño trago, me ofreció otro, hablándome con un tono extraordinariamente civilizado, como no tenía la costumbre de hacerlo.

Todo ello me había infundido nuevos ánimos, pero no tenía ninguna idea concreta respecto a lo que podía sucederme o el modo en que podría mejorar.

Uno o dos días más tarde, por la mañana, el vigilante volvió a llamarme, me dio un buen pedazo de pan, y me dijo que podía dejar la faena hacia la una del mediodía e irle a ver, porque tenía que hablar conmigo.

Cuando me presenté ante él, lo hice con el atuendo de costumbre, estoy seguro de ello, el de un pobre esclavo medio desnudo.

–Entra, joven –me dijo él–, y dame tu azadón.

Se lo di.

–Bueno –añadió–, ya no vas a trabajar más en esta plantación.

Sorprendido y alarmado, le pregunté:

–Pero, señor, ¿qué he hecho y dónde se me va a enviar?

Me miró sonriendo:

–¡No te preocupes! –me respondió–. Todo eso es por tu bien, no para causarte ningún perjuicio. Me han ordenado que te convierta en un capataz; dejarás de ser esclavo.

–¡Caramba! –exclamé yo–, ¡capataz! Pero no tengo nada de lo que se necesita para eso: ni ropa, ni atuendo, ni nada con qué vestirme.

–¡Está bien! –me dijo–. Tienes más de lo que crees. Acompáñame.

Le seguí a un almacén o, más bien, a una serie de almacenes dispuestos en fila. Llamó al encargado.

–Viste a este hombre –le ordenó– dale lo que le haga falta y que corresponda a un pie del número cinco, y me pasas a mí la cuenta. Nuestro amo ha dicho que se ponga todo a nombre de la Plantación del Oeste.

Esa era, al parecer, la plantación a la que había sido destinado.

El encargado me atendió y me llevó a una sala amplia del interior del almacén, donde había un guardarropa con prendas de vestir del estilo del que había ordenado que me dieran. Sencillas pero consistentes, estaban cortadas con un paño fino que, en Inglaterra, vale unos once chelines la yarda*. Me facilitó igualmente tres buenas camisas, dos pares de zapatos con calzas, guantes y sombrero, cuellos duros, en suma, todo lo que podía desear. Lo examinó todo con cuidado, asegurándose de que eran de mi talla, y después me hizo pasar a una habitación contigua.

–Entra ahí como esclavo –me dijo–, y sal como caballero.

Me dejó allí con todos los ropajes que me había dado y, después de cerrar la puerta, me invitó a vestirme, lo cual hice de buen grado. Y pueden creer que, a partir de ese instante, pude empezar a esperar que me sucederían cosas mejores que de costumbre.

Al cabo de un rato, volvió el capataz, me felicitó por mi nueva indumentaria y me dijo que lo siguiera. Me llevó a otra plantación, más grande que en la que había trabajado y donde había dos capataces, uno en el interior de los edificios y el otro en el exterior. A este último, que había sido enviado a otra plantación, era a quien yo reemplazaba. Mi misión consistía en vigilar a los siervos negros y asegurarme de que cumplían con su faena y recibían su rancho y, en suma, gobernarlos y dirigirlos.

Me es imposible expresar la alegría que para mí representaba este ascenso. Pero, al poco tiempo, se presentó un obstáculo que me causó una fuerte impresión

---

N. del T. 0'91 centímetros, es decir, casi un metro.

y que se oponía tan rotundamente a mi temperamento que casi me hizo perder el puesto que acababan de darme y, a lo que parece, el favor del amo que había sido tan generoso conmigo. Me dieron un caballo y una fusta, similar a la que en Inglaterra utilizamos para la caza. El caballo era indispensable para supervisar el trabajo, una tarea que no podía realizarse eficazmente a pie porque la plantación era muy grande. La fusta era para reprender y castigar a los trabajadores y esclavos cuando se mostraban negligentes o rebeldes o, en general, cuando cometían alguna falta. Fue esto lo que me revolvió las tripas. No podía imaginar sin encolerizarme que yo que, apenas el día anterior, era un simple esclavo y trabajador y, al igual que ellos, vivía bajo la amenaza de esta misma fusta, iba a levantarla ahora contra ellos para hacer cumplir cruelmente la autoridad que antes me provocaba terror. Era tan incapaz de hacerlo, repito, que los negros se dieron cuenta de ello, no tardaron en menospreciar mi autoridad, y cundió el desorden.

La ingratitud con la que correspondían a la compasión que yo les demostraba me irritó, lo confieso. Me endureció un poco el corazón y, por primera vez, hice uso de mi fusta con dos negros a los que me vi obligado a reprender. Creo que obré muy cruelmente con ellos, pero cada latigazo que les administraba me hacía tal daño que estaba a punto de desvanecerme en medio de la tarea, aunque los dos bribones se burlaban de mí e incluso uno de ellos tuvo la impudicia de decir a mis espaldas que, si hubiera sido él quien tuviera la fusta, me habría enseñado cómo castigar mejor a un negro.

Sea como sea, no estaba en mi mano golpearles con el rigor brutal que, según descubrí, la ocasión merecía. Esta impotencia se volvió en perjuicio de los asuntos de mi amo, y yo empecé a darme cuenta de que la crueldad de la que tanto solía hablarse en relación con los esclavos negros que eran sometidos por el látigo en Virginia, las Barbados y otras colonias no se debía, tal como se ha pretendido, a la maldad de los ingleses y a su inclinación por la tiranía –los ingleses no pasan por ser proclives a la crueldad, y efectivamente no lo son–, sino más bien al temperamento brutal y obstinado de los negros, que no pueden conducirse con gentileza y cortesía, sino que, tal como dicen las Escrituras, han ser gobernados con pulso firme y golpeados con alacranes. No se puede actuar de otra manera con ellos, a no ser que se les quiera ver amotinarse y asesinar a sus amos, lo que, considerando los muchos que son, no les sería difícil por poco acostumbrados que estén al uso de las armas y las municiones necesarias para ello.

Pero descubrí al mismo tiempo que a estos negros de temperamento salvaje no se les podía administrar como era debido a menos que se trabajase con ellos para ablandarlos y hacerles sensibles tanto al perdón como al castigo, y se me hizo evidente que hasta los más recalcitrantes podían ser sometidos sin la ayuda del látigo, o al menos sin recurrir a él con tanta frecuencia como era costumbre.

Nuestro amo, que era un hombre de intachable humanidad, prohibía a veces a sus capataces y vigilantes administrar castigos demasiado severos. No obstante, reconociendo que estos eran necesarios, se vio obligado a plegarse al criterio de quienes los infligían, lo cual no impedía que recomendase a sus ayudantes que fueran sensibles a la piedad y no perdieran de vista las diferencias de constitución entre los negros, siendo así que algunos de ellos son menos capaces de soportar las torturas del castigo que otros, y que, igualmente, hay quienes son menos obstinados que otros.

No obstante, hubo alguien tan receloso como para informar a mi amo de lo sucedido y hacerle saber que descuidaba sus intereses, que los trabajadores se habían insubordinado y que la plantación no era gobernada correctamente porque el desorden se había apoderado de ella.

Era esta una acusación muy grave contra un capataz, y su señoría vino como un juez, con todo su séquito, para ver y escuchar de cerca los cargos que se me imputaban. Debo decir que se mostró muy justo conmigo y que no quiso condenarme sin haber oído previamente mis argumentos, no solamente delante de los demás, sino en privado. Esta entrevista que mantuvimos cara a cara fue para mí un golpe de suerte, ya que, habiendo tenido antes la ocasión de hablarle con total libertad, me dio la oportunidad de explayarme y defenderme sin cortapisas.

Antes de enterarme de sus propios labios, ignoraba por completo lo que se me reprochaba. No sabía que acababa de recorrer la plantación e inspeccionar el trabajo, examinando especialmente los distintos campos de cultivo donde había previsto los nuevos plantones; y que, solo después de indagar a fondo para constatar que las cosas iban bien y todos trabajaban, se había dirigido a la casa.

Cuando apareció en la escalera, corrí a su encuentro para presentarle mis respetos y mostrarle humildemente mi agradecimiento por la merced que me había concedido al liberarme de la condición miserable en la que estaba y confiarme un trabajo de responsabilidad a su servicio. Tenía aspecto de estar bastante satisfecho, pero no abrió la boca. Le acompañé a la plantación, dándole cumplida cuenta de todo por el camino, respondiendo a sus objeciones y preguntas de un modo que, me dio la impresión, no se esperaba. Y, tal como reconoció más tarde, todo estaba a su gusto.

Como ya he dicho, había un capataz en la plantación que, sin ser mi superior, realizaba una tarea de mayor responsabilidad que la mía: era el encargado de supervisar el embalaje del tabaco y velar para que la carga llegase a los barcos. Era él igualmente quien recibía las mercancías inglesas que nos llegaban del almacén principal, situado en otra plantación más próxima al río. Por otra parte, llevaba las cuentas. Hombre honesto y recto, no me reprochó absolutamente nada –lo cual me hacía justicia– cuando nuestro amo lo interrogó sobre lo sucedido en la plantación.

Luego de nuestra vuelta a caballo, llegamos al lugar donde se administraban los castigos a los siervos que los habían merecido. Había allí dos negros, con las manos atadas a la espalda, que iban a ser azotados. En cuanto vieron al amo, se arrodillaron, implorándole un gesto de clemencia. Se giró hacia mí.

–¡Vaya! –me dijo–. ¿Por qué me has tenido que traer por aquí? No me gusta esta clase de espectáculo. ¿Qué debo hacer ahora? Tengo que perdonarles. Veamos, ¿qué han hecho?

Le explique por qué estaban allí. Uno de ellos, en particular, luego de haber robado una botella de ron y haberse emborrachado, había cometido toda clase de tropelías y, finalmente, tratado de matar a un trabajador blanco con un pico de cavar. Este último, esquivando el golpe y derribando a su agresor por las piernas, lo había inmovilizado y traído después como prisionero hasta este lugar, donde había pasado la noche. Yo había decidido que el negro fuese azotado dos veces al día durante cuatro días consecutivos.

–¿Y podrías ser tan cruel? –me preguntó el amo–. ¡Este pobre diablo no sobrevivirá al escarmiento! Si fuese así, no solamente tendrías que responder de su sangre, sino que perdería a un trabajador fornido que me ha costado al menos treinta o cuarenta libras y me granjearía la animadversión de toda la plantación. Y diré más: ¡en venganza, algunos de sus compañeros me asesinarían en cuanto tuvieran la oportunidad de hacerlo!

–Señor –le dije–, os aseguro que si estos no son tratados enérgicamente, no os complacerá lo que podréis obtener de ellos. Corre el rumor por la plantación de que mi autoridad, más que infundirles respeto, ha sido motivo de escarnio, precisamente por no tratarles como se merecen. He decidido que, aun en contra de mi disposición natural, no permitiría que la tarea que me ha sido confiada se vea afectada por mis escrúpulos fuera de lugar; por eso, si fuera azotado hasta morir…

El amo me interrumpió:

–¡Alto! ¡No quiero de ninguna manera esa severidad en mis propiedades! ¡Acuérdate, joven, de que tú has estado en su lugar! Trátales como a ti te habría parecido justo serlo en circunstancias análogas y suma a todo ello siempre un poco de piedad. Es mi deseo que, si este exceso de bondad tiene consecuencias que debamos lamentar, me las atribuyas a mí.

Esto era todo cuanto podía desear, e incluso más, puesto que su intención había sido declarada públicamente y escuchada no solamente por los que me habían acusado (a quienes yo no conocía todavía), sino también por un buen número de trabajadores, tanto blancos como negros. «¡Este maldito capataz –murmuró un blanco–, es un perro cruel que habría hecho que azotasen a muerte al pobre Cabeza Hueca –pues ese era el apodo del negro–, si su señoría no hubiera aparecido hoy!».

Con todo, insistí sobre el hecho de que, siendo aquel hombre culpable de una ofensa, perdonarlo era una merced que entrañaba peligros; y recalqué que, debido al temperamento incorregible y rebelde de los negros, era necesario dar un escarmiento

–¡Muy bien! –me dijo el amo–. Podrás hacerlo en la próxima oportunidad, pero no de esta manera.

No añadí nada más.

La ofensa del segundo hombre no era más que una nimiedad comparada con la de su camarada; y el amo, sin dejar de conversar conmigo, regresó a la casa. Luego de haber descansado un poco, me hizo llamar. Previamente había mandado a mis acusadores que se retirasen.

Amo.– Joven –me dijo–, tenemos que hablar. Se han levantado quejas sobre tu conducta desde que te traje a esta plantación. Creí que, en honor al trato que te había dispensado, te comportarías con diligencia y lealtad.

Jack.– Estoy absolutamente consternado por las quejas vertidas sobre mi persona, porque la deuda que he contraído hacia su señoría, de la que no reniego, me obliga a velar por vuestros intereses de un modo tan escrupuloso como no se imagina. Es posible que haya cometido errores en mi trabajo, pero estoy seguro de que no ha sido deliberadamente.

Amo.– No te condenaré sin haberte oído. Es precisamente para hablarte por lo que te he hecho llamar.

Jack.– Agradezco humildemente a su señoría la merced que me hace, y solamente le pediré que tenga a bien informarme de los cargos de los que se me acusa y, si es posible, del nombre de mis acusadores.

Amo.– Sobre el primer punto te daré cumplida satisfacción, ya que por eso te he hecho llamar en privado. Si mi investigación requiere otros testimonios, conocerás a tus acusadores. Lo que se te reprocha es exactamente lo contrario de lo que he creído ver hasta el momento. Así pues, tú y yo tenemos que aclarar esta cuestión. De hecho, he pensado que yo era demasiado delicado para ti, y ahora pienso que tú eres demasiado delicado para mí.

Jack.– Espero que su señoría no se ofenda si le digo que no comprendo muy bien.

Amo.– Te creo. ¡Veamos! ¡Háblame con franqueza! ¿Tenías realmente la intención de azotar a ese pobre negro dos veces al día durante cuatro días seguidos o, en otras palabras, de golpearle hasta la muerte, porque así es como se llama el fin al que le habías destinado?

Jack.– Si me permite adivinar, señor, creo conocer la acusación que pesa sobre mí. Le han contado que me he mostrado demasiado flexible con los negros, así como con el resto de los trabajadores; y que, por no tratarlos con el rigor que es costumbre en el país, desatienden su trabajo, de modo que su plantación no es gobernada como es menester hacerlo.

Amo.– Bien, has acertado; continúa.

Jack.– La primera parte de esta acusación tiene fundamento, lo confieso; pero la segunda no lo tiene, y ruego a su señoría que tenga a bien sopesar detenidamente todos los aspectos de la cuestión.

Amo.– Si dices la verdad, me aliviará saberlo. Nada me agradaría más que pensar que, sin menoscabo para mis propiedades ni riesgo para nuestras vidas, en esta plantación se emplean métodos un poco más humanos con estos pobres diablos. Detesto la crueldad, y el mero hecho de pensar que esta pudiera ser moneda corriente en mis dominios, enturbia mi prosperidad.

Jack.– Reconozco voluntariamente, señor, que al principio me era imposible ejercer esta tarea terrible. ¿Como podía yo, que acababa de ser liberado del terror que me infundían los castigos y que apenas la víspera era poco más que un siervo, desnudo y miserable –una condición a la que podría volver a verme reducido mañana–, cómo osaba servirme de este arma terrible* para mortificar la carne de personas que son compañeros y hombres como yo? Así pues, cuando debía ejercer mi autoridad porque el cumplimiento de mi deber me lo exigía, no podía hacerlo sino con un indecible espanto.

»Le ruego que me perdone, vuestra merced, por tener un temperamento tan laxo que me impide, aun siendo siempre leal a vuestro servicio, convertirme en verdugo después de haber estado en la piel de quienes recibían los golpes.

---

*Al decir esto, blandió la fusta que le habían dado al tomar posesión de sus funciones.

Amo.– ¿Sí, pero cómo saldrá adelante mi hacienda? Me dicen que estos negros son tan obstinados que no pueden ser gobernados de otra forma si se pretende someterlos para que no desatiendan su trabajo ni se insubordinen.

Jack.– Esto me lleva, señor, a la segunda parte de mi defensa y, en este caso, espero que su señoría tenga a bien llamar a mis acusadores o informarse de manera exacta sobre la manera en que transcurren las cosas en la plantación. Veréis si mis procedimientos redundan en detrimento de sus negocios, si estos son desatendidos o sufren de algún modo las consecuencias o si los negros o cualesquiera otros trabajadores son gobernados con menos firmeza que antes; o si, por el contrario, he descubierto un feliz secreto, que consiste en mantener el orden, lograr que las faenas sean cumplidas con diligencia y prontitud, imponer obediencia a los negros, metiéndolos en cintura, y asegurar el bienestar y la seguridad de su familia; todo ello mediante métodos amables antes que empleando la violencia, administrando castigos moderados antes que torturas despiadadas, haciendo que reine una disciplina justa y no el terror a tormentos desproporcionados; y quiero esperar que su señoría no imputará una falta así a mi desempeño.

Amo.– Ciertamente no, y te consideraría como el administrador más capaz que haya tenido a mi servicio. ¿Pero cómo puedes conciliar lo que acabas de decirme con la condena implacable que has impuesto a ese pobre negro al castigarlo a ocho tandas de azotes en cuatro días?

Jack.– Muy bien, señor. Antes que nada, a este negro que está convencido de que va a recibir un castigo tan severo como no se le ha impuesto a ningún otro de su raza, me propongo, con vuestro permiso, dejarlo en libertad mañana sin azote alguno, pero no antes de haberle hablado a mi manera para hacerle comprender lo que significa la indulgencia que se le concede. Si lograra así enmendarlo en lugar de inflingirle un castigo enérgico, imagino, señor, que estaréis de acuerdo con que me habría apuntado un tanto.

Amo.– Sí, ¿pero si se da el caso contrario? Porque estos hombretones no tienen noción de lo que es el agradecimiento.

Jack.– Eso es cierto, señor, porque nunca son perdonados: cuando cometen una ofensa, no se tiene con ellos la menor compasión. ¿Cómo entonces puede pedírseles gratitud?

Amo.– ¡En este punto tienes razón! Puesto que no se es compasivo con ellos, ellos no deben nada a nadie.

Jack.– Además, señor, cuando se les concede la gracia del perdón, lo que ocurre en raras ocasiones, no se les explica nada. Nadie se toma la molestia de hacerles comprender que, habiendo sido indulgente con ellos, deberían mostrarse agradecidos y que, a la larga, su buena conducta merecería una recompensa.

Amo.– ¿Pero tú crees que llegaremos a algo con ese procedimiento, que hará mella en ellos? Es cierto que tú estás persuadido de ello, pero debes darte cuenta de que va contra todas las ideas que imperan en este país.

Jack.– Una nación entera puede equivocarse y cometer errores. Este es el caso.

Amo.– ¿Qué sabes tú? No puedes afirmar que es un error sin haber dado antes prueba de ello.

Jack.– Toda vuestra plantación lo prueba. Este negro no se habría conducido como lo ha hecho si el ron no le hubiera nublado la mente y hecho perder el control de sus actos. Lo cual es lo mismo que decir que la única ofensa por la que habría debido castigarlo es la de haber robado una botella de ron y habérsela despachado entera hasta ahogar al diablo. Al igual que Noé, ignoraba el poder de la bebida, y es el ron, al subírsele a la cabeza, lo que le ha convertido en un furioso insensato. Por eso merecería compasión en vez de castigo.

Amo.– No te falta razón en lo que dices. Si logras poner esas ideas en práctica, llegarás lejos. Me complacería verte dar ejemplo con un negro cualquiera para ver si tu sistema funciona y, si lo hace, te daría por ello quinientas libras.

Jack.– No deseo nada más, señor, que vuestro favor y el privilegio de serviros. El ejemplo que me pedís, lo encontraréis entre vuestros propios negros, y toda la plantación tendrá que reconocerlo.

Amo.– No puedes imaginarte cuánto me agrada lo que dices. Si lo logras, te doy mi palabra de que no solo te daré la libertad, sino que haré de ti un hombre que podrá prosperar hasta el fin de sus días.

Me incliné muy respetuosamente ante él y le conté entonces la siguiente historia:

–Señor –le dije–, hay en su plantación un negro que, cuando entré yo a vuestro servicio, ya llevaba aquí varios años. Como había cometido una ofensa, poco grave en sí misma, pero que habría podido tener consecuencias fatales, decidí traerle al lugar donde se ejecutan los castigos. Mandé que lo ataran por los pulgares y le anuncié que sería azotado sin piedad.

»Luego de haberle infundido un miedo pavoroso al castigo y juzgando que se encontraba en el estado de ánimo conveniente, ordené que lo ataran a un poste y que le endosaran dos severos latigazos en la espalda desnuda. Acto seguido, a los dos hombres encargados de esa tarea les di orden de detenerse. "Esperad –les dije– ahora voy a hablarle".

»Lo desataron y, en un largo discurso, le hice ver lo bondadoso que vuestra merced, su Gran Amo, había sido con él. Le expliqué que nunca le había hecho mal, que le había tratado siempre con gentileza, que nunca había sido azotado desde hacía tantos años como llevaba aquí, si bien aquella no había sido la primera vez que hacía una estupidez, siendo esta una ofensa grave ya que, luego de beberse una botella de ron y, borracho perdido, había abusado junto con otros dos compinches negros de dos mujeres negras cuyos esposos estaban al servicio de nuestro amo, aunque en otra plantación; y viendo que había cometido también otros desafueros semejantes, había decidido castigarlo.

»Él bajó la cabeza y me dijo que estaba "muy sentido", como él decía. "¿Y qué dirías o harías tú –añadí–, si fuera a buscar al Gran Amo para rogarle que te perdone? Tengo intención de irle a ver para suplicarle que sea benevolente contigo".

»Me respondió que estaría dispuesto a tirarse a mis pies y a morir por mí. "¡Yo correr por ti –me dijo– ir, venir, llevar, hacer cualquiera que sea mientras vivo!".

»Era para mí la ocasión propicia que buscaba para ver si los negros, que poseen todas las demás cualidades de las criaturas de razón, cuentan también con un cierto sentido de la bondad y de los principios de generosidad natural, en suma, de saber si tienen capacidad de comprender el fundamento de la gratitud.

–El arranque de tu historia me complace –me dijo

el amo–. Espero que prosiguieras con la experiencia.

–En efecto, señor –respondí yo–, la llevé a término, y más lejos sin duda de lo que imagináis, o de lo que creeríais posible.

Pero no fui tan arrogante como para atribuirme el mérito a mí mismo:

»–No –le dije a mi negro–, no te pediré que camines ni que corras por mí. Todo ello deberías hacerlo por nuestro Gran Amo, ya que es él quien puede concederte el perdón, si es que tiene a bien concedértelo, ya que es contra él contra quien has atentado. Te formulo de nuevo la pregunta: ¿le guardarás gratitud, estarás dispuesto a hacer por él mientras vivas todo lo que acabas de decir que harías por mí?

»–¡Sí, por supuesto! –me respondió–. ¡Yo hacer mucho, mucho, y por ti también! (no me quería dejar marchar): ¡Pedir por mí!

»En definitiva, me aseguré de que toda esta gratitud que me prometía, como era mi deber, se dirigiría a vuestra merced, ya que le anuncié que haría lo que pudiera, que iría a veros y que él no sería azotado antes de mi regreso.

»–¡Pero, atención, Mouchat (que era su nombre) –añadí yo–, a mi llegada aquí me advirtieron que no era menester esperar de los negros ningún agradecimiento y que, a menos que se os trate a golpe de látigo, os burlaréis de mí y os haréis peores!

»Me miró con aire solemne y exclamó:

»–¡Oh, eso no verdad! ¡Los vigilantes dicen eso, pero no verdad! ¡No, no verdad, no verdad!

»Dicho lo cual, seguimos hablando.

Jack.– Entonces, ¿por qué se dice eso? Es probable que se haya intentado con vosotros y se haya fracasado.

El negro.– ¡No, no! Ellos no intentar, ellos decir eso, pero no intentar.

Jack.– No obstante, se dice lo contrario.

El negro.– Yo decirle verdad, no tener piedad, ellos pegar siempre, crueles, todos crueles, nunca mostrar piedad. ¿Cómo saber que nosotros no mejores?

Jack.– ¿Pero os perdonan algunas veces?

El negro.– Señor, ¡decir verdad! Ellos nunca perdonar, ellos siempre azotar, siempre pegar, ellos todos crueles. ¡Negro ser siempre mejor, siempre mejor trabajo, pero ellos nunca perdonar!

Jack.– Nunca, ¿estás seguro?

El negro.– No, ¡nunca! ¡nunca! ¡Todos azotar! ¡Todos azotar! ¡Peor que cuando azotan caballo o perro!

Jack.– ¿Seríais mejores si se os tratara mejor?

El negro.– Sí, negro mucho mejor si tener piedad. Cuando ellos azotar y azotar, negro mucho gritar, mucho odiar, querer matar si tener fusil. Cuando ellos perdonar, negro decir muchas gracias, y gustar trabajo, y mucho trabajar, porque ellos buenos amos.

Jack.– Me aseguran que los negros se burlan de quienes tienen piedad de ellos.

El negro.– ¿Cómo ellos saber? ¡Ellos jamás perdonar, ellos jamás piedad, yo nunca ver piedad desde que yo vivir aquí!

–Entonces, señor –dije yo, dirigiéndome a mi amo–, si esto es así, me atrevo a decir que van en contra de sus deseos, porque sé que vuestra merced está lleno de compasión por los desgraciados. Lo he constatado en mi caso personal y, presumiendo que preferiríais ver vuestros dominios gobernados más por el amor que por el miedo, tomé la determinación bajo mi responsabilidad de tratar al tal Mouchat como le voy a referir ahora.

Amo.– Desde que soy plantador, hace ya más de cuarenta años, nunca he oído nada semejante. Tu historia me cautiva, sigue, seguro que la conclusión no me decepcionará.

Jack.– La conclusión de mi relato, señor, os reportará, así lo creo, tanta satisfacción como el principio; ya que, en efecto, mis esperanzas, que, pienso, son también las vuestras, no se vieron defraudadas, como no se verán tampoco las suyas. Y, si así lo quisiera, podríais ser servido con la lealtad que merecéis, lo que, no os quepa duda, no es el caso hoy por hoy.

Amo.– ¡Sé que me sirven como servirían al diablo, por miedo a que les haga mal! Un hombre honesto no puede felicitarse de ser servido así, lo deploro con toda mi alma y quisiera saber cómo puedo ser servido de otro modo.

Jack.– Es fácil, señor, no hay más que aplicar otros principios y me atrevo a creer que podría convenceros de ello.

Amo.– Vamos, continúa tu historia.

Jack.– Después de haber conversado con él como le he referido, le dije: «¡Pues bien, Mouchat, veremos cómo te comportas si logras que el Gran Amo te haga la merced de perdonarte por esta vez!», y me marché a caballo, fingiendo que os iba a encontrar en la plantación cercana, donde me habían dicho que estaba. Cuatro o cinco horas más tarde regresé y hablé de nuevo con Mouchat. Le dije que había visto a su señoría y que, una vez informado de sus tropelías, habíais decidido que debía ser castigado severamente para que cundiera el ejemplo entre el resto de negros de la plantación. Añadí que le había hecho saber a su señoría que si se dignaba perdonarle, él se comportaría como es debido y que, en un esfuerzo por convenceros, había discutido largamente con vuestra merced; que su señoría había repetido lo que todo el mundo decía de los negros y que yo le había informado de sus propósitos, a saber, que los blancos no podían hablar de la gratitud de los negros puesto que ellos nunca habían demostrado la menor compasión con ellos. A fin de cuentas, le dije que había persuadido a su señoría para que consintierais otorgarle esa gracia, a fin de ver si con la indulgencia se obtenían mejores resultados que con la crueldad.

»–Y, ahora, Mouchat –le anuncié para terminar–, te vamos a dejar marchar. Espero tan solo que el Gran Amo podrá constatar por sí mismo que has dicho la verdad.

»Ordené entonces que lo desataran y que le dieran algunos víveres; luego saqué un frasco de mi bolsillo para que bebiera un trago de ron.

»Cuando se vio libre de sus ataduras, vino hacia mí, se arrodilló y, cogiéndome por las piernas, puso la cabeza en el suelo y se echó a llorar como un niño que ha sido reprendido. No lograba articular palabra y la escena duró largo tiempo. Traté de levantarlo, pero no quería ponerse de pie, y terminé por echarme a llorar con él: ver a este hombre ante mí, que apenas el día anterior era tan pobre diablo como él, era más de lo que podía soportar.

»Al cabo de un cuarto de hora, poniéndose de pie al fin, me dijo:

»–Mí mucho saber Gran Amo bueno, mí mucho hacer por tu amo. Ningún negro ingrato, mí morir por él, ¡él tan gentil conmigo!

»Le di permiso para retirarse, no sin antes decirle que fuese con su mujer –porque estaba casado–, y que no volviese al trabajo por la tarde. Al retirarse, le recordé:

»–Ves, Mouchat –le dije–, cómo los hombres blancos pueden perdonar. Es menester que les cuentes a todos los negros lo que dicen de ellos: que no comprenden más que el lenguaje del látigo y que, cuando se usa la indulgencia, no se hacen mejores sino peores; y que por eso el blanco está obligado a ser despiadado. Explícales que recibirían mejor trato si fueran más agradecidos cuando se es gentil con ellos, que son tan humildes después de un castigo. ¡Diles todo eso y trata de hacerles comprender!

»–Yo ir –respondió él–, ¡ir y mucho hablar con ellos! Ellos muy felices como yo, mucho trabajar, para que Gran Amo siempre amable con nosotros.

Amo.– ¿Pero qué prueba tienes de esta gratitud de la que hablas? ¿Has visto algún cambio de actitud en ellos?

Jack.– Paso ahora a esa parte, señor. Hace alrededor de un mes después de este episodio que le he relatado, su señoría me envió, tal vez lo recuerde, a una misión en el río Poutaxat*. Estuve ausente doce días.

**N. del T.* Defoe indica vagamente el lugar de la plantación, dado que este río discurre hacia el oeste a través de la costa oriental de Maryland y desemboca en la Bahía de Chesapeake.

Aprovechando esta oportunidad, hice correr el rumor entre los negros de la plantación de que vuestra merced, enfurecido por una falta que yo había cometido, me había expulsado y que iba a ser colgado por ello. Quería ver cuál era la reacción entre los negros.

Amo.– Y en particular, imagino, la de Mouchat.

Jack.– Así es, señor, ¡y fue todo un descubrimiento! Al principio, el pobre muchacho no quiso creer lo que le habían dicho. Pero como mi ausencia se prolongaba, Mouchat se plantó delante de las oficinas y permaneció allí, sin decir nada, como un niño de diez años sin demasiado uso de razón. Cuando el primer capataz salió de la casa, al cabo de algún tiempo, lo vio y, pensando que le habían encargado algún asunto, no dijo nada. No obstante, un poco más tarde, al ver que Mouchat no se había movido de allí, se acercó y, extrañándose de su inmovilidad, le preguntó qué quería.

»–¡Yo hablar, querer decir algo! –respondió el negro.

»Interesado, el capataz, pensando que iba a comunicarle alguna noticia, volvió a preguntarle:

»–¿Y qué querrías decirme?

»–Yo decirlo: por favor, ¿dónde estar otro capataz?

»Estaba inquieto por mí.

»–¿De qué otro capataz hablas tú? –preguntó el encargado principal–. ¿Quieres hablar con el Gran Amo? ¿No sabes que no puedes dirigirte a él directamente? Si hay algo que te inquieta, ¿por qué no me lo dices a mí?

---

*Al corriente de mi proyecto, aprovechó la ocasión para ver qué le respondía Mouchat.

El negro.– No, no querer hablar con Gran Amo, sino con otro capataz.

Capataz.– ¿Qué otro capataz? ¿El Coronel?

El negro.– ¡Sí, sí, el Coronel!

Capataz.– ¿Cómo? ¿No sabes que van a colgarle mañana porque el Gran Amo está furioso con él*?

El negro.– ¡Sí, yo saber, yo saber, pero yo hablar, decir algo!

Capataz.– ¿Y qué dirías?

El negro.– Yo no dejar colgar por Gran Amo enfadado.

»Y, al pronunciar estas palabras, se arrodilló delante del capataz.

El capataz.– ¿Pero qué te sucede? ¡Te estoy diciendo que deben colgarlo!

El negro.– No, no. No colgar capataz, yo arrodillarme por él ante Gran Amo.

El capataz.– ¡Arrodillarte por él! ¿Crees que eso le importará al Gran Amo? Te digo que ha desatado la ira del Gran Amo y debe ser colgado, ¿qué significan estas súplicas?

El negro.– ¡Yo suplicar, pedir Gran Amo por él!

El capataz.– ¿Pero por qué motivo?

El negro.– ¡Oh, él suplicar Gran Amo por mí, ahora yo suplicar por él! Gran Amo mucho bueno, mucho bueno. ¡Él perdonar cuando otro capataz suplicar por mí, ahora perdonar cuando yo suplicar por él!

El capataz.– ¡No, no, eso no puede ser! A menos que quieras ser colgado en su lugar. Porque, si ese es el caso, podríamos tal vez hacer algo.

El negro.– ¡Sí, sí, yo ser colgado por pobre capataz que suplica por mí! ¡Colgar Mouchat! ¡El Gran Amo me cuelgue, me golpee, mi todo hacer para salvar pobre capataz que pide por mí!

El capataz.– ¿Hablas en serio, Mouchat?

El negro.– ¡Sí, decir verdad! ¡El Gran Amo saber que digo verdad cuando ver a mí colgado por hombre blanco! Mouchat, pobre negro Mouchat, querer ser colgado, azotado, todo hacer por salvar pobre capataz que pide por mí!

»El pobre muchacho lloraba amargamente y no era cuestión de preguntarle si hablaba en serio, porque era evidente. Avisado de lo que estaba sucediendo, aparecí un rato después pero me mantuve oculto. El capataz, que sabía que había vuelto, no podía soportar la escena durante más tiempo. Vino a buscarme: "¡Ve a verlo! –me dijo–. Creo que el ejemplo que has dado no caerá en saco roto. El negro es capaz de gratitud. Ve a verlo, ¡yo ya no puedo hablar con él!" Fui a encontrarme con Mouchat. Le hice ver que seguía libre, pero, si le cuento a su señoría, cómo se comportó entonces el pobre diablo, su señoría no podrá sino sentirse complacido.

Amo.– ¡Te ruego que continúes! Esta historia me ha cautivado. Descubro un aspecto totalmente nuevo de la vida de los negros, y muy emocionante.

Jack.– Durante un buen rato, se quedó allí, como si un rayo le hubiera partido por la mitad. Me miró con estupor, incapaz de decir nada. Más tarde, oí que murmuraba: "¿Mouchat ver o Mouchat no ver? ¿Mouchat despierto o no despierto? ¡No colgado, estar vivo, vivo!" Y, de repente, se precipitó sobre mí, me cogió como hubiera hecho con un niño de pocos años, me puso a su espalda y se puso a correr dando largas zancadas. A fuerza de gritar, logré que me pusiera en el suelo y, acto seguido, él comenzó a bailar a mi alrededor como un poseso, ¡exactamente igual que hacen todos los negros con sus mujeres y sus niños cuando quieren manifestar su alegría!

»Un poco más tarde, cuando pudo hablar, me contó que le habían dicho que me habían colgado. "Y, Mouchat –le pregunté–, ¿de verdad te habrías dejado ahorcar en mi lugar?"

»–Sí –me respondió–, querer de verdad ahorcar en tu lugar.

»–¿Pero por qué me amas tanto, Mouchat?

»–¡Tú suplicar Gran Amo por mí! –me dijo–, ¡tú salvarme, Gran Amo muy bueno, no azotarme, yo no olvidar! Yo azotado, ahorcado, impedir a tú ahorcar, yo morir por ti no morir, yo no dejar nada malo ocurrir tu mientras yo vivir!

»He terminado, señor. Su señoría juzgará ahora si la indulgencia no puede conseguir de estas gentes tanto como la brutalidad, y si tienen o no la capacidad de la gratitud.

Amo.– Pero, entonces, ¿por qué razón no nos hemos dado cuento de ello antes?

Jack.– Con franqueza, señor, me temo que Mouchat nos ha dado la auténtica razón.

Amo.– ¿Cuál? ¿Que hemos sido demasiado crueles con ellos?

Jack.– Que nunca les hemos demostrado la menor compasión, que nunca hemos intentado averiguar si eran o no capaces de gratitud; que cada vez que han cometido una ofensa, les hemos castigado con una crueldad implacable, de modo que su única motivación es el miedo, que lleva aparejado necesariamente el odio; pero que si fueran tratados con humanidad, servirían con amor. La naturaleza es la misma en todas partes y la razón gobierna a todas las criaturas, pero quienes no han conocido nunca la clemencia no saben actuar movidos por los afectos.

Amo.– Estoy convencido de que dices la verdad. ¿Pero podrías decirme cómo concilias tus principios con las vejaciones que reservabas para esos dos negros que hemos visto antes? ¿Es que los tratabas con caridad al condenarlos cruelmente a ser azotados dos veces al día durante cuatro días consecutivos?

Jack.– Mi método seguiría siendo el mismo y, si desea informarse con el Sr. X…, su otro capataz, comprobaréis que digo la verdad. Habíamos convenido que procederíamos con ellos como había hecho con Mouchat: les haríamos creer primero que les esperaba el castigo más despiadado que podrían imaginar para, a continuación, hacerles comprender el valor del perdón, cuya concesión solamente podría corresponderle a su señoría, si bien gracias a nuestra intercesión. Después, hablaría con ellos, apelando a su razón, haciéndoles comprender en profundidad que la gracia que se les había concedido es una deuda de gratitud; y actuaría con ellos, en suma, al igual que lo hice con Mouchat.

Amo.– Me has respondido. Tu sistema es ciertamente excelente y te pido que sigas aplicándolo, porque no deseo otra cosa en esta tierra que ver a mis negros servirme con sentimiento de gratitud. Me repugna ser temido como a un león, como a un tirano. Es una actitud que va contra natura, y nada podría desagradar más a un alma bien nacida que eso.

Jack.– Pero, señor, tengo miedo de que no creáis que me proponía actuar así con estos dos pobres diablos, tal como acabo de contarle. Y le ruego que haga llamar al Sr. X..., a fin de que él pueda confirmar antes de que hable yo con él que habíamos convenido tratarlos del modo que le he explicado.

Amo.– ¿Pero por qué dudaría de lo que me has dicho?

Jack.– Espero, señor, que no dudéis de mí, pero puesto que me sentiría ciertamente desolado si me creyera capaz de haber ejecutado la sentencia según reconocí haberla pronunciado, no veo otro medio de daros evidencia de mis intenciones.

Amo.– ¡Sea entonces! Ya que concedes tanta importancia a eso, le haré llamar*.

Jack.– Quiero creer, señor, que estáis convencido, no solo de que os he dicho la verdad en relación con el método que querríamos aplicar, él y yo, sino también de que es acertado y justo para satisfacer sus deseos.

Amo.– Estoy plenamente satisfecho y, tal y como te he dicho, nada me podía agradar más, porque hasta el momento nada ha estropeado más la felicidad de mi buena fortuna que la idea de utilizar la crueldad en mi nombre sobre mis propios esclavos.

Jack.– Es un mal sistema, señor. Malo porque es bárbaro, pero malo también porque no produce en la práctica buenos resultados.

Amo.– Es un sistema que me repugna, te lo repito. Creo que si llegara a pasar delante de esas pobres cria-

---

*El capataz fue llamado a su presencia; el amo le ordenó que le contara las medidas previstas para el castigo y el trato a los dos negros en cuestión, y él confirmó todo lo que Jack había dicho anteriormente.

turas en el momento de ser martirizados, bien me desvanecería, bien montaría en cólera y asesinaría al verdugo con mis propias manos, aun a sabiendas de que actúa bajo mis propias órdenes.

Jack.– Me atrevo a decir, señor, que estoy en disposición de probar igualmente que este método coincide con vuestros intereses, y que se trabajará más en sus plantaciones si se ejerce la benevolencia con los negros en lugar de estar obligados por un látigo manejado por gentes despiadadas.

Amo.– Los acontecimientos hablan por sí mismos. Es evidente que debía ser así, algo que he pensado y deseado miles de veces. Pero mis colaboradores ingleses tenían una opinión diferente y mantenían que era imposible que los negros comprendieran qué es la bondad y, por ende, que obedezcan únicamente guiados por el amor.

Jack.– Es posible, señor, que encontréis aquí o allí un negro necio, insensible e insolente, rebelde e incapaz de comprender lo que sea, y, en particular, la generosidad de los principios de los que hablamos. Sabéis tan bien como yo que hay personas así igual entre los cristianos que entre los negros. Valga como prueba ese proverbio inglés que dice que «si salvas a un ladrón de la horca, será él el primero en cortaros el gaznate». En presencia de uno de estos contumaces, nuestro deber es, en primer lugar, tratar de utilizar la mano blanda antes que la dura para romper su resistencia como si fuera un caballo. Si ni aun así se logran resultados, no queda más remedio que venderlo y reemplazarlo, ya que no puede ponerse en riesgo la paz de la plantación por la falta de un único individuo incorregible. Estoy seguro de que, si procedemos así, en vuestros dominios se trabajará como es debido y no encontraréis un negro ni un trabajador a disgusto de estar a vuestro servicio, ni uno que no estuviera dispuesto a morir por su señoría, igual que el pobre Mouchat lo había estado por mí.

Amo.– Bien, sigue aplicando este método. Te deseo que tengas éxito y te prometo que no lo lamentarás. Sueño con ver desaparecer estas crueldades de mis plantaciones. ¡Qué los demás hagan como les plazca!

Cuando se hubo marchado el amo, fui a ver a los prisioneros. Hice que les dijeran que el Gran Amo, dispuesto en un principio a perdonarlos, había declarado después que sus ofensas merecían un castigo; esto sobre todo porque sabía muy bien que, si les concedía la gracia, se conducirían aun peor que antes, ya que los negros ignoran la gratitud y tan solo se someten después de conocer la mano dura.

El más inteligente de los dos respondió que, si había negros que se convertían en peores cuando se les trataba bien, a esos debería azotárseles hasta que se convirtieran en mucho mejores; no obstante, él no podía saber si existían, porque no había visto nunca negros a los que dispensaran un buen trato.

Esto era exactamente lo que me había dicho Mouchat; y, en efecto, era la pura verdad: los vigilantes desconocían la compasión porque consideraban que es necesario emplear la crueldad con los negros y no se habían preguntado nunca si no era posible recurrir a métodos inspirados en una cierta humanidad.

Cuando le habían puesto la mano encima a alguno de ellos, no había sido con mesura o compasión; ni asistidos por argumentos que convencieran a los negros de la índole o las razones en que estribaba el castigo o que les mostraran lo que deberían hacer para subsanar su falta. Claro que todo ello se debía tal vez a la negligencia, los procedimientos desproporcionados y el desacierto en la gestión de los negocios de la plantación. Y no era de extrañar que los negros sacaran provecho de ello.

En el asunto de los dos prisioneros actué como había hecho con Mouchat, por lo que no entraré en detalles inútiles. Una vez liberados, se prodigaron en toda clase de manifestaciones extravagantes de agradecimiento y estima. Y serían a partir de entonces, sin contar a Mouchat, los trabajadores más diligentes y leales de la hacienda.

Así continuaron las cosas, para gran satisfacción de mi amo y, menos de un año después, los castigos corporales habían casi desaparecido del todo en la plantación. No se les aplicaba más que a casos excepcionales de muchachos con los que la magnanimidad no lograba resultados en tanto no probaran en sus propias carnes la diferencia de métodos.

Poco tiempo después de la entrevista que he referido, nuestro Gran Amo, pues así lo llamábamos, me hizo ir a su residencia para decirme que había recibido de Inglaterra una respuesta de un amigo al que había escrito en relación con el tema del reconocimiento de deuda. Yo temía un poco que me pidiese autorización para enviar el documento a Londres, pero no fue así, sino que me anunció tan solo que su amigo se había reunido con el señor de aduanas, y que este le había dicho que efectivamente tenía en su poder la suma que yo había mencionado, pero que había prometido al joven que le había hecho entrega del dinero –a mí, por tanto– que se lo restituiría en persona, aunque fuera cualquier otro el que le presentase el documento, lo cual se debía a que yo no sabía en aquel momento si alguien podría arrebatármelo.

–Sin embargo, Coronel Jack –continuó mi amo–, puesto que tú le has hecho saber que te encontrabas aquí víctima de una trapacería y que te era imposible obtener tu libertad mientras no hubieras recuperado este dinero, el mencionado señor está dispuesto a entregárselo a mi amigo. Lo hará, según me escribe, siempre y cuando se le entregue una copia del documento debidamente certificado por un notario y, además, firmado por tu propia mano, por el cual te obligarás a hacerle llegar el documento original en cuanto hayas recibido el dinero.

Respondí que haría según me aconsejaba su merced, y se redactaron las copias correspondientes para ser enviadas a Londres.

–Y, ahora, Jack –siguió diciendo mi amo con una sonrisa–, ¿qué harás con ese dinero? ¿Vas a comprar tu libertad para convertirte en plantador?

No se me escapaban las promesas que me había hecho y, conociendo su inquebrantable honestidad y su buena disposición para con mi persona, sabía demasiado bien que tenía la intención de mantenerlas como para no adivinar que, si me formulaba la pregunta, era para ver si me proponía abandonarlo. Respondí, por tanto, con tacto.

–En cuanto a comprar mi libertad, señor –le dije–, preferiría pagar para permanecer a su servicio y lo único que lamento es que no queden más que dos años de prestaciones.

–¡Vamos, vamos, Coronel! –me replicó él–. ¡No me adules! Me gusta la sinceridad, y la libertad es un bien preciado para todos. Puesto que quieres que te envíen tu dinero, recobrarás tu libertad, te establecerás por tu cuenta y yo velaré por que recibas un buen trato por parte de las autoridades y obtengas una buena plantación.

Insistí en que no quería dejar de servirlo ni por la mejor plantación de Maryland, que no olvidaba lo bueno que había sido conmigo, que deseaba serle de utilidad y añadí que esperaba que no me creyese menos susceptible de gratitud que un negro.

Sonriendo, me respondió que él sabía bien cómo quería ser servido, que se acordaba de sus promesas y de lo que yo había hecho en la plantación, y que había decidido que empezaría por concederme la libertad. Entregándome una hoja de papel que acababa de sacar de su bolsillo, añadió:

–Este es el albalá que certifica que has desembarcado en la costa de Virginia y que yo te he comprado por cinco años. Hace cinco años de aquello. Ahora eres tu propio amo.

Le hice una reverencia antes de decirle que, puesto que era mi propio amo, deseaba permanecer a su servicio durante tanto tiempo como me necesitara. Tras un nuevo intercambio de cortesías, aceptó, con dos condiciones: 1) me pagaría treinta libras al año, alojamiento y manutención, para dirigir la plantación en la que trabajaba ahora; y 2) al mismo tiempo, me procuraría una hacienda, donde yo podría instalarme por mi cuenta.

–Porque, Coronel Jack –añadió él con una sonrisa–, aunque aún seas joven, es hora de que pienses en labrarte tu propio porvenir.

Objeté que me sería difícil ocuparme de una plantación propia sin descuidar los asuntos de su incumbencia, a lo cual no estaba dispuesto bajo ningún concepto, pero que, en cualquier caso, le serviría con lealtad hasta el fin de sus días, si me lo permitía.

–Lo cual harás –dijo él–, solamente que trabajarás también por tu propio beneficio.

Dicho lo cual, nos separamos.

Sin entrar en detalles que alargarían mi historia, debo decir en este punto que, al igual que Mouchat –de quien volveré a hablar más tarde–, los dos negros a quienes había ahorrado un castigo despiadado tuvieron una influencia sumamente benéfica sobre sus compañeros. Tratados con gentileza y benevolencia, los hombres trabajaron mil veces mejor que si hubieran sido sometidos a los golpes, el flagelo u otras sevicias. Los métodos de la plantación adquirieron enseguida tal crédito que fueron puestos en práctica en otras propiedades. Con menos éxito, no tengo empacho en reconocerlo. Tal vez porque no se tomaban la molestia de dar explicaciones suficientes a los negros, que son tan capaces de entender los razonamientos como cualquier otro.

Sea como sea, las plantaciones de Maryland prosperaron con este nuevo sistema y los plantadores son allí, todavía hoy, menos crueles con los negros que en las de las Barbados o Jamaica. Por otra parte, se ha observado que los esclavos se rebelan menos por desesperación que en las colonias, de modo que hay menos fugas y motines.

Me he detenido en este particular, porque es deseable que quienes vengan después de nosotros estén convencidos de que hay que utilizar métodos menos brutales con estas criaturas desgraciadas y tratarles con humanidad. Los negros cumplirán con lealtad y contento sus faenas. No se les atribuirá más la renuencia y tristeza de la que pretenden quejarse ahora y se descubrirá que son iguales que los trabajadores cristianos, si no acaso más agradecidos, humildes y diligentes que estos.

Permanecí en la plantación varios años más y, durante todo ese espacio de tiempo, no tuvimos que azotar más que a un solo negro, a excepción, como ya he mencionado, de un pobre diablo cuyas ofensas eran una nimiedad. Es cierto que algunos de los negros eran ingobernables. Si cometían una falta por primera vez, los perdonábamos, aunque no sin darles una lección como ya he dicho; y caso de que reincidieran, los expulsábamos. Hay que subrayar que les atormentaba más la perspectiva de ser expulsados de la plantación que la de ser azotados y que este temor contribuía notablemente a enmendarles, porque comprendían que en nuestra plantación eran tratados como hombres mientras que fuera de ella lo serían como perros.

Mi amo, encantado con esta transformación a la que él denominaba «bendición», no cesaba de expresarme su alegría y su reconocimiento. Después de haberme concedido la libertad y asegurado una posición, tal como he contado, su primera preocupación fue lograr que el Gobierno me concediese la tierra que habría de convertirse en mi plantación.

Llevó todos los trámites de la negociación sin decirme nada, y más tarde descubrí que había comprado en mi nombre unos trescientos acres de tierra, merced a un crédito que tenía con el propietario de la misma. Mucho mejor situada que si la hubiera adquirido yo mismo, mi hacienda estaba cerca de una de sus plantaciones, aunque no era contigua a esta. Cuando le pregunté cuánto le debía, me respondió sencillamente que nada, que él había escogido mis terrenos de forma que pudiera ocuparme de ellos sin descuidar los asuntos que le concernían y que, por consiguiente, no quería recibir ningún dinero a cambio. De hecho, habida cuenta de las costumbres del país, la suma no debía de ser considerable: unas cuarenta o cincuenta libras, creo. Así pues, merced a este gesto de munificencia, me otorgó la libertad, me adelantó el dinero que me permitía instalarme en un dominio que sería mío a partir de entonces y me aseguró además un salario anual de treinta libras para dirigir una de sus plantaciones.

–¡Pero, Coronel –me dijo–, darte una plantación no es nada si no te ayudo a ponerla en marcha! Por eso quiero concederte un crédito para lo que necesites, tanto para comprar algunos trabajadores como para adquirir herramientas, víveres para los siervos, materiales de construcción para tu casa y el resto de las instalaciones, así como cerdos, vacas, caballos, y otros animales por el estilo. Podrás devolvérmelo cuando tu dinero llegue de Londres.

Era por su parte un gesto enormemente benevolente, tanto más cuanto que, más tarde, habría de enviarme dos de sus trabajadores, dos carpinteros que, no faltando madera en el país, me construyeron en menos de tres semanas una pequeña casa de tres habitaciones, una cocina, una cabaña anexa y dos grandes cobertizos a guisa de almacén, casi de las dimensiones de un granero, con establos al fondo. El viento soplaba a mi favor. Después de haber sido ratero, esclavo, capataz y vigilante, me había convertido en plantador y dueño de una hacienda de trescientos acres.

Mas, como suele decirse, «buena mano, de rocín hace caballo». Yo era plantador, pero no tenía hacha ni hachuela para cortar los árboles*; no tenía ni un caballo, ni un cerdo ni una vaca que poner sobre la tierra; ni siquiera un azadón o una pala para remover el suelo ni un par de brazos para ayudarme. No podía contar más que con mi propio trabajo.

Pero los cielos y los buenos amos proveen estas cosas a sus servidores diligentes. Y lo señalo porque suele imaginarse generalmente que las personas que son, de un modo u otro, transportados** a ese lejano país llevan necesariamente una vida miserable y sin esperanza. Por otra parte, me gustaría probar mediante mi propia experiencia que si se le reconoce su buen corazón mientras está al servicio de otros –lo que depende de él–, hasta el más pobre y despreciable de los bandidos puede, una vez expirado su tiempo de servi-

*La tierra está cubierta de árboles altos que hay que derribar antes de comenzar a plantar.

***N. del T.* La deportación, que había venido practicándose durante más de medio siglo, comenzó a llevarse a cabo a gran escala a partir de principios de siglo, con lo que fue necesario regularla a través de la *Transportation Act* (Ley de Deportación) de 1718. Más adelante, Defoe entrecomillará esta expresión, cabe suponer que con el ánimo de subrayar que se trata de un eufemismo.

cio, instalarse por su cuenta y poco a poco convertirse en el patrón de una hacienda próspera.

Tomemos el ejemplo del más desheredado de los trabajadores, el de un granuja deportado durante siete años y que acaba de trabajar como siervo en una plantación durante cinco o seis años. Según lo acostumbrado por entonces (ignoro qué sucede hoy en día), merced a un certificado de su amo atestiguando que había cumplido lealmente su tiempo, se le atribuía un terreno de cincuenta acres para instalarse por su cuenta. Se le daba, o más bien se le alquilaba por un plazo determinado, un caballo, una vaca y tres cerdos, con los cuales se ponía a trabajar.

La costumbre del país quería que por las herramientas, los clavos, la ropa y, en suma, todo lo necesario, se acumulase un crédito que debía cancelarse con el rendimiento de las primeras cosechas. No había riesgo de defraudar a los acreedores, ya que el tabaco era moneda corriente de cambio para cualquier producto que se deseara comprar.

Este plantador, que no tenía nada en un principio salvo un crédito, se comprometía a poner a trabajar su tierra. Algunos de los propietarios de Virginia y de Maryland no han comenzado de otra manera: sin un sombrero ni un azadón en sus inicios, sus haciendas valen hoy en día cuarenta mil o cincuenta mil libras. Añadiré que con este sistema no ha fracasado jamás un hombre valiente, a condición de que tuviera una salud firme y fuera un buen esposo. Si cada año agranda un poco su plantación y aumenta su cosecha de tabaco, esto se traducirá en dinero y, poco a poco, estará en disposición de comprar negros y trabajadores que le permitirán no hacer nada con sus propias manos.

En una palabra, hasta al último de los bribones salidos de Newgate, un individuo que haya perdido todo y no espere ya nada, le aguarda allí una hermosa oportunidad de rehacer su vida honestamente y ganar algún dinero sin que su reputación del pasado venga a enturbiar su nueva personalidad. Son muchos los que han prosperado aun saliendo de uno de los peores lugares del mundo, el antro maldito de Newgate.

Pero vuelvo a mi historia. Mi generoso benefactor continuaba animándome. Espontáneamente y sin pedirme nada a cambio, me regaló a Mouchat, diciéndome que era una deuda que había de zanjarse en razón del afecto que el generoso Mouchat me profesaba. Mouchat, que había deseado ser colgado en mi lugar, debía amarme hasta el último día. Lo que hacía por mí era hasta tal punto por iniciativa propia que, cuando se enteró de que iba a ser mi negro, tuvo un arrebato de júbilo tan desbordante que en la plantación creyeron que había perdido la cabeza.

Mi amo me dio también dos criados, un hombre y una mujer, pero con cargo a su cuenta, a quienes puse a trabajar de inmediato con Mouchat. Les ordené que roturaran dos acres de tierra, en un bancal donde una buena parte de los árboles habían sido talados por los dos carpinteros que habían construido su casa. Una vez preparada la tierra, hice mi primera siembra de tabaco, reservando un rincón para las hortalizas que necesitaba: patatas, zanahorias, repollos, guisantes, judías, etc.

Para mí supuso una suerte inestimable contar con un amo generoso y dispuesto a ayudarme en cualquier circunstancia, ya que fue en este primer año cuando habría de recibir un golpe terrible. Ya he dicho que había enviado a Londres una copia certificada de mi reconocimiento de deuda. Mi amigo, el señor de aduanas entregó el dinero a un comerciante londinense quien, bajo las instrucciones de mi buen amo, lo convirtió en un cargamento con diversas mercancías que habrían de permitirme emprender mis negocios con ciertas garantías. Para mi inmensa desgracia, el navío se fue a pique al doblar el cabo, es decir, en la embocadura de la bahía. Una parte de mis bienes fue recuperada, pero en un muy mal estado.

Las herramientas, los clavos y los hierros quedaron inutilizables. El valor de mi pérdida no era considerable solamente por su precio, sino también por el hecho de que careciera de ningún otro medio para resarcirme.

La noticia del naufragio me dejó completamente abatido, tanto más cuanto que me daba cuenta de que me llevaría muchos años saldar mi deuda con mi patrón o amo. Fue él quien me comunicó el suceso; y, comprendiendo mi zozobra, se dirigió a mí con buen humor:

–¡Vamos! –me dijo–. ¡Qué no se venga el mundo abajo! ¡Te recuperarás de esta desgracia!

–No, señor –respondí yo–. ¡Era lo único que tenía para pagar mis deudas!

–Por lo que sé –replicó él–, ¡no tienes más que un acreedor, que soy yo! Recuerdo haberte dicho un día que haría de ti alguien de provecho. ¡No será un naufragio el que me haga cambiar de opinión!

Le di las gracias con más respeto y gratitud que nunca y, una vez más, cumplió su palabra. No permitió que me faltase nada de lo que precisaba. Como del naufragio se había salvado más hierro del que me era necesario, pude darle una parte y, a cambio, recibí paño, ropa y otros recursos de los que había menester.

Después de aquel suceso, mis negocios empezaron a prosperar a ojos vistas. Desbrozadas ya en buena medida mis tierras y en espera de una considerable cosecha de tabaco, compré tres nuevos trabajadores blancos y un negro. Tenía, por tanto, a mi servicio siete personas, cinco blancos y dos negros.

El primer año hice uso de mi salario de treinta libras anuales porque tenía una gran necesidad; pero los dos años siguientes lo dejé en manos de mi benefactor para ir saldando la deuda que había contraído con él.

Debo imponer aquí al lector una breve digresión para recordar que, a pesar de una educación lamentable, ahora que comenzaba a sentirme como una persona en el mundo y que había conquistado una independencia que me permitía albergar grandes esperanzas, se abrieron paso en mi espíritu ideas nuevas. En primer lugar, había nacido en mí un acendrado sentido de la justicia y la honestidad y, también, cuando pensaba en la vida de antaño, me sobrevenía un secreto horror del pasado. Esta aprensión indefinida que, en mi infancia, me había retenido a veces al borde de mis primeros hurtos, este sentimiento de que estaba destinado a convertirme en un caballero, siguió operando en mí de un modo que no puedo concretar. No cesaba de acordarme de lo que el viejo maestro vidriero había dicho un día al señor bien vestido al que le reprochaba juramentar en vano. Un caballero es un hombre honesto. Sin la honestidad, el hombre se hunde en la depravación; y el hombre que pierda la dignidad del nacimiento se sitúa por debajo incluso de un mendigo que haya permanecido honesto. Estos sencillos principios que me repetía continuamente me proporcionaban una satisfacción indecible, y no sabría decir qué clase de alegría me embargaba cada vez que me decía que ahora era no solamente un hombre sino, además, un hombre honesto a carta cabal.

Me causaba aún mayor deleite pensar que me había rescatado a mí mismo de ser el vagabundo, el ladrón y el criminal que había sido en mi infancia; que me había liberado de mi condición de esclavo. No olvidaba la servidumbre a la que me había visto reducido y que tantos padecimientos me había causado, pero la idea de lo que había sido antes de llegar a Virginia me inspiraba una repulsión profunda y me helaba la sangre. Era para mí como un reflejo del infierno, y no podía pensar en mi existencia de otro tiempo sin que me acometiese un acceso de ira o un trastorno nervioso.

Pero, por mirar hacia delante, cuando reflexionaba sobre los cambios que se habían producido, lo dichoso que era ahora que vivía del producto de mi trabajo y no me veía obligado a robar, a ganarme el pan poniendo en peligro mi vida o arruinando a familias honestas, ¡qué reconfortante era poder decirlo!, ¡un placer del que no había gozado hasta entonces! ¿Hay algo más triste que verse en la necesidad de hacer el mal para poder vivir, arriesgarse a ser ahorcado para no morir de hambre y ser avieso por faltarle a uno todo?

No pretendo decir que estas ideas me eran inspiradas por un sentimiento religioso o por los remordimientos. No los tenía porque había reflexionado mucho y porque ahora era capaz de hacerme un juicio más certero de las cosas. Debo confesar, no obstante, que mi vida anterior me causaba un espanto tal que sentía una especie de satisfacción cuando me decía que los bienes que había perdido en aquel naufragio eran bienes mal adquiridos. Me complacía pensar que aquellas mercancías no me habían pertenecido nunca, sino que, producto del robo como eran, habrían echado todo a perder si se hubieran mezclado con las que ahora eran resultado de un trabajo honesto, como si en cierto modo estas últimas me hubieran sido otorgadas por la Providencia para sentar los cimientos de mi prosperidad futura.

Me decía que estos cimientos eran también los de mi nueva vida, cuya estructura estaba aún por construir, que había nacido para metas aún más altas, que tan solo la honestidad y el coraje hacían grandes y ricos a los hombres y que, por consiguiente, eran esas dos virtudes las que debían guiarme en el porvenir.

Como ya he dicho, había aprendido a leer y escribir cuando estaba en Escocia. Comenzaba ahora a amar los libros y tuve la oportunidad de sumergirme en obras de considerable extensión: *La historia de Roma*, de Tito Livio, *La historia de los Turcos*, *La historia de Inglaterra*, de Speed y otras como *La historia de las guerras de los Países Bajos*, *La historia de Gustavo-Adolfo*, rey de Suecia, *La historia de la conquista de México por los españoles*, etc. Algunos de estos libros los tomé en préstamo, y otros los compré en la venta de los bienes de un plantador que acababa de morir.

Si bien tenía por entonces más de treinta años, yo consideraba este período de mi vida como el de mi juventud, porque durante el otro no había aprendido nada. Si mis tareas cotidianas, que me dejaban poco tiempo para el ocio, me lo hubieran permitido, me habría gustado asistir a la escuela. Por desgracia, el destino, que me tenía reservada aún otras sorpresas, me ofreció la oportunidad de instruirme al enviarme como trabajador a un muchacho muy inteligente que llegaba de Bristol en calidad de condenado a la deportación. Luego de una vida disoluta (que él reconocía) y, empujado por las circunstancias, se dio al bandidaje más extremo, lo que le habría llevado a la horca si le hubieran echado el lazo. Con todo y, a falta de mejores empresas, había terminado por dedicarse a hurtos de poca monta. Apresado, condenado y deportado, se consideraba satisfecho de haber podido escapar con beneficio de aquello.

Era un hombre sumamente docto. Cuando le pregunté si podría indicarme un método para aprender latín, me respondió, con una sonrisa, que me podía enseñar en tres meses si le procuraba los libros y, aún sin libros, si le dejaba suficiente tiempo. Le dije que un libro sería más apropiado para sus manos que una azada y que, si podía prometerme que me enseñaría latín suficiente para leerlo, a fin de que pudiera aprender otras lenguas, le relevaría del trabajo que ahora estaba obligado a asignarle, especialmente si hacía méritos para convencerme de que era digno de los favores de un buen amo. En suma, hice por él lo que mi benefactor había hecho por mí. Gracias a él adquirí un fondo de conocimientos infinitamente más precioso para mí que el precio de un esclavo, según veremos más adelante.

Mientras tanto, mis negocios prosperaban poco a poco, a paso lento pero seguro. Merced al apoyo de quien yo seguía llamando mi Gran Amo, compré dos negros más, con lo que sumaba siete siervos. Mandé que hicieran nuevas rozas y agrandé mi plantación. No tenía gastos personales, seguí ganando las treinta libras por año que me daba mi antiguo patrón y mi fortuna se acrecentaba día a día.

Esta vida duró doce años. Mi plantación había sido un éxito, siempre merced a los servicios de mi benefactor, al que ahora llamaba mi amigo, que me había procurado en Londres un corresponsal con quien comerciaba. Yo le enviaba mi tabaco por barco y recibía a cambio mercancías europeas, que utilizaba en mi hacienda o revendía.

Por aquella época mi buen amigo y benefactor murió. Fue para mí una enorme pérdida que me dejó sumido en el desconsuelo. Había sido un padre para mí y, sin él, me encontraba como un extranjero abandonado de todos. Conocía el país, los negocios, desde hacía algún tiempo había delegado en mí la completa administración de todas sus tierras y, sin embargo, me sentía desamparado. Mi consejero, mi sostén, se había ido; había perdido al confidente siempre dispuesto a escucharme y el mal no tenía remedio. Mi situación, no obstante, era más floreciente que nunca: poseía una enorme plantación, en la que trabajaban cerca de setenta personas entre negros y otros siervos y, en una palabra, me había convertido en un hombre acaudalado, sobre todo para alguien que había comenzado sin nada o, por así decir, sin ningún capital. Sin embargo, había gozado de la amistad y la confianza de un hombre para allanarme el camino al principio y, si hubiera tenido quinientas libras para instalarme pero no hubiera contado con el consejo y la ayuda de mi benefactor, no habría prosperado así. Él había prometido hacer un hombre de mí y había mantenido su palabra. Añado que, en un cierto sentido, yo había hecho méritos para ello puesto que había contribuido al gobierno de la explotación de sus bienes con mejoras de las que él mismo decía que, si hubiera podido pagarlas a quinientas libras, habría considerado que era una inversión provechosa y un dinero bien gastado. El trabajo progresaba como él quería, los negocios iban sobre ruedas, sus trabajadores lo amaban, incluso los negros, siendo así que ninguno de ellos tuvo que soportar jamás un castigo severo.

Las cosas iban igual de bien en mi plantación. Apelando a la razón y buen corazón de los negros a mi servicio, había logrado que trabajaran con buena voluntad, diligencia y lealtad, mientras que en las propiedades vecinas no pasaba una semana sin que se oyeran gritos horribles, los alaridos de agonía de los negros a los que se fustigaba o amenazaba con inflingir un cruel castigo, ante el cual muchos habrían preferido estar muertos o descansando en paz en su tierra de origen (como, según parece, ellos creían que ocurría después de la muerte).

Cuando debía vérmelas, lo cual era inevitable, con un ser estúpido y corto de alcances, lo vendía de inmediato para librarme de él. Pero se trataba de casos excepcionales: incluso los más ingratos no se resistían al lenguaje de la razón. Mis siervos sabían cuál era su interés, puesto que los más avisados hacían entrar en razón a los demás, generalmente en poco tiempo y sin mucha oposición por su parte, lo cual facilitaba enormemente las cosas.

Ahora era plantador, pero también estudiante. Mi profesor, un muchacho realmente extraordinario, no se contentaba con esforzarse. Tenía también, como comprendí después, excelentes métodos pedagógicos, ya que he podido comprobar posteriormente muchas veces que un buen alumno no basta para hacer un buen maestro, ni es suficiente saber una lengua para enseñarla.

Pero este hombre tenía ambas cualidades. Las lecciones que me dio fueron de gran utilidad y me demostraron que merecía, teniendo en cuenta sus circunstancias, que le ofreciera el mejor trato posible. Un día me tomé la libertad de preguntarle cómo, con una educación que le habría permitido recorrer honradamente su camino en el mundo, había caído en el estado en el que yo lo encontré al comprarlo. Como me daba cuenta de que quizá le disgustaría contarme su historia, le planteé la pregunta con cautela y me cuidé de añadir que, si no respondía, lo comprendería muy bien y no me lo tomaría como una ofensa. Hay que ser discreto con las personas que han sufrido desgracias y no presionarlas para que saquen a la luz cosas que preferirían mantener bien guardadas.

Pero me dijo que, si bien era cierto que mirar hacia el pasado era realmente *renovare dolorem*, esto era ahora para él una mortificación saludable, ya que le ayudaba a comprometerse más sinceramente con la vía del arrepentimiento en la que creía encontrarse. No podía recordar sin horror aquel periodo de infortunio en su vida durante el cual había derrochado los dones con los que el magnánimo Creador le había bendecido, pero se resignaba a llevar sobre sus hombros el peso de la vergüenza que Dios quisiera descargar sobre él porque ya soportaba el fardo ignominioso de sus pecados. Si el Cielo había querido que cayese en desgracia y fuese execrado públicamente, no esperaba menos de la clemencia divina. ¿Acaso no le había salvado ya al enviarle a Virginia para expiar sus pecados en vez de arrojarlo a las fauces de una desesperación eterna? Y habría continuado así si las lágrimas no se lo hubieran impedido.

Me limité a repetir que lamentaba haberle formulado esa pregunta, nacida de la mera curiosidad. Cuando veía que la miseria y la vergüenza se cebaban en los individuos ignorantes e intratables, prefería no indagar en la cuestión; pero cuando se trataba de gentes bien cultivadas e instruidas, deducía que una desgracia irremediable se había abatido sobre ellas.

–Mi juez sonrió –dijo, retomando el hilo de su discurso– cuando le pedí perdón en latín. Me dijo que, cuando un hombre que sabía tantas cosas caía en esa clase de crímenes, era una ofensa aún más inexcusable que la de cualquier otro y no podía implorar ninguna merced, precisamente porque gozaba de más ventajas para defenderse de la tentación.

»Pero mi caso es –prosiguió él–, creo, más lamentable de lo que pudiera imaginarse. Fue la necesidad la que me extravió por el mal camino, porque la necesidad no es solo la tentación, sino una tentación contra la que nada puede oponer la naturaleza humana. ¿No es bondadoso el Dios que aleja de uno la tentación, alejando también la necesidad?

Esta verdad me parecía, por razones personales, tan incuestionable que no pude articular palabra. Pero él siguió hablando:

–Esto os explica, señor, por qué considero que mi condición presente es menos miserable que mi vida de antaño, y que he sido liberado de la odiosa necesidad de hacer el mal para subsistir. Ya no tengo que robar el pan de la boca de los demás o causarles daño, sino que puedo ganármelo yo mismo con mi trabajo; ¡y agradezco a Dios la diferencia! –Y luego de hacer una pausa, prosiguió–: ¡Cuánto más es preferible la vida de un esclavo en Virginia a la del más opulento de los ladrones! No tengo nada, pero soy honesto; y si sufro por haber hecho mal, no lo causo al menos. Mi cuerpo padece, pero ya no siento el peso de la culpa sobre mí. En otra época solía decir que no tenía tiempo de reflexionar sobre mis ofensas, que lo haría en cuanto Dios me diese un respiro: ¡hete aquí que Dios me ha concedido la holganza para hacerlo!

Siguió hablando en este tono durante un rato, y añadió –desde el fondo de su corazón, pienso– que se sentía agradecido a la Providencia por haberlo liberado de su existencia corrompida, aunque sus miserias de ahora se hiciesen aun diez veces mayores de las que eran.

Sus propósitos me conmovían sinceramente. No podían menos que afectarme puesto que había conocido bien esa diferencia de la que hablaba, aunque, lo confieso, el aspecto religioso de la cuestión se me había escapado hasta entonces. Al igual que él, yo había cometido ofensas –de menor entidad, tal vez– pero ignoraba todo del arrepentimiento. Aunque me decía a mí mismo con frecuencia que mi vida de antaño no había sido precisamente la de un caballero (lo que, como sabemos, me preocupaba bastante), no había caído en la cuenta de que era la de un réprobo.

–Te arrepientes hoy –le dije– y espero que sinceramente. ¿Pero qué ocurriría si mañana fueras liberado de la condición de siervo comprado? ¿No crees que volverías a ser el hombre que fuiste?

–¡Ojalá no lo quiera Dios! –exclamó él–. Porque si fuera así, rogaría para que me dejase como esclavo hasta el fin de mis días: ¡prefiero seguir siendo esclavo que recaer en mis pecados!

–Pero –objeté yo–, ¿si te encontraras en la misma situación y te murieras de hambre, no crees que volverías a las andadas?

–Eso demuestra –me respondió él con viveza– la necesidad que tenemos de formular la pregunta con la que concluye la oración al señor: «¡No nos dejes caer en la tentación!» o, incluso, como en la plegaria de Salomón o de Agar: «¡Sálvanos de la pobreza para alejarnos del robo!». Rogaré a Dios para que aleje de mí las añagazas en las que la naturaleza humana es propensa a caer, pero espero aventurarme antes en el hambre que en el robo. No obstante, ruego para que Dios no me tiente más, porque ignoro cuáles son mis propias fuerzas.

Hablaba con una sinceridad tan desusada que no podía ponerse en tela de juicio. Un día, en el curso de nuestras conversaciones, sacó del bolsillo un sucio cuaderno de papel en el que había escrito una oración en verso, la cual pocos cristianos, creo, estarían en disposición de suscribir. No puedo menos que reproducirla aquí porque no he leído nada parecido en mi vida. Es esta:

Señor, por fiero que sea el dolor que me taladra
no me permitas reposo hasta que cesen mis faltas.
Aunque me acechen las sombras y honda sea mi

punzada, si mis pecados arrecian, no repares mi desgracia.
Por amor de Jesús, no me liberes de mi ansia
hasta que, libre y triunfante, haya ocupado la gracia
el trono vacante del que los pecados la expulsaran,
y cautive por entero al corazón que la anhelaba.
Hasta que la gracia haya por fin domeñado al alma,
logrado su conquista y mi rendición sea franca.

Esta pieza, de la que consigno aquí nada más que el principio, me conmovió más de lo que sabría decir, y no he olvidado nunca estos versos, que me habré repetido a mí mismo miles de veces desde entonces.

No les quepa duda de que no insistí más en que me diera una respuesta a la cuestión que le había formulado. Su arrepentimiento era sincero, era evidente; y no se lamentaba de su castigo, sino que lo aceptaba con agradecimiento, como ya he dicho, porque su condición del presente no lo afligía. Lo único que le atormentaba era el sentimiento que tenía de haber llevado una vida abominable, de haber pecado contra Dios y contra los hombres y no haber tenido, durante años y años, más que una débil conciencia de sus faltas.

Le pregunté si no había reflexionado alguna vez sobre todo aquello antes o después de su condena. Me respondió que Newgate (al parecer, la prisión de Bristol se llamaba igual que la de Londres) no era un lugar donde los detenidos se enmendasen, sino que, por el contrario, se pervertían hasta tal punto que aprendían a no temer ni a Dios ni al Diablo. A pesar de ello, podía decir con satisfacción que en aquella época tenía ya una vaga idea de estas verdades, aunque nunca sintió la inclinación de volverse hacia Dios. Antes incluso de su arresto, cuando tenía tiempo, se interrogaba: «¿Adónde vas?», se decía; «¿A la postre, adónde te conducirá todo esto?», se preguntaba. «El pecado y la vergüenza se siguen el uno del otro y ¡acabarás tu existencia ahorcado». Después de golpearse el pecho, proseguía: «Pero, en fin, canalla, ¿cuándo te arrepentirás?» Y siempre se daba la misma respuesta: «¡Jamás! ¡Jamás! ¡Jamás! Salvo en el trance de muerte o en el cadalso».

–Entonces –continuó–, me ponía a llorar y a suspirar, mirando hacia el pasado y viendo esta vida mía desdichada cuya historia, de ser contada, dejaría al mundo estupefacto. ¡Ay! El futuro se me aparecía tan oscuro que un terror insoportable se apoderaba de mí. Para escapar de él, me apresuraba a buscar vino y compañía. El vino me empujaba a los excesos; mis compañeros, que no valían más que yo, despertaban en mí nuevas tentaciones. Mis remordimientos se esfumaban y me convertía en el mismo demonio de antes.

Hablaba con una emoción contenida y, al tiempo que sonreía, las lágrimas caían de sus ojos, como si al decir aquellas cosas sintiera una tristeza que le fuera grata. En cuanto a mí, su relato comenzó a afectarme de un modo que no acertaba a explicarme, como si oírle hablar me dejara siempre un peso muerto en el corazón y diera rienda suelta a pensamientos sin freno; no obstante, me gustaba oírle hablar.

–Más tarde –reanudó su relato–, caí en manos de la justicia por una bagatela, una tontería comparada con todo lo que había hecho antes. Había perpetrado cientos de robos, en los grandes caminos y en otras partes, con cuya relación llenaría un libro entero, y por los cuales, si me hubieran apresado, me habrían condenado a la horca sin remedio, luego de un proceso en el que veinte personas habrían declarado contra mí. Me encerraron de inmediato, bajo un nombre supuesto, en un presidio de provincia, antes de juzgarme por un robo cometido en una iglesia y del que ni siquiera era yo el principal culpable. Esto fue lo que me valió el favor de ser deportado.

»¿Y sabe vuestra merced lo que ha provocado en mí este bendito cambio que, quiero esperar, ha sido obra de Dios? No el espanto por los crímenes que cometí, sino el asombro ante los prodigios de la Providencia que, cuando se apiada de un ser humano, parece abrumarlo por sus pequeños pecados con el solo fin de que no tenga que pagar por los grandes. Cuando supe que no me imponían otra pena que la deportación, ¿cómo podía ser insensible ante un milagro de la bondad de Dios, precisamente obrado en mí, a quien habrían ahorcado infaliblemente –lo cual había merecido cientos de veces– si se hubiera revelado mi verdadera identidad? ¿Cómo no arrepentirse cuando se descubre que el Creador, en su infinita misericordia, te otorga el perdón y te libra de las miserias de las que no habrías sabido salir solo, haciendo que surja el bien del mal mismo que hemos hecho?

»Sin duda, el temor al castigo influye enormemente sobre el espíritu. Cuando se siente la proximidad de la muerte y el terror invade el alma, muchos hombres creen arrepentirse. Suele ser una ilusión, porque no es más que una suerte de angustia provocada por el pavor a lo que está por llegar. El verdadero arrepentimiento es otra cosa. Nos inspira un horror sincero del crimen como tal; lo reprobamos desde el fondo de nuestro corazón porque es una ofensa contra el Creador, un acto de bajeza y de ingratitud hacia Aquel que, después de habernos dado la vida con todas sus bendiciones, y a pesar de haberlo provocado para que nos destruya, ha querido seguir obrando el bien en nosotros para conquistarnos.

»Son estos pensamientos, señor –dijo él–, la fuente de mi arrepentimiento, y de ellos me nace esta tristeza que hace aflorar la sonrisa en mi rostro al tiempo que brotan lágrimas de mis ojos. No sabría explicaros mejor este júbilo amargo que diciendo a vuesa merced que no he tenido una hora de auténtica dicha desde el día en que guardo memoria de mis actos hasta que trabajé por primera vez en vuestra plantación. Aquí, desnudo y hambriento, cansado y débil, entre el frío y el calor aplastante de una estación a otra, he comprendido la diferencia que existe entre los tormentos físicos y las torturas del alma. En otro tiempo, tuve de todo en abundancia, aquí debo contentarme con víveres escasos; mientras que antes vivía en la holganza, en el lujo y el deleite de la lujuria, ahora trabajo hasta caer rendido por el peso de los fardos que acarreo. Sin embargo, la diferencia estriba en que, antes, mi alma vivía en el infierno, habitada por tal horror y confusión que tenía miedo de mí mismo mientras esperaba un fin miserable. Aquí he encontrado la paz de espíritu, una paz que representa para mí una anticipación del paraíso. Con humildad y agradecimiento, bendigo la misericordia divina que me ha arrancado de las garras del maligno, y este pensamiento me reconforta en las horas difíciles, haciendo que mi jornada sea más ligera y mi corazón rebose de alegría. No me acuesto por la noche sin dar gracias al cielo, desde lo más profundo de mi ser, no solamente por haberme salvado del fin miserable que hubiera merecido, ni por haberme impedido ser un bandido que aterrorizaba a los hombres honrados, los pobres y los inocentes, un malhechor al que deberían haber eliminado para garantizar la seguridad de todos, sino sobre todo por haberme liberado de la horrible tentación de pecar para mantener una vida de lujuria que me arrastraba de un vicio a otro. Y doy fe de que todo ello es bastante para mitigar las penas más amargas y agradecer haber sido enviado a Virginia, o a cualquier lugar peor, si es que puede ser.

Me habló a continuación de sus ideas sobre el paraíso y el infierno. Me dijo que, si era posible revelar a los hombres lo que eran exactamente el uno y el otro, hacerles ver la dicha del primero y los espantos del segundo, y hacerse un juicio de ambos conforme a la capacidad de la razón, estaba convencido de que la atracción del paraíso contribuiría más que el temor del infierno a reformar el mundo. Sobre todo ello hablaríamos después en muchas ocasiones.

Como quiera que él se hacía de mí una idea que no me interesaba desmentir, me guardaba de decirle que su historia tenía más de un punto en común con la mía, así como de hacerle confidencia alguna sobre mi pasado. No obstante aproveché alguna ocasión para hacerle saber que no había llegado a Virginia como criminal: la precisión no me parecía inútil, porque eran muchos los plantadores de los alrededores que no podían decir lo mismo.

Lo que hubiera sido en el pasado no le importaba a nadie; bastaba con saber que había logrado ser alguien en el país. Nadie se acordaba ya de las circunstancias de mi llegada a Virginia, y no me correspondía a mí recordar que había comenzado trabajando, y no por propia voluntad. Dicho esto, debo confesar que me fue imposible ocultar la agitación que me producían los relatos de la vida de este joven. Hasta entonces había juzgado las cosas por sus apariencias, según me inclinasen hacia el bien o el mal. Consideraba que los periodos de mi vida habían sido dichosos o no según hubieran sido más o menos agradables de vivir, pero nunca me preguntaba –ni tampoco comprendía– en qué medida habían podido ser ordenados por el Creador y hasta qué punto todo estaba gobernado por un Dios que reinaba sobre el mundo y todos los seres.

No habiendo recibido ninguna educación, no tenía ni instrucción ni conocimientos en materia de religión; y, si bien es cierto que me había preguntado por este problema, mi interés se había reducido a mirar el mundo para preguntarme qué clase de lugar era y qué se había hecho en él hasta el momento; en cuanto a el que lo había hecho, confieso que dudo que haya habido sobre la tierra, entre todas las criaturas dotadas de un alma, nadie como yo para quien la noción de Dios hubiera sido tan ajena. Era una cuestión que no me preocupaba.

Pero el discurso de este hombre comenzó a tener un efecto muy diferente en mí. «Las reflexiones que has oído –me decía a mí mismo– están llenas de verdad. ¿Pero, tú, qué has hecho tú? ¿En toda tu vida, te has dirigido alguna vez a Dios para decirle: “¡Te doy las gracias, Dios mío, por todas las desventuras de las que me has salvado, y por todo lo que has dispuesto para mí!”? Y, sin embargo, has escapado a toda suerte de peligros y desdichas. Si debes todo eso a una mano invisible que te ha protegido, ¿qué has hecho, en qué mundo has vivido, tú, que estás aquí ahora, la más irreflexiva e ingrata de las criaturas de Dios?»

Estos pensamientos empezaron a atormentarme y me sumieron en una honda melancolía. En cuanto a la religión, comprendía tan poco sobre ella que había decidido reemprender mi vida y activarla bajo nuevos presupuestos religiosos, aunque no sabía por dónde comenzar ni qué hacer al respecto.

Ocurrió un día que mi tutor, pues así lo llamaba, leía su Biblia, como solía hacer a todas horas del día, aunque yo ignoraba por qué. Cogí el libro de sus manos y eché un vistazo a las páginas, algo que, puedo asegurar sin embarazo, no había hecho en toda mi vida, en la que no había leído ni un solo capítulo. Después de hablarme de la Biblia en tanto que libro, contándome dónde lo había adquirido y cómo lo había traído a Virginia, lo abrazó y exclamó en una suerte de éxtasis:

–¡Libro bendito! El único tesoro que traje de Inglaterra conmigo, el que me ha reconfortado siempre. ¡Eras más precioso en mi desgracia de lo que lo hubiera sido todo el oro del mundo!

No comprendía nada de lo que quería decir con eso, ya que, como ya he explicado, no tenía por entonces más que ideas infantiles sobre el papel que desempeñaba en el mundo la obra de la Providencia, que, por otra parte, me había tratado con tanta misericordia. La Biblia se abrió por los Hechos de los apóstoles 26, 28, y la frase que dice Agripa a Pablo, «Casi me has persuadido de ser un cristiano» cayó sobre mis ojos. La leí en voz alta y añadí:

–Después de todo lo que me has contado de ti mismo, estas palabras del apóstol son las que yo podría repetir como propias.

Ruborizándose, dijo:

–Podría responderos con las palabras mismas del apóstol: «Quiera Dios que no solo tú sino todos los que me oyen, se hicieran hoy tales como soy yo, aunque sin estas cadenas».

Tenía ahora más de treinta años –en la medida en que podía guiarme por mi edad, pues nadie podía darme detalles sobre mi fecha de nacimiento–, había recorrido bastante el mundo, pero viviendo siempre en completa ignorancia de las cosas que concernían a la religión. Esta era la primera vez que me conmovían. Las ideas de este hombre me sorprendían de varias maneras. Cuando hablaba de su vida pasada, tan parecida a la que había sido la mía, era siempre con emoción y para recalcar que le había conducido a la religión, y era esta idea, que había penetrado en mí con la violencia de una bala en pleno pecho, por la que tenía tantos motivos para arrepentirme como para agradecérsela a los cielos. Sin duda, él podía mostrar su gratitud por haberle revelado una belleza que para mí aún permanecía oculta; en cuanto a mí, podía darle las gracias por haber conquistado mi libertad y cierta prosperidad. Ambos habíamos llegado a Virginia en circunstancias análogas, como simples esclavos: no obstante, yo me había convertido en mi propio amo y gozaba de una posición acomodada, mientras que su suerte no había cambiado. Si sus faltas habían sido más grandes que las mías, su angustia también lo era.

Esta noción de la gratitud que yo debía a la Providencia me atormentaba el espíritu. Aun reconociendo mi deuda, como así había hecho –y con toda mi alma–, con mi viejo amo, gracias al cual había podido ascender desde mi baja condición, y de quien veneraba y hubiera besado, como suele decirse, el suelo que pisaba, no había pensado ni una sola vez en que podía haber contraído obligaciones más altas. Ni una sola vez me había vuelto hacia el cielo cuya sola intervención podría haber hecho posible cualquier cosa; ni una sola vez había pronunciado las palabras del fariseo al exclamar: «¡Dios mío, gracias te sean dadas!».

Así pues, caía en la cuenta ahora, porque nada nos sucede que no sea por voluntad divina, porque Dios ha dispuesto todo, hasta el más mínimo acontecimiento de nuestra vida, de modo que ni un cabello de la cabeza podemos perder sin que él lo permita; me daba cuenta, digo, de que, después de todo lo que la Providencia había hecho por mí, me había conducido como un perro ingrato. «Ese Dios al que había desobedecido –pensaba yo entonces– tendría derecho a arrancarme la lana y el lino con el que me vestía y reducirme a la condición miserable en la que había vivido al principio de mi vida».

Estas reflexiones me dejaban perplejo, a pesar del consuelo constante que me procuraba mi instructor, del que aprendía una cosa nueva cada día. Una mañana, finalmente, le dije que pensaba que podía dejar de darme lecciones de latín y enseñarme, en cambio, religión.

Con mucha humildad, declaró que yo ya sabía todo lo que era capaz de enseñarme y me sugirió que leyera cada día las Escrituras, pilar seguro y único de la religión. Le respondí con las mismas palabras del eunuco al apóstol San Felipe, cuando este le preguntó si comprendía lo que leía: «¿Cómo podría, a menos que alguien me guíe?».

Como quiera que volviésemos a menudo sobre este tema, descubrí muchas razones para creer en la sinceridad de su conversión. En cuanto a mí, no puedo decir que mis pensamientos estuvieran maduros para una operación de semejante guisa. Sentía un cierto malestar cuando meditaba sobre mi pasado. Ahora –y antes de conocerlo– llevaba una vida sobria y regular, siempre embebido en mis negocios y evitando toda clase de excesos, pero para ser un arrepentido como él, me faltaba todavía el impulso y, además, mi instrucción religiosa dejaba mucho que desear; aunque esa sensación se me fue pasando poco a poco.

Entretanto, nuestros parlamentos se iban haciendo cada vez más graves y elevados, y más cargados de sustancia, aun cuando no discurrieran por derroteros religiosos. Me enseñaba Historia y, cuando los libros no colmaban nuestras lagunas, me daba ideas de aquellas cosas que los autores modernos no mencionaban o que, al menos, no se encontraban en los libros que teníamos a nuestro alcance. Así se despertó en mí un insaciable deseo de ver qué pasaba en el mundo, tanto más cuanto que, por aquella época, el mundo entero estaba más o menos enzarzado en la gran guerra que, podríamos decir, iba a poner al rey de Francia en actitud amistosa o beligerante con unas u otras potencias europeas*.

**N. del T.* Jack se refiere a la Guerra de la Liga de Augsburgo, 1688–97.

Me daba la impresión entonces de estar enterrado vivo en un remoto lugar del mundo, donde no podía ver nada y donde apenas llegaba el rumor del mundo y, cuando lo hacía, generalmente con seis meses de retraso, cuando no un año o más. Volví a hacerme un reproche que me resultaba familiar desde antiguo: ni siquiera aquella vida era todavía la vida de un caballero.

Era cierto que se aproximaba más a ella que la de un ratero o la de un trabajador vendido como esclavo, pero no era lo mismo todavía y aún no estaba satisfecho. Ahora tenía una segunda plantación, más grande que la primera, y mis asuntos prosperaban día a día: poseía cerca de un centenar de trabajadores de toda laya y condición, y un supervisor, del que tenía buenas razones para creer que era un hombre en el que podía confiar; además, había adquirido una tercera propiedad cuyo desbroce acababa de comenzar; nada, en suma, podía impedirme ir donde quisiera.

Empecé entonces a acariciar la idea de hacer un viaje a Inglaterra, resolviendo tomar decisiones al respecto a medida que se aclararan las posibilidades, pero mi deseo secreto era visitar el mayor número de países posible y contemplar con mis propios ojos las cosas de las que hasta ese momento los libros solo me habían proporcionado una muy vaga idea.

Así que apremié los trabajos de preparación de mi tercera plantación, a fin de que estuviera lista cuando la rentase a un granjero o la dejase en manos de un capataz, según se presentase la ocasión. Si adoptaba la segunda solución, tenía cerca al sujeto más indicado que hubiera podido desear: mi tutor. Puesto que era él quien me había dado pie a viajar y me resultaba insoportable la idea de separarme de él, decidí que lo llevaría conmigo.

Me hicieron falta tres años para dejar arreglados todos los detalles que requería mi partida del país. En el intervalo, había liberado a mi profesor de su condición de siervo; y le habría incluso concedido la libertad completa si no me hubiese enterado, con gran decepción por mi parte, de que no estaba en mi mano hacerle entrar en Inglaterra antes de que expirase su pena de deportación, según constaba en la correspondiente orden. Así que hice de él uno de mis capataces, proporcionándole paulatinamente la posibilidad de que rehiciese su vida, igual que mi benefactor había hecho conmigo. Con la diferencia, sin embargo, de que no pude ayudarle a instalarse por su cuenta y riesgo. Su diligencia y su obstinación suplieron el apoyo que yo no pude brindarle durante mi ausencia. Añado que cumplió su tarea con tal celo y honestidad que le granjearon una buena reputación en el lugar, de modo que a mi regreso le encontré en una situación muy diferente de la que le había dejado, hecho que no impidió que administrase con fortuna mis bienes durante casi veinte años, según referiré a su debido tiempo.

Insisto en todo esto porque me gustaría que, si estas líneas cayeran bajo los ojos de pobres diablos víctimas de desgracias semejantes, pudieran persuadirse de las enseñanzas que expongo brevemente a continuación:

1) Que para un deportado, Virginia es, quizá, un lugar donde le será posible ser más feliz que en ningún otro, siempre que se haya arrepentido sinceramente y se aplique con diligencia a los quehaceres que le fueran

encomendados. Libre de las tentaciones que conducen al crimen y de la vida de malhechor que le aguardaba, encontrará allí perspectivas reales de hacerse un futuro.

2) Hasta la criatura más vil y despreciable puede contar con que allí, una vez purgada su condena y siempre que le acompañe la salud, podrá vivir bien y convertirse en un hombre acaudalado.

En mi opinión, un condenado a la deportación es allí un hombre mucho más feliz que cualquier ladrón que no haya sido apresado y viva en la metrópoli. Y, en contra de la creencia general, los jóvenes con los bolsillos vacíos que se expatrían voluntariamente a esos confines lejanos no se equivocan tanto, sobre todo si caen en buenas manos. Dicho lo cual, vuelvo a mi historia, que entra ahora en una nueva etapa.

Una vez tomadas las disposiciones pertinentes por lo que concierne a la plantación, inicié los preparativos para mi partida. Mi primera tarea consistía en hacer acopio de suficientes mercaderías y dinero para aprovechar las oportunidades que se me presentasen y, en particular, para expedir a Maryland todo lo que pudiese ser útil para la explotación de mis plantaciones. Examinando la cuestión con detenimiento, me persuadí de que no sería prudente embarcar toda la carga en el barco en el que me disponía a viajar. Así que distribuí quinientos fardos de tabaco en varios barcos con destino a Inglaterra, asegurando el total por una suma considerable y proporcionada al valor de la mercancía, y comuniqué a mi corresponsal en Londres que saldría de Virginia en una determinada fecha.

Dos meses más tarde, me embarqué para Inglaterra a bordo de un robusto navío, armado con veinticuatro cañones, que transportaba seiscientos fardos de tabaco prensado. Abandonamos los cabos de Virginia el primero de agosto. Durante la primera semana la navegación fue difícil y dura, a pesar de que era supuestamente la estación del buen tiempo.

Tras unos once días en el mar, la mayor parte del tiempo con vientos racheados de poniente o de oesnoroeste que nos empujaban vigorosamente hacia el este de la ruta ordinaria que seguían los navíos con destino a Inglaterra, nos topamos con un furioso temporal que nos retuvo durante cinco días. Tuvimos que desviarnos viento en popa (como dicen los navegantes) en la dirección que este nos imponía. El barco sufrió bastantes daños y los marineros tuvieron que taponar varias vías de agua que se habían abierto en el casco. En última instancia, a la vista de que el mar no se apaciguaba, el capitán, tras haber luchado cuanto pudo contra los elementos, decidió poner rumbo hacia las Bermudas y fondear allí.

Yo no estaba lo bastante avezado en cuestiones de navegación como para entender las razones de la disputa que surgió entre el capitán y el primer oficial de puente, pero me parecía que esta giraba en torno a si estábamos cometiendo un error de latitud que nos impediría alcanzar las islas. Los puntos de vista de los dos hombres diferían por completo, sus cálculos no coincidían en absoluto, y la tempestad les había exasperado. El capitán, seguro de tener razón, injurió al segundo y le amenazó con hacerle procesar en cuanto llegáramos a Inglaterra. El otro, un experto marino de primera categoría, pero también modesto, sostenía respetuosamente, como correspondía, que no se equivocaba. Tras varios días de discusiones, el viento amainó, el cielo se despejó, y pudieron hacer sus mediciones. Los cálculos del segundo eran, al parecer, correctos y los del capitán estaban equivocados, ya que nos encontrábamos a 29º de latitud y muy lejos de las aguas de las Bermudas.

El segundo de a bordo no blandió su triunfo contra el capitán, y este, convencido por fin, se comportó con él de un modo cortés en extremo. Volvió a reinar la calma, pero aún faltaba entenderse sobre lo que íbamos a hacer. Una vez más estaban en desacuerdo sobre este punto. No obstante, coincidieron en que no estábamos en condiciones de poner rumbo directo a Inglaterra, a menos que nos beneficiáramos de un viento sursudoeste que no se había presentado desde que nos habíamos hecho a la mar.

A la postre, decidieron de común acuerdo dirigirse hacia las Canarias, la tierra más próxima, si exceptuamos las islas de Cabo Verde, situadas demasiado al sur para nosotros.

Así pues, navegamos hacia el nordeste. Con un viento constante del oeste, no nos hizo falta más que una quincena de días para avistar el Pico Tenerife, una monstruosa montaña que se encuentra en las islas Canarias. Allí nos abastecimos de agua y provisiones, además de abundante vino de excelente calidad; en cambio, no encontramos puerto alguno donde reparar las averías causadas por la tempestad. Al cabo de cuatro días, largamos velas nuevamente.

La bonanza del tiempo y la mar en calma nos acompañaron hasta entrar en los Soundings, lo que se ha dado en llamar la boca del Canal de la Mancha, donde el viento soplaba con tanta fuerza que nos obligó a navegar lejos de la costa. ¡Y allí, de pronto, en medio de la bruma de la mañana, surgió un barco corsario francés artillado con treinta y seis cañones que se puso a perseguirnos con todo su aparejo desplegado! En resumen, pese a que nuestro capitán hizo una o dos bordadas –lo que me causó una viva impresión, porque no había visto nunca nada de ese género–, una barrida de los cañones enemigos sobre nuestra posición mató o hirió gravemente a seis de nuestros hombres.

Enseguida se hizo patente que, si no queríamos ser capturados, teníamos que estar dispuestos a que nos enviara a pique. El combate duró lo suficiente para poner a salvo el honor del capitán, nos dejamos apresar y el barco fue conducido hasta Saint-Malo.

La pérdida de mi carga no me inquietaba demasiado –puesto que tenía reservas suficientes para subsistir de un modo u otro–; pero al verme despojado de todo lo que llevaba encima, incluida la ropa que llevaba a la espalda, me encontraba en una situación poco halagüeña. Por fortuna, una vez informado el capitán del barco corsario de que yo no era más que un pasajero, este me hizo llamar y me interrogó. Cuando supo de qué modo había sido tratado, ordenó a sus hombres que me devolvieran la ropa, el sombrero y los zapatos de los que se habían apropiado, y tuvo incluso la cortesía de prestarme una bata para que la llevase tanto tiempo como estuviese bajo su custodia.

No obstante, además de haber sido hecho prisionero, me mortificaba el hecho de ver nuestro navío tripulado por corsarios franceses y conducido a Saint–Malo. Pero la mortificación fue aún mayor cuando oí que nuestro barco fue nuevamente interceptado en su ruta por un buque de guerra inglés que lo llevó hasta Portsmouth.

Una vez que nuestro barco partió, el *Rover* volvió a surcar las aguas del Canal de la Mancha, pero sin el menor éxito. Finalmente encontró un barco, que resultó ser también de pabellón francés y dedicarse a idéntico cometido. Por su tripulación supimos que había llegado noticia a Inglaterra de que los corsarios franceses navegaban en los Soundings y que tres unidades de guerra británicas habían zarpado del puerto de Plymouth para ir en su busca. Tras conocer la noticia, el capitán del *Rover*, un hombre audaz y fornido, lejos de renunciar a su propósito, puso rumbo al nordeste en dirección al canal de Saint George. A unos 48º 30' de latitud, avistamos un magnífico velero inglés que regresaba a Inglaterra procedente de Jamaica. Acababa de despuntar el alba, muy clara, cuando el vigía gritó: «¡*Au voile!*» o «¡Vela a la vista!». Con la esperanza de que fuese el buque de guerra inglés, confirmada por la bulla y alboroto que se notaban a bordo, indicando que la tripulación se preparaba para el combate, bajé de un salto de la hamaca –ya que no tenía cabina– para disponerme a averiguar de qué se trataba. Pero estaba en el costado equivocado, a barlovento, porque cuando llegué al puente, el *Rover*, con todas las velas ondeando, había enfilado su proa con intención de dar caza al otro navío, el cual, habiéndolo visto y sabiendo con quien habría de medir sus fuerzas, había levantado velas a toda prisa en dirección a algún puerto de la costa irlandesa en busca de refugio.

A ritmo de dos pies marinos por cada uno que hacía el velero inglés, pronto se hizo evidente que el barco corsario era más rápido, y a la noche, ya les habíamos dado alcance. Si este hubiera dispuesto de seis horas más, habría alcanzado Limerick, un río en el que nosotros no nos habríamos aventurado, pero no fue así. Cuando el capitán inglés lo comprendió, mandó replegar velas y, con valentía, se preparó para el combate. Aceptó lo inevitable: su navío disponía de treinta cañones pero, cargado de mercancías desde el pañol hasta el puente, su línea de flotación era tan baja que la altura de las olas impedía utilizar las baterías del entrepuente. No obstante, hizo abrir las portas de las troneras y ordenó fuego con los tres cañones de un costado. Por desgracia, como su barco iba cargado hasta los topes, avanzaba con lentitud, así que el barco corsario, una vez a su altura, le envió una andanada de disparos. Maniobrando con habilidad y soltura, el inglés respondió: su primera descarga cerrada hizo numerosas víctimas entre los franceses y la siguiente fue aún peor. No obstante, viendo que nos aproximábamos de nuevo, el navío británico se lanzó audazmente al abordaje arrimándose firmemente al nuestro. Entonces, el capitán inglés ordenó una nueva descarga, que causó graves daños en el barco corsario y habría causado muchos más si los franceses no hubieran reaccionado rápidamente y, debo decirlo, sin faltarles arrojo. Alentados por el ejemplo de su capitán, que se batía a diestro y siniestro empuñando la espada, lograron despegarse del costado del barco con escobas y abrir fuego a discreción contra los ingleses de forma que nadie osó asomar la cabeza en el puente enemigo. Luego de apartarse por completo, y con varias bordadas rápidas, terminaron de desarbolar el barco inglés. Tras el combate, que duró toda la noche y una parte del día siguiente, los ingleses, con el mástil de mesana partido por la mitad, el bauprés destruido por los cañones y, lo que es peor, privados de su comandante que había muerto en la refriega, tuvieron que capitular.

El capitán corsario me había rogado que me quedara en la bodega durante el combate; por cortesía sin duda, pero quizá también porque pensaba que, en el puente, habría podido aprovechar alguna ocasión para perjudicarlo, aunque no veo cómo. Le había obedecido sin poner objeciones, porque no tenía el menor interés en morir, sobre todo a manos de mis compatriotas. Sentado cerca del cirujano, pude constatar que la primera bordada inglesa había causado siete heridos, que otros treinta debieron caer cuando los ingleses se lanzaron al abordaje, y once más a raíz de este. En total, los franceses sumaban veintidós muertos y cincuenta y un heridos frente a dieciocho muertos y heridos entre la tripulación de sus adversarios.

Para el capitán la captura fue todo un triunfo, porque este magnífico barco transportaba sumas considerables de plata. Luego del pillaje –pues el botín era importante–, el segundo de a bordo del navío británico hizo saber al capitán francés que, a cambio de su libertad, le revelaría, si no informaba a nadie de la tripulación al respecto, el lugar donde podría encontrar seis mil pesos de oro en piezas de a ocho. El capitán se lo prometió con un solemne juramento y, por la noche, cuando todos estaban acostados, excepto los hombres de guardia, ambos subieron a bordo del barco inglés. El dinero se encontraba en un escondrijo dispuesto para este menester, y el capitán corsario decidió dejarlo allí. Más tarde lo embarcaría discretamente para su propio uso personal, de modo que ni los armadores ni sus marineros verían una sola moneda del mismo, lo que le hacía responsable de un engaño. Con todo, el capitán mantuvo su palabra y puso en libertad a su prisionero, además de darle doscientas monedas de ocho para compensarle por sus pérdidas y permitirle llegar a Inglaterra.

Al día siguiente, el único pensamiento que ocupaba al capitán era el de ponerse a salvo en un puerto francés, con el botín, que era más que suficiente para enriquecer a sus hombres y a los armadores. El botín, que copié de los libros de a bordo, era más o menos el siguiente:

260 fardos de azúcar;
187 toneles de azúcar, más pequeños;
176 barricas de índigo;
28 toneles de pimienta;
42 sacos de algodón;
80 quintales de colmillos de elefante;
60 toneles pequeños de ron.
1.8000 monedas de ocho (aparte de las 6.000 escondidas); varios paquetes de medicinas diversas, caparazones de tortuga, dulces llamados *succades*, chocolate, etc.

Era una pérdida terrible para los comerciantes ingleses y un botín magnífico para los corsarios. No se les podía reprochar nada porque, como ellos decían, lo habían conquistado en tiempo de guerra librando un combate «justo y leal». Por lo demás, se habían conducido con valentía.

El capitán ya no se mostraba tan audaz como antes. Con un botín de esa categoría, había mermado su afán de encontrarse con navíos de guerra británicos que habrían podido arrebatárselo. Así que navegamos raudos hacia el sur, tan al sur que creí al principio que su intención era alcanzar el Estrecho de Gibraltar y poner rumbo a su casa en Marsella. Pero una vez nos encontramos en torno a la latitud 45º 45', enfiló hacia el este, en la bahía de Vizcaya, y nos adentramos en el río que conduce a Burdeos, donde, al conocer la noticia de su llegada con semejante botín, los armadores se acercaron para darle la bienvenida. El dinero y parte del cargamento los pusieron a buen recaudo, pero no sabían muy bien qué hacer con el barco. Finalmente, decidieron que lo harían remontar, junto con el otro, la costa hasta Saint Malo, y aprovecharon la ocasión para escoltarlos hasta Ouessant con algunas unidades de la flota de guerra francesa.

El segundo navío inglés, puesto en libertad y recompensado como ya he dicho, zarpó desde Burdeos con destino a Dieppe, donde, provisto de un salvoconducto que le permitiría atravesar Flandes, llegaría a Ostende para cruzar desde allí a Inglaterra. Tenía la impresión de que el capitán ardía en deseos de perderlo de vista lo antes posible.

Una mañana, estando en Burdeos, el capitán me preguntó sobre mis intenciones. Como al principio parecía no entenderlo, me explicó que me daba a elegir entre dos opciones: o bien me entregaba al Estado en calidad de prisionero inglés y, como tal, sería transferido a Dinan, en Bretaña, donde debería arreglármelas para canjearme a mí mismo por otro prisionero; o bien, le pagaba un rescate por un importe fijado, según me dijo, en trescientas coronas.

Muy indeciso al respecto, le pedí que me diera tiempo para escribir a mis amigos ingleses. Si les habían llegado las mercancías que yo había expedido desde Virginia, todo iría bien; si también estas habían caído en manos de los filibusteros, no sabía bien que sería de mi destino. Él aceptó el trato, y yo escribí la carta. En la respuesta, mi corresponsal de Londres me dio la satisfacción de contarme que el barco en el que había viajado había sido recuperado por los ingleses y llevado a Porstmouth. Temiendo que la noticia disgustase a mi nuevo amo, la guardé para mí. Más tarde supe que ya había llegado también a sus oídos.

Sin embargo, esto me fue de más ayuda que pagar mi rescate al capitán, porque, al enterarse de que estaba vivo y en Burdeos, mi corresponsal en Londres me hizo llegar una carta de crédito para un comerciante inglés que residía en esta ciudad, quien puso inmediatamente a mi disposición la suma que yo pudiera necesitar. Tan pronto como lo recibí, fui a verlo. Contento de encontrarme por fin delante de alguien a quien podía tratar como amigo, le expuse mi situación: «Si es así –me dijo él–, quizá haya un medio de sacaros de esa situación sin que tengáis que pagar el rescate!».

Me contó que, al parecer, un navío de guerra inglés había capturado en las costas de Finisterre un barco francés que regresaba de la Martinica, y que un hombre de negocios de la Rochelle que se encontraba a bordo había sido llevado a Plymouth. Sus amigos se habían prodigado en gestiones para lograr que fuese intercambiado, aduciendo que era pobre y no podría pagar un rescate. Mi nuevo amigo, que no me contaba más que lo esencial de la historia, me aconsejó que no le entregase ningún dinero al capitán y que fingiera que no había recibido noticias de Inglaterra.

Seguí su consejo, pero, al cabo de algún tiempo, el capitán, que se impacientaba, me dijo que me burlaba de él, que le había hecho esperar un rescate, que me había tratado con cortesía y pagado mis gastos, pero que la broma ya había durado bastante: o le entregaba el dinero en un plazo de diez días, o me enviaría a Dinan, donde, en calidad de prisionero del rey, debería esperar al canje. Mi amigo inglés de Burdeos me había soplado por anticipado la respuesta que debía darle: afirmé que apreciaba de buen grado su gentileza y que lamentaba haberle causado dispendios, pero que mis amigos parecían haberme olvidado y que, no sabiendo qué hacer, creía que lo más conveniente era resignarme a aceptar el traslado a Dinan o a otro lugar, según su buen parecer. Añadí que, cuando recuperase mi libertad en Inglaterra, le devolvería la suma que había desembolsado por mi manutención. En resumen, hice lo que pude por agravar mi caso. Él bajó la cabeza, sin pronunciar más que algunas palabras y, al día siguiente, mi nombre figuraba en una lista de prisioneros ingleses que debían ponerse a disposición del gobernador de la plaza a efectos de su traslado a Bretaña.

A partir de ese momento, dejé de estar a disposición del capitán. Sin pérdida de tiempo, el comerciante inglés, con dos de sus colegas franceses, amigos del comerciante retenido en Plymouth, hizo gestiones ante el Gobernador. Nuestro intercambio fue decidido sin dilación. Mi amigo depositó una fianza para garantizar mi regreso en caso de que el francés de Plymouth no fuese liberado. Recuperé mi libertad al instante y acompañé a mi compatriota a casa.

De esta guisa escamoteamos al corsario el rescate que pretendía cobrar por mí. No obstante, mi amigo fue a verlo para comunicarle que había sido canjeado por orden del Gobernador y pagarle la cantidad que pudiera deberle por mis gastos. El otro no pudo objetar nada ni le fue posible reclamar ya ningún rescate.

Con un certificado que daba fe de que yo era un prisionero destinado al canje, embarqué en un barco francés que me depositó en Dunkerque, donde me expidieron un salvoconducto para los Países Bajos bajo dominio español. Desde allí podría ir adonde se me antojase.

Llegué a Gante en abril. La ciudad estaba repleta de tropas que se preparaban para el combate. No tenía nada contra el oficio militar, pero ahora estaba por encima de esas cosas. Tenía otras preocupaciones y me parecía que no tenía objeto ir al campo de batalla cuando se tiene sustento suficiente para vivir en tu propia casa. No obstante, sintiendo curiosidad por conocer un poco lo que iba a pasar y habiendo trabado amistad con un oficial inglés destinado en Gante, este accedió a que pudiera acompañarle y me ofreció su protección como voluntario, compartiendo su tienda de campaña y viviendo como me pareciese, con libertad para tomar armas o no.

La campaña no fue de las más duras, y yo pude holgar a mi antojo y ser testigo de las operaciones militares, como suele decirse, sin correr un gran riesgo, ya que no presencié más que algunas refriegas. En cuanto a quién asistía la razón en la contienda, poco puedo decir y no quise preguntármelo. Lo único que sé es que el príncipe de Orange* había sido coronado rey de Inglaterra y que las tropas inglesas estaban todas de su parte. Sé también que, en la batalla, los franceses les batieron en casi todos los frentes y que el regimiento al que pertenecía mi amigo, asediado en un pueblo donde se alojaba por razones que ignoro, fue hecho prisionero en su totalidad. Por suerte, sin órdenes que acatar puesto que no era soldado, aquel día había ido a pasear a otra parte. Había estado caminando por los alrededores para admirar las fortificaciones, y esta circunstancia hizo que no me enterara del hecho más que a mi regreso.

Naturalmente, no fui apresado y se me autorizó, porque tenía en el bolsillo un pasaporte francés, a que

---

**N. del T.* Alusión a Guillermo III, aristócrata holandés y príncipe protestante de Orange, que fue rey de Inglaterra, Irlanda y Escocia desde 1689 hasta 1702. Representa el verdadero modelo político de Defoe, ya que durante su reinado se aliviaron las tensiones religiosas (Ley de Tolerancia, 1689), legalizó las organizaciones puritanas y sacó de la clandestinidad los cultos.

fuese a Newport, donde tomé el paquebote a Inglaterra. El mal tiempo nos obligó a atracar no en Dover, sino en Deal. Así terminó esta campaña corta, mi segunda experiencia en el oficio de armas.

En Londres, mi corresponsal me acogió con los brazos abiertos. No podía quejarme de mi situación: no solamente habían llegado a buen puerto todas las mercancías que había expedido por diversos barcos, como ya he dicho, sino que mis apoderados le habían enviado, en sucesivas remesas, cuatrocientos fardos de tabaco, que era el producto de las plantaciones durante mi ausencia. Así pues, tenía a mi disposición una suma de más de mil libras, sin hablar de los doscientos fardos de tabaco que faltaban por vender.

Lo único que tenía que hacer ahora era tratar de no encontrarme ni frecuentar a ninguno de mis antiguos conocidos. Esto no fue difícil, porque desconocían por completo qué había sido de mí y, en la mayoría de los casos, a mí me pasaba lo mismo con ellos. Informándome en los lugares adecuados, supe que el Capitán Jack, después de haber llevado durante catorce años la vida de un eminente asaltador de grandes caminos, había acabado sus andanzas de granuja condenado a la horca, como ya dije antes. Mi otro hermano, a quien yo llamaba Comandante Jack, había seguido también el mal camino. No obstante, hombre dotado de más gracia y generosidad, había logrado salir con buen pie de todas sus trapacerías hasta el día en que se vio encarcelado en Newgate y con los grilletes puestos. A él también le esperaba la horca, pero era un granuja tan hábil que ningún presidio podía retenerlo; así que logró deshacerse de sus cadenas, traspasar el muro de la prisión y fugarse con dos compañeros a Francia, donde volvió a las andadas. Asociado a otros tres bribones, a quienes enseñó lo que él llamaba «la manera inglesa de robar con generosidad», es decir, sin derramamiento de sangre, fue durante mucho tiempo un ladrón célebre, conocido por el nombre de Anthony y tuvo el honor de morir bajo el suplicio de la rueda, en la plaza de Grève, en París.

De todas estas cosas sobre mis dos hermanos tuve conocimiento, junto con otros muchos detalles, por algunos de sus camaradas que habían escapado de otros lances parecidos con mejor fortuna, los cuales me informaron sin que yo les desvelase quién era ni por qué me interesaba por ese asunto.

En Londres, mi reputación era la de ser un comerciante sumamente rico con plantaciones inmensas en Virginia, desde donde me suministraban las mercancías. La fortuna me sonreía y vivía con despreocupación y desahogo. Como había pasado cerca de un año con los franceses, que me llamaban *Monsieur Jacques* o *Coronel Jacques*, y dado que así era como figuraba en los documentos oficiales que me habían permitido regresar a Inglaterra, mi corresponsal londinense, que me conocía no obstante por el nombre de Jack, me llamaba *Coronel Jacques*, con lo que ante los ojos de todos pasé de repente por francés, lo cual me divertía enormemente. Como hablaba muy bien la lengua, que había aprendido durante mi estancia en Burdeos, me dejaba ver con asiduidad en los oficios de la iglesia francesa en Londres, y contraté a un empleado francés para que se ocupara de mis asuntos, es decir, para que se ocupara de negociar las mercancías que recibía de

Virginia –alrededor de quinientos fardos de tabaco por año– y suministrar a mi gente de allí todo lo que les hiciera falta.

Esta vida acomodada duró dos buenos años. Después de lo cual, el diablo, que me miraba con inquina desde que me había apartado de mi carrera de ladrón, vino a cobrarse la deuda con intereses, tendiéndome una trampa que habría de costarme casi todo mi peculio.

Enfrente de donde yo tenía mi aposento vivía una señora de exquisita belleza. Además de su aspecto deslumbrante y lo bien vestida que iba siempre, poseía una educación refinada y también una hermosa voz. Cuando cantaba, la oía nítidamente desde mi ventana, porque no nos separaba más que un patio estrecho, bastante parecido a Three Kings Court, en Lombard Street.

Esta señora se ponía tan a menudo en mi camino, que pronto no pude menos que prestarle atención y, sin faltar a la cortesía, quitarme el sombrero cuando nos cruzábamos. De vez en cuando venía a hacer una visita a alguien en la casa donde yo vivía, de modo que no tardamos en ser presentados y, poco a poco, fuimos adquiriendo cierta intimidad. Nos veíamos mucho, pero siempre en presencia de terceros, al menos durante largo tiempo.

Por lo que respecta al amor, yo era prácticamente un niño. De la mujer sabía menos que cualquier otro hombre de mi edad en Europa. No se me había pasado jamás por la cabeza la idea de casarme y mucho menos la de buscar una amante, y en esta materia era tan ignorante –y también poco curioso– como lo podía ser de niño, cuando con diez años me acostaba encima de las cenizas de la fábrica de vidrio.

Desconozco por qué me encandilaba la plática de esta mujer, pero lo cierto es que me embrujaba. Tal es así que pronto, sin que yo acertara a explicarme el sortilegio, no podía dejar de pensar en ella, sin ideas o intenciones precisas, y me encontraba siempre a su alrededor. Esto no habría sucedido si no me hubiera encontrado ante una de las criaturas más astutas que haya dado el mundo, capaz de embaucar bajo el poder de sus encantos a individuos más prudentes que yo.

Me fue imposible defenderme ante la sutileza y el arte con los que acometió su tarea. Pese al mucho tiempo que pasábamos juntos, ella mantenía sus asuntos con tal reserva, arreglándoselas para rodearse siempre de obstáculos imprevistos que, aun muchos meses después de haberla conocido, me era virtualmente imposible encontrar la ocasión de acercarme a ella. A veces trataba de sorprenderla, pero ella nunca bajaba la guardia.

Esta rigidez en su conducta encerraba un gran misterio para mí, considerando al mismo tiempo que ella no se negaba nunca a verme o a charlar conmigo en público. Tan solo se cuidaba de no sentarse nunca a mi lado, de modo que no pudiera deslizarle una nota en la mano o susurrarle nada al oído. Y así, como si hubiera decidido de antemano no pretender nada más conmigo, me mantuvo a distancia durante varios meses.

Nada era más evidente, no obstante, que lo que había decidido en realidad era echarme el anzuelo en el momento adecuado, maniobrando con malas artes y añagazas tan bien urdidas que no muchos hubieran podido resistirse a ellas. Aclaro que tenía el aspecto de una mujer honesta y que tampoco carecía de recursos ni estaba en una posición tal que necesitase engatusar a ningún hombre. Si acaso, de los dos, era yo el que me había prestado al engaño, pues le habían contado por desgracia que era muy rico, un comerciante que vivía en la opulencia, capaz de tenerla como una reina. Aunque yo no había hecho nada para hacer que lo creyese, ni tampoco sabía que era el verdadero motivo de su interés.

Demasiado astuta para dejarme percibir lo fácil que hubiera sido tenerla, se arriesgaba a que su actitud pudiera inclinarme a desentenderme de ella completamente y me he preguntado a menudo por qué no me aparté de ella cuando tuve ocasión, dado que el sexo opuesto me era indiferente en aquella época y, hasta entonces, no había prestado más atención a un mujer hermosa que a cualquier cuadro colgado de una pared.

Era frecuente que, en el curso de nuestras conversaciones en público, ella se congregase en torno a los hombres para ridiculizar la debilidad de la que estos daban muestras al permitir a las mujeres reírse de ellos como lo hacían. Ella pensaba que, si ellos no hubieran sido imbéciles, los matrimonios habrían sido como tratados de paz entre vecinos, alianzas ofensivas y defensivas que requerían negociaciones entre ambas partes, a menudo con la intervención previa de embajadas, agentes y emisarios. Solo que las mujeres –decía ella– nos habían superado en buena lid, haciendo que cayésemos rendidos de rodillas y lloriqueáramos por ellas, humillándonos de manera tal que ya nunca pudiéramos aspirar a ganar nuestra igualdad de nuevo.

Un día, objeté que, en mi opinión, era un acto de galantería por nuestra parte dejar a las mujeres la ventaja de rehusar un poco, de permitirnos cortejarlas; y que, por lo que a mí hacía, no me disgustaba que una de ellas procediese de este modo conmigo. E, intencionadamente, añadí:

–Así es, señora, como pienso yo que os comportaréis mañana, cuando yo os haga la corte.

–No os decepcionará mi actitud –replicó ella–, porque pretendo rehusar desde ahora mismo, antes de que me preguntéis nada.

Bastante defraudado por una respuesta tan diabólica, no acerté más que a contestar con un comentario más bien insulso:

–Por el momento –dije yo– no hago nada por abusar de su confianza, señora, y trataré de no ofenderos cuando lo haga.

–Que os dignéis cubrirme de atenciones, señor –replicó ella–, es el mejor testimonio de respeto que podéis ofrecerme, y el favor que me es más grato, con excepción de otro que no pierdo la esperanza de obtener de aquí a poco tiempo.

–Lo que esté a mi alcance hacer para complaceros, señora –dije yo con entusiasmo–, ¡no dudéis en ordenármelo! Me halagará poder satisfacer vuestros deseos.

–Es poca cosa, señor. Prométame odiarme tan sinceramente como lo merezca por el modo en el que hubiera podido acoger vuestras proposiciones.

–Señora, he accedido a esa petición siete años antes de que usted la formulara –dije yo–. Siempre he detestado al sexo opuesto, y aún no entiendo cómo el encanto de vuestra conversación me ha hecho olvidarlo. Pero no os aflijáis, ya que no se trata más que de un desfallecimiento pasajero y volveré a ser yo mismo por mor de cumplir vuestro deseo.

–Hay cierto misterio en eso, señor –respondió ella–, ya que solo ansiaba reafirmaros con más ahínco en vuestra aversión por mi sexo, ¡y tenía la firme esperanza de que no sería yo quien os lo haría olvidar!

Continuamos durante un buen rato prodigándonos en gentilezas de esta guisa, pero fue ella quien salió triunfante, ya que tenía la lengua más afilada que haya visto en mujer alguna, todo ello sin dejar de ser encantadora y gentil ni un instante y sin dar la impresión de que pensara ni una palabra de lo que decía, no, ni una palabra. Pero confieso que el juego acabó por cansarme y que la conversación me enfrió. Las mujeres me habían preocupado demasiado poco hasta entonces como para que ahora no me fuese fácil reencontrarme con mi antigua indiferencia con respecta a ellas.

Así que comencé a ignorarla, y ella se dio cuenta de que había ido demasiado lejos conmigo, al haber forzado en exceso sus maniobras con un hombre como yo, no versado en requiebros de amor, y cuya pasión no se exasperaba ante la mujer que se mostraba fría y distante. Me comportaba con educación, pero no como antes. Cuando se asomaba a la ventana, no trataba de abrir la mía para intercambiar algunas palabras con ella; cuando cantaba en su salón, desde donde podía oírla muy bien, ya no la escuchaba; cuando venía a la casa donde yo vivía, no bajaba la escalera o, si lo hacía, aducía tener negocios urgentes en la ciudad que requerían mi atención. No obstante, manteníamos tan buena relación como siempre.

Me daba cuenta perfectamente de que esta actitud la enloquecía. Estaba muy avergonzada y comprendía que tenía que empezar de nuevo, porque había llegado demasiado lejos con sus recatos y sus maniobras evasivas. Pero, experta como era en estos juegos, ella sabía adoptar la personalidad que necesitaba.

Era demasiado avisada para mostrar abiertamente su afecto por un hombre, lo cual es una torpeza casi tan grave como la de concederle hasta el último favor que él pueda pedirle, poniéndola así a merced de su conquistador. Pero no recurrió tampoco a esta segunda táctica. El camaleón cambió de color y, de pronto, me encontré frente a una dama tan grave, sobria y majestuosa que no hubiera sido difícil creer que, en ocho días, había pasado de tener veintidós años a representar cincuenta, una transformación lograda con tanta destreza que nadie habría podido distinguir si ella era así por obra de la naturaleza o del artificio. A menudo la veía cantar en su salón, bien en provecho de su propio entretenimiento bien del de dos mujeres jóvenes que venían a visitarla de vez en cuando. La veía con la guitarra o la partitura en la mano, pero ella se cuidaba mucho de no abrir la ventana; tampoco cuando cosía, y se inclinaba sobre su labor, sin levantar la cabeza, por espacio incluso de una hora y media. Si cruzábamos las miradas, me sonreía con el mismo contento de siempre, pero sin decir nunca más de una o dos palabras y, una vez cumplida la cortesía, desaparecía. Nuestra relación parecía haber regresado al punto en el que estaba a los ocho días de mi llegada.

Fui yo el primero que se dejó ir. Pues aunque era yo quien había empezado a distanciarse, no pretendía llevarlo tan lejos. Ella, en cambio, sí lo hizo, e igual que al principio. Comenzó a venir a la casa donde vivía y, con frecuencia, acabábamos cenando juntos, jugando a las cartas o yendo a bailar. Pues yo había aprendido en

Francia todo lo que creía indispensable para convertirme en la persona que quería ser desde mi infancia: un caballero. Pero, incluso en la conversación, ella seguía siendo tan diferente de la mujer que yo había conocido que me dio por pensar que su actitud anterior era imputable a una especie de crisis y que, una vez pasado ese periodo, había recuperado su temperamento natural; o bien que, creyéndome francés, había supuesto que me seduciría imitando el estilo de las mujeres coquetas de Francia. En resumen, ella interpretaba su nuevo papel con tal maestría que me encontré nuevamente absorbido por ella, más si cabe que antes.

Sin embargo, pasó bastante tiempo antes de que me declarara. Entretanto, albergaba la esperanza de descubrir si esta transformación era real o falsa. Me parecía inconcebible que su jovialidad de otro tiempo hubiese sido simulada, y me llevó casi quince meses tomar una decisión al respecto, a raíz de un incidente en el que entablamos conversación.

Tal como hacía a menudo, ella vino de visita a la casa donde yo vivía, pero las damas a las que venía a ver habían salido. Por casualidad, yo me encontraba en el zaguán, dispuesto a subir las escaleras de mi casa, cuando ella llamó al portón de la entrada. Volviendo sobre mis pasos, abrí la puerta. Ella entró sin ceremonias y fue directamente al salón donde pensaba encontrar a sus amigas. No pude menos que seguirla, sabiendo como sabía que toda la familia había salido.

Ella me preguntó dónde estaban sus amigas. Le respondí que esperaba que fuese yo a quien ella venía a ver, porque las señoras en cuestión habían salido.

–¿Han salido? –dijo ella sorprendida. Una sorpresa que no supe fingida hasta más tarde, porque ella sabía de sobra que yo estaba aquel día en casa.

Como ella hizo intención de marcharse, insistí:

–¡Os lo ruego, señora, no os vayáis! Cuando las damas vienen a hacerme una visita, no me fatigo tan rápidamente de su compañía.

–¡No podría decir nada más malvado! –replicó ella–. ¡No se dé tanta importancia dando por supuesto que es a usted a quien venía a ver! Sabe tan bien como yo que no es cierto.

–Sin duda, señora –precisé yo–; mas siendo en este momento el único ocupante de la casa, a fin de cuentas es a mí a quien vos visitáis.

–Yo nunca recibo visitas de las personas a las que odio –dijo ella.

–¡Me mortifica al decir esto! –exclamé yo–. ¡Si al menos me permitierais explicaros por qué os odio! Os odio porque nunca me habéis dado la ocasión de deciros que os amaba. ¡Es evidente que me habéis tomado siempre por una persona espantosa, a la que había que mantener a distancia por temor a que os susurrase al oído que os amaba!

–¡Nunca he tenido miedo de oír decir esas cosas tan desagradables cuando son dichas con una voz tan dulce!

Así estuvimos, burla burlando, cerca de una hora; ella demostrando todos sus talentos y yo, los muchos que me faltaban. En tres o cuatro ocasiones me provocó hasta tal punto que me vi obligado a decirle que había tenido bastante de su compañía y que la iba a acompañar a la puerta. Pero ella sabía imprimir a su voz un tono encantador que me envolvía; consiguió mitigar mi ira y, a la postre, nos pusimos muy seriamente el uno y el otro a hablar de matrimonio. Le propuse muy honestamente que se casara conmigo y ella me respondió con franqueza en varias ocasiones. Me dijo que yo tendría la intención que llevarla conmigo a Francia o a Virginia, cuando en realidad ella no deseaba abandonar Inglaterra, su país natal. Le respondí que esperaba que no me tomara por un hombre capaz de raptarla. Ella ignoraba, dicho sea de paso, que yo mismo había sufrido esa suerte. Me respondió que no, pero que, como parecía que mis negocios tenían lugar en el extranjero, podía verme obligado a partir, siendo así que ella no ansiaba casarse con un hombre a quien no pudiera acompañar en sus viajes por el mundo, si es que tenía que hacerlos. Esto lo dijo con mucha gentileza. Me fue fácil tranquilizarla respecto a este particular. Así comenzó la gran conversación que ella deseaba tener, con este arte sutil que ella maneja a la perfección, y que pronto se decidió en beneficio suyo. Había logrado que le hiciera la corte, sin darme cuenta en absoluto de que, en realidad, era ella quien me llevaba, con la más refinada de las maniobras, a su terreno.

Nuestra relación fue haciéndose más íntima, y tras una visita casual más, en la que tuve el privilegio inapreciable de poderle hablar a solas, comencé a ir a su casa todos los días. Una vez tomada la decisión, nos casamos discretamente un mes más tarde y sin decir nada a nadie, a fin de evitar los inconvenientes de una gran ceremonia.

Pronto encontramos una casa en la que instalarnos a nuestra conveniencia, y comenzamos nuestra vida en común. No tardé en percibir que mi mujer había recuperado su carácter alegre. Quitándose la máscara de gravedad y austeridad que ahora ya no tenía sentido fingir, se mostró tal cual era en realidad o, dicho de otra forma, como una potra desbocada, indomesticable y sin freno alguno que pudiera detenerla.

Su desvergüenza, que ella no se esforzaba ni siquiera en ocultar, y su conducta, llegaron a tal extremo que me fue imposible desentenderme. Frecuentaba compañías que no eran de mi agrado, gastaba más de lo que yo podía permitirme y, en algunas ocasiones, perdía en el juego más de lo que podíamos hacernos cargo. Un día me atreví a hacer una discreta alusión, en tono de chanza, a aquel tren de vida excesivo: le dije que habíamos vivido con despreocupación hasta ese momento, pero que eso duraría tan solo el tiempo que durara.

–¿Qué queréis decir? –me preguntó ella– ¿No pretenderéis decir que os incomoda, verdad?

–¡Por completo! –exclamé yo–, ¡por completo! Sé bien que no me concierne en qué gasta mi esposa o si gasta más o menos de lo que mi patrimonio me permite. Tan solo me complacería que me hicieseis el favor de decirme, en la medida en que podáis adivinarlo, cuánto tiempo os llevará acabar conmigo, porque no quisiera que la muerte durara demasiado.

–¡No sé qué queréis decir con eso! –replicó ella–. Cuando llegue vuestra hora, haréis como gustéis y os tomaréis vuestro tiempo, si es que eso os complace. ¡No tengo la intención de mataros, que yo sepa!

–¡No, señora, pero terminaréis por dejarme morir de hambre y esa es una agonía tan larga como el suplicio de la rueda!

–¡Haceros morir de hambre! ¿Es que vos no sois un rico plantador, y yo no os he aportado ya mil quinientas libras? ¡Qué más queréis! Con esa cantidad podéis mantener a una mujer, ¿no?

–A una mujer sí podría, pero no a una jugadora empedernida. Aunque me hubierais aportado mil quinientas libras de renta al año, no sería suficiente capital para dilapidarlo con los dados.

Ella montó en cólera al oír esto, y después de unas cuentas palabras amargas, afirmó que no veía ningún motivo para cambiar su conducta y que, si yo no podía solventar sus necesidades, encontraría algún otro medio para mantenerse a sí misma.

Poco tiempo después de esta riña, tuvo a bien decirme que le complacería tener un hijo. Al principio me alegró la idea, en la esperanza de que una cosa así pudiera contribuir a sacarla de su insania, pero no cambió nada en realidad. Hizo tales preparativos con vistas a dar a luz y preparar el nacimiento que me pregunté si no habría enloquecido, obligándome al final a tomarme la libertad de decirle un día que dispendios tan desproporcionados nos abocaban a la ruina y reconviniéndola para que considerara reducir el importe de unas facturas que sobrepasaban con creces nuestros medios; y añadí que no toleraría un derroche semejante, ya que, a ese ritmo, bastarían dos o tres niños para dejarnos sin blanca, y que había llegado el momento de que se diera cuenta de lo que hacía falta.

Ella me respondió con desdén que no tenía por qué preocuparse de esas cosas; que si yo no podía permitirme esos gastos, ella pretendía permitírselo a sí misma y poco le importaba lo que yo pudiera pensar.

Le rogué que reflexionara al respecto y que no me obligara a tomar medidas extremas. Le repetí que la había desposado para amarla y cuidarla, para tratarla como un buen marido debe tratar a su esposa, pero no para que me arruinara. Mis argumentos no pudieron convencerla ni tampoco la llevaron a cambiar de tono. Ella me replicó odiosamente que era bastante audaz por mi parte pretender obligarla a reducir sus gastos, que ella me dejaría de buen grado el peso que llevaba encima y que si eso no me gustaba, era perfectamente capaz de desenvolverse sola; y concluyó diciendo que no pasaría ni una hora más conmigo, pues una mujer como ella no era de esas a las que se les pueden controlar las cuentas, ¡claro que no!

Le respondí que aquel niño, que ella llamaba «un peso» no era tal para mí y que, por lo demás, ella podía hacer como se le antojase. Le dejé claro, no obstante, que no quería oír hablar más de partos al costo de ciento treinta y seis libras, que era el precio que ella había previsto. Ella repuso que era un compromiso que no podía aceptar y que, si yo no podía hacer frente a ese gasto, esperaba que cualquier otro lo hiciese en mi lugar. Le repliqué que quien pagase se quedaría con ellos; a lo que ella respondió que de eso no podía estar segura, y dio un giro a la conversación por medio de varias bromas con las que, en definitiva, se mofó de mí.

Estas largas discusiones a las que volvíamos una y otra vez me producían úlceras. Terminamos por pactar un acuerdo amistoso con miras a nuestra separación.

Nada fue más penoso que las conversaciones que tuvimos a este respecto. Me pidió una pensión alimenticia, que ella estimaba que debía fijarse en trescientas libras al año, y yo le exigí a cambio la garantía de que ella no se endeudaría. Ella quería, además, la custodia del niño, con una asignación anual de cien libras, cantidad que yo no estaba dispuesto a pagar a no ser que me garantizara que no subvendría con ella a las necesidades de otros niños que eventualmente pudiera tener con otro hombre, pues ella me había amenazado con este argumento.

Entretanto y en medio de estas disputas, ella echó al mundo el peso que llevaba, según sus propias palabras, y me dio un hermoso hijo.

Tras el parto, ella redujo un poco –de hecho, muy poco–, los gastos excesivos que había previsto. Así se contentó, por lo que respecta al bebé, con una canastilla de quince libras, en vez de la que tenía en mente por un precio de tres cifras. Este sacrificio lo esgrimió como testimonio de su buena voluntad y una concesión a lo que ella denominaba mi naturaleza avariciosa.

Tras este reestablecimiento, todo volvió a ser igual que antes. Sus locuras tomaron nuevos vuelos, gentes que no me inspiraban ninguna confianza empezaron a venir a verla a casa y, en una ocasión, no regresó por la noche. Cuando llegó, a la mañana siguiente, fue ella quien atacó primero, explicándome que había estado en un bautizo, seguido de un gran festín, y que este se había prolongado demasiado para que ella pudiera volver. Añadió, claro está, que si con esto no me contentaba, podía informarme al respecto para que me confirmaran los detalles.

–Señora –le respondí yo con un tono frío– , tenéis razón en suponer que no puedo estar satisfecho, porque no lo estoy, como no podría ser de otra forma. En cuanto a informarme de los lugares a los que acudís, no es asunto mío. Por el contrario, os atañe a vos tan solo darme pruebas de vuestra buena conducta y de dónde habéis pernoctado y en compañía de quién. En cuanto a mí, tan solo sé que habéis pasado la noche fuera de vuestra casa sin el consentimiento de vuestro esposo y sin su conocimiento siquiera. Esperaré, antes de hablaros de nuevo, a que me hayáis dado satisfacción a todas estas explicaciones.

Me respondió efusivamente que a ella yo le resultaba tan indiferente como ella a mí, y puesto que yo no comprendía que ella hubiese tenido que pernoctar en casa de unos amigos por circunstancias excepcionales, que era lo que habría esperado de mí, seguiría tomándose esas libertades cuando le viniese en gana.

–Bien, señora –dije yo–, si debo esperarme lo que no puedo consentir, vos deberéis esperaros que yo os cierre la puerta de día, para protegerme de aquellos que, por la noche, os abren la suya.

Ella replicó que pronto comprobaríamos cómo, si yo le cerraba las puertas, ella encontraría al punto los medios para hacérmelas abrir.

–¡Señora –respondí yo–, vos me amenazáis, pero os aconsejo que reflexionéis antes de tomar esas medidas, porque yo mantendré mi palabra!

No tardó en llegar el momento en que ya no fue posible la vida en común. Muy pronto pude descubrir qué compañías frecuentaba y en qué medida no podía tolerar el curso que habían tomado los acontecimientos. Anticipándome a ella, rehusé recibirla en el lecho conyugal. Al cabo de dos meses, ya no convivíamos como marido y esposa, porque yo le había hecho saber sin medias tintas que no haría de padre de rorros que no eran de mi propia estirpe. Habiendo empeorado las cosas hasta ese extremo, ella se marchó un día, no sin dejarme antes una nota en la que me informaba de que, puesto que las relaciones entre ambos eran imposibles, prefería no darme la ocasión de que le cerrara la puerta; por tanto se retiraba a casa de una persona que no nombraba y cuya conducta no era menos escandalosa que la suya, esperando que velase por su sustento sin obligarla a iniciar un proceso legal y que la autorizara a firmar pagarés en mi nombre, cuando fuera necesario.

A mí me complacía en extremo este desenlace y, sin responderle por escrito, me preocupé de que así llegara a sus oídos. Había tomado mis precauciones para que, cuando se produjese esta huida que yo esperaba, ella no pudiese llevarse consigo gran cosa. Sin perder tiempo, despedí a los criados, mandé vender los muebles en subasta pública y, en particular, cualquier cosa que fuese de su propiedad, y puse un cartel en la puerta en el que le hacía saber que, una vez cruzado el Rubicón y, en vista de que había tomado esa decisión, ella misma se había cerrado la posibilidad de volver a pisar mi casa nunca más.

Bien podría creerse que yo no habría actuado de esta guisa si hubiera visto el menor atisbo de algún cambio por su parte. Pero ella me había demostrado sin asomo de duda que ya no amaba a su marido, decidida como estaba a abandonarse a su intolerable ligereza, y que yo no podía albergar la menor ilusión de que hubiéramos podido entendernos de nuevo.

Con todo, encomendé a dos personas que me tuvieran al corriente de su conducta, pero sin darle a ella jamás noticias mías, salvo para informarle de mi partida a Francia. En cuanto a los pagarés que ella había prometido firmar a mi nombre, mantuvo su palabra: rehusé aceptar el primero que me llegó –por unas treinta libras– y no le permití que me importunara con un segundo.

Es cierto, lo confieso, que este episodio de mi vida me llena de melancolía, pero si ella no se hubiera cuidado de llevar su insultante provocación hasta el último extremo, nunca me habría mostrado tan inquebrantable en mi decisión de separarme de ella, pues realmente la amaba muy sinceramente y, por ella, me habría prestado gustosamente a cualquier cosa excepto a convertirme por sus actos en un mendigo y un cornudo al mismo tiempo.

Pero ella hizo cuanto pudo por ponerme las cosas fáciles ya que, alrededor de un año después de haberme dejado, dio a luz un segundo niño. Tuvo la honestidad de no pretender que fuese mío. Qué fue más tarde de su vida disoluta, y cómo se abandonó a las peores bajezas y miserias, es lo que me propongo contar a continuación.

Poco después de nuestra separación, descubrí que tenía más que razones fundadas para haber tomado medidas a fin de que no sacara provecho de la situación: había contraído deudas considerables por todas partes, valiéndose de la suposición de que yo respondería por ella. Lo mejor que pude hacer fue alejarme, porque de este modo fue ella quien tuvo que responder ante sus acreedores por la mayor parte de sus deudas, saldándolas con el dinero que ganaba de un modo que prefiero callar.

Inmediatamente después del nacimiento de su primer niño, y habiéndome cerciorado de que era mío, la cité ante un tribunal eclesiástico para obtener el divorcio. Comprendiendo que era un hecho inevitable, ella había renunciado a defenderse y el fallo correspondiente se produjo dentro de los plazos ordinarios. Harto del matrimonio, me creía por fin un hombre libre de nuevo.

Como sabía que había contraído deudas que estaría obligado a pagar, llevaba una vida retirada. Estaba resuelto a ponerme fuera de su alcance tan rápidamente como pudiera, pero debía quedarme hasta que llegase la flotilla de barcos de Virginia cargados con trescientos fardos de tabaco, que bastarían para reestablecer el desbarajuste causado por tres años de extravagancias. Las pérdidas que esta señora me había acarreado sobrepasaban con creces su propia fortuna, por considerable que esta fuese, aunque sin alcanzar las mil quinientas libras de las que se vanagloriaba.

Mas no había llegado al término de mis desdichas como resultado de este enlace. Alrededor de tres meses después de habernos separado, tras haber rehusado aceptar el pagaré de treinta libras del que he hablado y creyéndome ya tranquilo en un nuevo domicilio donde no pensaba que pudiera hallarme, un caballero bien vestido se presentó en mi casa. Le hicieron pasar sin avisarme, pues de otro modo probablemente no le habría dejado entrar.

Me esperaba en el salón, al cual bajé en bata y zapatillas. Me saludó por mi nombre con la familiaridad de quien hubiera sido amigo mío desde hace veinte años y, metiendo la mano en su cartera, me mostró un pagaré firmado a mi nombre por mi esposa, el mismo que yo había rehusado anteriormente.

– Señor –le dije–, este pagaré ya me ha sido presentado al cobro, y ya he respondido al respecto.

–¡Respondido! –exclamó él con un cierto aire burlón–. No entiendo qué quiere decir. ¡Un pagaré no es una pregunta, señor, es un documento de pago!

–¡Ya lo sé, pero os repito que ya he respondido!

–Señor –insistió él, esta vez con insolencia–, os repito que no se responde a esta clase de pagarés: ¡se pagan porque para eso están hechos! Dicen que vos estáis en el negocio del comercio, y los comerciantes pagan siempre sus pagarés.

La arrogancia que exhibía este hombre pendenciero me empezaba a resultar irritante.

–Señor –repliqué, no obstante–, me doy cuenta de que vos no tenéis costumbre de tratar con hombres de negocios. Un pagaré se presenta al cobro, y presentarlo significa hacer una pregunta; es preguntar si se acepta pagarlo o no. Hay quien responde que «sí» o que «no» y, tanto en un sentido como en otro, es una respuesta. Si se dice que «sí», no hay más que discutir y el pago es efectivo. Os ruego que tengáis a bien informaros al respecto entre los comerciantes, quien quiera que sea, y veréis que este es el procedimiento al uso.

–¿Y entonces? –preguntó él– ¿Qué tiene eso que ver con que yo le reclame el pago de las treinta libras?

–Pues tiene que ver –atajé yo–: ¡ya le dije a la persona que me presentó este documento que no lo pagaría!

–¡Que no lo pagaríais! Ya lo creo que lo pagaréis. ¡Os puedo asegurar que lo pagaréis!

–La dama que lo ha extendido no tiene ningún derecho, no le quepa duda, y puedo certificaros que volverá a extender otro: ¡no lo pagaré!

–Señor –replicó con un tono desabrido–, la dama en cuestión es una persona demasiado honorable para aprovecharse sin tener derecho a ello, y vos le hacéis una afrenta pretendiendo lo contrario. Tendréis que rendir cuentas por ello. Pero antes, ¡ocupémonos de este pagaré! ¡Señor, debéis pagarlo!

Respondí en un tono no menos desabrido:

–Señor, no es afrenta ninguna. Conozco a la dama tan bien como vos, espero, y lo que he dicho de ella no es afrenta ninguna. Carece de motivos para extender pagarés a mi nombre, porque yo no le debo nada.

Con juramentos a los que yo evité responder, replicó que me haría entender que la dama tenía amigos que la respaldarían, que yo había abusado de su confianza, que él le haría justicia y que, antes de nada, debería abonar el pagaré.

Respondí sin preámbulos que no pagaría ni ese ni ningún otro pagaré que ella firmara a mi nombre.

Dicho esto, el hombre fue a cerrar la puerta y entró en el salón jurando y perjurando que no se iría hasta que yo no pagase. Se llevó la mano a la empuñadura de la espada.

Reconozco que me asusté terriblemente porque yo no tenía espada y, aunque la hubiera tenido, no habría sabido servirme de ella. En Francia había aprendido muchas cosas útiles para parecer un caballero, pero había olvidado la principal, al menos en un lugar donde se desenvaina la espada a las primeras de cambio. Además, con mi falta de costumbre en esta clase de pendencias, me sorprendió verle cerrar la puerta y no sabía qué hacer ni qué decir.

Entretanto, las gentes que estaban en la casa se habían congregado al otro lado de la puerta al oír las voces que dábamos, haciendo ruido para informarme de su presencia. Mi criada trató de abrir la puerta y, al constatar que estaba cerrada con llave, me llamó:

–¡Por amor de Dios, señor, abrid! ¿Qué pasa? ¿Hace falta ir a buscar un condestable?

No respondí pero, reconfortado y recuperando la compostura, me instalé con tranquilidad en un sofá y, dirigiéndome de nuevo al hombre, le dije:

–¡No es así como me obligaréis a pagar, señor! Haríais mejor en mantener la calma y buscar otro método de satisfacer vuestra demanda.

Él entendió que me refería a un duelo de armas, lo que, a fe mía, no se me había pasado por la cabeza, porque lo único que pretendía decir es que haría mejor en llevar el caso ante los tribunales.

–¡Vaya! –exclamó él–. Dicen que vos sois un caballero y os llaman Coronel. Si lo sois, acepto vuestro desafío, señor, y si consentís en acompañarme al campo del honor, consideraré el pagaré como cobrado y arreglaremos este asunto como corresponde a los caballeros.

–¡Un duelo! ¿Quién ha hablado de un duelo? Os he dicho simplemente que no es así como cobraréis el pagaré que no he aceptado y que vuestro único recurso es acudir a la ley.

–¡La ley! ¡Mi ley es la ley de los caballeros! En otras palabras, señor, bien me pagáis, bien os batís en duelo –pero, al punto, como si se hubiera equivocado, corrigió–: ¡No! ¡Pagaréis u os batiréis, porque yo vengo a defender el honor de esta dama!

Todo ello, lo señalo a modo de paréntesis, fue dicho con cinco o seis horribles maldiciones y juramentos.

Este respiro que me había concedido iba a salvarme. Nada más acabar su última frase, oí regresar a mi criada con un condestable, acompañado de tres o cuatro vecinos como ayudantes.

Al oírlos entrar, montó en cólera, y me preguntó si, en lugar de pagarle, pensaba entregarlo al populacho. Con la mano sobre su espada, me anunció que, si alguno de ellos trataba de entrar, no tendría más remedio que atravesarme con su espada, lo que reduciría el número de adversarios.

Le dije que no podía creer que hablase en serio, porque él sabía que no había llamado a nadie para que acudiese en mi socorro, y que si alguno de ellos se proponía entrar en la habitación, era precisamente para impedir que él cumpliese sus amenazas contra mí, que estaba desarmado.

Al punto, el condestable nos interpeló a los dos a través de la puerta, reconviniéndonos a abrir «en nombre del Rey». Al hacer intención de ir a levantarme, el otro hizo un gesto de desenvainar la espada, y me quedé sentado. A lo cual, el condestable empujó la puerta y entró.

–Vaya, señor –dijo mi visitante, volviéndose hacia él–, ¿qué venís a hacer aquí?

–Señor –respondió el otro–, ya lo veo, soy condestable y me ocupo de mantener la paz. Las gentes de esta casa me han llamado por temor a que algo pudiera suceder, y he acudido para impedir una calamidad.

–¿Qué calamidad se han imaginado que pudiera ocurrir aquí?

–Supongo que temían que os peleaseis.

–¡Eso es que no conocen a este individuo! –exclamó mi visitante–. ¡Él no se bate en duelo! Pasa por ser Coronel, pero imagino que nació con ese rango, porque es un cobarde: no pelea y se amilana a la hora de hacer frente a un hombre. Si quisiera luchar, ya me habría acompañado afuera, pero desprecia el valor. No, señor condestable, os aseguro de que estas personas jamás habrían temido una pelea si conocieran al personaje: ¡es un cobarde, y un cobarde es un tunante!

Y, al decir eso, vino hacia mí, me dio un fuerte capirotazo en la base de la nariz y estalló en una carcajada. ¿Era posible que yo fuese un cobarde? No sabría decirlo, pero es muy probable. Solo que, en aquel instante, si yo era un cobarde, era también un cobarde enfurecido, es decir, uno de los seres menos recomendables con los que puede uno cruzarse en esta vida. Me levanté de un salto, embistiéndole con la cabeza en la cara y, echándome sobre él, casi le hago caer de bruces. Si el condestable no le hubiera librado de mis golpes, le habría matado a puntapiés. La sangre me hervía en las venas y, si las gentes que allí estaban temían por la vida de alguien, esa era la vida de aquel caballero y no la mía, aunque no portase ninguna arma conmigo.

El condestable, por su parte, reprobó mi conducta, pero yo repliqué:

–¿Señor condestable, no creéis que ya me ha provocado bastante? ¿Hay un hombre en el mundo que pueda tolerar tamañas ofensas? ¡Si existe, quiero saber quién es y que me lo traigan!

Mi adversario intervino:

–Yo soy un caballero –dijo–, y he venido a reclamarle un dinero a este señor, que se ha negado a pagar el pagaré que le he presentado al cobro.

Hombre prudente, el condestable no picó el cebo.

–¡Ese litigio –subrayó él– no me concierne! No soy juez de paz y carezco de autoridad para arreglar sus diferencias. Arréglenlas entre vuesas mercedes, pero no se batan en duelo, ¡es lo único que les pido!

Y, volviéndose hacia el caballero que servía los intereses de mi mujer, añadió:

–Además, señor, tengo un consejo para daros: puesto que no podéis obtener el pago, os conviene a ambos remitir este litigio a la decisión de un tribunal. ¡Háganlo y váyanse tranquilamente!

El hombre replicó con un discurso impertinente acerca del pagaré, insistiendo en que había sido librado por mi propia esposa.

–¡En ese caso ha sido librado por una ramera!

Me fusiló con la mirada, gritando que no me atrevería a repetir eso en otra parte. Respondí que estaba dispuesto a imprimirlo y vocearlo por las calles. La disputa se prolongó todavía media hora más, porque la presencia del condestable me daba seguridad e impedía que el otro y yo nos liásemos a golpes.

El visitante se marchó por fin, y yo me di cuenta de lo horriblemente irritado que estaba, en particular, por el hecho de que hubiera sido descubierto el escondite que creía oculto. Decidí cambiar de residencia al día siguiente y, mientras tanto, no moverme de mis aposentos. No salí hasta veinticuatro horas más tarde, por la noche, y con la intención de no regresar nunca más.

Apenas había entrado en la calle Gracechurch, noté que me seguía un hombre con pata de palo, que avanzaba ayudándose de dos muletas. Me había pedido limosna, yo había rehusado dársela y, desde entonces, caminaba detrás de mí. Entré en un pasaje angosto donde él me importunó de nuevo.

–¡No tengo nada para daros! –le dije–. ¡Déjeme en paz!

Reemprendí mi marcha; pero no había dado ni dos pasos cuando él me golpeó con una de sus muletas.

Aturdido por el golpe, no me acuerdo de nada de lo que ocurrió a continuación. Pero cuando recuperé el sentido, descubrí que me había herido gravemente en varias partes, que tenía la nariz rajada de arriba abajo, una de las orejas casi arrancada de cuajo y un gran corte de espada en un lado de la frente, además de una puñalada en el cuerpo, aunque no peligrosa.

No sabía quiénes se habían ensañado conmigo después del golpe y sigo sin saberlo. Pero debí de haberme quedado sin sentido en el suelo y perdiendo sangre en abundancia durante un buen rato. Cuando volví en mí, pedí socorro a gritos con todo lo que daban de sí mis pulmones; llegaron algunas personas y me llevaron a casa. Me hicieron falta más de dos meses para reestablecerme.

Desde mi primera salida, tenía buenas razones para pensar que me vigilaban algunos granujas en busca de la ocasión de asaltarme de nuevo. Estaba muy intranquilo, y decidí que debería irme ya fuese a Francia o regresar a casa –como solía decir–, en Virginia, a fin de quitarme de en medio y, si era posible, de los bandidos que deseaban mi muerte a toda costa. Me había dado cuenta de que, cada vez que asomaba la nariz a la calle, ponía mi vida en peligro, y así como antes salía de noche, ahora lo hacía siempre a la luz del día y nunca sin estar acompañado de uno o dos de mis criados que me servían de guardaespaldas.

Pero debo hacer aquí justicia a mi mujer, quien, tras haber llegado a sus oídos mi desgracia, me escribió una carta en la que me trataba más honestamente de lo que era su costumbre. Disgustada por lo maltrecho que me habían dejado y, sobre todo, porque la agresión hubiera tenido lugar tras la presentación de su pagaré, me decía que esperaba que a mí, ni aun con la peor disposición de ánimo hacia ella, no se me ocurriera suponer que esta agresión había tenido lugar con su conocimiento y mucho menos bajo sus órdenes. Ella ignoraba todo lo sucedido, y añadía que le horrorizaban estos procedimientos y que si adivinaba quiénes eran los rufianes que me habían vejado de tal modo, me lo haría saber. Me indicaba el nombre y la dirección de la persona a quien había dado el pagaré, dejando a mi cuidado obligarle a revelar la identidad de la persona que me lo había presentado y tratado de una forma tan indigna. Terminaba la carta deseándome que lo encontrara y lo entregase a la justicia para que lo castigasen con la severidad que merecía.

La amabilidad de mi esposa me complació tanto que estoy convencido de que si hubiera venido ella en persona a informarse sobre mi estado de salud, la habría aceptado a mi lado de nuevo. Pero se contentó con escribirme otra carta educada en la que me rogaba que le hiciera llegar noticias mías y me expresaba su deseo de que me reestableciera cuanto antes y de que los agresores fueran ahorcados en Tyburn. En ella había algunas expresiones que, si no las comprendía mal, dejaban entrever que lamentaba nuestra separación y que seguía recordándome con afecto, pero sin hacer ninguna mención a que regresaría a mi lado; más bien, se esforzaba en sugerirme que pagara sus deudas, dándome a entender que me había proporcionado una gran fortuna y que ahora carecía de medios para subsistir, lo cual era muy grave.

Le respondí por escrito a esta segunda carta, ya que no lo había hecho a la primera, para decirle que me llenaba de satisfacción saber que no tenía nada que ver con el asunto y que jamás había pensado que hubiera podido perjudicarme de ese modo, a mí, que nunca le había infligido daño alguno y que no era responsable de nuestra separación. En cuanto al pagaré que había extendido a mi nombre, le recordaba que su estilo de vida desmesurado me había puesto en una situación financiera agobiante que habría acabado por arruinarme, y que en menos de tres años ella había gastado con creces lo que había aportado al matrimonio, prefiriendo romper sus lazos conmigo antes que frenar sus dispendios desorbitados. Le informaba de que, si se avenía a recuperar de nuevo el pagaré, le enviaría las treinta libras y que no la dejaría en la estacada si consentía en llevar un tren de vida razonable. Además, le decía que tenía informes deplorables de su conducta, que sabía que cultivaba la compañía de un personaje execrable –al que nombraba–, aunque me resistía a creer semejantes cosas de ella. Así pues, si quería llevar la existencia que podía ofrecerle y mostrarme tanta gentileza, ternura y afecto como yo le profesaba, estaba dispuesto a recibirla de nuevo y a olvidar el pasado. Por el contrario, si declinaba esta oferta, no podría volverse atrás, porque no tenía intenciones de quedarme en Londres, donde no me pasaban más que descalabros, sino de regresar a mí país, donde llevaría una vida sosegada y retirada del mundo.

Su respuesta no fue la que yo me esperaba, sino que, agradeciéndome las treinta libras, insistía en buscar disculpas para todos los reproches que yo le hacía y, aunque no se negaba a volver conmigo, tampoco decía que aceptase mi oferta. En suma, sobre este particular, apenas sugería otra cosa que señalar que tenía derecho a alguna clase de reparación por haberse visto agraviada.

En un primer momento, esta respuesta me sorprendió, porque yo imaginaba que, en su situación, cualquier mujer se habría alegrado de poner fin a sus miserias con una reconciliación. Y lo hubiera hecho sin duda, porque ahora ella vivía con bastantes apuros y estrecheces, pero había un motivo que la impedía regresar y del cual no podía hablarme en sus cartas, una razón que la impedía aceptar una oferta que, a buen seguro, le disgustaba tener que rehusar: había prostituido su virtud a manos de alguno de los tristes aduladores que frecuentaba y, a raíz de ello, estaba en cinta.

Sin embargo, como ya he sugerido más arriba, ella no rechazó categóricamente mi proposición. Dejó la puerta abierta a un entendimiento ya que, como comprendí más tarde, imaginaba poder hacerlo en cuanto hubiera dado a luz discretamente el niño que llevaba en sus entrañas. Esta estrategia era, además, la única que podía adoptar. Pero, yo era demasiado avisado y la conocía de sobra para que hubiera podido ocultarme una cosa así. Y aun si se hubiera apartado del mundo antes de que el embarazo fuese evidente a ojos vistas, yo habría tenido un informe detallado de cada uno de los pormenores del alumbramiento. Por consiguiente, mi oferta dejaba de ser válida. Ella me escribió algunas cartas en las que, arrepentida de sus faltas, solicitaba mi perdón, pero ya había cambiado mi disposición de ánimo. No quería pensar más en ella, salvo para reclamar el divorcio y obtenerlo.

Así las cosas, y habiendo recibido el cargamento que esperaba de Virginia, decidí marcharme a Francia. Desembarqué en Dunkerque, donde conocí a unos oficiales irlandeses del regimiento de Dillon* que poco a poco me convencieron para entrar en el ejército. Merced a la intervención del teniente general N…, compré un puesto de oficial en su regimiento.

Esta nueva posición me complacía enormemente, porque me repetía que había llegado al lugar donde me había propuesto en mi infancia, ya que nunca antes había vivido como un caballero.

Poco después, mi regimiento fue enviado a Italia. De todas las acciones en las que participé, la más gloriosa fue la campaña de Cremona, en el Milanesado**.

---

* *N. del T.* Al igual que muchos caballeros irlandeses, Arthur Dillon (1670–1733) dirigió un regimiento de tropas irlandesas que se unió al ejército de Luis XIV, rey de Francia.

** *N. del T.* Cuando Jack habla de «los alemanes» se refiere a los austriacos, ya que se trata de la primera campaña (1701) de Austria contra Francia, tras la ruptura del Tratado

Allí, los alemanes, habiendo penetrado en la ciudad en mitad de la noche por una suerte de alcantarilla, se hicieron con ella en gran parte. Sorprendido cuando salía de su cuartel general, el mariscal duque de Villeroy fue hecho prisionero, y las tropas francesas que aún no habían sido derrotadas se batieron en retirada a la ciudadela. Fue entonces cuando los alemanes, en la cima de su triunfo, se vieron sorprendidos por dos regimientos irlandeses acampados en la carretera que conduce al río Po, los cuales, con tanta resolución como audacia, cortaron el paso por el que debían llegar los refuerzos enemigos. Luego de un feroz combate, arrebataron la victoria a los alemanes que, incapaces de abrir paso a quienes esperaban, tuvieron que abandonar la ciudad a mayor gloria de estos dos regimientos irlandeses o mejor, de Irlanda entera. Por esta gesta, nosotros recibimos las felicitaciones efusivas del rey de Francia.

Por primera vez tenía la satisfacción de decirme a mí mismo que no era ya el cobarde pusilánime que había sido cuando me dejé avasallar en mi propia casa por el individuo que reclamaba el pago de las treinta libras. De habernos encontrado cara a cara en las mismas condiciones, le habría dado un buen escarmiento, por muy desarmado que me encontrase. Pero los hombres ignoran lo que no han puesto a prueba ellos mismos, y el coraje se adquiere con el tiempo y la experiencia.

---

de Partición de Luis XIV por el que el rey francés aceptaba la corona de España para su nieto, el Duque de Anjou (Felipe V de España). Esta batalla sería el preámbulo a la Guerra de Sucesión española (1701-13).

Philippe de Commines nos dice que, después de la batalla de Montlhéry, el conde Charolais, quien hasta entonces había aborrecido la guerra y todo lo que tuviera que ver con los hechos de armas, sufrió tal transformación por causa de la gloria que había alcanzado en sus acciones y por las alabanzas que le dedicaron por ellas, que el ejército se convirtió a partir de entonces en su amante y las fatigas de la guerra en su principal deleite. Este ejemplo es demasiado ilustre para que se parezca al mío, pero debo decir que me agasajaron con tales lisonjas por la bravura –pues esa es la palabra que utilizaron– de la que había hecho gala en la batalla que yo mismo empecé a creerme valiente y, tanto si eran ciertas como si no, me hacían sentir tan orgulloso que me volví audaz en todas las ocasiones en las que participé en el combate. A ello se añadió la circunstancia de que alguien debió dar cuenta a la Corte del papel decisivo que tuve en la victoria de Cremona cuando, tras la muerte del teniente coronel que comandaba el regimiento, tomé el mando de este y defendí con un valor desusado la puerta de entrada al río Po. Poco tiempo después, el rey me envió un despacho oficial, suscribiendo su confianza en mí por los servicios rendidos y confirmando mi nombramiento en el puesto de teniente coronel del regimiento al que pertenecía.

Hasta entonces había tomado parte en algunas escaramuzas sin importancia por las cuales me gané la reputación de buen oficial; pero, al mismo tiempo, fui destinado a algunos puestos que me procuraron algo que me era aún más agradable, esto es, una buena cantidad de dinero.

Nuestro regimiento fue enviado de Francia a Italia por mar. Embarcamos en Toulon y desembarcamos en Savona, en el territorio de Génova, desde donde nos dirigimos hasta el Ducado de Milán. En Alejandría, la primera ciudad que ocupamos, los habitantes se sublevaron contra nuestras tropas y, librando una feroz batalla, pusieron en jaque a la guarnición entera, compuesta de ochocientos franceses o soldados al servicio de Francia.

Con ocho hombres bajo mis órdenes, me había acuartelado en casa de un burgués, en las proximidades de una de las puertas de la ciudad. Tras una breve conferencia con mis hombres, decidimos quedarnos a cualquier precio, en tanto no recibiéramos orden de retirarnos por parte de la comandancia. Cuando vi que nuestras tropas se replegaban en las calles ante la presión de los habitantes de la ciudad, saqué de la casa a toda la familia, y me hice fuerte en ella a guisa de castillo, declarándome gobernador de ella y con la intención de defenderla hasta el final. Sería el último en dejar el lugar y la proximidad de la puerta me facilitaría la retirada.

Una vez se hubieron marchado nuestros anfitriones, no tuvimos escrúpulos en llenarnos los bolsillos con lo que encontramos allí, dejando en ella tan solo lo que no podíamos llevarnos con nosotros. Por mi parte, entre otras cosas, arramblé con doscientas pistolas*, la vasija de plata y distintos objetos de valor. Como consecuencia de ello, el dueño formuló una queja formal

N. del T. Nombre popular de las monedas de oro españolas de dos escudos, en curso entre los siglos XVII y XIX.

ante el príncipe de Vaudemont, a la sazón gobernador del Milanesado, pero sin consecuencias, ya que los ciudadanos de Alejandría habían opuesto resistencia a nuestras tropas, contraviniendo las órdenes del príncipe y sus deseos, que eran, por más señas, los de velar por los intereses del rey Felipe. Así pues, constaté que habría podido saquear la ciudad entera sin ningún menoscabo para mis intereses. Aunque se había declarado una insurrección contra nosotros, teníamos órdenes de no disparar a la población más que en caso de extrema necesidad. Preferimos retirarnos a enredarnos en un combate contra fuerzas muy superiores en número, puesto que siete compañías de tropas regulares se habían sumado a la sublevación de los habitantes de la ciudad, lo que elevaba la cifra a un total de mil seiscientos hombres frente a los ochocientos que éramos nosotros, dejando aparte el hecho de que habían tomado posesión de la ciudadela, que contaba con varios cañones.

Unos días más tarde, las aguas volvieron a su cauce. El príncipe Eugenio había recuperado el control de todo el Milanesado para la causa del rey Felipe*. Nos quedamos acuartelados durante los ocho meses siguientes sin nada que hacer, a falta de enemigos por el momento. Poco después, llegaron refuerzos de Francia,

---

**N. del T.* La mención a Felipe V parece un despiste del autor, ya que, en el marco del conflicto dinástico que dio lugar a la Guerra de Sucesión española, el príncipe Eugenio de Saboya luchaba al lado del Emperador Leopoldo I, por la causa del archiduque Carlos de Austria como legítimo heredero al trono español.

que se extendieron a lo largo y ancho del país para mantener a raya a las tropas imperiales, lo que dio a estas motivos para preocuparse, ya que se preparaban para invadir Italia por sorpresa con un poderoso ejército*. Las guarniciones se instalaron en Mantua y en la mayor parte de las ciudades de esa región hasta el lago de Garda y el río Adigio.

Tras una breve estancia, abandonamos Mantua por orden del conde de Tessé (más tarde, mariscal de Francia) para reagruparnos con el resto del ejército francés, a la espera de la llegada del duque de Vendôme, que iba a ser el comandante en jefe. Aquel año, 1701, fue una campaña dura. Tuvimos que bregar con un ejército de 40.000 alemanes, todos ellos viejos soldados, a las órdenes del príncipe Eugenio de Saboya. El ejército francés aventajaba al enemigo en 25.000 soldados, pero como ignorábamos dónde atacarían, tuvimos que repartir nuestras tropas a lo ancho de un vasto territorio. Los alemanes se salieron con la suya, logrando uno de los más grandes triunfos militares que recuerda la Historia.

En julio de 1701 fui llamado a Carpi. Derrotados por el enemigo, que había causado incontables bajas en mi regimiento, no nos quedó más remedio que abandonar el Adigio en manos del príncipe Eugenio. No obstante, los alemanes no pudieron obtener gran cosa de

---

**N. del T.* El príncipe Eugenio invade Italia por sorpresa (con la ayuda de la neutral Venecia) para prestar ayuda al Duque de Saboya, infligiendo severas derrotas a las tropas francesas –en cuyas filas pelea Jack– que defendían el norte del país.

nosotros. El mariscal Catinat, que comandaba el ejército, nos mandó reagruparnos al día siguiente en el campo de batalla y, dos días después, les hicimos frente sin llegar a derrotarlos. Una vez conquistado el paso del río Adigio, los alemanes, viendo que nosotros habíamos abandonado Rivoli, que ya no nos servía, dieron por terminada su tarea.

Tras descartar la posibilidad de una ofensiva definitiva, nuestros generales decidieron asediar al enemigo en su propio terreno y obligarlo a defender cada palmo de tierra que había conquistado. En septiembre, atacamos su retaguardia en Chiari, ocupando sus posiciones y provocando una terrible carnicería entre sus filas. Pero no sé por qué error de nuestros generales o por qué defecto en la ejecución de sus órdenes, faltó el apoyó que habrían debido prestarnos tanto a la brigada de Normandía como a nuestra brigada irlandesa, que habíamos logrado abrirnos paso con audacia entre las líneas enemigas, viéndonos obligados a soportar la acometida del grueso del ejército alemán. Tuvimos que replegarnos, no sin haber perdido antes muchas vidas, perseguidos por los alemanes que, a su vez, tuvieron que batirse más tarde en retirada ante el demoledor ataque de una parte de nuestra caballería que venía de refuerzo. Los alemanes se jactaban de haber obtenido un gran triunfo, al lograr expulsarnos de sus líneas. Pero hay que hacer constar que no habría sido así, si según nos advierte el viejo Catinat, el señor de Tessé nos hubiera socorrido a tiempo con su infantería de doce mil hombres. De haber sucedido esto, aquel día se habría puesto fin a la guerra, y el príncipe Eugenio se habría alegrado de regresar a Alemania más deprisa de lo que llegó, suponiendo, claro está, que no le hubiéramos cortado el paso.

Pero el destino había decidido otra cosa, y los alemanes reemprendieron sus ofensivas, desalojándonos de nuestras posiciones, una tras otra, hasta ocupar todo el Milanesado.

Esta segunda parte de la campaña fue para nosotros sobre todo una guerra de guerrillas. Los franceses, de temperamento más bien voluble, no estaban nunca en el escenario, sino que se pasaban todo el tiempo buscando forraje para los caballos o sorprendiendo a los enemigos que lo buscaban, saqueando o evitando a los saqueadores del otro bando. Los alemanes no se alejaban nunca demasiado, pero los otros les sorprendían a menudo por la retaguardia, y fueron muchos los que cayeron en estas escaramuzas. Si se tiene en cuenta la cifra de hombres que murieron a causa de la fiebres contraídas por el desfallecimiento, las deficiencias en la intendencia o en la higiene de los campamentos, además de por pernoctar al sereno –pues, hasta mediados de diciembre, estuvimos expuestos a la humedad y los insectos en un país húmedo, repleto de ríos y canales–, diría que tanto nosotros como el enemigo perdimos más efectivos por esas razones que los que habríamos perdido en una gran batalla.

En esta acción decisiva contra el príncipe Eugenio, el duque de Vendôme, a quien es preciso hacer justicia, presionó a nuestros oficiales para que lanzaran el ataque, pero el duque de Villeroy, el mariscal Catinat y el donde de Tessé se opusieron porque sabían que la debilidad había hecho mella en las tropas, y que estas se encontraban ya demasiado agotadas por la campaña para librar un nuevo combate. Luego de tres meses de refriegas sin importancia, decidimos retirarnos a nuestros cuarteles de invierno.

Pero antes, nuestro regimiento fue destinado, junto con un destacamento de dragones –seiscientos hombres de a pie y otros doscientos cincuenta a caballo–, a cortar el paso principal al príncipe de Commercy, uno de los generales más destacados del príncipe Eugenio. En un principio, el destacamento debía ir solo, pero como las tropas imperiales habían tenido mejor fortuna en las pequeñas contiendas de este género y como el príncipe habría de desplazarse sin duda con un considerable contingente, habían decidido finalmente enviar al regimiento de infantería irlandesa para acompañar a los dragones.

Dos horas antes de la salida, recibí la orden de marchar con doscientos hombres de a pie y cincuenta dragones a tomar posición en un bosquecillo que el príncipe debía atravesar y donde nosotros sabíamos que apostaría algunos soldados para que vigilaran su paso. En aquel momento ignoraba que el conde de Tessé, juzgando que no éramos suficientes, había tomado la iniciativa de venir en persona a prestarnos ayuda, con mil jinetes y trescientos granaderos más. Y en buena hora que así fue. Pues el príncipe de Commercy, habiéndose enterado de nuestra misión, llegó antes de lo que suponíamos, sorprendiendo al grueso de nuestra expedición. Y nos habría hecho huir en desbandada si el conde, alertado por el ruido de las descargas, no hubiera intervenido en el fragor de la contienda, obligando a los alemanes a replegarse. Pero el príncipe se replegó en perfecto orden y, una vez terminado el combate, se dirigió hacia el bosquecillo donde yo me encontraba.

La derrota le había impedido lograr su objetivo de situar allí el destacamento destinado a cubrir el flanco del ejército alemán.

El conde de Tessé no se había alejado, tanto porque intuía que podrían cortarnos el paso como porque le parecía posible lanzar un nuevo ataque en las inmediaciones del bosque. La noche se había echado casi encima cuando las tropas del príncipe se aproximaron. Había enviado 50 dragones de avanzadilla para despejar el camino que atravesaba el bosque. Primero, les dejamos internarse; después, cayendo sobre ellos desde atrás, les rodeamos e hicimos picadillo. Tan solo capturamos ocho prisioneros, entre ellos, el oficial al mando del destacamento.

El príncipe, sin saber exactamente qué estaba ocurriendo, se había detenido. Ignorando cuán numerosas eran nuestras tropas, había ordenado a doscientos de sus hombres a caballo que rodearan y batieran el bosque para hacernos salir de allí. Al punto, el conde de Tessé surgió por detrás de su posición y, comprendiendo nosotros que esta le era desfavorable, decidimos hacer frente a su caballería con la nuestra, avanzando a nuestros jinetes hasta la entrada del camino para atraer a los suyos hacia el bosque, donde les esperaba nuestra infantería, escondida detrás de los matorrales. Pero los alemanes eran demasiado avisados para caer en esta emboscada y nos siguieron hasta la entrada, aunque sin llegar a internarse entre los matorrales.

Sin embargo, el príncipe, estimando que sus fuerzas no le permitían afrontar un nuevo combate contra los franceses que le amenazaban en su retaguardia, ordenó a sus dragones que desmontaran y se adentraran en el bosque para «limpiar» las márgenes del camino a fin de que él pudiera avanzar con su caballería. Sus órdenes fueron ejecutadas con vigor. Nos defendimos lo mejor que pudimos, pero la mitad de nuestros hombres cayeron en el combate, y tuvimos que someternos a su empuje, y el príncipe logró cruzar el paso. No obstante, habíamos dado a la caballería francesa el tiempo necesario para llegar y arremeter contra sus tropas por uno de sus flancos al descubierto, de modo que los sorprendimos e hicimos numerosos prisioneros. Trescientos dragones alemanes murieron en el combate.

En el curso de esta acción, un oficial alemán, bien rodeado, después de haber abatido a tres de los hombres que me acompañaban, me tuvo a su merced y me obligó a rendirme. Viendo que mis hombres estaban a punto de claudicar y que la derrota era inminente, no me quedó más remedio que aceptar y le entregué mi sable. Un poco más tarde, con la intervención de la caballería francesa y habiéndose vuelto las tornas a nuestro favor, el mismo oficial alemán, dirigiéndose hacia mí, me dijo en francés: «¡Estamos perdidos!» Le pregunté si podía serle de ayuda. «¡Espere aún!», me respondió. Sus hombres seguían luchando, y, a decir verdad, con mucha valentía. Poco después, con sus últimas resistencias rodeadas por la caballería francesa, me dijo: «¡Ahora seré yo vuestro prisionero!», me devolvió el sable y me dio el suyo. A su lado, un dragón iba a hacer lo mismo cuando le alcanzó un disparo y cayó muerto. La batalla había llegado a su fin, y el campo no tardó en despejarse. El príncipe de Commercy, con el resto de su ejército, puso rumbo a otros pagos, pero ya no le perseguimos más.

Unos dieciséis o diecisiete de mis hombres fueron capturados y liberados, al igual que lo había sido yo, pero no con la misma fortuna. El oficial a quien me había rendido tuvo la indulgencia de no pedirme el dinero que llevaba encima, aunque no era demasiado, de hecho. Sea como fuere, esta cortesía me fue perjudicial más tarde, porque, cuando se produjo la situación inversa, no pude exigirle que me entregara sus pertenencias, entre las cuales, según entendí, se contaban cien pistolas. Por la noche, presentándose en el lugar donde yo estaba acampado, me rogó que aceptara veinte de ellas. A cambio, logré que lo pusieran en libertad bajo palabra de honor, en virtud de la cual debía liberar a uno de sus prisioneros tan pronto como llegara al campo del príncipe Eugenio, lo cual hizo.

Después de esta batalla, fui destinado a Cremona, donde nuestro regimiento irlandés se cubrió de gloria, tal como he relatado anteriormente.

Con la llegada del verano, se reanudaron las hostilidades y tuvimos más de un encontronazo serio con los alemanes. El príncipe Eugenio, un buen general, no nos dio tregua y, aunque sus constantes idas y venidas fatigaban a sus tropas y a las nuestras, cosechó numerosas victorias. Quienes vieron a los franceses, saben que se comportaron con honor y que nunca rehusaron presentar batalla, haciendo siempre gala de gran decisión y coraje. En las refriegas cayeron muchos gentilhombres y bravos soldados, pero el duque de Vendôme, que era ahora el comandante en jefe, aun cuando el rey Felipe estuvo presente en el escenario de las contiendas, hizo las cosas difíciles para el príncipe de Saboya y, persiguiéndole de un lugar a otro, fue reconquistando poco a poco toda Italia. El poderoso ejército que el príncipe había llevado a Italia, que era, sin duda, por el valor de sus soldados, uno de los mejores que haya pisado nunca aquel país, se dejó los huesos allí. La guerra causaría muchas otras víctimas antes de que Francia, debilitada en muchos otros frentes, tuviera que doblegarse ante su destino, tal como podrán comprobar en los libros de historia. Pues no es mi propósito relatar eso aquí.

En los primeros días de julio de 1702, entramos en campaña, y el duque de Vendôme ordenó reunir el ejército entero cuanto antes, a fin de liberar la ciudad de Mantua, sometida al bloqueo de los imperialistas desde el comienzo del invierno.

A lo largo del año anterior, el príncipe Eugenio, buen político y general afortunado, nos había vapuleado en varias ocasiones, pero su buena estrella empezaba a declinar. Nuestro ejército era superior al suyo en número y nuestras maniobras le pillaban desprevenido. Comprendiendo que, de todas formas, se vería obligado a levantar el asedio, retiró sus tropas y, contentándose con asegurar la protección de las ciudades de Bersello, amenazada por el duque de Vendôme, y de Borgoforte, donde estaba acampado, se dirigió a nuestro encuentro con el grueso de sus fuerzas.

En aquel momento, el rey de España se había sumado a su ejército, y junto al duque de Vendôme, con alrededor de treinta mil hombres, se encontraba cerca de Luzzana, a la cual planeaba atacar para obligar al príncipe Eugenio a presentarle batalla. Atrincherado con veinte mil hombres en Rivalta, más allá de Mantua, el príncipe de Vaudemont cubría las fronteras del Milanesado; nosotros teníamos alrededor de doce mil soldados en Mantua, y el señor de Pracontal, con diez mil hombres, había tomado posiciones bajo los cañones del fuerte que guardaba la ruta que conducía a la ciudad. Si todas estas fuerzas se hubieran reunido unos días más tarde, como de hecho podría haber ocurrido, el príncipe se habría encontrado en una situación comprometida y le habría costado sudor y lágrimas mantenerse en Italia, donde no poseía ni una sola plaza capaz de aguantar un asedio en condiciones durante más de quince días. Pero, como quiera que esto él lo sabía muy bien, cuando el duque de Vendôme se disponía a atacar Luzzana para presentarle batalla, nos vimos sorprendidos al ver aparecer el ejército imperial en Batalia, el 15 de junio de 1702, dispuesto a arremeter contra nosotros.

Debería haberles dicho que, tres días antes, el duque, tras haber sido informado que el general Visconti se encontraba en San Vittoria, en el Tesino, con tres regimientos de caballeros y uno de dragones, había decidido atacarle y que, como el secreto había sido bien guardado, el señor Visconti, no sospechando nada en vista de que nos separaban de él más de tres leguas, se vio sorprendido por el ataque por sorpresa de seis mil caballeros franceses en su camino hacia el valle de Módena. Se defendió con bravura durante casi una hora hasta que, sobrepasado por nuestras fuerzas, hizo sonar la retreta para evitar un desastre. No bien dieron media vuelta sus escuadrones, se encontraron rodeados por un poderoso cuerpo de infantería que les cortaba la retirada. Las tropas imperiales no podían huir más que franqueando el río Tassona por un puente. Pero, estorbados por la mucha impedimenta que transportaban, se vieron atrapados en el puente sin poder avanzar ni recular, tropezando unos con otros en una confusión indescriptible. Muchos cayeron al río, donde murieron ahogados, otros fueron abatidos y la mayoría hechos prisioneros. Además, nos apoderamos de todas sus pertenencias, un botín considerable, y de ochocientos caballos. Fue un severo revés para el príncipe, porque se trataba de tropas escogidas entre lo mejor de su ejército, las cuales habrían de hacerle falta en la batalla del 15.

Así pues, nos dirigimos hacia Luzzana. Llevábamos unos diez días de camino cuando vimos de lejos a una partida de seiscientos caballeros. Menos de una hora más tarde, todo el ejército estaba delante de nosotros en formación para presentar batalla.

Nuestro ejército se reagrupó de inmediato, y el duque apostó sus regimientos a medida que iban llegando, y con tanto acierto, que el príncipe, obligado a modificar sus disposiciones para el combate, tuvo que atacar finalmente a un enemigo superior en número y que ocupaba mejores posiciones sobre el terreno que las suyas. Si nos hubiera esperado, aunque no fuesen más que veinticuatro horas, habríamos estado delante de él a mitad de camino, pero el orgullo de los generales alemanes y la elevada opinión que tienen de sus tropas les impulsó a iniciar las maniobras. El ala derecha del ejército real ocupaba la margen izquierda del río Po. En la otra orilla, el príncipe de Vaudemont cañoneaba las trincheras que las tropas imperiales habían construido en Borgoforte. Al darse cuenta por las detonaciones que la batalla se presentaba importante, el príncipe nos envió doce batallones de infantería de refuerzo y mil caballeros para que se reunieran con nosotros antes de que el príncipe Eugenio hubiera elaborado su nuevo plan de combate. La llegada de estas tropas le decidió a no perder más tiempo e iniciar la ofensiva antes de que estas pudieran sumarse a la lucha. Él sabía, no obstante, que era un error por su parte, pero era demasiado tarde para echarse atrás.

Eran ya las cinco de la tarde cuando su primera línea se lanzó al ataque. Después de una media hora de cañonazos sin objetivo concreto, ordenó al ala derecha de su ejército, comandada por el príncipe de Commercy, que atacara nuestro flanco izquierdo. Nuestros hombres, prestándose ayuda unos a otros con acierto, recibieron al enemigo con tal energía, que le rechazamos, no sin infligirle antes severas pérdidas. El príncipe de Commercy murió durante la primera andanada. Privados de su jefe, un oficial de gran valor, los regimientos alemanes se disgregaron y una brigada completa fue arrasada.

En cuanto a su segunda línea, avanzando a su vez bajo las órdenes del general Herbeville, restableció la situación al principio: reagrupados los batallones y bien sostenidos por los refuerzos llegados del grueso del ejército, se lanzaron a la carga con decisión. Los nuestros se disgregaron, reagrupándose al otro lado del canal situado a su izquierda para reemprender el combate, con el apoyo de nuevas tropas, tanto de infantería como de caballería. La lucha encarnizada prosiguió en las dos márgenes del río, con tanto valor y destreza por ambos bandos que hubiera resultado imposible decir quién aventajaba a quién.

La flor y nata de la caballería francesa se encontraba en el flanco derecho del ejército real: allí estaban los gendarmes, los carabineros del rey, los guardias de la reina y cuatrocientos caballeros más. A continuación, venía la infantería, de la cual formaba parte mi brigada. Los caballeros, blandiendo el sable desenvainado, se lanzaron a la carga, arrastrando todo cuanto encontraron por delante, esquivando el fuego de los dos regimientos imperiales de coraceros sin disparar un tiro, penetrando con fuerza en la filas de los imperiales y sembrando el pánico. No teníamos más que seguirlos. Nos habían dejado el campo libre para que nuestra primera línea ocupara el terreno enemigo. Fue en el curso de este primer ataque cuando cayó el marqués de Créqui, que comandaba nuestro flanco derecho, una pérdida que equilibraba la que los alemanes habían causado en la persona del príncipe de Commercy.

Hábilmente reagrupada por sus generales y con el apoyo de tres regimientos de infantería, la caballería enemiga cargó sobre nosotros con furia, sin que nadie pudiera oponerles resistencia y rompiendo por la mitad la línea de dos batallones de nuestro regimiento. A causa de esta, murieron muchos de nuestros hombres y, por desgracia, una bala de mosquete me atravesó el brazo izquierdo. ¡Y eso no fue todo! Además, fui derribado por un gran teutón que, creyendo haberme matado, me pisó al ser abatido de un tiro por uno de mis hombres. El teutón, casi tan grande como un caballo, desplomándose sobre mí con todo el peso muerto de su cuerpo, terminó de aplastarme el brazo herido, y fue casi imposible quitármelo de encima.

Nuestras tropas tuvieron que ceder el terreno que habían conquistado, y yo me encontré cercado por el enemigo, aunque sin ser hecho prisionero (es decir, sin ser encontrado). No lo supe hasta el día siguiente. Un destacamento que, según la costumbre, buscaba a los heridos entre los muertos me descubrió, casi asfixiado, debajo de un montón de cadáveres, alemanes y otros. En honor a la verdad, me trataron con humanidad: un cirujano hábil se ocupó de curarme el brazo y, cuatro o cinco días más tarde, me concedieron la libertad bajo palabra para que fuese a Parma.

La batalla había continuado hasta la noche, sobre todo, en nuestro flanco izquierdo. Los tiroteos siguieron a oscuras, sin que los generales supieran en absoluto lo que pasaba, y podría decirse que tan solo la oscuridad separó a los adversarios.

Ambos bandos reclamaron haber obtenido la victoria, y ambos ocultaron sus pérdidas en la medida de lo posible. Lo que es seguro es que nunca, en ningún campo de batalla, se vio tanto coraje y obstinación en la lucha. Si el día se hubiera prolongado lo suficiente para que hubiera podido dirimirse la contienda, no cabe duda de que habría habido muchos más miles de muertos en ambos bandos.

Lo que permitió a los alemanes atribuirse la victoria fue el hecho de haber obligado a nuestro flanco izquierdo a recular hasta los cerros en las márgenes del Po. Pero nuestras tropas tenían interés en replegarse y disparar desde allí, de modo que el enemigo no pudo desbancarnos de nuestras posiciones. En cuanto al ejército real, lo que probaba su victoria –indiscutible, en mi opinión– fue que, dos días después de la batalla y bajo los mismos ojos de los alemanes, había atacado Guastalla y obligado a su guarnición a rendirse y jurar que depondrían las armas durante seis meses. Pero el príncipe Eugenio, para quien estos mil quinientos hombres representaban una gran pérdida, no hizo nada para acudir en su ayuda. Luego de aquel episodio, arrebatamos también a los imperialistas varias otras plazas, abandonadas por ellos sin mediar combate ante la proximidad del ejército francés.

Para mí, la campaña había acabado. Y aunque salía de ella lisiado, podía considerarme mejor parado que muchos gentilhombres, pues en aquella terrible batalla, más de cuatrocientos oficiales, entre ellos, tres generales, resultaron muertos o heridos.

La campaña duró hasta diciembre, y el duque de Vendôme reconquistó Borgoforte y varias otras plazas a los alemanes que, en suma, perdían terreno todos los días en Italia. Sin embargo, fui prisionero durante largo tiempo, ya que, sin haberse llegado a ningún acuerdo a este respecto, el príncipe Eugenio ordenó que enviaran a todos los prisioneros a Hungría. Fue una decisión cruel que no tenía en buena ley ningún fundamento, pero que permitió a muchos de ellos evadirse y llegar a Turquía, donde fueron muy bien acogidos. El embajador de Francia en Constantinopla se ocupó de ellos y les facilitó el regreso por mar a Italia.

El duque de Vendôme hizo tantos prisioneros alemanes que el príncipe Eugenio tuvo que dejar de enviar los suyos a Hungría y hacer regresar a muchos de los que había expedido allí, aceptando el canje general que se le propuso.

Tal como ya he contado, a mí me habían autorizado a ir a Parma bajo palabra de honor. Allí pasé cuarenta días recuperándome de mis heridas y mi brazo roto, y luego me puse a disposición del oficial comandante de la plaza de Ferrara. Poco después, a raíz de una visita del príncipe Eugenio, fui trasladado al Milanesado para esperar allí un canje de prisioneros.

Instalado en Trento, pasé ocho meses alojado en casa de un hombre que me atendió como a un hijo y me procuró toda clase de comodidades. Fue entonces cuando, sin haberlo pretendido, adquirí una cierta familiaridad con la hija de mi anfitrión, quien no sé por qué clase de fatalidad logró persuadirme de que me casara con ella. En este asunto actué con una corrección de la que, no me duelen prendas, no tenía ninguna intención de sentirme culpable. Manipulándome con astucia, había encontrado la forma de hacerme beber más vino del que era costumbre en mí, y, encontrándome en un estado de jovial euforia, aunque no tan borracho que no supiera lo que hacía, consentí en casarme con ella. Fue un acto honrado que habría de causarme muchos disgustos, porque desconocía el lastre con el que yo mismo me había cargado. Sin poder quedarme con mi mujer ni llevarla conmigo, me sentía sumamente desconcertado.

No tardaría en llegar el momento en el que, liberado por la convención de prisioneros, tuve que reunirme con mi regimiento, que se encontraba acampado en el Milanesado. Allí me dieron permiso para ir a París bajo promesa de que me serviría de mis relaciones a fin de reclutar nuevos soldados para los regimientos irlandeses. Al comandante enemigo que me había concedido esta merced, le pedí que me proporcionara también un salvoconducto para ir a Trento, adonde llegué dando un largo rodeo. Empaqueté dignamente todas mis cosas, mujer y el resto, y partimos los dos, atravesando primero el Tirol para recalar en Baviera, después Suabia y la Selva Negra para llegar a Alsacia, y, por último, desde allí, dirigirme a Lorena antes de rendir viaje en París.

Albergaba el secreto deseo de dejar el oficio militar porque, francamente, ya había tenido suficientes campañas. Pero se consideraba deshonroso abandonar el ejército en medio de las hostilidades, y me habría costado mucho liberarme si las circunstancias no me hubieran facilitado las cosas. Al igual que antes, se había declarado la guerra entre Francia, Inglaterra y Holanda. El rey de Francia, meditando cómo ofrecer una diversión a los ingleses, armó en Dunkerque una poderosa flota de guerra, en la que embarcaron un cuerpo de seis mil quinientos hombres, además de voluntarios y el nuevo rey, según lo llamábamos, más conocido con el nombre de Caballero de San Jorge*. La flota habría de poner rumbo hacia Escocia.

Fingí mucho entusiasmo por esta empresa. Con la autorización de vender mi despacho de oficial en el regimiento irlandés y la promesa de que, si yo reclutaba tropas después de su llegada a Gran Bretaña, el Caballero me concedería el grado honorario de coronel,

---

**N. del T.* Jacobo Francisco Eduardo Estuardo, también conocido como el Viejo Pretendiente o Caballero de San Jorge, representó la pretensión jacobita al trono de Inglaterra con el nombre de Jacobo III. Trató de invadir Escocia con tropas francesas en 1708.

me ofrecí a embarcarme como voluntario y costearme mis propias armas. Mi propuesta interesó al Caballero, porque ahora me tenía por un hombre digno de consideración, y me permitió vender mi puesto de oficial. Por la misma época, recibí en Londres, a través de Holanda, una suma bastante importante de dinero. Así pues, me procuré un magnífico carruaje y me dirigí a Dunkerque para embarcarme.

El Caballero me dispensó una acogida excelente. Él sabía que yo era un oficial de la brigada irlandesa, que había participado en la campaña de Italia y, por tanto, un viejo soldado. Todo ello, unido al resto, hizo que me tratara con dignidad y respeto, sin que yo tuviera que adherirme a su persona ni a su causa, sobre la cual no había reflexionado apenas. Sin esas condiciones, no habría arriesgado seguramente mi vida, ni tampoco mis bienes, que se encontraban a partir de ese momento a disposición del gobierno inglés, que podría confiscarlos si así lo quería.

¡Y así fue cómo, sin haber sido llamado a filas, sino alistado como voluntario, y provisto de las trescientas libras esterlinas que me habían enviado de Londres, junto a una suma equivalente que había cobrado por la venta de mi despacho de oficial, me involucré en esta tediosa y arriesgada aventura! La expedición, que habría de resultar inútil, apenas cuenta en mi historia. La flota francesa fue desarbolada por una escuadra británica muy superior en número y puedo decir que, al escapar de los ingleses, yo escapé también de la horca*.

**N. del T.* El escaso interés y la velada crítica de Defoe

La buena fortuna que asistió a los franceses fue la de pasarse el puerto en el que pretendían atracar. Pese a que se habían propuesto como objetivo alcanzar el estuario de Forth –o, como suele denominarse, el fiordo de Edimburgo–, navegaron mucho más al norte, hasta la altura de Montrose, donde no se les había perdido nada. Así pues, volvieron a descender hacia el estuario, en cuya embocadura fondearon, a la espera de la marea para internarse con la flota. Esta circunstancia dio a la flota inglesa, bajo las órdenes de sir George Byng, el tiempo de remontar hasta Forth, donde también fondeó a la espera de la marea. Si no hubiéramos cometido el error que nos hizo sobrepasar el objetivo previsto, nuestra escuadra habría sido destruida en cuarenta y ocho horas, porque la única solución a nuestro alcance hubiera sido atracar en el puerto de Leith mediante fragatas más pequeñas, desembarcar tropas y municiones, y quemar nuestras naves, ya que la flota inglesa se encontraba a un día de distancia.

Así las cosas, sorprendido por la llegada de los ingleses, el almirante francés largó velas de inmediato y, ciñendo el viento, nos dirigimos hacia el norte, con lo que logramos distancia suficiente para escapar a su persecución, perdiendo tan solo uno de nuestros barcos, que había quedado a la zaga. Al cabo de tres días, cuando los ingleses habían renunciado a darnos caza, modi-

a las aspiraciones de los jacobitas, es decir, los descendientes católicos del depuesto Jaime II, deja entrever su posición ideológica, anticatólica y antiabsolutista, en el polo opuesto del jacobitismo.

ficamos nuestra ruta y, bordeando las costas noruegas, fuimos a echar el ancla a la entrada del Báltico. Una vez informados por nuestros barcos de avanzada que el horizonte estaba despejado, volvimos a descender con rumbo a Dunkerque. Me alegré de pisar tierra firme de nuevo: durante toda la expedición, en la que habíamos salido con vida por los pelos, no había dejado de pensar aterrorizado en sogas y patíbulos, y no sin razón, ya que seguramente habría acabado en la horca si me hubieran apresado.

Por fortuna, las tribulaciones habían terminado. Me despedí del Caballero y del ejército y me apresuré a volver a París. Llegué a mi casa tan de improviso que tuve la desgracia de descubrir que mi esposa mantenía relaciones con compañías poco aconsejables para una mujer honesta. Conociendo por experiencia su temperamento, su actitud me suscitó a la vez celos y zozobra. Reconozco que había comenzado a sentir aprecio por ella y que su conducta me apenaba, tanto más cuanto que era a mí a quien debía el hecho de encontrarse en Francia. Que fuera imposible impedir en una ciudad como París, donde reina la galantería, como la llaman los franceses, a una mujer joven y propensa a la frivolidad caer en semejantes deslices, podía aceptarlo; pero me irritaba que mi destino, tanto en Francia como en Inglaterra, fuera el de ser un cornudo. Se apoderaba de mí tal rabia que perdía el control de mí mismo, y me pasaba los días y las noches preguntándome que les haría a mi mujer y al granuja que me había suplantado, quien quiera que fuese. Tanto es así que fui culpable de asesinato más de un centenar de veces al menos, porque el diablo no cesaba de incitarme ni de día ni de noche para que matara a mi mujer.

Este odioso proyecto iba ganando fuerza en mí cada vez que me hervía la sangre al repetirme la palabra «cornudo». Finalmente, no me hice más conjeturas: mataría a mi mujer, y asunto solucionado. Faltaba tan solo saber cómo lo haría y cómo, una vez asesinada, me las arreglaría para escapar a la justicia.

Todo ello sin que tuviera prueba alguna de su culpabilidad ni le hubiera hecho ningún reproche al respecto. Ni siquiera le había dejado entrever mis sospechas. Si ella había percibido por mi actitud, muy diferente de lo que había sido en otro tiempo, que algo me atormentaba, no dejó traslucir nada, sino que me acogió con mucha gentileza, mostrándose muy feliz de mi regreso; y debo decir que, durante mi ausencia, no se había prodigado en gastos extravagantes. Pero, como dice el sabio, los celos son la ira del hombre. Y concluí, en mi ánimo atribulado, que se había dejado mantener por otros y que no había tenido ocasión de gastar dinero. Añado que, si hubiera tenido que reprocharle dispendios excesivos, no me habrían faltado motivos para pensar que había hecho regalos costosos a sus amantes. Tenía la cabeza del revés, me creía traicionado, y nada podía apartarme de esa idea.

Mientras tanto nada se había roto entre nosotros. Pero, convencido de que se reía de mí, miraba con malos ojos a quienquiera que se le acercara y, en particular, a un oficial de la *Garde du Corps* que vivía en la misma casa que nosotros y que era un caballero honesto y un hombre virtuoso. Me hallaba instalado en un pequeño gabinete contiguo a la salita en la que estaba mi mujer cuando este caballero entró en esta segunda pieza –a lo cual tenía todo su derecho puesto que era de la casa– y fue a sentarse al lado de ella. Sin apercibirse de mi presencia y, estando la puerta abierta, oí toda su plática sin perder palabra. No puedo decir que hubiera nada que reprenderles. Charlaban de cosas sin importancia: de una joven de la burguesía que, con diecinueve años, acababa de desposarse con un consejero del Parlamento de sesenta y tres, pero muy acaudalado; después, de una viuda adinerada que iba a casarse con el ayuda de cámara de su marido fallecido. Asuntos todos ellos inocentes.

Pese a todo, carcomido por los celos y poseído por la rabia, considerando que él se permitía demasiadas libertades con ella y que ella le trataba con excesiva familiaridad, estuve a punto en una o dos ocasiones de irrumpir en el salón para plantarme delante de ellos; pero me contuve. Siguió platicando después, con bastante desparpajo, de una joven que había ofrecido su virginidad a un viejo. Tampoco había nada de inocente en ello, pero yo, desbordado por la furia, no pude soportarlo más e, irrumpiendo en el salón y enlazando con la última réplica de mi mujer, le dije: «¿Conque, señora, no estimáis que era demasiado viejo para ella?»; y, a continuación, lanzando una mirada similar a la que puede verse en la cara que aparece en el cartel del Toro con Mueca en Aldersgate, salí airadamente de la casa.

El marqués –pues ese era su título– era un hombre de honor y no carecía de arrestos. Comprendió perfectamente mi invitación y, un rato después, se reunió fuera conmigo.

–¡Señor –me dijo él–, en Francia no se nos permite por desgracia tomarnos la justicia por nuestra mano sin incurrir en castigos severos; pero, sea como fuere, me debéis una explicación sobre el modo en el que acabáis de conduciros!

Mi cólera se aplacó un poco y me di cuenta de que me había equivocado con respecto al marqués. Le hablé con mucha franqueza:

–Señor –le dije–, vos sois un caballero, os conozco y os tengo en gran estima. Tan solo la conducta de mi mujer me causa una leve inquietud, ¿qué habríais hecho vos en mi lugar?

–Lamento –me respondió él– que haya desacuerdos entre vuestra esposa y vos, ¿pero qué tengo yo que ver en ello? ¿Podéis reprocharme acaso propósitos indignos? ¡Si tan solo he hablado de virginidad! Sabiendo que estabais en la sala contigua y que, con las puertas abiertas, oíais toda nuestra plática, no pensé ni por un momento que una palabra tan inocente pudiera considerarse fuera de lugar.

–No la consideré tal –repliqué yo–, más que porque pensé que implicaba una familiaridad intolerable para un hombre de honor. No obstante, señor –añadí–, es a mi mujer a quien me he dirigido. No os he dicho nada y os he saludado al pasar delante de vos.

–Así es. Pero también me habéis lanzado una mirada despechada como un diablo. ¿Creéis acaso que esas miradas no hablan por sí mismas?

–Lo ignoro, ya que no puedo verme a mí mismo; pero mi rabia, como vos decís, es contra mi mujer y no contra vos.

Irritándose él a medida que yo me calmaba, respondió:

–¡Sí, señor, pero vuestra cólera contra ella se debe a que habla conmigo! Así pues, el asunto me concierne y tengo derecho a juzgar vuestra actitud como hiriente.

–¡No lo creo así, señor! Ni aunque os hubiera sorprendido en la cama con mi mujer, habría buscado pendencia con vos, ya que si ella desea yacer con vos, es ella quien me ofende y vos nada tenéis que ver. No podríais yacer con ella sin su consentimiento y, si ella está dispuesta a comportarse como una ramera, es a ella a quien debería castigar y no es a vos a quien debo pedir cuentas. ¡Yacería yo con vuestra mujer si pudiera y así estaríamos iguales!

Le hablaba con buen humor con la esperanza de calmarlo, pero no sirvió para nada: él quería, según decía, que «le resarciera en su honor». Le hice observar que yo era un extranjero y que esta condición me expondría más que nada al rigor de los tribunales; que no tenía intención de batirme con ningún hombre que se enojara porque le hubiese encontrado en compañía de mi esposa; que toda esta riña no tenía sentido y que, por ofendido que estuviera, no admitiría arriesgar mi vida en un duelo a armas iguales con un señor que pretendía dejarme en ridículo por acostarse en mi cama.

Ninguno de mis argumentos pudieron aplacarlo. Le había hecho una afrenta, y no podía resarcirle sino a punta de espada. Así pues, convinimos en citarnos en Lille, en Flandes. Yo tenía ya bastante experiencia con las armas para mirar a un hombre a la cara y no tener miedo a un duelo. A fuerza de hablar, terminó por decirme cosas que pusieron mi paciencia al límite. Como yo le había confesado que no tenía confianza en mi esposa, él me dijo que, a menos que estuviera seguro de mis informaciones, no debía sospechar de ella; a lo que respondí que, si yo hubiera tenido esa certeza, no habría lugar para las sospechas. Entonces vino a decirme que si él fuera el hombre dichoso que se hubiese ganado los favores de mi esposa, ya encontraría el modo de que no dudase de nada. A lo cual repliqué tan duramente como él podía esperarse, y él me respondió en francés: «*Nous nous verrons à Lille*». Le dije que no veía porque tendríamos que dirimir la querella en Lille. Él era el hombre que yo buscaba, y ahora me daba cuenta de ello, así que podríamos batirnos por nuestro honor en aquel instante; y quien tuviera la fortuna de matar al otro, podría entonces escapar a Lille a partir de ese momento.

Sin dejar de decirnos cosas muy desagradables de un modo muy educado, emprendimos la marcha. Salimos de los suburbios de París y nos encaminamos a Charenton. No se veía a nadie por los alrededores. Le indiqué una arboleda, detrás del muro de un jardín. Convino conmigo en que el lugar era el que necesitábamos y, unos instantes más tarde, estábamos en guardia. Nos pusimos a ello sin perder un momento. Después de algunos envites, me hizo un corte transversal en el brazo con la espada, pero, en ese mismo movimiento, le clavé la punta de mi espada en pleno cuerpo y, poco después, se desplomó al suelo. Antes de fallecer dijo algunas palabras: me dijo que le había matado y, confesando que efectivamente había hecho suya a mi mujer, reconoció que no debería haberse batido en duelo conmigo. Me aconsejó que huyera lejos sin tardanza. Regresé a París, pero no huí más lejos, porque pensaba que nadie nos había visto. Por la tarde, unas seis horas después del lance, tuve conocimiento por distintas personas de que el marqués, herido de muerte, había sido trasladado a una casa en Charenton. La noticia me sorprendió un poco y no me inquietó menos: era probable que él, imaginándose que yo me encontraría lejos, confesara quién le había herido. No obstante, no se hablaba de mí. Subí a mis aposentos y cogí del gabinete todo el dinero que tenía. Había suficiente para pagar mis gastos pero, como tenía además un pagaré aceptado de dos mil libras, me presenté tranquilamente en casa de un comerciante que conocía y quien, al explicarle que algunos asuntos me llamaban sin demora a Inglaterra, me adelantó a esos efectos cincuenta pistolas, acordando que me enviaría el resto cuando cobrara el dinero.

Después de comprar un caballo para mi criado, pues yo tenía otro muy bueno para mí, me arriesgué a volver una vez más a mi casa, donde me confirmaron que el marqués no estaba muerto. Mi esposa disimulaba tan bien las inquietudes que podía tener sobre este asunto que no me daba ocasión de hacer el menor comentario, pero ella no podía menos que percibir perfectamente en mi conducta los indicios de rabia y resentimiento, así como mis preparativos para el viaje.

–¿Os vais de París? –me preguntó ella

–¡Sí, señora! –respondí yo–. ¡Así podréis hacer tranquilamente el duelo por vuestro amigo el marqués!

Ella se sobresaltó y, visiblemente asustada, se persignó no sé cuántas veces y, encomendándose a la Santa

Virgen y a todos los santos de su país, prorrumpió en exclamaciones de esta guisa:

–¿Cómo es posible? ¿Sois vos quien habéis matado al marqués? ¡Entonces, vos estáis perdido y yo también!

–Señora mía –repliqué yo–, es posible que vos hayáis perdido alguna cosa a causa de la muerte del marqués, pero yo me cuidaré de no perder demasiado por vuestra culpa. Ya es bastante que el marqués haya reconocido el mal que me ha causado. ¡Por mi parte, he terminado con vos!

Protestando por su inocencia, jurando que me probaría su fidelidad mediante testimonios irrecusables, ella quiso dejarse caer en mis brazos, pero yo la rechacé con violencia.

–¡Marchaos, infame! –grité yo–. ¡Apartad de mí la obligación a la que me vería abocado, si me quedara con vos, de enviaros junto con vuestro querido amigo el marqués!

Mi gesto había sido tan brusco que ella cayó hacia al suelo de espaldas, donde prorrumpió en un terrible llanto, y no sin razón porque en verdad le había hecho daño.

Lamentaba mi brutalidad, pero hay que considerar que las circunstancias eran excepcionales, que yo estaba furioso en grado extremo y fuera de mí. La ayudé a levantarse, la tumbé sobre la cama y, tras ordenar a su criada, a la cual había llamado, que se ocupase de ella, salí y, saltando sobre mi montura, me alejé de París a toda prisa. No me dirigí ni hacia Calais ni hacia Dunkerque ni hacia Flandes, porque pensaba que era hacia esos lugares adonde se dirigirían mis perseguidores –lo cual, como supe más tarde, ocurrió efectivamente aquella misma noche–, sino que tomé la ruta de Lorraine. Cabalgué sin desmontar durante toda la noche y una buena parte del día siguiente, y llegué por la noche a Châlons. Al tercer día ya me encontraba a salvo en las tierras del duque de Lorraine. Descansé veinticuatro horas para reflexionar sobre lo que debía hacer, pues no me era fácil ir a cualquier parte sin atravesar provincias bajo la autoridad del rey de Francia ni países donde me arriesgaría a ser detenido por los aliados de los franceses, en calidad de súbdito de ese mismo reino. Un cura de Bar-le-Duc me dio un excelente consejo. No le había contado los detalles de mi historia, pero él adivinó lo esencial, siendo así que era costumbre de los gentilhombres que se encontraban en mis circunstancias huir por el mismo camino que yo. Este hombre excelente me proporcionó un salvoconducto de la Iglesia por el que me nombraba proveedor de la Abadía de..., lo cual me daba la posibilidad de llegar a Deux Ponts, ciudad que pertenecía al rey de Suecia. Allí, mediante la recomendación de un eclesiástico al que me había dirigido, obtuve un pasaporte, firmado por las autoridades suecas, para llegar a Colonia. Desde allí, pude alcanzar sin dificultad los Países Bajos y llegar a la Haya, desde donde entré en Inglaterra bajo un nombre falso. Y así me libré de mi mujer italiana o, más exactamente, de mi ramera. Pero, puesto que era yo mismo quien la había hecho tal, ¿qué otra cosa habría podido esperarme de ella?

Desde Londres, escribí a mi amigo en París poniendo en el remite que lo hacía desde la Haya, adonde le rogaba que me enviase su respuesta. Me interesaba saber si había hecho efectivo el pagaré, si me habían perseguido, así como también qué noticias tenía de mi mujer y, en particular, qué había sucedido con el marqués.

Su respuesta llegó algunos días más tarde. Había cobrado el dinero y esperaba mis instrucciones. El marqués no había muerto. «Pero –escribía él– le habéis matado de otro modo: ha perdido su comisión en los *Gardes*, que le valía un estipendio de veinte mil libras, y sigue prisionero en la Bastilla». En cuanto a mí, sospechoso, me habían perseguido en la ruta de Flandes hasta el castillo de Cambrésis y, en la de Dunkerque, hasta Amiens. Como quiera que la búsqueda no había dado frutos, fue suspendida. El marqués, que había sido bien aconsejado, reconoció que había luchado conmigo, pero dijo que había sido atacado en la carretera por unos rufianes. Si no me apresaban, sería juzgado y absuelto por falta de pruebas. Sin duda, mi huida suponía un peligro para él, porque varias personas nos habían visto discutir y marcharnos juntos aquel día; pero como no podían aportarse pruebas de ello, la sentencia solo lo condenaría a la pérdida de su comisión, un perjuicio que su fortuna sería muy capaz de soportar.

En cuanto a mi esposa, ella se mostraba inconsolable y había llorado casi hasta morir. Solamente, añadía mi corresponsal, no sin una cierta malevolencia, no sabía si era por mi causa o por el marqués. Precisaba que ella se encontraba en una situación difícil, casi sin blanca, y que si no me ocupaba de ella, caería en la miseria.

Esto me conmovió. Pese a todo, no me reconocía con el derecho a dejarla morir de hambre y no deseaba ser el instrumento de su indigencia, porque la pobreza empuja a menudo a las mujeres a los caminos más indeseables.

Escribí a mi amigo que fuese a verla, que le hablase y se informase de su situación exacta. Si en verdad tenía necesidad y, sobre todo, no llevaba una existencia escandalosa, le enviaría las veinte pistolas, no sin hacerle saber que, si vivía honestamente y sin llamar la atención, recibiría una cantidad parecida cada año, lo que sería suficiente para mantenerla.

Ella aceptó las veinte pistolas, pero rogó a mi corresponsal que me dijese que la había acusado injustamente, que le había causado perjuicios y que le debía una compensación. Había arruinado su reputación comportándome como lo había hecho, sin pruebas para mis acusaciones ni fundamento para mis sospechas; en cuanto a las veinte pistolas al año, era un magro resarcimiento para una mujer que había abandonado su país para seguir a su esposo. Ella deseaba cuarenta. Se las concedí, pero no tuve nunca que pagarlas: el marqués, que seguía enamorado de ella, se la llevó lejos con él y le aseguró una renta anual de cuatrocientas coronas. No volví jamás a oír hablar de ella.

Me encontraba ahora en Londres, pero obligado a llevar una vida muy retirada y bajo un nombre prestado. Nadie conocía mi verdadera identidad, excepto el comerciante por medio del cual me relacionaba con el personal a mi servicio en Virginia y, en particular, con mi profesor, convertido ahora en el principal administrador de mis negocios. Era un hombre digno de esa posición, pues nunca nadie, al menos en aquel país, tuvo un servidor o amigo más fiel.

En el retiro solitario en el que vivía, estaba lejos de ser el hombre más dichoso de la tierra. Constataba que las Escrituras tenían razón cuando dicen que no es bueno que el hombre esté solo. Me podía el tedio y la melancolía y no sabía qué hacer de mi vida. Teniendo la posibilidad de marcharme al extranjero, decidí alejarme verdaderamente y regresar a Virginia para vivir allí tan retirado como pudiera.

Pero, al meditarlo bien, me pareció que aquella existencia no podría satisfacerme. Le había tomado gusto a los viajes, y mi conocimiento del mundo no hacía sino alimentar el deseo de acrecentarlo, avivando el deleite que me producía. Aunque no tenía ya nada que ver con el ejército, me daba cuenta que me sería imposible vivir sin saber que acontecía en el planeta y, en particular, vivir en Virginia, donde recibiría noticias dos veces al año, y tan viejas ya que se me antojarían como parte de los anales de la Historia.

Me decía que ahora que me encontraba por fin en mi país natal, mi fortuna me haría fácil la existencia. Pese a que no había tenido suerte en el extranjero y había amasado poco dinero, no tenía que ocuparme más que de mí mismo y mis plantaciones me garantizaban unos ingresos de cuatrocientas a seiscientas libras al año, a veces, incluso setecientas. ¿Por qué ir allí para enterrarme vivo? Descarté la idea definitivamente y decidí instalarme en Inglaterra, en algún lugar donde pudiera conocer a todo el mundo y nadie me conociese a mí. No tardé en decidir qué haría, pues, hablando el francés a la perfección, me sería fácil hacerme pasar por un francés. Así que fijé mi residencia en Canterbury*,

---

* *N. del T.* Cabe suponer que Jack se estableció en

haciéndome pasar por inglés cuando me encontraba con franceses y por francés cuando estaba con ingleses. Para estos últimos, yo era Monsieur Charnot; para los otros, Sr. Charnock.

Así pues, vivía de incógnito. No entablaba relaciones estrechas de amistad con nadie, conocía a todo el mundo y todo el mundo me conocía. Hablaba francés con los valones e inglés con los ingleses, salía poco, y era bien recibido por todo género de personas, pero sin inmiscuirme en los asuntos de los demás para que nadie se ocupara de los míos. Creía que vivía bastante bien.

Sin embargo, no estaba totalmente satisfecho: me faltaba un hogar, una vida de familia. Había hecho dos intentos, como ustedes ya saben, sin gran éxito, pero estas enojosas experiencias no me habían desalentado. Decidí casarme y empecé a buscar a mi alrededor la mujer que me convendría, pero siempre encontraba algún motivo para desencantarme. Luego de varios intentos, me fijé en la hija de un burgués acomodado. Le hice la corte, le caí en gracia, y no me quedaba, por su parte, más que arreglar algunos detalles sin importancia, cuando el padre puso tantas objeciones que tuve que dejarlo por imposible. Tan pronto quería una cosa como reclamaba la contraria al día siguiente; no se atenía a lo que él mismo había propuesto ni mantenía una misma idea dos días seguidos, así que, finalmente, como

---

Canterbury porque, desde el inicio del reinado de Isabel, la ciudad había acogido a los protestantes franceses, que habían emprendido allí un floreciente mercado de hilaturas. Así el Coronel podía pasar fácilmente por un refugiado francés.

ella no deseaba casarse sin su consentimiento y yo tampoco pretendía raptarla, tuve que renunciar a ella.

Un poco disgustado por mi fracaso, abandoné Canterbury para dirigirme a Londres con la diligencia.

Cuando monté en el carruaje, me encontré, sentada al lado de una criada, una joven dama que, con un aire de infinita tristeza, suspiraba y se deshacía en lágrimas cada vez que su acompañante le decía algunas palabras. No llevaba más que un rato allí cuando, apenado por ella y deseando reconfortarla, pregunté por las causas de su aflicción. Ella no abrió la boca, pero su criada, llorando también ella, me dijo que su señor había muerto. Al oír esto, la señora se puso a llorar a lágrima viva. Fue todo lo que pude averiguar en el curso de la mañana. Cuando nos detuvimos para almorzar, hice que le dijeran si tendría la amabilidad de aceptar que almorzáramos juntos puesto que sin duda ella desearía comer en una sala aparte. Ella me agradeció la oferta por boca de su criada: no tenía hambre y quería estar a solas.

No obstante, hablé un poco con la criada, por quien supe que la dama era la esposa de un capitán de navío que, destinado a algún lugar en los estrechos, creo que Zant y Venecia, había caído enfermo a la altura del Canal de la Mancha, desde donde había sido trasladado a Deal, donde murió a los diez días. Su esposa había acudido allí enseguida, justo a tiempo para verlo morir. Una vez enterrado, volvía a Londres, desesperada.

Me compadecía muy sinceramente de la suerte de esta joven viuda, y así se lo hice saber cuando nos encontramos en el carruaje. Ella no me respondió más que con un saludo cortés, sin dejarme ver su rostro, tan bien oculto tras el velo desde la salida que no habría sabido decir a qué se parecía ni si lo tenía siquiera. Siendo invierno, el trayecto no duraba el día entero como en verano, sino que debíamos hacer noche en Rochester. Un poco antes de llegar, le dije a la dama que comprendía muy bien que no hubiese comido nada durante la jornada, pero que su salud se deterioraría si continuaba haciéndolo, sin que con ello ayudara en nada a su marido fallecido. Añadí que, aunque yo no era más que un extranjero, le suplicaba que no agravase más su dolor con esa actitud, y que, puesto que viajábamos en compañía, me haría dichoso si, olvidando que yo no le había sido presentado, aceptaba cenar conmigo.

No obtuve, a guisa de respuesta, más que otro saludo, pero insistí con una amabilidad y una cortesía que ella no podía pasar por alto, y terminó por decirme que me agradecía el gesto, pero que no podía comer nada.

–En ese caso, señora –repliqué yo–, contentaos con sentaros a la mesa. Creéis no tener hambre, pero tal vez podéis picar alguna cosa. ¡Debéis comer algo, si no queréis enfermar, sobre todo en un viaje!

La criada medió entonces para suscribir mis palabras:

–¡Es cierto, señora! ¡Os hace falta distraeros un poco!

Retomé mi argumentación, ella me concedió un nuevo saludo, pero repitió que no podía comer. La criada volvió a la carga:

–¡Aceptad, señora, os lo suplico! El señor es un caballero. ¡Tenéis que aceptar, señora! –y, volviéndose hacia mí, concluyó–: mi señora cenará con vos, señor, así lo espero.

Parecía complacida. Y, sin duda, yo lo estaba también.

No obstante, no cejé en mis deseos de persuadirla y, haciendo caso omiso a lo que había señalado la criada sobre mi condición de caballero, insistí:

–Os soy desconocido, señora mía, pero, si yo pensara que es esta la razón de que dudéis de mí, mandaré que suban mi cena a su habitación y yo me quedaré en el piso de abajo.

Ella inclinó la cabeza dos veces y, mirándome por primera vez, declaró que no dudaba de mi cortesía, pero que le avergonzaba tener que rechazar una oferta tan gentil, tanto como le hubiera avergonzado aceptarla en el lugar del que ella procedía; que para ella yo no era extranjero, puesto que tenía la impresión de haberme visto ya en otra ocasión; y que, puesto que lo deseaba, se sentaría a mi mesa, sin prometerme, no obstante, que comería, esperando tan solo que yo tomara la obligación que le imponía como un modo de reconocer mi gentileza.

Me sorprendió sobremanera que me dijera que ya me había visto, porque yo no tenía la menor noción de ella ni recordaba siquiera haber oído su nombre cuando se lo había preguntado a su criada. Teniendo toda clase de razones para no darme a conocer, casi me hizo arrepentirme de mi insistencia, pero ahora era imposible echarse atrás y, además, era para mí fundamental saber si ella me había visto de verdad y en qué circunstancias.

Recalamos en el albergue un poco antes de la noche, y yo le ofrecí la mano para descender del carruaje y entrar en la posada. Los velos no le cubrían ya apenas el rostro, pero estaba demasiado oscuro para que yo pudiera distinguir sus rasgos. Anunció su intención de subir directamente a su habitación y me despedí de ella, tras haberle dicho que la esperaría para cenar.

Pretendía ofrecerle un buen trato, pero sin extravagancias. No tenía, en realidad, ningún propósito oculto, sino el de mostrarme educado y compasivo con una mujer que me parecía más desdichada que ninguna otra que hubiera conocido. Tras informarme sobre las provisiones de la casa, pedí un par de perdices, un estofado de ostras, una lengua de buey y un jamón –que nos sirvieron muy mermado, pero del que no comimos nada, porque ya estábamos llenos–.

Si menciono estos detalles, es para mostrar que no la trataba como una dama a la que hiciese la corte. No era en absoluto mi intención. Repito que actuaba movido simplemente por la compasión.

Envié a su criada a hacerle saber que la cena estaba lista. La muchacha volvió enseguida, con una candela en la mano, abriendo el paso a su señora, que vestía un salto de cama y dejaba ver su rostro por primera vez. La miré con verdadera sorpresa, pues era de una belleza que no puede imaginarse siquiera. Le hice una reverencia y la conduje hasta la mesa, bastante cerca del fuego porque hacía mucho frío.

Tenía una actitud bastante sociable ahora, aunque solemne y contenida debido a sus circunstancias. Sin dejarse llevar por su desolación, ella dejaba con arte que esta se trasluciera en todo lo que decía, lo que añadía un encanto adicional a su conversación, la cual yo encontraba exquisita. Conversamos bastante y sobre muchos asuntos. Ella me dijo su nombre, que yo conocía ya por la criada, y supe que vivía cerca de Ratcliff, o más bien de Stepney. Le pedí que me autorizara a visitarla cuando lo estimase oportuno, lo que, a juzgar por lo que me dio a entender, no sería pronto.

Es fatigoso entretener a la gente con la belleza de una persona a la que no verán nunca. Si digo tan solo que era la criatura de su sexo más hermosa que me haya sido dado conocer en el curso de toda mi vida, no les sorprenderá que me subyugara desde el mismo instante en que vi su rostro. Su modo de comportarse era igualmente de una belleza tan extraordinaria por sí misma, que me limitaré a decir que renuncio a describirla.

Al día siguiente, ella se mostró mucho más distendida conmigo que en el curso de aquella primera velada. Hablamos tanto y nos contamos tantos detalles de nuestras vidas que me dio permiso para presentarme en su casa.

Para ello esperé quince días, únicamente porque no estaba muy seguro de hasta qué punto ella podría prescindir de las convenciones que deben observarse al inicio de un duelo.

No obstante, me presenté como un hombre que venía a verla por asuntos relativos al barco en el que su marido había muerto y, desde la primera visita, le pedí que se casara conmigo. Ella acogió mi declaración con desdén. Pese a ello, su actitud no tuvo nada de insultante. Me dijo solamente que le horrorizaba mi proposición y que no quería oír hablar más de ella. De qué modo llegué a hacerla, no lo sé, pero esa había sido mi intención desde el principio.

Mientras tanto, me había informado sobre sus circunstancias y su carácter, y todo lo que averigüé al respecto no era más que lisonjero. Pasaba por ser una mujer de muy buen talante al tiempo que de una refinada educación. Estaba convencido de haber encontrado por fin lo que buscaba desde hacía tanto tiempo. Me había equivocado dos veces, pero esta vez había decidido no dejar pasar la ocasión en cuanto dependiera de mí.

Sin duda, no se me pasaba por alto que yo era un hombre casado y que mi segunda esposa estaba viva. Aunque me hubiera sido infiel y fuera una puta, no nos habíamos divorciado y, por lo que hace a la ley, seguía siendo mi mujer. Pero pronto solucioné ese inconveniente. Habiendo confesado el marqués, a ojos de la ley mis razones para obtener el divorcio eran bien fundadas. Debido al desenlace del duelo y a mi huida, no había podido iniciar el proceso correspondiente, pero seguía siendo mi derecho y me podía considerar tan divorciado como si se hubiera pronunciado una sentencia. Tras llegar a esa conclusión, se desvanecieron mis escrúpulos.

Durante dos meses, me abstuve de presionar a mi bella viuda. Me contentaba con montar guardia rigurosa para saber si se le acercaban otros pretendientes. Una vez pasado el plazo, fui a visitarla otra vez. Ella me recibió con mucho más relajo y ya no hubo más suspiros ni sollozos a propósito del difunto. No me permitió formular mi proposición de nuevo ni hablar de ella tan largamente como yo habría deseado, pero me autorizó a volver a verla. Lo que le importaba, por encima de todo, eran las convenciones. Por lo demás, descubrí que no la desagradaba y que las atenciones que le había dispensado durante el viaje, las cuales ella no había olvidado, hablaban en mi favor.

Decidido a no forzar nada, le concedí dos meses más de respiro. Una vez transcurridos, le hice saber que por mor del decoro, un mero asunto de convenciones, no debía refrenarse en exceso el ímpetu de los sentimientos; que una nueva demora me sería insoportable y que, si ella lo estimaba oportuno, podríamos casarnos sin mayores ceremonias. En resumen, le hice la corte durante cinco meses más, y nos desposamos tan discretamente que su criada –cuya intervención, por otra parte, había sido capital en el asunto– no tuvo conocimiento de ello hasta un mes más tarde.

Ahora era el hombre más dichoso de la tierra, no en la imaginación, sino en la realidad. Mi mujer me hacía inmensamente feliz, pues estaba siempre de buen humor, era una consumada ama de casa y, en suma, tenía todas las virtudes de una criatura hermosa y perfectamente educada sin el menor defecto. Esta dicha duró alrededor de seis años ininterrumpidos.

Pero yo, que había sido el hombre más cuitado de la tierra por lo que se refiere al matrimonio, debía aún volver sobre mis pasos. Mi mujer, que me había dado tres hermosos hijos, cogió durante su tercer parto un catarro que la tuvo en cama largo tiempo y que, en última instancia, acabó convirtiéndose en una larga enfermedad. Al estar siempre enferma y frágil, adquirió el hábito enojoso de beber cordiales y licores calientes. La bebida es como el demonio: cuando se apodera de alguien, aunque sea paso a paso, va conduciéndolo poquito a poco hasta su perdición. Ese fue el caso de mi mujer. Como sus dolores de estómago la mortificaban, tomaba un cordial, luego otro tonificante, hasta que, sin darse cuenta, no podía pasarse sin el alcohol. Primero bebía una gota, después un sorbo, más tarde un vaso y, pronto, un gran vaso ya no le bastaba: a partir de entonces, simplemente se dio a la bebida, como suele decirse.

Si he comparado la bebida con el demonio por el modo en el que se apodera poco a poco de un individuo, la semejanza es mayor aún por lo que se refiere a la tiranía que ejerce sobre nosotros cuando toma las riendas de nuestra voluntad. En suma, mi hermosa, alegre, modesta y bien educada esposa se convirtió en una bestia, una esclava del alcohol. La encontraba borracha, no solamente en la mesa, sino en su alcoba, donde bebía sola. Pasó de tener una figura esbelta y bien formada a ponerse tan gorda como una matrona. Su adorable rostro se hinchó y se cubrió de pústulas y, de tantas maravillas, no quedaron sino unos ojos preciosos que, es verdad, conservó igual de bellos hasta el final. Perdió la belleza, el encanto, las buenas maneras y, finalmente, la virtud. Un año y medio fue el tiempo que le llevó matarse a sí misma desde el día en que se entregó a la botella. En el ínterin, dio dos veces lugar a habladurías por su conducta escandalosa, en particular con un capitán de navío que, de un modo abyecto, se aprovechó de su ebriedad y de su confusión. Con el efecto deplorable de que, una vez que recuperó la conciencia, en vez de avergonzarse y arrepentirse, se enorgulleció de su acción, dando pruebas de tanta falta de modestia como de sobriedad.

¡Ay, el poder de la intemperancia! ¡Cómo hunde sus garras en la criatura de quien se apodera! ¡Cómo transforma nuestro carácter, poco a poco, sin que nos demos cuenta, convirtiendo al ser más virtuoso, prudente y bien instruido en algo peor que un bruto! Hay una buena historia, no sé si real o inventada, sobre el demonio que tienta a un hombre para que asesine a su padre: «¡No! –responde el joven–. ¡Va contra la naturaleza!». «¡Entonces –dice el diablo–, acuéstate con tu madre!». «¡No! –dice el otro–, ¡es abominable!». «En ese caso –replica el diablo–, puesto que no quieres hacer nada más para complacerme, ¡ve a emborracharte!». «¡Eso –responde el muchacho–, sí puedo hacerlo!». Y, dicho esto, fue a emborrachase como un cerdo y, una vez ebrio, mató a su padre y se acostó con su madre.

Nunca hubo una mujer más virtuosa, modesta, casta y sobria que la mía. Nunca tenía ganas de beber nada fuerte y tenía que insistir mucho para que aceptase un vaso o dos de vino, incluso cuando estábamos en compañía de amigos. Nunca salió de su boca una palabra inmodesta ni tampoco soportaba que alguien la dijera en su presencia porque le parecía sumamente desagradable. Pero todo cambió con la enfermedad que contrajo y su posterior debilidad. Cada vez que se sentía mal o desanimada, obedecía las órdenes de la enfermera que la invitaba a tomarse un cordial. Al cabo de algún tiempo, el alcohol le era indispensable para existir. Había adquirido el hábito. Ya no era un remedio, sino un alimento. Perdió el apetito, no comía, sino que ingería licores fuertes en abundancia. Y, como ya he dicho, podía vérsela ebria en su propia alcoba antes de las once de la mañana; y, en suma, nunca más estuvo sobria.

En estos excesos, ella perdió lo que hasta entonces le había sido lo más querido. Un descerebrado, que se llamaba a sí mismo caballero y pertenecía al círculo de nuestros amigos íntimos, vino a casa con el pretexto de hacerle una visita y, emborrachando tanto a ella como a su criada, se acostó con ambas: poseyendo a mi mujer bajo la mirada de la criada; y a la criada bajo la mirada de mi mujer. Después de lo cual, repitió el acto tan a menudo como le vino en gana, hasta el día en que la muchacha, al descubrir que estaba en cinta, reveló todo. Que cualquiera juzgue por sí mismo en qué se había convertido mi vida. Yo, que durante seis años había sido el hombre más feliz sobre la faz de la tierra, era ahora el más miserable de todos. En cuanto a mi esposa, a quien seguía amando porque me daba cuenta de que era la bebida la causa de sus trastornos, mi resentimiento hacia ella no llegaba al punto del de su predecesora, sino que me compadecía de su infortunio con todo mi corazón. No obstante, despedí a todos sus criados y la tenía casi prisionera, es decir, contraté a nuevos criados que no tolerasen que nadie se acercase a ella sin mi conocimiento. ¿Pero qué hacer con el rufián que se había burlado de nosotros, tanto de ella como de mí?

Batirme con él en un duelo de honor me parecía demasiado duro. Después de conducirse conmigo como lo había hecho, no merecía la oportunidad de defender su pellejo en un combate leal. Decidí esperarle en Stepney Fields, en un camino que tomaba a menudo a la caída de la noche, y dispararle a bocajarro, no sin dejarle saber antes, si me era posible, el motivo por el que le mataba. Una vez meditado, el plan me desagradó: esta forma de actuar no iba con mi carácter y vulneraba mis principios. Por mucho que yo fuese otro y hubiese sido provocado con motivos, no podía convertirme en un asesino.

Decidí infligirle un severo correctivo. La ocasión no se hizo esperar. Una mañana supe que iba a cruzar los campos de Stepney en dirección a Shandwell. Sabiendo que volvería por el mismo camino, fui a su encuentro.

No malgasté demasiadas palabras con él. Le dije que le esperaba desde hacía tiempo, que él sabía bien la ofensa que había causado a mi familia y que, sin ignorar que yo estaba al corriente, no debía pensar que, además de un cornudo, yo era un cobarde; que era el momento oportuno para saldar la cuenta y que, por consiguiente, se explicase sin dilación. Esperaba de él que se atribuyese la responsabilidad de sus actos y puesto que, a lo que parece, había servido como oficial en la Marina, desenvainase enseguida.

Esto pareció sorprenderle y comenzó a balbucear, esforzándose por atenuar la gravedad de su crimen. Repliqué que perdía su tiempo, porque no podía negar los hechos, y que no limpiaría la afrenta descargando su culpa sobre una mujer de la que, estaba seguro, no habría obtenido nada si no la hubiera hecho beber antes. Y, viendo que se negaba a desenvainar, le asesté un formidable golpe con el bastón que lo tiró al suelo. Le dejé tiempo para recuperarse, porque veía que no estaba muerto; y, después, al cabo de varios minutos, viendo que recobraba el sentido, le cogí con fuerza por la muñeca y le di una enérgica somanta de palos con el bastón, tan severa como fue posible, y no paré hasta que perdí el resuello. Tuve buen cuidado de no golpearle en la cabeza, porque me interesaba que le dolieran bien los golpes. Finalmente, me suplicó que me apiadase de él, pero desoí todos sus ruegos hasta que se puso a lloriquear como un niño al que acaba de azotarse. Le arrebaté la espada de las manos y la rompí ante sus narices.

Hecho lo cual, y viendo que no se levantaba, le propiné dos o tres patadas a la altura de los riñones, instándole a que presentara una querella contra mí, si así se quedaba a gusto.

Ahora sí podía considerarme resarcido en todo lo que se puede estar de un cobarde, y no tenía nada más que decirle. Pero sabiendo que él armaría un gran jaleo en la ciudad sobre este asunto, me mudé sin tardanza y, puesto que vivía bastante retirado, llevé a mi familia al norte de Inglaterra. Nos instalamos en un pequeño pueblo vecino de Lancaster, y allí viví durante cerca de dos años. No oyeron hablar más de mí en Stepney. Mi mujer, no obstante, con menos ocasiones de salir, se mantenía un poco mejor. Creo que, cuando estaba sobria, se avergonzaba sinceramente de una conducta que le repugnaba. Con todo, el alcohol le era ahora indispensable y continuaba bebiendo. Su salud empeoró y, al cabo de un año y medio desde nuestro traslado al norte, murió.

Me encontraba otra vez libre, y es lógico pensar que a partir de ese momento yo ya debiera haber comprendido plenamente que el matrimonio no estaba destinado a aportarme la felicidad.

Debería haber mencionado que el granuja del capitán a quien había vapuleado había armado todo el jaleo que cabía esperar sobre la paliza que había recibido. Contaba que yo le había asaltado en la carretera principal y que, decidido a matarlo, había caído encima de él con otros tres rufianes. Como se dio cierto pábulo a este infundio, le escribí para decirle que la fábula había llegado a mis oídos, y que esperaba que no fuera él quien la hubiera puesto en circulación pero que, en caso contrario, daba por sentado que la desmentiría públicamente. Si se negaba a ello, me vería obligado a actuar de la misma guisa que en la ocasión anterior, hasta que aprendiera mejor lo que le convenía. Si seguía repitiendo que yo no estaba solo cuando le había apaleado, no solamente publicaría todos los detalles de la historia, sino que le aplicaría un correctivo a golpe de bastón dondequiera que me lo encontrase hasta el día que él mismo considerara oportuno defenderse con su espada, como corresponde a un caballero.

No respondió a mi carta, pero yo había hecho veinte o treinta copias, que hice circular por Stepney, de forma que se hizo pública entre todos nuestros conocidos, los míos y los suyos. Abucheado y detestado en todo el vecindario, se vio obligado a mudarse al otro extremo de la ciudad, sobre el cual no quise ya indagar.

Muerta mi mujer, no sabía qué hacer en el mundo. Desolado, desanimado, no tenía ganas de nada y llegué a preguntarme a veces si aquello no podía haber mermado mis facultades mentales. Pero no se trataba más que de un inicio de depresión por el disgusto, ya que al cabo de un año volví a encontrarme bien de salud.

A raíz de la muerte de mi mujer, lo único que pude hacer fue vagar de un sitio a otro durante un año, hasta que me puse a considerar que tenía tres hijos de corta edad necesitados de unos cuidados que yo no podía proporcionarles. Así pues, o bien me iba y abandonaba a estos inocentes, o bien me instalaba definitivamente y encontraba a alguien que se ocupara de ellos, pero no podía continuar con la vida errante que llevaba: era mejor una madrastra que ninguna madre en absoluto. Decidí que volvería a casarme a la primera ocasión, preferiblemente con una mujer de condición modesta. Cuanto más mediocre fuese, mejor. Mi próxima esposa sería una suerte de preceptora o aya para mis hijos y un ama de llaves para mí. «¡Y si ella quiere hacer de puta, lo dejo a su elección! Por mi parte, la decisión está tomada, y no pienso preocuparme!» Estaba tan asqueado de todo que había decidido no preocuparme más del curso que tomaran los acontecimientos.

Con el ánimo más bien hosco e iracundo, he aquí de qué modo razonaba: «Si me desposo con una mujer honesta –me decía yo–, ella cuidará de mis niños. Si es una fulana y me engaña, tal como se diría que suele suceder, la embarcaré por la fuerza y la expediré a mis plantaciones de Virginia, donde no me duelen prendas admitir que la harán trabajar hasta deslomarse con miras a salvaguardar su castidad».

A decir verdad, me daba cuenta de que estas ideas no eran más que idioteces y que no me las tomaba más en serio de lo que me habría tomado ser habitante de la luna. Pero no sé por qué no me dejaban en paz, y les di vueltas en mi cabeza durante tanto tiempo que la voluntad de casarme cuanto antes echó anclas en mí, a pesar de todas las calamidades que, según mis suposiciones, se abatirían sobre mi persona.

Entretanto pasaron seis meses. Pero quien busca desgracias termina siempre por encontrarlas y yo no escapaba a esa regla. En el pueblo vecino, a media milla de distancia, había una mujer joven o, más bien, de mediana edad, que todos los días, cuando el buen tiempo lo permitía, venía a vernos a mis hijos y a mí, simplemente como vecina, lo que no impedía que me prestara una gran ayuda, diciéndome qué debía hacer por los pequeños, de los cuales ella se ocupaba muy gentilmente, incluso antes de la muerte de mi mujer.

Su padre era un hombre al que contrataba a menudo. Iba a Liverpool y a veces a Whitehaven, donde, desde que me hube instalado en el norte hacía enviar algunos de mis cargamentos. Como la guerra no había terminado, estos dos puertos eran accesos más seguros que el de Londres, ya que el canal de la Mancha estaba infestado de corsarios.

Poco a poco, me fui persuadiendo de que esta muchacha era la mujer que buscaba. Ella cuidaba bien de los niños, ellos la amaban, y yo decidí hacer lo mismo. Tras casarme con tres mujeres de la buena sociedad que, como es costumbre, habían demostrado ser putas, me jactaba de haber encontrado la esposa ideal en esta moza pueblerina.

Reflexioné interminablemente sobre el asunto. Tanto es así que creo que ninguno de mis casamientos anteriores había sido meditado tan detenidamente como este. No me decidí más que después de cuatro meses de cavilar una y otra vez sobre ello con una prudencia que, bien pensado, fue la que malogró todo. Sea como fuere, una vez tomada la decisión, un día llamé a Margaret cuando pasaba delante de la puerta del salón y le rogué que entrase, diciéndole que tenía que hablar con ella. Ella se sonrojó cuando la invité a sentarse, al indicarle con un gesto de la mano el sillón al lado del mío.

No me anduve con demasiados rodeos. Le dije que había observado que era muy amable y tierna con los niños, que ellos la querían mucho, y que esperaba, si yo era de su agrado y no estaba prometida a nadie más, poder hacer de ella su madre. Inmóvil y muda, al oír las palabras «si no estás prometida a nadie más» ella había hecho un pequeño gesto.

–¡Escucha, Moggy! –le dije, pues así la llamaban en el pueblo–. ¡Si te has comprometido con alguien, debes decírmelo!

Todo el mundo sabía que un joven, un granujilla hijo de un clérigo, le había estado rondando desde hacía ya unos dos o tres años, y que la cortejaba, sin llegar a convencerla de que le dijera que sí.

Ella sabía que yo no lo ignoraba y, por tanto, una vez pasada la primera sorpresa, me dijo que, aunque el señor N… la había cortejado mucho, ella no le había prometido nunca nada, sino que, muy al contrario, había declinado su petición en dos o tres ocasiones, porque su padre no cesaba de repetirle que era un mal bicho y que la haría desdichada si se desposaba con él.

–Entonces, Moggy –insistí–, ¿qué me respondes? ¿Estás dispuesta a convertirte en mi esposa?

Ella se sonrojó, bajó la cabeza, y se quedó mirando el suelo sin poder decir una palabra un largo rato. Como yo insistí, ella levantó los ojos y me preguntó si no me reía de ella. Le dije que no era así, que le hablaba muy en serio, porque la tenía por una muchacha honesta y reservada, a la que mis hijos profesaban un gran cariño, y yo también. Añadí que, si me aceptaba, le daba mi palabra de que la desposaría y que el casamiento tendría lugar al día siguiente por la mañana. Ella levantó la cabeza al oír eso y esbozó una sonrisa, y dijo que no, que era demasiado rápido para decir que sí; pero que esperaba que la concediera algún tiempo para reflexionar y hablar con su padre acerca de ello.

Le dije que no necesitaba demasiado tiempo para pensárselo, pero que, no obstante, le daría hasta el día siguiente por la mañana, lo que era un plazo considerable. Entretanto, yo la había besado dos o tres veces, y ella se mostraba más tranquila conmigo. Como la seguía presionando para que me desposara al día siguiente, me dijo echándose a reír que «trae mala suerte casarse vestida con viejos trajes».

Me apresuré a no dejarla seguir, diciéndole que no la dejaría casarse vestida con sus trajes viejos, sino que le proporcionaría unos nuevos.

–¡Claro! –me respondió ella–, ¡solo que será después!

–No –repliqué yo–, ¡será enseguida! ¡Ven conmigo, Moggy!

La conduje hacia el primer piso, a la habitación que había sido de mi esposa, y le mostré varias cosas bonitas que allí había, en particular un precioso vestido que ella no se había puesto más que dos o tres veces.

–¡Este sería un magnífico vestido de boda para ti! Moggy, dime que nos casaremos mañana por la mañana! Sé que tu padre se ausentará mañana, porque va a Liverpool por negocios míos, pero yo respondo de su consentimiento. A su vuelta, no le molestará poder llamar yerno a su empleador, y no le pediré dote. ¡Así pues, Moggy, dame tu mano!

Estaba cerca de ella y la besé de nuevo, entonces, muy gentilmente, ella puso su mano en la mía. Yo estaba encantado, se lo aseguro.

A unas tres puertas de mi casa, vivía un viejo señor que pasaba por ser un doctor en medicina pero que era, en realidad, un sacerdote de la iglesia católica, como hay muchos en esa región del país. Le hice pasar a la casa. Él sabía que yo conocía su condición y que había vivido en países papistas, lo que le hacía pensar que yo mismo era católico. Le expliqué por qué le quería ver, añadiendo que el matrimonio debía tener lugar al día siguiente. Él respondió que nos casaría con mucho gusto en su propio despacho, y que para ello no tenía más que ir a su casa acompañado de Moggy, pero preferiblemente por la noche, a fin de no atraer la atención de otras personas. Fui a buscar a Moggy, que aún estaba en la casa, y le informé del propósito del sacerdote, añadiendo que, puesto que estábamos de acuerdo en casarnos al día siguiente, podíamos hacerlo también esa misma noche.

Sonrojándose de nuevo, me respondió que antes quería volver a su casa y que no estaría preparada antes del día siguiente.

–Mira, Moggy –le dije–, ahora eres mi mujer y no te dejaré volver virgen a tu casa. Sé que quieres ir a cambiarte de vestido. ¡Pues bien, subamos de nuevo al primer piso!

Regresamos a la habitación de mi mujer y abrí el cajón de la cómoda donde estaba ordenada la ropa interior de mi última esposa fallecida. Saqué un camisón bordado limpio y se lo di a Moggy.

–¡Eso es lo que necesitas! –le dije–. Mañana todos los demás serán tuyos. Te dejo sola para que te vistas.

Ignoro cómo salió, pero un rato después entró en el salón vestida de pies a cabeza con el traje que le había mandado ponerse, y que le sentaba como hecho a medida.

–¡Ya te dije, Moggy, que no te casarías con tu vestido viejo!

La tomé en mis brazos y la cubrí de besos: estaba más contento de lo que nunca lo había estado. Ningún otro logro me había procurado tanta dicha como aquel. Como habíamos convenido, en cuanto cayó la noche, fue la primera en marcharse a casa del sacerdote, y yo me reuní con ella una media hora más tarde. Él nos unió en matrimonio en su oratorio, una pequeña sala en el interior de su despacho. Después, nos quedamos a cenar con él.

Yo volví el primero a la casa, a fin de enviar a los niños a la cama y de alejar a los criados. Moggy se reunió conmigo un poco más tarde, y aquella noche nos acostamos juntos. Por la mañana, anuncié a mi familia que Moggy se había convertido en mi mujer, y los niños se pusieron a dar gritos de alegría.

Así fue como me vi casado por cuarta vez, y, en suma, era mucho más feliz ahora con esta sencilla campesina de lo que lo había sido con todas las esposas anteriores que había tenido. El primer año me dio una hija. No era joven, porque tenía treinta y tres años, pero era bien parecida, con buena figura y de carácter alegre y agradable. No era una belleza, pero sí una admirable ama de casa, amaba a mis hijos y los trataba como si fueran suyos, en suma, era una excelente esposa. Sin embargo, el matrimonio solo duró cuatro años, pues ella murió a consecuencia de una caída cuando estaba encinta. Su muerte supuso una gran pérdida para mí, sin duda.

¡Con todo, vean cuál era mi destino cuando se trataba de mis esposas! La Sra. Moggy, a quien había conocido al principio como tímida y vergonzosa, había tenido al parecer un desliz en su primera juventud, siendo así que, diez años antes, había dado a luz un niño de un rico propietario del país, quien, tras haberle prometido matrimonio, la había abandonado. Esto había sucedido, no obstante, mucho antes de que yo llegara a la región. El niño estaba muerto y olvidado y, como todo el mundo nos estimaba a Moggy y a mí, cuando se supo que yo la había desposado, nadie recordó aquella vieja historia, de la cual no oí hablar y no supe nada hasta que mi mujer yacía en su tumba. Además, para mí no tenía gran importancia, pues ella había sido una esposa leal, virtuosa y servicial. Durante los años que vivimos juntos, contraje la viruela, una grave enfermedad que es casi una plaga en el país y que, solamente en mi familia, causó la muerte de tres de mis hijos y de un criado. Así pues, no me quedaron más que un hijo de mi mujer anterior y una hija de Moggy.

Yo estaba todavía casado con Moggy cuando tuvo lugar la invasión de los escoceses, con la batalla de Preston*. Debo bendecir a este respecto la memoria de mi querida Moggy. Si no me uní, con armas y bagajes, a

N. del T. Se refiere a la invasión comandada por el Conde de Mar, en agosto de 1715. Tras años de hambruna en Escocia, los clanes del Norte de las Lowlands y de las Highlands, reunidos con los rebeldes del Norte de Inglaterra en su odio común a la Unión y al Gobierno Whigh, se sublevaron contra Jorge I, en lo que se ha dado en llamar «la rebelión de los Quince» y proclamaron como único monarca al «Viejo Pretendiente» Jacobo III–VIII. Sin embargo, las aspiraciones jacobitas se vieron truncadas tras la derrota sufrida por los rebeldes en Preston.

las filas de lord Derwentwater, se debe en gran medida a que ella me suplicó que no lo hiciera y me retuvo con sus lágrimas. Me quedé en casa y le debo por ello mi agradecimiento.

La muerte de mis hijos me había causado un enorme dolor. El de la muerte de mi mujer fue aún mayor, y no atenuó mi pena el hecho de saber que Moggy habría podido comportarse dudosamente en un pasado lejano del que nada había sospechado mientras ella vivía.

Todas estas desgracias juntas me robaban el sueño. Inglaterra ya no me gustaba y pensaba que los cielos me llamaban a regresar a Virginia, el único lugar del mundo donde mis empresas parecían haber sido bendecidas, y donde había conocido eso que merece llamarse con el nombre de éxito. Mis plantaciones no habían dejado de crecer y me proporcionaban ochocientas libras por año, y a veces hasta casi mil. Decidí, por tanto, que dejaría una vez más mi país natal. Llevé a mi hijo conmigo y dejé a la hija de Moggy con su abuelo, al que nombré mi principal administrador y a quien entregué, además de una suma importante destinada a la educación de la niña, el documento original de mi testamento. Si yo moría antes de verla casada, dejaría a mi hija una dote de dos mil libras, que mi hijo le haría efectivas a cuenta de las rentas de mis tierras de Virginia, cuya propiedad pasaría a sus manos si mi hijo moría antes de haber tomado esposa.

Embarqué en Liverpool y tuvimos una buena travesía, o casi, ya que, a una latitud de 48°, nos encontramos con unos corsarios que nos despojaron de todo lo que les interesaba, es decir, víveres, municiones, armas portátiles y dinero. Pese a ser los peores rufianes que pueda imaginarse, aquellos granujas no nos maltrataron y, por lo que a mí respecta, no perdí gran cosa. Las mercancías que tenía a bordo no les podían ser de ninguna utilidad, y no las podrían haber descubierto más que revolviendo el barco de arriba a abajo, cosa que juzgaron inútil.

En Virginia encontré todas mis cosas en perfecto orden. Mis plantaciones se habían extendido de un modo prodigioso, y fui acogido con grandes muestras de alegría por mi administrador, el mismo que me había infundido el gusto por los viajes y enseñado todo lo digno de saber. Nos reencontrábamos después de veinticuatro años de separación y, para mí, de aventuras.

Debo decir en beneficio de todos mis leales servidores allí, que las cuentas que me presentó eran, hasta donde se me alcanza, exactas, y todos los balances anuales de la producción cuadraban a la perfección, una vez deducidos los costos de los envíos a mi nombre a Londres. En cuanto a la plantación que le había dejado en propiedad, y que él había iniciado sobre un lote de terreno concedido por el Estado, había alcanzado una dimensión considerable.

Todo ello me causó una agradable impresión, y no les parecerá extraño que quisiera visitar al punto las dos plantaciones, la suya y la mía, en las que trabajaban alrededor de trescientos siervos. Como mi profesor compraba algunos siempre que atracaba en puerto un barco inglés, me mortificó ver a dos o tres de los caballeros que habían luchado al lado de las filas escocesas en Preston, donde habían sido hechos prisioneros. Se habían salvado de la ejecución pública, pero habían sido enviados como esclavos a Virginia, lo que para ellos era más terrible que la muerte.

De lo que les dije e hice por ellos, tendré ocasión de informar más adelante.

Pero hubo una circunstancia que me sorprendió y aterrorizó a partes iguales. Un día que recorría la plantación, observé que había varias mujeres trabajando. Meditaba seriamente sobre las calamidades que el destino depara a algunos seres humanos, en la suerte lamentable de aquellos esclavos que en otro tiempo habían sido tal vez libres y felices y que ahora debían soportar aquellos quebrantos: su historia sería más emocionante que cualquier prédica o sermón de un ministro de la iglesia.

Mientras cavilaba de esta guisa y miraba a las mujeres, observé un tumulto en otro grupo que, situado detrás de mí, trabajaba a escasa distancia. Al mismo tiempo, oí voces que pedían socorro. Una mujer acababa de sufrir un desvanecimiento y las otras clamaban que moriría enseguida si no se la atendía de inmediato. No llevaba encima sino un pequeño frasco a guisa de cantimplora, con la que daba de beber un trago de ron al siervo cuando me parecía que la ocasión lo merecía. Di media vuelta a mi caballo y me encaminé hacia el grupo. La pobre mujer estaba tendida en el suelo y sus compañeros se apiñaban a su alrededor, con lo que me impedían casi que la viera. Les ofrecí mi cantimplora y ellas le friccionaron las sienes con el ron y, con mucho esfuerzo, la hicieron recuperar el conocimiento. Luego trataron de que bebiera un sorbo, pero como no podía beber y parecía estar a punto de desfallecer de nuevo, la llevaron a la enfermería. En los conventos de Italia, la enfermería es el lugar donde se cuida a las monjas y los monjes que enferman. En Virginia, el nombre es el mismo, pero el lugar debería llamarse la sentina de los condenados, porque es un lugar que solo sirve para llevar a las personas moribundas que ya no admiten cura.

Como quiera que la mujer enferma rechazara la bebida, una de las mujeres me pidió de nuevo la cantimplora de ron y les di a entender que podían beber, lo que las congregó a todas muy juntas, aunque casi no quedaba suficiente para que todas tomaran un trago.

Me fui a mi casa pensando en que no eran suficientes las disposiciones previstas para el cuidado de los trabajadores de las plantaciones y comuniqué mis reflexiones a mi profesor. Al tiempo que reconocía que nuestras instalaciones eran insuficientes e incluso lamentables, me aseguró que las mías eran mejores que en cualquier otra parte del país, pero que se ocuparía del asunto de inmediato.

Regresó una hora más tarde y me dijo que la mujer estaba muy enferma y que temía por su vida. Le había parecido que ella se arrepentía de las faltas cometidas en su vida pasada y que estas le pesaban como una losa ahora que se veía a punto de morir. Le había preguntado si no existía un ministro para consolar a las esclavas moribundas, a lo que él respondió que el único que conocía vivía bastante lejos, pero que enviaría a buscarlo para que ella pudiera verlo al día siguiente, si es que aún estaba viva para entonces. Añadió que la había hecho trasladar a la pieza donde antes vivía el jefe de los trabajadores, y que le había facilitado un par de sábanas y cualquier otra cosa que necesitara, además de nombrar a una de sus compañeras para que velase por ella.

–¡Eso está bien! –dije yo–. No podría soportar que estas malogradas criaturas perezcan a causa de las malas condiciones del lugar en el que viven cuando requieren atenciones. Y, además, esos convictos son gentes que han gozado de algunas atenciones en su tierna infancia.

–De hecho, señor –dijo él–, siempre me ha parecido que esa pobre mujer ha sido una persona distinguida. Saltaba a la vista por sus maneras, y he oído a otras mujeres decir que en otro tiempo había vivido rodeada de lujos, y que gozaba de una fortuna de hasta mil quinientas libras. Y me atrevo a decir que debió de ser una mujer hermosa en su tiempo porque su mano, por bronceada que esté, es todavía la de una dama. Y oso añadir que no ha tenido jamás costumbre de trabajar tan duro como lo hace aquí, y que no se equivoca cuando dice a las demás que eso será lo que la mate.

–Es muy posible –dije yo–, y sin duda es eso lo que le ha provocado el desvanecimiento. ¿No tendrías una faena dentro de casa para darle, que no sea tan enojosa y no la exponga al calor ni al frío?

Me respondió que sí, y que podría hacer de ella una gobernanta, porque la mujer que ocupaba ese puesto en la casa de la plantación acababa de cumplir su tiempo, y se había casado con un plantador.

–Entonces –dije yo–, dáselo a ella para que se reestablezca. Mientras tanto, házselo saber, pues eso contribuirá tal vez a restaurar su salud.

Así lo hizo, y algún tiempo más tarde, la mujer, con una buena dieta caliente, andaba por su propio pie. Había enfermado por falta de costumbre a los trabajos duros y porque su existencia delicada de otros tiempos no la había preparado para una vida ruda y de escaso rancho.

Cuando empezó a ejercer como gobernanta, se transformó por completo. La casa estaba bien mantenida, las provisiones no se despilfarraban, y mi profesor, que apreciaba mucho sus cualidades de buena ama de casa, me hablaba de ella de vez en cuando: «Estoy seguro –me decía él–, de que fue una mujer distinguida y hermosa en su tiempo». En una palabra, me habló tan bien de ella que tuve ganas de conocerla. Un día fui a verla a la casa de la plantación y me instalé en el salón reservado al señor. Estando allí, ella se percató de mi presencia y, al punto, me reconoció. En cuanto a mí, la habría podido ver cien veces sin reconocerla. Ella estaba, a lo que parece, tan sorprendida y turbada de verme como no puede imaginarse, y cuando, un rato después, le pedí a mi administrador que la trajese al salón, la encontró llorando y le rogó que me presentase sus excusas, porque estaba tan cohibida que moriría si comparecía ante mí.

Sin poder suponer qué ocurría, tan solo que la pobre criatura me tenía miedo, pues los amos de plantación en Virginia acostumbran a ser terribles, le rogué a mi administrador que le dijera que no se alarmase por mí, pues yo no quería hacerla daño, sino que, al contrario, tenía algunas instrucciones para darle. Él la trajo ante mí, pensando que la había calmado. Ella entró tapándose la cara con un pañuelo, secándose las lágrimas de los ojos como si hubiera llorado.

–¡Sra. Gobernanta –le dije con una voz alegre–, no tiene nada que temer de mí! Si la he hecho llamar, es porque me han informado de las bondades de vuestra gestión y deseaba verla para expresarle mi satisfacción y decirle que, si puedo serle de alguna ayuda, en la medida en que su situación se lo permita, me será grato contribuir a sacarla de su infortunio.

Ella me hizo varias reverencias, pero no respondió. No obstante, animada, apartó la mano de la cara y pude verle el rostro. Ella creía, pienso, que descubriría quién era, pero yo ya no reconocía sus rasgos, lo digo con franqueza, como si nunca la hubiera visto en mi vida. Así pues, continué hablando tranquilamente para infundirle ánimos, tal como habría hecho con cualquiera que me pareciese que lo merecía.

En ese momento, mi profesor salió de la habitación por no sé qué motivo. En cuanto salió por la puerta, ella rompió a llorar y cayó de rodillas delante de mí.

–¡Ay, señor! –dijo ella– ¡Veo que vuesa merced no me reconoce! ¡Tened piedad de mí! ¡Soy la desgraciada esposa de la que os divorciasteis!

Estupefacto, asustado, temblando como si tuviese fiebre, a punto de desplomarme, me quedé allí, incapaz de articular palabra, mientras ella hundía su rostro contra el suelo, donde permaneció postrada como si estuviera muerta. Me sobrepuse, empero, y tuve la suficiente presencia de espíritu para ir a cerrar la puerta y echar el cerrojo, a fin de impedir que mi profesor regresara. Después de lo cual, le dije, tratando de consolarla, que no la había reconocido en absoluto, como si no la hubiera visto nunca.

–¡Ay, señor! –me dijo ella–, ¡la adversidad es una cosa terrible y las penas han cambiado mi rostro! ¡Pero, por amor de Dios, perdonadme el mal que os he hecho! He pagado por todas las maldades que he cometido y es justo y merecido que Dios me postre ante vuestros pies para que yo pueda pediros perdón. ¡Perdonadme, señor, os lo suplico, y permitidme ser vuestra esclava mientras viva, es todo lo que os pido!

Ella había vuelto a arrodillarse y lloraba tanto que apenas podía pronunciar una palabra. Volví a levantarla y le ofrecí asiento, instándole a que se recompusiera para oír lo que tenía que decirle, aunque tampoco yo podía casi hablar de lo emocionado que estaba.

En primer lugar, le dije que mi sorpresa era tal que me había quedado sin habla –a decir verdad, tenía el rostro tan inundado de lágrimas como el suyo–; que, por el momento, tan solo podía decirle que, puesto que nadie sospechaba nuestro pasado, era del todo indispensable no revelárselo a nadie. Añadí que no lamentaría haber caído en mis manos, pero que no podría hacer nada por ella si llegaban a conocerse nuestras relaciones de otro tiempo y que, por consiguiente, su destino dependía de su discreción. Como el administrador estaba por venir de un momento a otro, ella debía regresar a sus ocupaciones y hacer su trabajo como de costumbre. Volvería a verla en uno o dos días, y charlaríamos más largamente. Ella me prometió que no abriría la boca y se retiró sin esperar al administrador, quien habría podido advertir lo turbada que estaba.

Paralizado por este imprevisto incidente, ya no supe qué decir o hacer en toda la noche. Por la mañana tampoco había tomado ninguna decisión ni sabía qué solución dar al incidente. No obstante, fui a ver a mi profesor, a quien confesé que las tribulaciones de la pobre mujer me habían causado una viva impresión, pues me había contado una parte de su historia, que era terrible; que había conocido días mejores y recibido una buena educación, y que estaba contento de que le hubiera procurado otro empleo más adecuado a sus aptitudes que el trabajo de la plantación, pero que, de todas formas, ella iba casi desnuda. Le pedí que enviara un mozo al almacén para traerle alguna ropa y que ella misma escogiese: en particular, tocados para la cabeza y otras pequeñas cosas como medias, guantes, zapatos, enaguas, etc. Quería también que le proporcionara una bata y el mejor vestido de percal que encontrara, en suma, que la vistiera de pies a cabeza. Y así lo hizo. Supe más tarde que ella había llorado toda la noche, y llorado más todavía cuando recibió todas las cosas que yo le había regalado, derramando tantas lágrimas que había logrado emocionar a todo el mundo.

En cuanto a mí, su situación me atormentaba enormemente y me esforcé vanamente en pensar en otra cosa. No obstante, esperé tres días antes de volver a verla.

Se había puesto toda la ropa que había encargado para ella y comenzó diciendo que daba gracias al cielo que hubiera hecho de ella su esclava, porque ella no sabía cómo agradecerme las bondades de que había hecho gala, que estaban muy por encima de lo que merecía.

Nadie asistió a nuestra plática, que tuvo lugar en la casa de la plantación, y le hablé largo y tendido. En primer lugar, le dije que no debía hacer alusión a las malandanzas de otros tiempos, pues ella ya se había humillado más de lo que era necesario. Por lo que a mí se refería, no le volvería a hacer ningún reproche sobre el pasado, porque estimaba que, de nosotros dos, era ella quien había sufrido más, y con mucha ventaja. Dado que estaba en Virginia como condenada, no podía acogerla en mi casa como mi mujer, pero ella era demasiado inteligente como para desearlo siquiera. Sin embargo, podía hacer bastante para poner fin a sus desgracias actuales, siempre que mantuviese su discreción. Holgaba decir que, si hablaba, ella misma sería el instrumento de su propia ruina.

Ella me respondió que comprendía tan bien como yo la necesidad de silencio; me pedía tan solo que la liberase de sus calamidades, que ya no era casi capaz de soportar, y que le procurase los medios para dedicar al arrepentimiento el tiempo que le restaba hasta la expiración de su pena, pues estaba dispuesta a hacer por mí las tareas más humildes que le encomendase. Le alegraba saber que le había perdonado sus faltas de antaño pues tan solo quería servirme hasta su último suspiro. Ella sabría callarse y nadie sospecharía nunca que yo la había conocido antes.

No sin precisar antes que no quería ser indiscreto, le pregunté si estaba dispuesta a contarme qué había sido de su vida desde nuestra separación. Ella me explicó que, desde nuestra ruptura, su vida no había sido sino una sucesión de dolorosos descalabros. Había vivido en el pecado, conocido la dicha ilusoria de una sociedad inclinada a los falsos placeres, derrochado todo su dinero, y después cometido falta tras falta en el intento de mantener su estilo de vida. Por último, tras mil tropiezos y tribulaciones, había acabado sumida en la pobreza extrema.

Me dijo que desde aquella época se arrepentía muy sinceramente de las equivocaciones en que había incurrido por mi causa, que le habría gustado humillarse ante mí y pedirme perdón, pero que me había perdido el rastro y no sabía lo que había sido de mí. Abandonada por sus amigos de otro tiempo, privada de medios para sobrevivir, privada de todo, había conocido a personas muy distintas, y frecuentado una banda de ladrones, con los que anduvo algún tiempo. De aquellas compañías obtuvo algún dinero, pero la idea de caer en la abyección y la deshonra le aterrorizaba. Finalmente, se vio implicada en eso que más temía a raíz de un asunto en el que no había tomado parte más que como cómplice, y a consecuencia del cual fue deportada a Virginia. No habría bastado una semana entera para relatar la historia de su vida atormentada, llena de subidas y bajadas, de holganza y de miseria. Asistía ahora al final de esta igual que había asistido a sus inicios. Ella había conocido los refinamientos del lujo y, ahora, su existencia menesterosa la llevaba a veces, como a los pródigos, a envidiar el alimento que se daba a los puercos. Las lágrimas, que a menudo brotaban de sus ojos al confiarme esta historia, la impidieron continuar. Le dije entonces que ya me había contado bastante para una primera vez, y que hablar no hacía sino reavivar sus heridas, lo cual yo no quería de ningún modo, porque mi intención era sencillamente ayudarle a olvidar un pasado del que, por otra parte, ya habíamos hablado bastante.

Entretanto, añadí que, puesto que la Providencia la había puesto en mi camino, cuidaría para que no le faltase de nada y le haría la vida más agradable. Dicho esto, nos separamos. Ella conservó su empleo de gobernanta, pero le procuré una ayudante que, de hecho, era más bien una criada que debía atenderla, aun sin asignarle el título de tal. No podía hacer más por el momento.

No tardó en recuperar el ánimo y el buen humor. Ganó algo de peso, su cuerpo se tersó al colmarse las grietas y huecos de su piel, y recobró un poco del encanto y el brillo que me habían cautivado en otro tiempo. A veces, no podía evitar sentir por ella un deseo ardiente que me impulsaba a devolverle el lugar que había ocupado junto a mí. Pero siempre había circunstancias insalvables que lo impedían.

Uno de estos escollos surgió a causa de un incidente que me puso en una situación más embarazosa de lo que habría podido imaginarme. A mi tutor, un hombre inteligente, instruido y de corazón generoso, le habían conmovido desde el principio los padecimientos de esta mujer, en quien reconoció enseguida a una mujer distinguida. Cuando esta recobró la vivacidad de antaño, no pudo resistirse al encanto de su conversación y, por decirlo en pocas palabras, se enamoró de ella.

He tenido ya la ocasión de señalar que tenía un verbo ágil y poseía muchos talentos, que cantaba muy bien y que había recibido una educación esmerada. Todas estas virtudes las había conservado, de modo que su trato resultaba más que agradable. Así pues, una noche mi tutor se presentó para solicitarme el permiso de desposar a la gobernanta.

Sin dejarle entrever que su petición me desconcertaba en grado sumo, le dije que, puesto que suponía que él ya habría meditado bien sus intenciones antes de consultármelo, no había lugar a que le diera mi consentimiento, ya que la pena de la mujer no expiraba hasta dentro de cuatro años.

Me respondió que me tenía demasiado respeto para casarse sin mi autorización y que aún no le había hecho parte de sus sentimientos a la gobernanta. Sin saber qué responder, pero deseoso de ganar tiempo para hablar con ella, le dije que era perfectamente libre de actuar como lo estimase oportuno y que no podía darle consejos ni en un sentido ni en otro, porque no estaba capacitado para hacerlo. Añadí que el tiempo que le restaba a ella para cumplir su condena era un asunto que no revestía gran importancia y por el que no tenía que preocuparse; pero que confiaba en que reflexionara bien sobre el asunto antes de lanzarse a una aventura como aquella.

Replicó que ya había reflexionado detenidamente y que, puesto que yo no me oponía al casamiento, haría cuanto estuviese en su mano por desposar a aquella mujer, ya que estaba seguro de que le haría el más feliz de los hombres. Dicho lo cual, se puso a hablarme de ella, de lo perspicaz que era y lo bien que cumplía con sus tareas; luego, alabó sucesivamente su conversación, su inteligencia, su memoria, sus conocimientos, etc. Todo ello no me decía nada nuevo, puesto que ya había conocido aquellas virtudes de primera mano cuando había sido mía. Lo que él ignoraba era que había sido en la escuela del dolor donde ella había adquirido la sabiduría y el equilibrio que le habían faltado en otra época.

Como pueden imaginar, yo estaba impaciente por compartir este secreto con mi honesta gobernanta y por ver qué reacciones desataba en ella. Por desgracia, un fuerte resfriado me obligó a guardar cama durante cuarenta y ocho horas y, cuando pude salir, todo había terminado. La misma noche de nuestra conversación, mi tutor había acometido su ataque, que fue recibido con frialdad al principio, lo que le había sorprendido sobremanera, ya que no albergaba dudas sobre su aquiescencia. No obstante, volvió a la carga al día siguiente y al otro. Sorprendida, pero viéndolo sinceramente prendado, ella le había expresado lo muy honrada que estaba por esa muestra de respeto que le tributaba, por la cual se habría echado en sus brazos de buen grado, algo que cualquiera habría comprendido en una situación como la suya, pero que no deseaba engañarlo, ya que le era imposible darle una respuesta favorable puesto que ella era una mujer casada y su marido aún vivía.

A tanta sinceridad no podía replicar nada. Le dijo tan solo que su respuesta le dejaba desolado, que con ella le causaba una gran desilusión y el mayor disgusto que hubiera tenido en su vida.

Al día siguiente, me presenté en la casa de la plantación. Luego de enviar a buscar a la gobernanta, le anuncié que creía haber oído que pronto le harían una proposición muy ventajosa, y que me complacería que la considerara favorablemente. Le expliqué enseguida de qué se trataba.

Para mi asombro, ella rompió a llorar.

–¡Ay, señor! –exclamó ella–. ¿Cómo me podéis hablar de una cosa semejante?

Le respondí que podía hablarle de aquella guisa tanto más cuanto que yo mismo me había casado luego de separarme de ella.

–Sin duda, señor –replicó ella–, ¡pero no es lo mismo! Puesto que era yo la responsable de las faltas, no debería casarme; –y enseguida, añadió–: Además, no es el motivo en realidad. ¡Sea como fuere, no puedo!

Fingí tratar de hacerle cambiar de opinión –sin gran convencimiento por mi parte, debo reconocerlo, porque mi corazón palpitaba por ella desde hacía algún tiempo ya, y le había perdonado su conducta del pasado–. Ella me respondió con una explosión de sinceridad:

–¡No! ¡No! ¡Prefiero ser vuestra esclava que convertirme en la mujer del mejor hombre del mundo!

Seguí razonando con ella, insistiendo sobre su condición actual y sobre las ventajas inmediatas que un matrimonio como aquel le reportarían, dado que nadie podría sospechar nunca quién había sido antes. Ella no quiso escucharme hasta el final y, echándose a llorar de nuevo, alzando la voz hasta el punto de que temí que la oyeran desde el exterior, exclamó:

–Os lo suplico, señor –me dijo–, ¡no digáis nada más! ¡Antaño fui vuestra y no perteneceré a ningún hombre más! ¡Dejadme como estoy o haced de mí lo que os plazca, pero no me obliguéis a desposarme con otro!

Hablaba con tanta pasión que no supe qué decir ni hacer durante un rato.

–¡Es una lástima –respondí yo, por fin– que no hayáis sido siempre tan sincera conmigo como lo sois ahora! Nos habría ido mejor a ambos. Sea como fuere, nadie os obligará a hacer lo que no deseáis y no se os tratará peor por haber declinado la oferta. Pero ¿cómo vais a decirle que no? Él está seguro de que a vos os complacerá su propuesta, teniendo en cuenta vuestras circunstancias.

–Pero, señor –me dijo ella–, ¡ya está hecho! ¡Ha recibido su respuesta y está satisfecho tal cual es! No os molestará más con esta cuestión.

Ella me contó las circunstancias de su rechazo, y fue en aquel minuto preciso cuando decidí que se convertiría en mi mujer al igual que lo había sido antaño. Pensé que se había enmendado por completo de su conducta del pasado y que merecía el perdón que le había concedido. Tanto más cuanto que había sido castigada con dureza, viviendo años de miseria y calamidades; y cuanto que, sobre todo, la Providencia, que me la había devuelto, le había hecho conservar un afecto por mí tal que, para permanecer a mi lado, ella había rechazado la oferta de quien bien podría haberla liberado.

Una vez tomada la decisión, me pareció cruel ocultársela durante más tiempo. Además, apenas podía contenerme.

–Luego de una prueba de afecto como la que me habéis dado –exclamé yo, tomándola en mis brazos–, ¡no lo resisto más! ¡Os perdono todo lo que nos ha separado y, en vista de que no deseáis ser de nadie más que mía, volveréis a ser mía igual que lo fuisteis antes!

Esta declaración le provocó una impresión mayor de lo que podía soportar. Le conmocionó hasta el punto de que habría muerto en mis brazos si no hubiera venido a aliviar su pasión un mar de lágrimas. Le ayudé a sentarse en una silla, donde siguió llorando durante casi un cuarto de hora sin acertar a decir una palabra.

Cuando estuvo en condiciones de hablar de nuevo, le expliqué que, a partir de aquel momento, era necesario plantearse cómo podríamos realizar nuestro proyecto. Puesto que no podíamos revelar a nadie que ella había sido mi mujer en otra época, lo que nos habría puesto en ridículo a ambos, lo mejor era casarse de nuevo. A ella le pareció bien y, dos meses más tarde, la desposé por segunda vez, y nunca un hombre tuvo una mejor esposa ni fue tan dichoso como lo fui yo en los años que siguieron.

Yo creía haber acabado con mis aventuras en este mundo, y nada me importaba más que terminar mis días de tumultuosa existencia en un retiro apacible, al lado de una esposa como la mía, madurada por las pruebas que había tenido que soportar. Me parecía que éramos ya bastante sabios para juzgar por nosotros mismos la vida que mejor nos convenía y nos haría más dichosos.

Pero el hombre es un animal de vista corta, y tanto más cuando se trata de determinar las condiciones de su propio bienestar. Cabría pensar –y eso es lo que mi mujer me sugería con frecuencia– que todo había sido calculado, que se habían dado cita todos los elementos posibles para hacerme tan feliz como pudiera serlo un mortal. Mis rentas, que aumentaban día a día, eran más que suficientes para permitirnos llevar el tipo de vida que nos propusiéramos. Nos rodeaban todos los placeres y comodidades de la existencia y ninguna de sus desventuras. Ni en nuestros sueños más melancólicos podíamos imaginar que se abatiera sobre nosotros desastre alguno que pudiera torcer el curso natural de las cosas, a no ser una catástrofe fuera del rumbo ordinario de la Providencia.

Una mano invisible vino, empero, a trastornar esta quietud aparente. No me hurtó mis negocios, sino que, una vez más, me hurtó a mí de ellos, al enviarme lejos a recorrer mundo. Fueron estas circunstancias que no puedo explicar aquí sino volviendo un poco hacia atrás en mi historia.

Ya he dicho cómo, mediante lágrimas y súplicas, mi querida Moggy me había impedido caer en la exaltación y alistarme abiertamente con las tropas rebeldes de lord Derwentwater (hoy desaparecido), cuando penetraron en Lancashire. Aquel día ella me salvó la vida, pues conocía de qué lado se inclinaban mis simpatías, y habría bastado que se hubiera sabido más tarde que yo me había unido a la causa de los rebeldes para que las consecuencias fueran tan trágicas para mí como si me hubiera visto envuelto en el fuego de la contienda. Gracias a Moggy no me embarqué públicamente en aquella aventura ni tomé armas. No obstante, aguijoneado por la curiosidad, escapé de mi mujer cuando las tropas se aproximaron a Preston. Quería verlas y hacerme una idea de lo que podría esperarse de ellas.

En aquel momento, en el que emergía en el país una fuerte corriente de opinión favorable a los rebeldes, fue «mi viejo doctor», el sacerdote católico que nos había casado, quien reanimó mi celo. No cejó hasta conseguirme un buen caballo y armas para convecerme de seguirle en la aventura de sumarnos a las tropas la víspera de su entrada en Preston.

Las gentes de la región no me conocían allí, lo que fue toda una suerte, como comprobarán enseguida. No obstante, sí había algunos escoceses con los que había mantenido algún trato en el ejército, durante mi estancia en el continente. Pasando entre ellos por un oficial francés, conversamos bastante y les sugerí la formación de un destacamento de tropas escogidas para defender las tierras situadas entre Preston y el río, y, sobre todo, el puente, del cual, insistía yo, dependía su seguridad.

Expuse mis argumentos con pasión y, como me tenían por un hombre de experiencia, mi propuesta suscitó entre ellos un largo debate. No aceptaron mi idea, como es sabido. Decidí entonces abandonarlos a su suerte y no pensé más que en dejarlos allí, lo que hice durante la noche, antes de que fueran rodeados por la caballería real. No me fue fácil porque tuve que atravesar el río Ribble a nado y a duras penas encontré un ribazo lo bastante firme para que mi caballo pudiera salir del agua. Al día siguiente, arreando a mi montura, me encontraba ya a pocas leguas de mi casa. Aguardé en un bosquecillo a que llegara la noche y, valiéndome de la oscuridad, abatí a mi caballo de un tiro en un margal. Luego de cubrirlo con tierra, me alejé de allí a pie y llegué a mi domicilio hacia las dos de la mañana, para asombro y regocijo de mi mujer que estaba muy asustada. En previsión de posibles incidentes, tomé varias medidas de inmediato, que no habrían de servir de nada porque los rebeldes sufrieron una derrota sin paliativos: todos ellos fueron muertos o hechos prisioneros. En Preston no me conocía nadie, y mi escapada había sido tan breve que mis vecinos no se habían apercibido de mi ausencia. En suma, como no abrí la boca al respecto, todo parecía indicar que no me había movido de mi casa. Así fue como escapé por los pelos de una de las locuras más temerarias de mi vida.

Con todo, no me sentía tranquilo del todo, y habría preferido encontrarme en mis tierras de Virginia. Poco después vinieron a sumarse otras circunstancias que me decidieron a hacer los preparativos para el viaje.

Entre tanto, los desventurados rebeldes se habían rendido a las tropas del rey. Como es costumbre, algunos de ellos fueron ejecutados para dar ejemplo. En cuanto a la gran mayoría, beneficiándose de la clemencia del Gobierno, fueron llevados al castillo de Chester y a otros lugares hasta que se dieran las oportunas órdenes, como vamos a ver enseguida.

Varios centenares de ellos fueron, a petición propia, «transportados a las plantaciones», como suele decirse, lo que significa que fueron enviados a Virginia o a otras colonias inglesas, donde acabaron vendidos como criminales condenados. En otras palabras, se convirtieron en forzados, viéndose obligados a trabajar durante un tiempo determinado en el país antes de recobrar su condición de hombres libres. Ya he dicho que, poco después de mi regreso a Virginia, había observado la presencia de algunos de ellos. Un día, cuando ya llevaba algún tiempo allí, supe que iba a llegar un nuevo contingente en dos barcos que debían remontar el río que atravesaba mis plantaciones.

En cuanto me enteré de la noticia, me apresuré a hacer saber que no compraría ninguno de ellos y que no trabajarían en mis tierras. Con ello pretendía no convertir en esclavos a gentilhombres malogrados cuyo único delito consistía en haber defendido su causa con demasiado celo. Pero el verdadero motivo era mi temor a que se encontrara entre ellos alguno que me conociera y pudiera traicionarme, contando quizá que yo había sido uno de ellos pero que les había abandonado antes del combate. Esto podría haberme causado muchos problemas. Tal vez habría salvado la vida, pero me habrían embargado todas mis propiedades y me habría visto, una vez más, sumido en la ruina y la miseria. Había hecho, pensaba yo, todo lo necesario para merecerlo.

Estas precauciones eran acertadas, pero pronto descubrí que no eran suficientes para garantizarme la seguridad: pese a no haber comprado ninguno de aquellos pobres hombres, mis vecinos sí lo habían hecho, y era rara la plantación de los alrededores de la mía donde no hubiera uno o varios de ellos, más o menos. Apenas podía, por así decirlo, asomar las narices fuera de mis tierras sin correr el peligro de toparme con alguno que pudiera conocerme.

Concédaseme decir que esto era, como poco, muy molesto. Pronto se me hizo insoportable vivir de esta guisa. Yo, que era un hombre importante, un magistrado, el patrón de tres grandes plantaciones, que tenía bajo mis órdenes a trescientos o cuatrocientos trabajadores, me veía ahora reducido a no ser más que un pobre rebelde, víctima de una condena decretada por mí mismo en virtud de la cual debía mantener oculto el rostro. Habría estado tan seguro, o tal vez más, si me hubiera escabullido a algún lugar de Lancashire o me hubiera refugiado en Londres para esperar allí a que se calmaran las cosas. El peligro, no obstante, había venido a buscarme a casa, acechaba ante mi propia puerta, y yo pensaba a diario que alguien testificaría en mi contra, sería apresado, me enviarían a Londres encadenado y mis plantaciones serían embargadas, pasando a ser propiedad de la Corona.

Tan solo una idea me infundía cierta esperanza: habiéndome quedado tan poco tiempo con los rebeldes, yo no había hecho nada por ellos; pasaba por ser un extranjero cuyo nombre desconocían y a quien llamaban «el Coronel francés», «el oficial francés» o «el caballero francés». En cuanto al «doctor» que me había acompañado, al ver que la tropas reales se echaban encima de las de lord Derwentwater, como nubes y desde todos los costados, había corrido a ponerse a salvo él también por otra ruta distinta a la mía.

Todo ello, empero, no me tranquilizaba y no sabía muy bien qué hacer. Nunca me había visto en un aprieto semejante. Lo primero que hice fue contárselo todo a mi esposa, confiándome a ella con toda libertad y sin restricciones, no sin antes haberle dicho que iba a dejar mi vida en sus manos, dejando a su juicio la posibilidad de cobrarse con intereses todo el mal que yo le hubiera podido causar anteriormente. Si así lo deseaba, podía entregarme a mis enemigos, si bien yo confiaba tanto en su generosidad de corazón como en el afecto renacido que ahora me profesaba.

Una consejera digna de crédito es la vida que renace, ya que infunde coraje y confianza y, gracias a ella, el espíritu recupera su buen tino. Así fue en mi caso: sus enseñanzas me permitieron salir del laberinto.

–¡Vamos! ¡Vamos! –me decía ella–. Si no es más que esto, no hay motivo para recurrir a las soluciones desesperadas a que os empuja el miedo.

En efecto, yo estaba dispuesto a vender mis plantaciones y todo lo que poseía y a embarcarme cuanto antes para dirigirme a Madeira o a cualquier otro lugar con tal de que no fuese tierra inglesa.

Mi mujer tenía una opinión distinta por completo. Ella me animaba a escoger entre dos propuestas: fletar un balandro para llegar a las Antillas, desde donde podría llegar a Londres; o bien dirigirme directamente a Inglaterra y, una vez allí, utilizar todos los medios a mi alcance para obtener el perdón del rey.

Yo me inclinaba por esta segunda idea, pues aunque mis prejuicios me habían decantado por una causa equivocada, había creído siempre secretamente en la clemencia y la magnanimidad de Su Majestad y, de haber estado en Inglaterra, me habría dejado persuadir fácilmente de arrojarme a sus reales pies para implorarla.

El único inconveniente era que, en vista de mi situación en Virginia, mi viaje no habría pasado desapercibido. Exigía preparativos y no podía ser antes de la cosecha. En efecto, debía parecer un viaje normal a todos los efectos. Si no lo hacía así, daría pábulo a no sé qué ideas extrañas que las gentes se hubieran podido imaginar.

Mi mujer encontró el medio, sin decirme nada, de arreglarlo todo. Una mañana, no me había levantado todavía cuando ella vino a mi encuentro, toda contenta.

–Querido –me dijo–, me apena enterarme de que os sentís bien esta mañana. He ordenado a Pennico que encienda un fuego en vuestra alcoba y os ruego que no os mováis de aquí hasta que esté terminada.

En ese instante, Pennico, la criada negra que yo le había dado, entró con la madera, un fuelle y todo lo necesario para reavivar el fuego. Sin darme tiempo de responder, mi esposa se inclinó sobre mí para susurrarme al oído que no tardaría en volver a verme y que era mejor que estuviera tranquilo hasta ese momento.

Y a fe mía que estaba terriblemente inquieto. Me decía que se había acabado todo, que había sido descubierto, que me enviarían a Inglaterra donde sería ahorcado, descuartizado o cualquier otra cosa terrible, y me faltaba el valor*. Antes de marcharse, mi esposa, percibiendo mi desasosiego, me tranquilizó, pero no aguanté mucho tiempo antes de enviar a Pennico a que le avisase de que me encontraba mal y que ansiaba hablar con ella sin tardanza. En cuanto la mucama salió por la puerta, salté de la cama y empecé a vestirme para estar preparado ante cualquier incidente.

Mi mujer se había encontrado a la criada en la escalera.

–¡Ya veo –me dijo– que os falta paciencia! Os ruego igualmente que dejéis a mi cuidado la decisión que os conviene. Id a la ventana, escondeos detrás de la cortina y veréis si conocéis a alguno de esos escoceses que están en el patio. Hay siete u ocho. Es vuestro contable quien los ha hecho venir para no sé qué.

Me acerqué a la ventana. Saltaba a la vista que los hombres en cuestión eran escoceses. Sus caras no me decían nada, pero eso no me satisfacía porque podían conocerme igualmente, de acuerdo con el proverbio que dice «hasta que es padecido, el mal no es conocido». Me mantuve alejado de la ventana hasta que se marcharon.

**N. del T.* La rebelión jacobita, conocida como «Los Quince» fue aplastada, y el Gobierno británico trató duramente a los insurrectos. Muchos fueron ejecutados, numerosas familias escocesas perdieron sus posesiones, y gran parte de los prisioneros fueron deportados a las colonias.

Después, mi mujer corrió la voz de que yo estaba enfermo. Al cabo de tres o cuatro días, anunció que me había envuelto las piernas con telas de franela, que no me movía del sillón y que la gota me había inmovilizado. Seis semanas después, hizo público que se trataba sin duda de reumatismo más que de gota y que había decidido tomar uno de mis balandros para ir a Nevis o a Antigua a fin de seguir allí una cura de baños calientes.

Todo iba a pedir de boca y yo admiraba el ingenio de mi esposa, que había encontrado el medio de confinarme en el dormitorio durante ocho o diez semanas y, luego, de facilitarme el viaje sin provocar ninguna agitación en las plantaciones. No obstante, no acababa de ver adónde nos conducía todo aquello. Como mi esposa me había pedido que la dejara hacer a su antojo, yo había aceptado, de modo que ella maniobraba con tal desenvoltura que yo me dejaba guiar sin poner ninguna objeción. Cuando habían pasado alrededor de tres meses desde que me hubiera envuelto las piernas en franela, vino a decirme que el balandro estaba preparado.

–Ha llegado el momento, querido –me dijo–, de que os cuente el resto de mis planes. Espero que no penséis que quiero apartaros de aquí para apoderarme de vuestras propiedades. Soy y seguiré siendo la humilde y fiel servidora que ya era para vos cuando aún era vuestra esclava y jamás hubiese supuesto que algún día volvería a convertirme en vuestra esposa. He hecho planes para velar por vuestra seguridad, pero adonde quiera que vayáis, yo os acompañaré a fin de ayudaros y serviros en todo momento. ¡Sea cual sea vuestra suerte, la compartiré con vos!

Era tanta la generosidad y la bondad de esta declaración, y tanta la sagacidad de su juicio al prever lo que el futuro podía reservarme, que le repetí sin vacilación que me encomendaba a ella ciegamente. Tras diez días de preparativos, zarpamos a bordo de un gran balandro de sesenta toneladas de mi propiedad.

Debería haber mencionado aquí que mi querido profesor seguía estando a la cabeza de mis negocios. Él sabía con quién y cómo comerciar en Inglaterra, y yo le dejaba la empresa con toda tranquilidad de espíritu, tan seguro de sus aptitudes como de su honestidad. Es cierto que le había entristecido bastante el rechazo de mi esposa que, permítaseme recordar, le había dicho que no podía casarse con él porque su marido vivía todavía. Esto era rigurosamente cierto, pero como yo no podía hacerle partícipe de la confidencia, me había visto obligado a tener que inventar fábulas que no le habían convencido más que en parte, lo que, según creo, le había hecho sentirse no demasiado bien tratado en diversos aspectos. Por fortuna, empezaba a recuperarse de ese episodio y a ser otra vez él mismo cuando supo que sería él quien, al igual que en el pasado, me reemplazaría durante mi ausencia.

Cuando estaba todo casi listo para la partida, mi esposa vino a verme una mañana para exponerme todos los pormenores restantes del proyecto. Con su habitual jovialidad, me explicó que durante lo que ella denominaba nuestra «excursión» a las termas de aguas calientes de Nevis, ella escribiría a un amigo de su confianza en Londres para tratar de obtener el perdón para una persona comprometida por la última rebelión. Ella le proporcionaría los detalles imprescindibles, haciendo hincapié en que no había participado en la revuelta más que de refilón, a saber, con una estancia de tres días, y daría todas las directrices necesarias para que la respuesta del príncipe nos llegase del modo más expeditivo posible. En el tiempo que el navío iba y venía y, con gastos que no serían considerables, sabríamos lo necesario, es decir, si podíamos esperar o no que se nos concediese esa gracia. Informado sobre este punto clave, me correspondía a mí decidir el comportamiento que debía observar, así como el desembolso de los gastos que harían falta para continuar con las diligencias.

Me pareció un plan excelente. Simplemente me limité a autorizar a mi mujer a que, por lo que hacía al crédito para su amigo, no era necesario restringirlo demasiado. Si veía el camino libre de obstáculos, si estaba seguro de poder obtener realmente el perdón, podía efectuar los gastos necesarios dentro de un límite de doscientas, trescientas o, incluso, cuatrocientas libras. Añadí que adjuntaría al correo de mi esposa una carta destinada a uno de mis corresponsales londinenses de particular confianza para que pusiera a disposición del amigo de mi mujer la cantidad necesaria, previa entrega de la libranza.

Una vez que hubimos fijado estos detalles, abandonamos Virginia. Nos beneficiamos de la protección de una fragata británica que había llegado hasta la costa en persecución de unos corsarios y se dirigía hacia el golfo de Florida; prometió escoltarnos hasta Nueva Providencia, en las islas Bahamas.

Con un tiempo bonancible y las piernas libres de las telas de franela, el viaje me pareció muy agradable. Debo decir ahora algunas palabras de mi cargamento, porque pueden imaginarse que, en mi situación, yo no habría querido emprender un viaje como aquel sin llevar conmigo toda clase de provisiones para hacer frente a cualquier eventualidad que se presentase.

Nuestro balandro, como he dicho, pesaba unas sesenta o setenta toneladas. No siendo el tabaco, el producto principal de Virginia, una mercancía que pudiera venderse en grandes cantidades en Nevis, llevaba muy pocos de estos fardos a bordo. En vez de ello, había preferido embarcar trigo, guisantes, harina y algunos barriles de cerdo, todos ellos productos de mis tierras. Había llevado conmigo igualmente una suma de dinero considerable, no para comerciar sino para que los acontecimientos no me pillaran desprevenido. También había ordenado que se reuniera conmigo un segundo balandro, cargado de mercancías semejantes, tan pronto como les hiciera llegar que había llegado sano y salvo.

A unos dieciocho días de navegación desde que doblamos los cabos de Virginia, llegamos a la latitud de Antigua, que es más o menos la de Nevis, y mi capitán me anunció que, si no nos desviábamos de nuestra ruta y se mantenía el viento, llegaríamos a la isla dentro de cinco horas. Pero sus cálculos eran erróneos. Pasó la tarde, cayó la noche, y no vimos tierra alguna. Al alba, de lo alto del gran mástil, el vigía avistó un bergantín y un balandro que flameaban sus velas tras las nuestras, a unas seis leguas marinas. El tiempo era favorable, con un viento ligero que soplaba del sudeste.

Nuestro capitán comprendió al punto quiénes eran, y bajó a la cabina a ponerme al corriente. Este peligro que yo no esperaba me cogió por sorpresa, pero la preocupación no era tanto por mí mismo como por mi esposa, a quien la noticia asustó tanto que, por un momento, temí por su vida.

Cuando aun estábamos bajo el efecto de la primera sorpresa, una voz nos convocó a cubierta de inmediato. «¡Tierra! ¡Tierra!», gritaban. Nos precipitamos sobre el puente donde la situación se nos presentaba con toda claridad: los dos barcos corsarios habían desplegado todas sus velas y avanzaban rápidamente hacia nosotros; aún nos separaban de ellos alrededor de seis leguas, más bien más que menos; en cuanto a la tierra firme que veíamos delante de nosotros, esta se encontraba a unas nueve leguas y, si los corsarios avanzaban tres nudos por cada dos nuestros, era evidente que se nos echarían encima antes de alcanzar el puerto. La única esperanza de salvar nuestras vidas era la de acercarnos a la costa y embarrancar, dañando nuestro navío y abandonando el cargamento.

Mientras hacíamos estas cábalas, nuestro patrón nos anunció con voz exultante que había mandado izar nuevas velas, que el balandro parecía admitirlas perfectamente y que no tenía la impresión de que nuestros perseguidores nos ganaran mucho terreno. No ponía la mano en el fuego por el balandro, pero con respecto al bergantín estaba seguro de escapar a él como quisiera. Nos persiguieron hasta mediodía pero, de pronto, cambiaron el rumbo y nos dieron por perdidos, con gran satisfacción por nuestra parte como pueda imaginarse.

Al principio no nos dimos bien cuenta de por qué abandonaban la persecución. La verdad era que mientras navegábamos de bolina en dirección a una de las islas, acosados por aquellos dos lobos –o, si lo prefieren, con aquellos dos bandidos pisándonos los talones–, un navío de guerra de pabellón inglés había fondeado no lejos de la otra isla, que resultó ser Nevis. La tierra nos lo ocultaba, pero los corsarios sí lo habían avistado. El barco de guerra también los había visto y, levando anclas enseguida, largó velas y fue en su busca. No comprendimos todo eso hasta una hora más tarde, cuando vimos al barco de guerra inglés asomar en la distancia y al balandro y el bergantín cambiar el rumbo para alejarse con tanto apremio como antes habían puesto en aproximarse a nosotros.

Así pues, arribamos sanos y salvos a Antigua, luego de un buen susto. Nuestros temores eran legítimos, porque arriesgábamos bastante más que si hubiésemos estado a bordo de un navío de flete con destino a Londres o procedente de allí. En esos casos, los piratas tienen costumbre de saquear el barco y, después, dejarlo partir, una vez desvalijadas todas las cosas de valor con las que pueden arramblar. Con nosotros hubiera sido completamente distinto: transportábamos precisamente las provisiones que ellos necesitan y se habrían llevado todo: barco, equipaje y pasajeros. Una vez vaciada la carga del balandro, le habrían prendido fuego y a todos nosotros nos habrían enviado a quién sabe dónde para correr la suerte que estos bárbaros reservan a los infelices que caen en sus redes.

Por fortuna no fue así. Algunos días más tarde tuvimos la satisfacción de saber que, aunque cambiaron de ruta durante la noche, el navío de guerra les había dado alcance hasta el punto de que no les quedó más remedio que separarse: el balandro había logrado escapar, pero el bergantín fue capturado y conducido a Jamaica.

En Antigua, me deshice de mi cargamento a precios muy ventajosos. Consideré que, una vez en la isla, no tenía sentido temer ser reconocido como un rebelde, y no me equivoqué. No obstante, al cabo de cinco meses, no sabía todavía lo que sería de mí. Mandé el balandro de vuelta a Virginia, con el ron y la melaza, mercancías que hacían falta allí. Regresó con un cargamento similar al que había transportado en su primer viaje y también con una carta de Londres dirigida a mi mujer.

Su amigo le comunicaba, muy honestamente, que quienquiera que fuese la persona en cuyo favor intervenía, no pretendía abusar de su confianza y le aconsejaba que se ahorrase los gastos de solicitar de Su Majestad una merced personal, habida cuenta que sabía de buena fuente que el rey, cediendo a su natural disposición a la clemencia para con sus súbditos, se proponía conceder el perdón general a todos los rebeldes, con apenas algunas raras excepciones, entre las que esperaba no se contase su amigo.

Para mi esposa y para mí la noticia fue como una resurrección. Decidimos que ella zarpara enseguida hacia Virginia con el balandro a fin de esperar allí la buena nueva y hacérmela saber tan pronto como esta llegara de Inglaterra.

Así pues, mi esposa regresó a Virginia. Alrededor de cuatro meses después, el barco regresó. ¡Y de vacío! Los piratas se habían apoderado de todo el cargamento, salvo de cien sacos de malta sin moler, con la que los piratas, al no saber cómo fabricar cerveza, no habían sabido qué hacer; pero, con gran dicha por mi parte, traía también un paquete de cartas de mi esposa, en el que se incluían dos cartas de Inglaterra dirigidas a ella, una de su amigo y otra de mi corresponsal. En ambas se señalaba que el rey había firmado un acta de amnistía, es decir, un indulto general y sin condiciones. La copia del acta, adjunta a las cartas, demostraba a ciencia cierta que yo podía considerarme incluido entre los súbditos que se habían beneficiado de ella.

Podríamos decir que el rey Jorge me había devuelto la vida. Esto me hacía tan dichoso que no me importa decir aquí que hizo de mí un rendido devoto, contrayendo con él una deuda de gratitud que me durará mientras viva y no pierda el sentido del honor. Si lo menciono aquí es para subrayar hasta qué punto nos debemos en tales circunstancias a la justicia y el deber; en especial, a quienes nos hacen la merced de devolvernos la vida, cuando estaría a su alcance cobrársela, pues la gratitud es un deber que no cesa sino con nuestro último suspiro. Porque si mi príncipe me obsequia con la vida, no sabría cómo pagarle una deuda semejante, a no ser que, teniendo la vida del príncipe en mi mano, yo tuviese a bien concederle esa gracia; y ni siquiera así podría saldar una deuda semejante, pues no son casos comparables. En efecto, salvarle la vida al rey es un deber natural, mientras que si él me concede esa merced después de haberle traicionado, él no me salva a mí más que en virtud de su clemencia y benevolencia.

Quizás estas ideas no complazcan a todos los lectores. Pero puesto que en materias de esta naturaleza me rijo por los estrictos principios del honor y la virtud, quiero dejar constancia de que considero una regla de honor irrenunciable que el hombre que, habiéndose rebelado contra la justicia de su príncipe y las leyes de su país, reciba a cambio una gracia de su soberano, no debería bajo ningún concepto volver a levantar jamás un dedo contra su príncipe sin manchar su honor de un modo irreparable y ser indigno del perdón de los hombres tanto como el de Dios.

Luego de esta digresión, vuelvo a mi relato. Cuando mi esposa partió, parecía como si mi buena fortuna se hubiera ido también con ella y los negocios me hubieran dado la espalda. Cuando ya creía que mis desgracias habían terminado, aún me quedaba atravesar una nueva etapa de infortunios.

Mi balandro había regresado a Antigua, pero, como ya he dicho, casi sin cargamento alguno a causa del ataque de los filibusteros en el golfo de Florida. Los bandidos no me habían dejado a bordo más que al capitán y dos mozos. Decidí que regresaría a Virginia al lado de mi esposa y de mis plantaciones, las cuales yo me había prometido no abandonar más.

Embarqué con este propósito, poniendo rumbo directamente hacia el cabo de Virginia. Cuando llevábamos unas cuarenta y ocho horas de travesía, nos vimos inmersos en una violenta tempestad que nos empujó hacia las costas de Florida, cuyas rocas golpeamos en dos ocasiones; una tercera habría sido fatal. Un día o dos después de aquello, cuando amainó un poco la tormenta, pudimos continuar viaje. Por desgracia, a nuestro paso por el golfo, el mar seguía alborotado y el viento soplaba tan fuerte que pronto vimos que nos era imposible mantener el rumbo y, cinco días más tarde, nos encontramos en tierra, al noroeste de la isla de Cuba. No nos quedó más remedio que buscar abrigo en un ancón natural, sin echar empero el ancla, de modo que no se pudiera decir que hubiésemos tocado las tierras del rey de España. A la mañana siguiente, no obstante, nos vimos rodeados por cinco embarcaciones españolas, de esas que llaman «barcolongo». La tripulación, muy numerosa, nos abordó de inmediato y, apoderándose del barco, nos llevó a La Habana, el puerto de mayor calado que tienen los españoles en esa parte del mundo.

Una vez allí, me embargaron el balandro y, por supuesto, lo saquearon, como adivinará cualquiera que conozca a los españoles, especialmente en ese país, al tiempo que apresaron a mis hombres, los encarcelaron, y al capitán y a mí nos llevaron como si fuéramos criminales ante el alcalde o gobernador de la plaza.

Habiendo servido en Italia bajo el rey de España, yo hablaba muy bien el español y esto me fue útil, ya que argumenté con fundamento la injusticia del trato al que nos sometían, pues el gobernador –o el alcalde, llámese como se quiera– reconoció que no deberían haber detenido mi balandro ni haberme traído a La Habana, pues nos encontrábamos en mar abierto, no cometíamos ningún delito y no habíamos tocado en lo más mínimo las tierras que pertenecían a Su Católica Majestad.

Nos hizo un gran favor al admitir mis argumentos. Pero pronto constataría que era más fácil obtener el reconocimiento de los errores que la reparación por los mismos, y que no debía esperar que me restituyeran nada. Me hicieron saber que tendría que esperar el envío de un informe al virrey de México en el que le solicitarían sus órdenes para saber cómo debían proceder en este caso.

No era difícil darse cuenta de qué curso tomarían las cosas, pues el procedimiento de costumbre en aquel lugar era confiscar el barco y las mercancías. En cuanto a la decisión del virrey sobre la suerte que correríamos, todo dependería del modo en el que se presentaran las cosas por el corregidor, es decir, por el juez de la plaza.

Sea como fuere, no tenía más que un remedio a mi disposición: esa vieja cosa insignificante que se llama paciencia. De esa tenía bastante, porque mi pérdida era menos grave de lo que les hacía creer a ellos. Lo que temía en realidad era que me privaran de libertad para el resto de mis días y me enviaran a las minas de Perú. Era allí donde los españoles enviaban a todos aquellos que fondeaban en sus dominios, aun cuando fuese una tempestad la que les hubiera arrojado hasta sus costas. Esto explica por qué tantos navegantes que se ven atrapados en esta penosa situación, antes que caer en las garras de los españoles, libran crueles combates con ellos y venden cara su piel.

Por fortuna, yo hablaba español y había combatido en las filas del rey de España, como ya he dicho. En apoyo de mis argumentos, tuve la suerte de poder mostrar un documento, firmado por el rey de Francia, que avalaba mi nombramiento como teniente coronel de la brigada irlandesa y mi participación junto al ejército de Francia en la campaña de Italia por la causa de Su Católica Majestad. No me faltó la ocasión de rendir tributo al espíritu caballeresco y a la bravura personal de Su Católica Majestad, que había podido apreciar en numerosas batallas (bien puedo añadir aquí que Su Majestad no tomó parte en ellas ni yo tampoco). Como mis interlocutores no estaban al corriente de nada, no vacilé en ponderar las virtudes de la caballería española, de la cual, a Dios pongo por testigo, no vi ni un solo regimiento en el ejército durante el tiempo que tomé armas en él.

Esta actitud me valió la autorización de pasear por la ciudad bajo palabra de que no trataría de escapar de ella. Se me concedieron, además, doscientas piezas de a ocho*, fruto de la venta de mi cargamento. Con aquel dinero debía procurarme mi subsistencia hasta que mis asuntos se hubieran arreglado en México. En cuanto a mis hombres, permanecerían en prisión, a cargo de la comunidad.

Tras varios meses de negociaciones, la única satisfacción que obtuve fue la de ver embargados mi balandro y mis propiedades, y a mi desdichada tripulación en peligro de ser enviada a las minas. Logré, no sin largos parlamentos y ruegos, que ellos fueran reconducidos a Antigua a cambio de trescientas piezas de a ocho por su rescate, cuyo pago me correspondía garantizar permaneciendo allí como rehén. Además, en el caso de que el virrey de México confirmase la sentencia de confiscación, yo debía reembolsarles las doscientas piezas de a

* *N. del T.* El real de a ocho, también conocido en las Indias como pieza de a ocho o piastra, fue la divisa de más amplia difusión durante el periodo colonial en América y garantizó la unidad mundial hasta el siglo XIX. Acuñada en plata en las cecas de las colonias españolas (Perú y México), tenía un valor de ocho reales, y fue la primera moneda de curso legal en los Estados Unidos hasta la Ley de 1857. De ahí que el Coronel Jack pudiera utilizarlo tanto en las colonias españolas como en las inglesas.

ocho que me habían adelantado y pagar quinientas piezas más a efectos de mi propio rescate.

Las condiciones eran duras, pero no tenía más remedio que aceptarlas, y mi fortuna me permitía, además, desembolsar estas sumas sin que me partiesen el corazón. La gran dificultad estribaba en que no sabía cómo mantener correspondencia con mis amigos en cualquier parte del mundo ni cómo hacer para que me suministrasen el dinero que me había comprometido a pagar, porque los españoles defendían tenazmente sus puertos y no permitían que nadie se acercase a la costa, bajo pena de embargo o confiscación, según yo mismo había experimentado.

Sobre este problema conversé con el corregidor. Traté de hacerle entrar en razón, diciéndole que estas prácticas iban contra los usos y costumbres de las demás naciones y que, en Argelia, por ejemplo, un prisionero estaba autorizado a escribir a sus amigos para que pagaran su rescate, y a aquel que lo traía lo dejaban marcharse en libertad igual que había venido, ya que, de lo contrario se hacía imposible negociar un rescate. Refiriéndome a mi caso personal, le pregunté cómo, suponiendo que pudiera reunir la suma que me pedían en el plazo fijado, podría hacerla llegar a La Habana, teniendo en cuenta que quien viniera a traerla podría ser aprehendido, y el dinero de mi rescate confiscado, sin que este llegara a consumarse.

El argumento no admitía réplica. El español no pudo menos que encogerse de hombros y responderme que, en un asunto de este género, no tenía autoridad y que las leyes del reino castigaban con severidad al extranjero que pusiera el pie en cualquier punto de las colonias americanas de Su Católica Majestad, y que no podían admitir dispensa alguna de esta norma sin la concesión de un asiento especial*, según lo llamaban, expedido por el Consulado o la Cámara de Comercio de Sevilla, o sin una orden expresa firmada de puño y letra por el virrey de México y con su sello estampado.

–¡Entonces, señor corregidor –exclamé yo con tono encendido y fingiendo sorpresa–, vuestra merced no puede dar a un representante del rey de Inglaterra la autorización de venir, aun bajo el amparo de una bandera blanca, para conferenciar con el gobernador, ni un embajador puede entrar aquí para traeros un despacho del rey! ¡Si esas son las condiciones, puedo deciros que no son conformes a la ley de las grandes naciones!

Él bajó la cabeza, pero repitió que no podía hacer nada. No obstante, el gobernador militar que asistía a la entrevista intervino, y entre ellos entablaron una acalorada discusión. El gobernador mantenía que sus ordenanzas presentaban una laguna en ese aspecto; mientras que el corregidor replicaba que estaban sujetas a ellas, y no estaba en su poder obrar de otro modo sin asumir los riesgos que ello entrañaba.

N. del T. El régimen de asiento o régimen de concesiones individuales es adoptado por la corona española a partir del siglo XVIII. Aunque se concibió expresamente para dejar el comercio de negros a las potencias extranjeras, especialmente a Inglaterra –ya que España no contaba con posesiones africanas para proveerse de ellos–, era posible atribuirlo también a la entrada de un navío de trescientas toneladas para poder vender en América.

–Bien –dijo el gobernador–. Pero tomemos el caso de este inglés. Es nuestro rehén y nos garantiza el pago del rescate por los hombres que hemos liberado. Supongamos que él os dice que el dinero está preparado y que se encuentra en uno u otro lugar: ¿cómo os lo haría llegar a vos?, ¿si detenéis a sus mensajeros, qué queréis que haga? Me diréis que podríais enviar a alguien a buscarlo. Pero, ¿qué garantía tendrá él de que obtendrá su libertad cuando os haya pagado?, y ¿por qué debería confiar hasta el punto de pagar su rescate, aun cuando permanece aquí como prisionero?

Estas palabras estaban tan cargadas de razón que al corregidor no le quedó más remedio que responder que había que atenerse escrupulosamente a la letra de la ley. No obstante, autorizó a que se enviara otro despacho al virrey.

El gobernador tuvo entonces la amabilidad de decirme que él me concedería, bajo su autoridad, un salvoconducto para la persona que trajera mi rescate y que yo podría marcharme con ella, en las condiciones siguientes: el navío no traería ningún europeo, ninguna mercancía, y de él no descendería nada a tierra sin su expreso permiso. Si, entretanto, llegaban órdenes en sentido contrario, cuidaría de que el barco pudiese alejarse libremente enarbolando la bandera blanca.

Le hice una respetuosa reverencia en reconocimiento de su sentido de la justicia, y después les presenté humildemente mi petición: les rogué que autorizara a mis hombres a marcharse en mi balandro, una concesión cuyo valor sería estimado de antemano. Ellos traerían el rescate, permaneciendo yo como rehén y respondiendo de la suma que ya debía y de la que correspondía al precio del balandro, en el caso de que este no regresase.

Entonces, me preguntaron a qué país les enviaría a por tanto dinero y si estaba seguro del pago. Se tranquilizaron cuando les garanticé que se trataba tan solo de un viaje a Virginia, pero como quiera que el corregidor, firmemente apegado al cumplimiento de la ley española, permanecía reticente, el gobernador me dijo:

–Señor, todo puede arreglarse si aceptáis la propuesta que voy a haceros: vuestros hombres partirán en el balandro y vuestra merced me garantizará su regreso, pero el balandro, que volverá a vuestras manos cuando hayáis pagado vuestro rescate, no lo consideraremos como tal hasta ese momento. Con ellos irán dos de mis hombres, de cuya vida responderéis vos, y uno de ellos tomará el mando, con el título que mejor le convenga. El navío, registrado en La Habana, tendrá pabellón español, como si perteneciera a la flota de Su Católica Majestad.

Estas condiciones, que respetaban la letra de la ley, se granjearon de inmediato la aprobación del corregidor, que no insistió más que un punto: a condición de que no hubiera ninguna mercancía a bordo. Le dije que se estipulase simplemente que no se desembarcaría nada. Dos días de disputas costó obtener su permiso, una vez que el corregidor adivinó que mi intención no era la de comerciar en La Habana, sino hacer un regalo a cierta persona en reconocimiento de su benevolencia conmigo. Cuando hube logrado hacerle comprender eso, a fuerza de aclarar cada uno de los detalles, llegamos a un acuerdo rápidamente. Él admitió que, una vez pagado el rescate y recomprado el balandro, era razonable que se me permitiese resarcirme de mis pérdidas haciendo algunos negocios fuera de las posesiones españolas; que sería excesivo exigir que mi navío viajase de vacío y hacer el viaje en balde, pues ya habíamos tenido bastantes desgracias; y que mientras no traficase en territorios pertenecientes a Su Católica Majestad, podía hacer de mi capa un sayo.

Comencé a entrever el fin de mi desgraciada aventura, y me dije que el dinero me sacaría de ella, pero que tal vez me permitiría sacarle partido de otro modo.

Así pues, mi balandro zarpó de La Habana, con pabellón español y bautizado con el nombre de *Nuestra Señora de la Val de Grâce*, comandado por el señor Giraldo de Nesma. En él iban las cartas para mi mujer y mi administrador general. En ellas les daba instrucciones relativas al cargamento para la travesía de regreso. Debían enviarme doscientos barriles de harina, cincuenta barriles de guisantes y dos fardos de mercancías europeas, que no encontrarían en mis almacenes, sino en otros donde yo tenía crédito. Les pedía que no me enviaran ninguna de aquellas telas bastas con las que se fabrica la ropa de los trabajadores, sino todo lo que pudieran encontrar de buena calidad, ya fuese hecho de lino, algodón o seda.

Siete meses más tarde, el balandro, cuya silueta escudriñaba en el horizonte desde la playa a diario, apareció por fin, y yo fui el primero en reconocer sus velas desde la distancia y, poco después, sus señales. Tal como habíamos convenido, en cuanto echó el ancla me dirigí corriendo a casa del gobernador para anunciarle la noticia de su regreso y decirle a Su Excelencia –así lo llamaba– que me complacería que fuese él quien subiera a bordo para constatar que sus órdenes habían sido escrupulosamente obedecidas. Se excusó por no poder hacerlo, ya que le era imposible abandonar el mando de la plaza, lo cual no podía asumir sin una nueva comisión firmada por el propio rey.

Me dio la autorización para que yo mismo subiera a bordo, y regresé con una suma en oro, con la que había de pagar mi rescate, el de mis hombres y la compra del balandro.

En tierra me esperaba el hijo del gobernador, junto con un piquete de seis hombres, para conducirme al castillo de su padre, donde me alojaba. Había ordenado que metiesen el dinero en paquetes grandes, como si se tratase todo de plata. Los marineros que lo transportaban tenían orden de que aparentaran que pesaba más de lo que era. El fin era disimular los tres fardos de mercancías que había hecho desembarcar con el resto y con los que pretendía obsequiar al gobernador.

Cuando pusieron el dinero sobre la mesa, el gobernador ordenó a los hombres que se retiraran, y yo di a cada uno de los soldados una pieza de a ocho para que la gastaran en bebida, un gesto que agradecieron mucho y que pareció complacer también al gobernador. Entonces le pregunté, con una sonrisa, si le complacería recibir el dinero ahora. Me respondió que no podía hacerlo más que en presencia del corregidor y de las autoridades competentes. Yo insistí y le supliqué que me permitiese abrir los paquetes en su presencia, cosa que, le dije, me honraría hacer yo mismo en reconocimiento de las atenciones que me había dispensado. Rehusó de nuevo, diciendo que no quería ver más que el dinero, pero que si había desembarcado objetos destinados a mi uso personal, cerraría los ojos. Dicho lo cual, añadió que procediese como mejor me pareciera.

Sin una palabra más, me enfrasqué en mi tarea, abriendo todos los paquetes, poniendo aparte cinco paquetitos que contenían diversas clases de género, a saber:

Un corte de veinte yardas de paño inglés muy fino, cinco yardas de paño negro, cinco yardas de paño rojo;

Dos o tres piezas sueltas de tela;

Una pieza de paño de lino fino de Holanda, treinta anas;

Una pieza de brocado de seda inglesa de dieciocho yardas;

Una pieza de sarga negra de Colchester.

Luego de depositar todo ello sobre la mesa, encontré el modo, no sin dificultad y con muchas muecas forzadas, de hacerle comprender que se trataba de obsequios para él. Dio cien vueltas alrededor de la habitación, sin apartar los ojos del género, y luego me dio a entender que los aceptaba, arrojando el sombrero que tenía bajo el brazo. Me hizo una seca inclinación de cabeza, que yo interpreté como una petición para que saliera de la sala. Poco después, me hizo llamar: las mercancías habían desaparecido.

Constaté enseguida que su actitud había cambiado por completo. Me agradeció el regalo, diciéndome que era digno de un virrey de México más que de un simple comandante de un fuerte, añadió que no me había hecho un favor que justificara tanta generosidad y terminó declarando que vería la manera de complacerme de algún otro modo antes de mi partida de La Habana.

Una vez hechos los cumplidos, pedí que hicieran llamar al corregidor, que acudió presto; y, en su presencia, se contó el dinero, y me di cuenta de que él se mantenía firme en la aplicación equitativa de la ley, que comportaba obligaciones tanto para él como para nosotros: no quería considerar dicha suma como un pago por nuestro rescate, sino a título de mero depósito, que se haría efectivo en el caso de que se confirmase la sentencia que nos convertía en prisioneros suyos.

El gobernador y el corregidor enviaron enseguida –eso fue, al menos, lo que se me dijo– un despacho al virrey. Se me dio a entender oficiosamente que haría bien en esperar el regreso del mensajero enviado a México, lo cual llevaba por lo general dos meses.

Yo no veía inconveniente alguno en ello, pues según mis informaciones me sería posible navegar en el balandro hasta Veracruz, donde podría negociar discretamente todo o parte del cargamento que tenía a bordo, algo que ocurriría antes de que lo que yo imaginaba. Dos días después de que el dinero fuera depositado, como ya he contado, el hijo del gobernador, a quien había dicho que me halagaría recibirlo, se invitó a bordo, trayendo consigo tres grandes comerciantes españoles, de los cuales dos no residían en La Habana.

Pasamos una velada muy alegre y agradable, y yo les agasajé de tal modo que, cuando llegó el momento de irse a dormir, no eran capaces ninguno de los cuatro de alcanzar la costa, sino que se contentaron con dar una cabezada sobre la alfombra que hice desplegar para ellos. Y para que el hijo del gobernador tuviera la impresión de recibir un buen trato, le presté un magnífico camisón de noche fabricado en seda y un gorro de terciopelo de color carmesí. Al día siguiente, le expresé mi deseo de regalárselos y acepto la gentileza de conservarlo para su propio uso.

No obstante, durante la velada, uno de los comerciantes, menos borracho que los demás, sin duda porque era menos joven, no olvidó la razón de su presencia a bordo. Con un pretexto cualquiera, se retiró a la cabina de mando para conversar con el capitán, a fin de comprar todas las mercancías europeas que tuviésemos en las bodegas. El capitán me avisó discretamente para que le diera instrucciones. En pocas palabras, estas consistían en que podía disponer de todo por una suma aproximada de cinco mil piezas de a ocho, correspondiendo al comprador el transporte por su cuenta y riesgo.

No cabía en mí de gozo. Comencé a decirme que, con la venta del cargamento, podía lamerme las heridas por completo, y que, incluso, había logrado suficientes beneficios para no albergar rencor contra Jack el Español por todo el mal que me había causado al principio. Mi capitán manejó admirablemente la negociación por sí solo: al día siguiente, no solamente había vendido todas mis mercancías a los tres españoles, sino que había concertado con ellos que el balandro las depositaría en el punto que ellos señalaran entre Honduras y la costa de Veracruz.

Como el precio convenido cubría con creces los gastos del viaje, yo corroboré el trato; no obstante, llevarlo a cabo planteaba un problema delicado. Dejar partir el balandro y quedarme yo en La Habana, donde ahora circulaba libremente, era difícil; y no lo era menos marcharme sin esperar la respuesta favorable del virrey de México. Finalmente, escogí esta segunda opción. Así pues, fui a ver al gobernador, y le expliqué que, puesto que no había lugar a dudas de la decisión del virrey con respecto a mi caso, sería para mí una pérdida considerable dejar el balandro allí parado entretanto. Le solicité, por ende, el permiso de llevarlo a Antigua para vender el cargamento que no podía desembarcar en La Habana y que corría el peligro de deteriorarse si permanecía demasiado tiempo a bordo.

Él accedió amablemente a mi petición, concediéndome la autorización de volver a La Habana –yo solo– para oír la respuesta del virrey, que no teníamos el derecho de prejuzgar.

Con los papeles del barco y los míos en regla, me hice a la mar con los tres comerciantes españoles. Ellos me dijeron que no residían en La Habana –lo que era incierto, al menos por lo que hacía a uno de ellos–, pero que se habían asociado con ricos comerciantes de la isla, lo que explicaba por qué disponían de una suma considerable en piezas de a ocho.

Pusimos rumbo directamente a Veracruz. Tenía mis dudas al entrar en el puerto, porque me inquietaba que los españoles me enredaran de nuevo en alguna treta. Pero navegábamos bajo pabellón español, los documentos eran auténticos, llevaban las firmas convenientes y no teníamos nada que temer.

Mucho antes de llegar a Veracruz, comprendí que los comerciantes que me acompañaban se dedicaban a alguna suerte de tráfico clandestino, aunque se comportaban con tal naturalidad que para ellos debía ser algo muy simple y habitual. Por la noche, arriamos las velas a seis leguas al norte del puerto, dos de los comerciantes subieron a una canoa para ir a la costa, y, tres horas más tarde, regresaron precedidos por cinco pequeñas embarcaciones que traían a siete u ocho de sus colegas. Enseguida, levamos anclas hacia alta mar y, con el alba, ya habíamos perdido de vista tierra firme.

Debería haber mencionado anteriormente que en el trayecto de La Habana al Golfo de México, que nos llevó ocho días, tuvimos que revolver todo el cargamento y abrir todos los fardos que nos indicaron. A fin de cuentas, les habíamos vendido todo, salvo la harina y los guisantes. El conjunto representaba un valor de dos mil seiscientos ochenta y cuatro libras y diez chelines, que yo les cedí por treinta y ocho mil quinientos noventa y tres reales de a ocho, a los cuales añadí mil doscientas piezas de a ocho por los fletes. Mis compradores hicieron obsequios muy valiosos al capitán y a los marineros. Comprenderán que podían permitírselo.

Tan pronto como nos hicimos a la mar, nuestros españoles, como si dijéramos, abrieron las tiendas, no encuentro otra expresión mejor. En cuanto a mí, me mantuve al margen, puesto que las mercancías ya no me pertenecían. Los tratos se cerraron en muy pocas horas. Al día siguiente por la noche, nos encontramos de nuevo cerca de la costa; las canoas desembarcaron las mercancías y no tardaron en regresar con género nuevo y, acto seguido, levamos anclas de inmediato para reemprender otro trayecto. Un día después, no me quedaban a bordo más que los barriles de harina y de guisantes. También me ofrecieron un precio por ellos, pero era menor del que esperaba.

Del cargamento que yo les había vendido, mis españoles habían sacado setenta mil piezas de a ocho, lo cual me dio la idea de trabar conocimiento con aquellos comerciantes en tierra firme. Se me antojaba que me sería muy fácil viajar directamente desde Virginia con un balandro cuyo cargamento, comprado en Inglaterra, por cinco mil o seis mil libras, sería vendido a cuatro veces su precio. Con esta idea en mente, maniobré para, con el consentimiento de los tres españoles de La Habana, hacerme invitar por algunos de los comerciantes de Veracruz, que me dijeron que les complacería recibirme en su plantación. Su explotación consistía en «un ingenio», es decir, una hacienda con un molino para procesar caña de azúcar, y allí fuimos tratados como príncipes.

Aproveché la ocasión para dejar caer en la conversación que, si encontraba el momento de volver, no me importaría visitarles una o dos veces por año, lo cual redundaría en su beneficio. Uno de mis anfitriones, comprendiendo mis intenciones secretas, me llevo aparte a una habitación contigua.

–Señor –me dijo–, si vos tenéis la ocasión de volver a visitarnos, os puedo dar todas las indicaciones para que no cometáis ningún error. Sabréis dónde aproximaros a la costa, cómo avisarnos, cómo comprender las señales que os haremos, y podéis estar cierto de que no dejaremos de ir a vuestro encuentro con suficiente dinero para comprar toda vuestra carga.

A continuación, me facilitó todas las informaciones que requería, no sin antes darme su palabra de honor de que no corría ningún riesgo de ser traicionado ni por él ni por sus amigos. Le prometí que regresaría tan rápidamente como me fuera posible y nos pusimos a hablar de otra cosa. Cinco días más tarde, mis españoles habían puesto fin a sus negocios, y nos hicimos a la mar con rumbo a la isla de Cuba, donde los dejé, muy satisfechos de su viaje. Me apresuré a dirigirme a Antigua donde, sin perder un instante, me deshice de mis doscientos barriles de harina, que comenzaban a estropearse. Embarqué ron, melaza y azúcar, y emprendí el viaje de regreso a La Habana, atenazado por el miedo a encontrarme con los filibusteros, que habrían hecho un suculento botín si me hubieran apresado, ya que, además de las mercancías, transportaba cuarenta mil piezas de plata de a ocho.

Apenas hube desembarcado en La Habana, me presenté en casa del gobernador. La respuesta del virrey había llegado y tuve la buena fortuna de saber que en ella desautorizaba la parte de la sentencia que nos condenaba como prisioneros y que estipulaba que debíamos pagar rescate, lo que no podía practicarse más que en tiempo de guerra. En cuanto al embargo, remitía la cuestión a la Casa de Contratación de Indias en Sevilla, dejándome las puertas abiertas, si lo prefería, para que recurriese en apelación al rey de España.

Era, en gran medida, un buen fallo. Puesto que no estábamos en tierra, no podíamos ser apresados legalmente. Por lo que hace al barco y a la carga, creo que los habría recuperado si me hubiese tomado la molestia de presentarme en la Vieja España. Pero volvía a encontrarme libre, y mi tripulación conmigo, sin tener que pagar el rescate, de modo que recobré todo el dinero que había dejado en depósito. Decidí que no insistiría, me despedí de La Habana y puse rumbo hacia Virginia donde, a pesar de todas mis pérdidas, arribé, después de un año y medio de ausencia, cuatro mil piezas de a ocho más rico de lo que era cuando emprendí viaje.

Ahora que la ley de perdón había sido votada en el Parlamento, la vieja historia de los prisioneros de Preston había dejado de inquietarme. Era fruto de mis pensamientos y tengo que hacer notar aquí, pues no será inútil, que el miedo y el sentimiento de culpabilidad van siempre, irremisiblemente, de la mano. Algunos meses antes, me bastaba con atisbar el rostro de uno de aquellos desgraciados para que se me echara a temblar todo el cuerpo. A causa de aquellas pobres gentes había fingido caer enfermo y me había envuelto las piernas en franela, como si tuviera gota. ¡Ahora podía verlos en mis plantaciones sin sentir más preocupación que ante cualquier otro de mis trabajadores!

Lo más curioso de todo era que yo me había imaginado que uno de ellos podría reconocerme, acordarse de mí y acusarme. Ahora que me encontraba a menudo con ellos, les conocía a casi todos, si no a todos, estaba familiarizado con sus caras y, a veces, con sus nombres, ¡ninguno de ellos había reparado en mí o daba muestras de haberme visto en el pasado!

¡Me habría ahorrado muchas miserias y bastantes fatigas si lo hubiera sabido antes! Pero el hombre es una criatura a la que le cuesta ver y que no sabría ni prever sus alegrías futuras ni prevenir las catástrofes que se avecinan, por cerca que se encuentre de ellas.

Ya no pensaba más que en mi proyecto de las Antillas y hacía mis preparativos para el viaje. Tenía una relación detallada de las mercancías europeas que eran especialmente solicitadas en Nueva España y no deseaba aplazar mi viaje porque sabía que, desde hacía dos años, a los galeones españoles les costaba más tiempo de lo habitual llegar desde Europa*. Pareciéndome que sería perder meses preciosos hacer traer los cargamentos desde Inglaterra, decidí embarcar tabaco y ron –el que había traído de Antigua– e ir a Boston y a Nueva York, en Nueva Inglaterra, para ver si podía reunir allí un cargamento de mi gusto.

Una vez cargado el balandro, cogí veinte mil piezas de a ocho y, llevando a mi mujer conmigo, me hice a la mar. En Nueva Inglaterra, la presencia de un balandro venido desde Virginia para efectuar compras de ese tipo, todas ellas pagadas al contado, causaba extrañeza. Se trataba de algo nuevo y, en los círculos comerciales, empezaron a preguntarse quién era yo. Indagaban entre mis hombres, que respondían que yo era un gran plantador de Virginia –es todo lo que podían decir, y ya era bastante–, lo cual avivaba la imaginación de las gentes y daba rienda suelta a las especulaciones. Unos pensaban que iba a traficar a Jamaica, otros que mantenía tratos comerciales con las colonias españolas y otros que me dirigía hacia los mares del sur y que, mitad comerciante, mitad filibustero, operaba en las costas de Chile y Perú. Todo ello no impedía que me ocupase de lo que me concernía: vendí mi cargamento de ron y tabaco por

---

* *N. del T.* A partir del siglo XVIII se evidenció la pérdida de la hegemonía española en Europa en el tráfico con las colonias. Con el progresivo dominio de Francia e Inglaterra, el sistema de galeones y flotas que aseguraba el monopolio español desde el siglo XVI fue reemplazado por sucesivos decretos que abrieron los puertos del Caribe al libre comercio con España.

doce mil piezas de a ocho, antes de llegar a Nueva York, donde gasté el resto.

Había comprado, sobre todo, buenos paños ingleses, sargas, droguetes, telas de Norwich, así como telas de hilo fino y de seda. Regresé a Virginia y, añadiendo poco más a mi cargamento, preparé mi viaje a las Antillas. Hice calafatear el balandro y lo levanté un poco, armándolo con doce cañones, por si los españoles nos atacaban con sus barcolongos, una precaución que, como oirán más tarde, resultó ser provechosa.

Largamos velas a comienzos de agosto y, como me habían atacado los filibusteros en dos ocasiones al pasar por el Golfo de Florida, o en las Bahamas, decidí mantenerme apartado de esos trayectos. Pasamos el trópico justo por el lugar donde el ilustre sir William Philipps había recuperado la plata de la flota española hundida. Navegando entre las islas, bordeando Cuba por el sur, entramos en el golfo de México.

Cuando pasábamos por el oeste de Cuba, lejos de la isla, tres navíos españoles se aproximaron a nosotros desde el otro lado de la isla. Pronto se dieron cuenta que se equivocaban porque disparamos tres o cuatro cañonazos para disuadirlos, y se dieron media vuelta. Reaparecieron a la mañana siguiente, con cinco barcos esta vez y una corbeta, para perseguirnos. Yo icé los colores españoles, y los esperé dispuesto a combatir. Pero se retiraron: los cañones de refuerzo los ahuyentaron.

Aún nos quedaba un buen trecho hasta nuestro puerto. Siguiendo las orientaciones que me habían facilitado, pasamos por el norte de San Juan de Ulloa y nos dirigimos hacia la costa. Recalamos en el lugar preciso que me había indicado el comerciante español al que iba a ver. Envié al capitán del balandro a la hacienda del comerciante donde este llevaba una existencia de pequeño potentado. Le brindó la mejor acogida posible y, unas horas más tarde, subían a bordo los dos junto a otro de sus amigos, comerciante como él de una de las haciendas vecinas. Me había sugerido que pasase la noche en su casa, pero yo no quería dejar el barco, así que levamos anclas y, con el alba, habíamos perdido tierra de vista.

Mi cargamento les sorprendió: no se esperaban que fuese tan amplio. No obstante, eso no los contrariaba, pues si hubiera tenido cuatro veces más mercancías, habrían estado dispuestos a comprármelas. Todo el género les agradó sobremanera y no tuvimos que discutir mucho sobre el precio. Pero como no habían traído suficiente dinero, convinimos en que regresarían a tierra la noche siguiente para buscar más. El resto de la noche la pasamos mirando los paquetes, haciendo inventarios o facturas del resto del cargamento, a fin de que conocieran el valor de las mercancías y supieran cuánto más dinero habrían de traer.

Así pues, tras desembarcar parte del cargamento, valiéndose de las barcas del balandro, les vi regresar al cabo de unas horas, acompañados de algunos otros comerciantes que había conocido en mi primer viaje, ellos también deseosos de comprar. Y aun habría podido venderles el balandro si hubiese querido.

Debo hacer justicia al hecho de que se comportaran como hombres honrados. Se daban cuenta de que les vendía las mercancías a menor precio que lo hacían otros comerciantes de la Habana con quien yo había tratado, auténticos mercachifles que, como ya he contado, habían sacado un beneficio de cien por cien sobre el precio que me habían pagado a mí. No obstante, esta vez había subido un poco el precio, a cuenta de la distancia y los riesgos que entrañaba el viaje.

En suma, les vendí todo el cargamento, cobrándoles doscientas piezas de a ocho. Tan satisfechos como yo del trato, antes de separarnos, me obsequiaron con víveres, cerdos, corderos, aves, frutas confitadas, etc., que debían bastarme para el resto del viaje. Nos separamos muy contentos unos de otros, prometiéndonos que aquello no terminaría allí y, por su parte, me brindaron su amistad y cuanta ayuda me fuese necesaria en caso de que me acaeciera, lo que no era improbable, algún percance o desventura en sus costas.

Convoqué a mi tripulación a una conferencia a fin de fijar el itinerario de regreso. El segundo de a bordo era partidario de remontar hacia Jamaica, pero la ruta me parecía poco segura y tenía demasiada plata conmigo para aventurarme a riesgos de ese tipo. Estimaba, y el capitán compartía mi opinión, que era mejor acortar costeando en dirección a Carolina hasta algún puerto donde pudiéramos asegurarnos la protección del primer barco de guerra inglés que nos topásemos para que nos escoltase hasta los cabos de Virginia.

Era la mejor ruta que podíamos tomar. A pesar de que fuimos importunados en torno al cabo de Florida por los barcolongos españoles, a quienes alejamos a cañonazos cuando nuestro pabellón español no les bastó para mantenerlos a distancia, y una galerna que casi da con nuestros huesos contra la costa, arribamos sanos y salvos al río Charles, en Carolina. Desde allí encontré el modo de enviar una carta a mi mujer, relatándole el éxito de mis negocios. En el puerto no había ningún barco de guerra. No obstante, como se me dijo que la costa estaba libre de piratas, me aventuré a reemprender viaje y, al cabo de pocos días, arribamos a la bahía de Cheseapeke y, poco después, a mi casa, luego de una ausencia que había durado tres meses y cuatro días.

Nunca un barco de esa parte del mundo hizo un viaje tan rentable en tan poco tiempo: en tres meses, había pagado las costas del viaje y ganado veinticinco mil libras esterlinas, tirando por lo bajo.

Había llegado el momento en el que habría debido quedarme en casa, satisfecho y tranquilo con lo que había logrado; y es lo que a no dudarlo habría hecho si estuviera al alcance del hombre saber cuándo ha conquistado la cima de su buena fortuna. Mi mujer opinaba que debía quedarme donde estaba y me persuadía para que así lo hiciera. Con todo, me parecía haber descubierto el medio de hacer afluir a mis plantaciones de Virginia una parte de la abundancia de oro en que nadaba México. Yo veía las cosas de modo distinto, y no soñaba más que con millones, ansioso de emprender un nuevo viaje. En contra de cualquier prudencia, reuní las mercancías que me parecían oportunas para mi expedición. Acababa de recibir de Inglaterra importantes partidas, a raíz de una comanda de más de diez mil libras esterlinas expedida hacía algunos meses, con lo que me ahorré la molestia de hacer otra visita a Nueva Inglaterra.

Zarpamos en abril, unos cinco meses después de mi regreso, y, enseguida, el destino se nos puso en contra. Luego de cinco días de navegación, cuando estábamos a unas sesenta leguas en alta mar, nos vimos asaltados por dos corbetas piratas que se dirigían hacia los bancos de Terranova. Se apoderaron de todas nuestras provisiones, municiones y armas ligeras, sin tocar, no obstante, el cargamento que no ofrecía para ellos ningún interés en aquel momento. Como no estábamos todavía demasiado lejos, regresamos a Virginia para reaprovisionarnos. Esto nos llevó diez días, y nos hicimos a la mar de nuevo.

No tuvimos ninguna otra aventura digna de reseñar hasta que, por el mismo rumbo que habíamos trazado en la anterior ocasión, entramos en el Golfo de México, y comenzaron nuestras desgracias. Cuando nos dirigíamos hacia las costas de Yucatán, dejando a nuestra espalda Cuba, avistamos la flota de la Nueva España, es decir, los barcos que van de Cartagena (o Portobelo) a la Habana, y, desde allí, a Europa. Iba escoltada por un gran barco de guerra español y por tres fragatas, de las cuales dos empezaron a perseguirnos. Escapamos de ellas en cuanto pudimos ponernos al abrigo de la noche, y nos dirigimos hacia el norte y, después de algún tiempo, como si nos adentráramos en la desembocadura del Mississipi, retornamos a la ruta del sur, poniendo rumbo hacia el sur del Golfo. Unos días más tarde, llegamos a nuestro destino.

Fondeamos en el lugar habitual y, aquella misma noche, mandé noticia de mi llegada a nuestros amigos, quienes esta vez no se apresuraron a venir a bordo. Me informaron de que las fragatas que nos habían perseguido nos habían denunciado como piratas en Veracruz y en otros puertos, que varias fragatas habían partido en nuestra búsqueda y que tres más se unirían a ellas a partir del día siguiente.

Había que tomar decisiones de inmediato. Mis amigos pensaban que lo mejor sería desembarcar por la noche la mayor parte posible de mi cargamento y, al alba, alejarnos a toda vela hacia el norte del Golfo, abandonándonos al albur del destino. El consejo era sabio pero difícil de seguir, según comprobamos más tarde. Agobiados por el apremio, nos pusimos manos a la obra con tanta confusión y desorden, que cuando despuntaron las primeras luces y llegó el momento de izar velas, no habíamos llevado a la costa más que seis fardos de mercancías. Mi capitán me propuso recurrir a un mal menor: que yo fuese a tierra con la última canoa y cinco fardos más, y que me quedara allí, escondido por mis amigos españoles, mientras el balandro reemprendía viaje y corría su propia suerte.

Los comerciantes españoles estaban dispuestos a brindarme su protección, algo que era asequible ya que podía pasar con facilidad por uno de sus compatriotas; adopté la solución de mi capitán. El balandro, como sabría más tarde, se topó al día siguiente con dos fragatas españolas que lo persiguieron. Velero excelente, logró escapar después de una persecución de tres días y dos noches, y empujado por un fuerte viento del sudoeste, arribó por fin a la embocadura del Río Grande* –o, como dicen los franceses, del Mississipi–. Allí se detuvo junto a la costa, no lejos del fuerte español de

N. del T. Este párrafo es ligeramente confuso en el original. Aparentemente, el navío no podía refugiarse en la desembocadura del Misisipi y navegó hacia el este hasta Pensacola. El error de Defoe consiste en pensar que Pensacola

Pensacola, que entonces estaba ocupado por los franceses. Se habría adentrado en el río, pero como la corriente en contra era muy fuerte, la tripulación decidió descender los botes salvavidas y alcanzar la orilla.

En cuanto a mí, me veía en una situación bastante curiosa. En un cierto sentido, estaba muy contento. Me encontraba en compañía de amigos encantadores que velaban por mi seguridad como si se tratase de la suya; las mercancías que había podido desembarcar me habían procurado más dinero del que necesitaría para todo el tiempo que pensaba quedarme con ellos y, si me faltaban fondos, confiaba en el amigo que me hospedaba, que estaba dispuesto a adelantarme veinte mil piezas de a ocho, y más, si así lo deseaba.

Mi mayor preocupación consistía en no poder prevenir a mi esposa de lo que había acaecido. Me habría gustado hacerle saber que, a pesar de mi mala fortuna, me encontraba a salvo; por desgracia, esto era imposible y lo único que podía hacer era armarme de paciencia. A decir verdad, debería haberle dado las gracias al destino. ¿Qué habría sido de mí si hubiera caído en manos de los españoles? Me habrían enviado a las minas o, lo que era

---

se encuentra en la desembocadura del Mississipi cuando, en realidad, está situado más al este. Es probable que hubiese oído a algunos escritores y geógrafos llamar al Mississipi, el río grande, y esto le induce a equivocarse. Defoe no pudo haber conocido el Rio Grande, ya que no figuraba en los mapas de la época y no se llamó así hasta que se creó la República de Texas. Véase al respecto, nota 299 de la edición *The World's classics*, de Penguin (1989).

mil veces peor, entregado a la Inquisición. ¿O, si habiendo escapado a los españoles, me encontrara a bordo de mi balandro? Más tarde me enteraría de los sufrimientos que tuvieron que soportar mis hombres, maltratados por los salvajes tanto como por los franceses quienes, más salvajes si cabe, los habían desvalijado y azotado, en vez de prestarles ayuda. Después, ellos emprendieron camino a través de las montañas, un largo y penoso viaje que merece un relato por sí mismo y que les condujo por fin, al cabo de varios meses, a la región sudoeste de Carolina del Sur. Yo ignoraba todo eso, pero de no ser así, habría comprendido mejor que tenía excelentes razones para conservar la paciencia, estar satisfecho y agradecido.

El comerciante español que me hospedaba me trató como un príncipe. Durante todo el tiempo que esperábamos ver mi balandro apresado y llevado a Veracruz, me tuvo escondido en una casita que tenía en medio del bosque y donde poseía una granja avícola de primer orden. Allí criaba pájaros de todo el mundo, todos los de América y todos los que, cada año, le enviaban sus amigos desde España.

Este retiro fue indispensable para mí. En efecto, si hubieran apresado el balandro y a la tripulación, cabía prever que mis hombres hubiesen sido obligados a confesar en qué punto de la costa habían dejado a su patrón, con veintiún fardos de mercancías. Las mercancías no habrían podido encontrarlas, pues habían sido reempaquetadas y mezcladas con otros productos europeos transportados por los galeones españoles y se encontraban ya en las tiendas de los comerciantes de México, pero la prudencia aconsejaba que me mantuviera oculto. Permanecí en la villa, o en la casa del valle, alrededor de cinco semanas. Tenía dos criados a mi servicio, uno de los cuales cocinaba y el otro me servía de ayuda de cámara y, todas las noches, venía a cenar mi amigo, el comerciante español.

Al cabo de cinco semanas, las fragatas entraron en el puerto de Veracruz, y tuvimos noticias del balandro porque mi amigo había ido a propósito a informarse al respecto: lo habían visto estrellarse contra las rocas y hacerse añicos por la fuerza de las olas delante del fuerte de Pensacola, justo después de que la tripulación lo abandonara a bordo de las barcas. Ahora que mis hombres habían escapado a los españoles, recobré la tranquilidad. Ya no debía temer las indiscreciones y pude abandonar la villa para trasladarme a casa de mi amigo, donde no tendría necesidad de esconderme.

Me presentó como un comerciante, venido de España con los últimos galeones y que llegaba de México para residir con él. Vestido como un español de buen linaje, tenía tres negros a mi servicio, era oriundo de Castilla la Vieja, y me hacía llamar Don Ferdinando de Villa Morena. No tenía nada más que hacer que pasearme por el bosque, ora a pie, ora a caballo, y gozar de un retiro que era el más agradable y lujoso del mundo, pues nadie que yo conozca vive con más esplendor y abundancia de tesoros que los comerciantes de aquel lugar.

En efecto, estos ricos comerciantes poseen fortunas inmensas y viven en el campo, no lejos de estos «ingenios», donde fabrican su índigo y su azúcar. Tienen una residencia y tiendas en Veracruz, pero no van allí más de dos veces por año, con ocasión de la llegada o la salida de los galeones que trafican con la Vieja España. Cuando fui a Veracruz, me asombraron las prodigiosas partidas que llegaban de allí, y más todavía la rapidez con que las despachaban. Los fardos, una vez desembarcados, eran transportados a los almacenes, donde los peones y porteadores negros o indios los reempaquetaban y distribuían las mercancías según las comandas, que, a su vez, eran enviadas por mensajeros a caballo hasta México, donde las esperaban los compradores. Debo añadir que, además de la celeridad y orden con que se despachaba en un negocio de esta categoría, los pagos eran rápidos y perfectamente consignados en los libros. Los comerciantes se limitaban a leer por encima y firmar las cartas e inventarios que redactaban los contables. El producto restante lo enviaban al ingenio, a unas treinta millas inglesas de Veracruz, de modo que, en un plazo de veinte días, con sus almacenes de nuevo vacíos y habiendo liquidado todos los negocios que tenían en Veracruz, podían retirarse de nuevo al campo, ya que no les parecía saludable estar más de lo necesario porque el aire que se respiraba era malsano.

No puedo dar una estimación aproximada del valor de las mercaderías que recibían, pero recuerdo que los galeones embarcaron, en varios lotes, un millón trescientas mil piezas de a ocho al contado, además de ciento ochenta fardos de cochinilla y unos trescientos de índigo. Además, los comerciantes mexicanos consignaban a bordo, a cambio de considerables comisiones, grandes cantidades de lingotes de oro y plata.

Acababa de regresar de Veracruz, adonde había acompañado a mis amigos, cuando decidimos arreglar las cuentas para los veintiún fardos que había desembarcado. Yo me había reservado uno para mí, diré por qué en un momento. Vendí todas las mercancías al precio de nuestros tratos anteriores y por un pago al contado de ocho mil quinientas setenta piezas de a ocho. Mis negros apilaron el dinero en un rincón de mi aposento y, bien mirado, podía considerarme todavía un hombre muy rico.

En cuanto al fardo que había apartado, lo había preparado expresamente en Virginia y contenía mercaderías que había mandado traer expresamente de Inglaterra: telas escogidas, sedas muy finas, paños de Holanda, toda clase de cosas con las que podría, llegado el momento, hacer obsequios. Me había cuidado de que fuese uno de los primeros en llegar a tierra, junto con mis efectos personales y los objetos que necesitaba, y se encontraba en mi aposento.

En el interior, había repartido estas mercancías –cuyo precio puedo decir que ascendía a alrededor de doscientas libras esterlinas– en pequeños paquetes. Mi situación en aquel momento me obligaba a ponderar mi largueza, pero no podía menos que darle algo al generoso español a quien debía cuanto menos un tributo de reconocimiento. Tras reunir los dos paquetes en uno solo, metí a estos efectos los siguientes artículos:

Dos piezas del más fino paño inglés que pudiese encontrarse en Londres;

Cuatro piezas de fina tela de Holanda, a siete u ocho chelines la ana;

Doce piezas de droguete de seda y de terciopelo para confeccionar vestidos de hombre;

Seis piezas de seda: dos brocados, dos damascos y dos de Mantua;

Y, por último, dos cajas, una de lazos y otra de encajes, cuyo valor, en Inglaterra, era de al menos cuarenta libras.

Dejé el paquete en mi aposento y, una mañana, hice que mi amigo subiera conmigo con el pretexto de tomar una taza de chocolate, tal como hacíamos a menudo.

Cuando la conversación se animó, le dije que me había mostrado tal generosidad que no habría debido venderle casi todo mi cargamento ni aceptado su dinero, sino que debería haber dejado a sus pies todas aquellas mercaderías, puesto que, de hecho, se lo debía todo.

Él sonrió, y con un gesto de amistad en el rostro, me dijo que no habérmelas pagado habría sido como saquear en un naufragio, lo que era peor que robar en un hospital.

Le dije entonces que tenía dos peticiones que hacerle, a las que no podía negarse. La primera era que tuviese a bien aceptar un pequeño obsequio que había preparado para él y el cual no le permitiría rehusar bajo ningún concepto. En cuanto al segundo, se lo diría cuando hubiese respondido al primero. Me dijo que no tendría inconveniente en aceptar si yo me encontrase en una situación fácil, pero que, en las circunstancias presentes, sería poco caballeroso de su parte. Repliqué que el paquete que quería regalarle lo habíamos preparado mi mujer y yo en Virginia –lo que es cierto, aunque luego hubiese doblado su volumen–, y se lo mostré, refrendándolo con su nombre escrito en la tela que lo envolvía. El protestó, pero mi insistencia terminó por convencerlo: me hizo una reverencia en señal de que lo aceptaba. Sin añadir nada más y sin dejarle ver el contenido del paquete, ordené a uno de mis criados que trasportara todo, a excepción de las dos cajas, hasta los aposentos de mi amigo, el cual se marchó con el criado.

Regresó un cuarto de hora más tarde, con aspecto de estar a la vez furioso y encantado. Me dijo que si hubiera sabido las maravillas con las que quería obsequiarlo, jamás habría consentido aceptarlas y, retomando sin saberlo la fórmula del cumplido del gobernador de La Habana, añadió que un presente así era más digno de un virrey de México que de él.

Me pidió después que le dijese cuál era la segunda propuesta de la que le había hablado: quería esperar que con ella le permitiese responder a la obligación que ya había contraído conmigo. Luego de decirle que sabía que no era costumbre en España que los señores hicieran regalos a las damas, expresé mi deseo de que él considerara oportuno regalarle a su mujer las dos pequeñas cajas que estaban sobre la mesa. Mi mujer, le dije, las ha envuelto con sus propias manos, y le ruego que se las haga llegar a su esposa en nombre de la mía; están llenas de esos lazos y encajes que son tan del gusto de las españolas o, más bien, que los españoles gustan de ver adornarse con ellos a sus acompañantes femeninas. Añadí que yo no era más que un mensajero, pero que, para ser honesto, no podía descargarme de responsabilidad en ello.

Me respondió, sonriendo, que era cierto que en España se reconocía a las mujeres menos libertad que en otros países, pero que de ello no podía deducirse que todos los hombres pensaran que sus mujeres eran rameras ni que estuvieran celosos de sus mujeres. En cuanto a mi regalo, que él aceptaba de buen grado, me pidió solamente mi opinión sobre el modo de repartirlo entre su esposa y sus tres hijas. Era una nueva ocasión para un alarde de cortesía. Le sugerí –y pude constatar que la idea le complacía– que él mismo diese las dos cajas a su mujer en nombre de la mía, de modo que fuese ella quien regalase a sus hijas los presentes que se le antojasen. Supe poco después que este suntuoso regalo lo había cautivado.

No podía desear nada mejor que la proverbial hospitalidad con la que me agasajaba mi amigo. No obstante, encontró la manera de probarme, a mí y a todos los suyos, cuán sensible era a mi gesto, y continué viviendo con él tan feliz como es posible estarlo en una suerte de exilio. Tenía de todo, salvo lo que más deseaba en el mundo: la posibilidad de regresar a mi casa; y esta pena amargaba el sabor de cuantas delicias pudieran rodearme.

Allí disfruté de momentos que nunca antes había tenido, es decir, aprendí a mirar hacia atrás, a una larga vida, bendecida con infinitos dones, que hasta el momento no había tenido la ocasión de utilizar en provecho de la felicidad humana.

Me sucedía con frecuencia que daba en cavilar sobre mi larga existencia, y, en especial, sobre los errores que había cometido, y fue eso lo que me llevó poco a poco a escribir estas memorias. Las comencé durante una crisis aguda de gota –una enfermedad que, al decir de muchos, nos despeja la mente, estimula nuestros recuerdos y nos pone en el lugar idóneo para ponderar con justeza todos nuestros actos–.

Tal vez, a la hora de escribir estas cosas, no imaginé que historias como esta podrían ser tan bien acogidas en Inglaterra, como el curso de los tiempos ha dispuesto que lo sean. Tal vez con ellas se incite al lector a saludables cábalas, similares a las que me han impulsado a mí a escribirlo, de modo que el relato de las aventuras y vicisitudes por las que ha discurrido mi vida, y que tanto me han enseñado, le sea de provecho en la suya, pues la historia de las vidas de los hombres puede ser útil para aquellos que las leen, propiciando reflexiones de índole moral y religiosa que contribuyan a mejorar las suyas.

Hay un punto sobre el cual no he tenido ocasión de insistir y en el que, no obstante, quiero hacer hincapié. Esta vida aventurera, tan fértil en contrastes, me ha enseñado, sobre todo, que existe por encima de nosotros un poder superior cuya mano gobierna todos nuestros actos, reduce nuestras voluntades a poca cosa y ordena los acontecimientos, encadenando causas y efectos. De donde se sigue que debemos reconocer a Dios todo lo que ha hecho por nosotros y darle las gracias a él, que es el sumo hacedor e impulsor de todo cuanto existe.

Fue redactando estas memorias cuando empecé a penetrar en estas verdades esenciales, cuyo descubrimiento me ha inducido a veces a mirar al pasado con vergüenza y sonrojo. Educado en una total ignorancia sobre los principios de la moral y la religión, lo primero que aprendí sobre el bien y el mal fue en el poco tiempo que pasé en Escocia con mi capitán y compadre y, después, frecuentando alguna compañía más recta, que me mostró la belleza que encierra regirse por principios austeros; pero estas lecciones cayeron pronto en el olvido al abandonar el país. Más tarde, no habiendo sabido aprovechar las valiosas enseñanzas de mi querido profesor, quien se arrepentía sinceramente de sus errores pasados, pude aborrecer al hombre que había sido durante veinticuatro años y, como dicen las Escrituras, cubrirme la cabeza de polvo y cenizas.

Esta disposición de ánimo es la que me ha llevado a escribir la historia de mi vida. Querría que aquellos que me lean hagan, ellos también, examen de sí mismos. Que se arrepientan, puesto que la divina Providencia les permite que lo hagan ellos mismos en la calma y paz de su hogar. No quiera Ella que para obligarles a la contrición les deporte a ultramar, como nos sucedió a mi mujer y a mí, ni que se vea atrapado en un naufragio, como en el caso del desgraciado capitán de mi balandro, que murió muy cristianamente en las montañas cuando trataba de regresar a Virginia. Si el lector encuentra en estas páginas alguna aventura que le recuerde un episodio de su propia existencia, que se interrogue sobre él y diga: «¿No es hora ya de que me arrepienta?»: tal vez les llegue la respuesta.

Apenas me queda nada que añadir a lo ya escrito. Sin haber encontrado otro modo de repatriarme a Virginia, mi amable amigo español logró obtener para mí un pasaje, en calidad de comerciante español, en un galeón que regresaba a Cádiz, adonde arribé sano y salvo, con todo mi dinero, porque él no quiso aceptar nada en reconocimiento por la estancia en su casa. Desde allí fui a Londres en un barco inglés. Mi esposa, a quien había enviado un relato detallado de mis aventuras, se reunió conmigo cinco meses más tarde, muy contenta de dejar la administración de todos nuestros negocios en las mismas manos fieles que antes.